重返宋词现场

宋词可以这样读

肖鹏 王兆鹏——著

東方出版中心

图书在版编目（CIP）数据

重返宋词现场：宋词可以这样读 / 肖鹏，王兆鹏著
. 一上海：东方出版中心，2021.1（2021.8重印）
ISBN 978-7-5473-1742-6

Ⅰ. ①重… Ⅱ. ①肖… ②王… Ⅲ. ①宋词–诗词研
究 Ⅳ. ①I 207.23

中国版本图书馆CIP数据核字（2020）第271862号

重返宋词现场——宋词可以这样读

著　　者　肖　鹏　王兆鹏
责任编辑　梁　惠
装帧设计　陈绿竞

出版发行　东方出版中心
地　　址　上海市仙霞路345号
邮政编码　200336
电　　话　021-62417400
印 刷 者　上海盛通时代印刷有限公司

开　　本　890mm × 1240mm　1/32
印　　张　13.25
字　　数　270千字
版　　次　2021年2月第1版
印　　次　2021年8月第2次印刷
定　　价　59.00元

前言

这是一本与众不同的宋词读本。书中以大量的现场图片、卫星地图、方位示意图，以及对调查细节不厌其烦的描述，试图将读者带回宋词现场，为读者打开一个全新的视野。

传统的唐诗宋词阅读方法，主要是运用考证、训诂、注释、点评等手段来认识作品，理解作者的真实意图。这种阅读方式努力进行文言和白话之间的转换和沟通，对读者有很大的帮助。但随着时代的发展，已经难以引起普通读者的兴趣；一些新兴的讲述方式，如通俗易懂的赏析、演绎、说课，凭借着优美的语言和浪漫的想象，对作品大胆地发挥演绎，受到读者的欢迎。这些方式有它们的优点，但也有较大的局限，消费古人的动机过于明显，对历史缺乏敬畏之心。近年来，诗词吟诵风靡一时，自成独特的文化景观，让我们看到了读者对不同阅读方法的渴望。

还能有其他阅读方法吗？读图时代的读者和学者，该怎样来阅读宋词呢？能不能找到雅俗共赏的阅读方法，让古典诗词走向大众呢？能不能借助现代科技，让宋词变得更加清晰生动呢？跨界阅读可以吗？ VR虚拟系统可以吗？数字人文可以吗？

本书现场勘查和情景重建的阅读方法，就是这样一种尝试。

我们假想要将一首宋词拍摄成电影。作为导演和编剧，我们必须首先知道这个故事发生在什么地方，故事的主人公究竟怎么了，他从哪里来，要去哪里，他说过哪些话，写过哪些东西。想要弄清楚这些，不到现场去作实地调查，没有具体的环境场景，根本拍不出电影来。读者就是电影观众，书面阅读就是在想象中观看电影。读者希望知道故事的来龙去脉，希望有身在现场亲临其境的强烈感受。

现场包括历史现场和地理现场，阅读它们，需要有考古发掘一样的细心和耐心。而且除了文献学、历史学之外，我们经常要被迫跨界，借鉴田野调查、网络技术、影像地图等多种学科技术。还要偶尔涉猎地貌、气象、历法、水文、物候、建筑、交通、植被等地理知识，甚至要利用心理学、考古学、刑侦学、生物学等多种外围知识，来推导令人信服的结论。对于读者来说，也许这是一种非常有趣的阅读体验。

本书采用通俗易懂的叙述方式，讲述我们现场调查过程的各个细节。没有浪漫的抒情想象，没有华美的语言表达，有的只是平实客观的调查推理和叙事。在我们看来，每一首作品都是一件历史悬案。要揭开谜底，就必须走进历史原点，作认真的细节勘查和证据寻找。为此，我们在分析每一首作品的时候，都会详细讲述当时究竟发生了什么事情，作者究竟是一个什么样的人，性格如何、遭遇如何、心迹如何，受到过什么样的心理创伤；除了作品本身之外，他当时还写过什么，说过什么，做过什么，它们之间能否形成“呈堂证供”的对质关系。

本书选择了八首宋词作品作为分析样本。这八首作品都是广为传诵的宋词名篇，作者也都是宋词史上著名的大家。有些作品还被选入了大学、中学的语文教材。可惜数量太少，不能让读者感到尽兴。柳永、周邦彦、李清照等词人的作品都还没有涉及。呈现在读者面前的，不是宋词代表作的选本，而是现场调查案例的集合。

目前我们所掌握的现场勘查技术还不够成熟。书中许多研究方法的运用，都还只是初步尝试，还需要进一步深入探索和总结。全书插图143幅（扫封底二维码，即可查看全部彩色图片），现场照片占了半数以上，卫星地貌图也有较多的数量。但愿在后续的研究中，我们能够掌握更多的制图技术和分析技术，进一步涉猎现代地理学所关注的人地关系、风景阅读、恋地情结、军事地理、遥感测绘等等知识，为宋词研究开拓出更广阔的想象空间。

衷心希望这本书能给广大读者带来一份新鲜的阅读感受，也能给专业学者提供一点新颖的观察视角，能够为历史题材的影视拍摄、名胜古迹的复原陈列提供一些参考意见，能够帮助广大文科教师站在讲台上，把宋词讲得齿颊生香。

请读者跟随我们，去宋词的地理现场看看。

目录

思绪纷沓的驿口

辛弃疾《菩萨蛮·书江西造口壁》

看山的太守

欧阳修《朝中措》

与你擦肩而过

贺铸《青玉案》

被误读的离别

秦观《满庭芳》

悠然心境的背后

张孝祥《念奴娇·过洞庭》

漂泊的客船

姜夔《点绛唇·丁未冬过吴松作》

将军为什么流泪

范仲淹

渔家傲

塞下秋来风景异，衡阳雁去无留意。
四面边声连角起，千嶂里，长烟落日孤城闭。

浊酒一杯家万里，燕然未勒归无计。
羌管悠悠霜满地，人不寐，将军白发征夫泪。

你一定读过这首词。喜欢宋词的人，没有人会忽略它。它太特别了，像宋词中的美男子。

宋词跟唐诗不同，其中一点，就是唐诗里有大量雄浑的边塞之歌，而宋词里几乎没有。这不能怪词人不争气。北宋的北部边塞和西北边塞，比起唐代来都大幅度收缩。尤其西北边塞，已经逼近到传统汉民族生活的关中地区。奇特的异域风光，荒凉的沙碛草原，早已经看不到了。派到边境地区任职的那些官员，满眼所见，都是熟悉不过的山川风景。这还是北宋，南宋就更辛酸了。大宋帝国的边塞后退到了淮河南岸。偌大的华夏版图，被金人从中间横切开来。边境的两边几乎是同样的人民、同样的生活、同样的文化，风景再熟悉没有了。这叫什么边塞，你让诗人还怎么歌唱，怎么抒情？所以宋代词人郁闷死了，一点豪情都生不出来。大家都尽量不去触碰边塞题材。没什么好说的，不写也罢。

范仲淹的《渔家傲》，是宋词中极少数的例外。他给宋代边塞词开了个头，甚至可以说开了个好头。晚唐五代流行的那种娘娘腔十足的宫体词、闺情词，被他这一唱，顿时变得神清气爽，雄浑大气，不见一点点萎靡堕落的旧习。确实了不起。遗憾的是，他没有知音，宋代后来的两百多年里，没有几个词人站出来响应他的号召，跟着他走。边塞词这么好的一片江山，可惜付与啼鴂，最终成了宋词史上的一缕轻烟。

宋词跟唐诗的另一个不同，是高度的抒情化，喜欢采用虚拟的方式，委婉表达出来。好像美人在那里凌波微步，虚飘飘的不怎么落地，真实的背景和事迹相当难把握。这让今天的读者感到头痛。尤其是好些名篇佳作，除了词牌，连题目都懒得留下，什么痕迹都没有。这让我们很难找到线索，重新回到事发现场。每一句，看着好像都明白，放在一起，就不知道在说什么了。这个时候，我们总是想，要是有个当时的旁观者给我们介绍一下多好，要是古人有心，给我们留下点什么线索多好。很可惜，宋词里面只有极少数的作品留有这样的文字线索。

范仲淹这首《渔家傲》有点幸运，当时人留下的一条线索，为我们打开了历史真相。

还原现场的历史线索

北宋人魏泰在他的野史笔记著作中，有一段关于此词的记录。这段记录只有一百多字，但是极其重要。它为我们提供了还原历史现场的多条线索。我们把它转述成现代汉语：

> 范仲淹镇守边塞的时候，作《渔家傲》乐歌若干首，都以“塞下秋来”为首句，详细描述镇守边塞之艰辛劳苦。欧阳修曾经称之为“穷塞主之词”。等到后来王素被派出镇守渭州，欧阳修也写了首《渔家傲》词，为之送行。其中的片段这样写道：“战胜归来飞捷奏，倾贺酒，

玉阶遥献南山寿。”回头对王素说：“这才是镇边元帅应该想的事情。”[1]

魏泰，字道辅，号溪上丈人，又号临汉隐居，湖北襄阳人。生活于宋神宗、哲宗、徽宗朝，大概与王安石、苏轼、黄庭坚差不多同时，比范仲淹要小几十岁，不太可能与范仲淹有直接的交往关系。不过他有朝廷高干的背景，他是宰相曾布老婆的弟弟，认识上层圈子里的不少人。相隔的时代不远，父辈的事情口耳相传，他知道的很多。他的这部野史笔记《东轩笔录》有15卷。里面很多内容都非常有史料价值。史书记载，魏泰特别恃才傲物，有口才，能说善辩，说起话来扬眉奋髯，与他的朋友徐禧特别像。徐禧是大诗人徐俯的父亲，黄庭坚的姐夫，后来战死在西夏前线。

魏泰这段关于范仲淹词的记载真是太重要了，我们根据它进行推理分析，可以得到如下大致判断：

◆ 联章词体

原来这首《渔家傲》不是单阕的偶作，而是一套联章体组歌，原作至少有三首以上。从内容上看，它是一组边塞之歌。唐人的边塞组诗，通常习惯写六七首，形成一个组合系列。例如王昌龄的《从军行》组诗有七首，释贯休的《古塞上曲》组诗也有七首，李白的《塞下曲》组诗有六首，戎昱的《塞下曲》组诗也有六首。当然也有写三首、四首的，也有写十多首的。

[1] 宋·魏泰《东轩笔录》卷十一：“范文正公守边日，作《渔家傲》乐歌数阕，皆以‘塞下秋来’为首句，颇述边镇之劳苦。欧阳公尝呼为穷塞主之词。及王尚书素出守平凉，文忠亦作《渔家傲》一词以送之，其断章曰：‘战胜归来飞捷奏，倾贺酒，玉阶遥献南山寿。’顾谓王曰：‘此真元帅之事也。’”

范仲淹当时的北宋词坛上，写联章的组词也是一种比较时兴的风气。早一些的狂士潘阆写有西湖组词《酒泉子》十首，每一首都以“长忆”二字开头；晚一些的欧阳修写有颍州西湖的风景组词《采桑子》十首，每一首都以“西湖好”三字作为联章的首句。与范仲淹同时镇守边塞的大帅韩琦，后来也写有咏故乡的《安阳好》组词若干首，每首都以“安阳好”为首句。可见，同调同头的组词，在当时曾经很流行。

魏泰说范仲淹写了“数阕”，而且都以“塞下秋来”开头，毫无疑问，它就是这种流行的同头联章体。按照潘阆和欧阳修的写作规格，它应该有十首。按照唐人边塞组歌的习惯，至少也应该有六七首。不大可能只有两三首。也就是说，我们今天读到的《渔家傲》，只是他整个作品的一部分，并不完整。“塞下秋来”是联章的同头，“风景异”则是每一首的变奏。不同的情景描述，构成不同的边塞题材。

仅仅阅读残留下来的一首作品，就给组词的整体下判断，如同盲人摸象。例如，我们完全不知道他究竟是按照平行排列的思维，在那里历数守边之苦，还是按照起承转合的思维，从守边之苦入，最后从其他结论出，形成一个叙述整体。还有，他这组词的叙述重心在哪里，高潮在哪里，也是一个谜。如果这首保留下来的《渔家傲》是组词的第一首，那么几乎可以肯定，重心和高潮不在这里。没有人会把最重要的部分放在开场，没有哪一部小说、哪一部戏剧，高潮会出现在开幕的阶段。但保留下来的这首，很可能是其中最好的一首，或者是传唱最广泛的一首。

◆ 题材内容

范仲淹的这组词，魏泰本人一定每首都读到过。也就是说，这组词至少流行了几十年。到了魏泰的时代，他读到了组词的每首作品，才会总结说，它们都是描述镇守边塞的艰苦。原文说它们“颇述边镇之劳苦”，意思是描写了很多这方面的内容。魏泰以目击者的身份，向我们透露了这组词内容的重点。

读者一定注意到了，这首词描写的重点是思乡之苦。魏泰说的是边镇劳苦。边镇劳苦与思乡之苦，是两个不同的概念。它们是大概念和小概念的关系，总概念和分概念的关系，前者包含后者。所以我们相信，范仲淹这首词所抒发的将士思乡情绪，仅仅是各种边塞艰苦中的一苦，还有更多的其他艰苦，我们没有读到。组词的主题既然是边镇劳苦，那么词人描写边塞的奇异风景，应该都是为描写边塞的艰苦生活而设，并非像唐人岑参那样，是写来欣赏猎奇的。

范仲淹一落笔，就感叹风景奇异。可是大雁南飞却是很常见的秋天景象，一点也不奇特。遥远的漠北如此，中原地区也是如此；两淮地区如此，湖广两浙地区也是如此，大雁南飞并非西北边塞所特有的风景。范大帅献上的第一道风景，就有问题。至少不应该首先写到它。只有边声四起、千嶂围绕、长烟落日、羌管悠悠，才是西北边塞的奇异风景。那他为什么这么写呢？

◆ 人物身份

范仲淹在这首词里面写到了一位白发苍苍的将军。学术界认为，这个将军不是别人，就是作者自己。写实的边塞词，不可能写到了将军而说的是别人，例如写的是他的战友，同时为边帅的韩琦、庞籍，或者他的上司、守边主帅夏竦。更不会泛指边塞将帅。那样理解是不合情理的。这一点，尽管是简单的判断，但我们有证据。

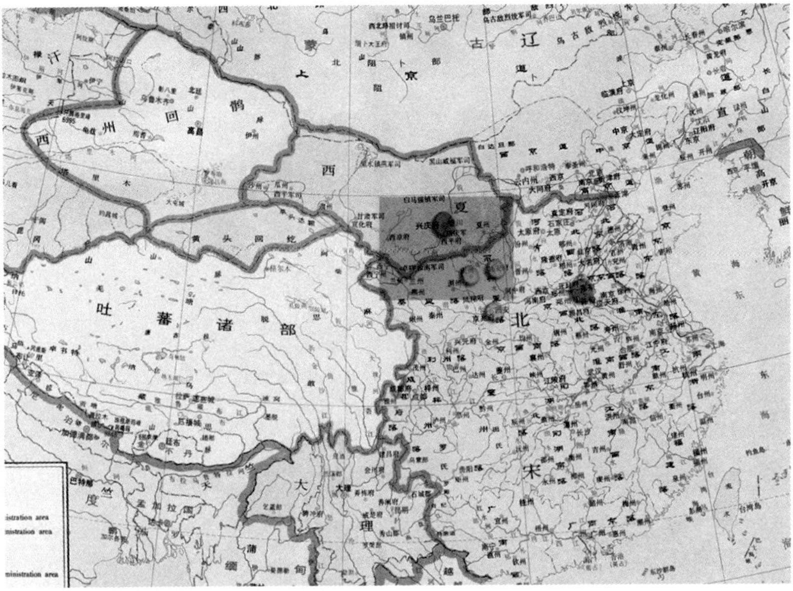

北宋与西夏边界地理方位示意图。原地图年代为北宋政和元年（1111），图中边界与仁宗庆历年间宋夏实际控制线有较大出入。选自谭其骧《中国历史地图集》。

仁宗庆历年间陕西地区宋夏边界示意图。金汤城、白豹城为西夏人所占，庆州和延州被阻断，形势严峻。原地图年代为北宋政和元年（1111），选自谭其骧《中国历史地图集》。

范仲淹所筑大顺城残垣。遗址位于今华池县山庄乡老爷岭段东侧。当地人又称二将城。城寨跨坡而建，覆盖两座黄土塬，城墙残高4至5米，周长3 500余米，面积约60 000平方米。

庆历二年（1042）三月，范仲淹镇守庆州时，看中了庆州柔远寨东北四十里的大顺川。这个地方处于西夏控制的白豹城附近，当要害之冲，地理位置很重要。范仲淹悄悄派遣儿子范纯佑与番将赵明，率军先攻占下该地，随即引大部队带着版筑工具，突击修筑城寨，十几天工夫即告完工。[1]现场勘查证实，范仲淹是在原来马铺寨旧城的基础上，就地势斩削为墙，增筑外城，并利用东侧山体自然滑坡修筑水坝，拦截河水，形成堰塞湖状的环城水寨。西夏人发觉后大惊，派出三万骑兵前来争夺。宋军因为早有准备，坚守壁垒，凭借地势阻击来犯，大顺城固若金汤。西夏人久攻不下，奈何不得，只好退去。

事后范仲淹写了一首小诗记载这件事，诗的题目是《城大顺

[1] 参见元·脱脱等《宋史》卷三百一十四《范仲淹传》。

回道中作》。城是动词，修筑城池的意思。这首诗只有短短四句：“三月二十七，羌山始见花。将军了边事，春老未回家。”[1]很口语，也很轻松，应当是他视察新城后返回庆州的路途中口号，也就是即兴的口头创作。诗中这个“将军”，就是《渔家傲》里的那个白头将军，也就是他自己。边事都了结了，春天都快过去了，自己还没能回家。

宋代的普通知州是文官，不能称为将军。只有身任一方安抚使、招讨使、宣抚使，主管地方军政边防事务，才能称为帅守、帅臣、边帅，才能称作“将军”。范仲淹被派到陕西的第一个职务，是知永兴军。永兴军府治所在就是今天的西安市。同年五月又改任陕西都转运使。这时候他还不是将军，只是一个文官。同年七月，朝廷改任他为陕西经略安抚副使，经略鄜延路边防。这时候他才是将军，不过还是副职。直到后来调任庆州，才成为真正的坐镇将军。

◆ 现场写作

魏泰说这组词是范仲淹镇守边塞时所作。也就是说，它们不是后来的追忆记录，而是当事人当时写的当时事。都是自己在事件现场的所见、所处、所感。这一点非常重要。

现场写作，与归来写作，是两种不同的创作状态。陆游的边塞诗和边塞词，都是他回到内地很多年后，不断追忆怀旧创作出来的。李清照的一些爱情词，也是很多年后回忆当时情景创作出来的。脱离现场，拉开时间距离，有助于回味咀嚼，完整地描述那些最强烈的感受，也有利于在比较稳定的心态下，反复斟酌，写出

---

[1] 宋·范仲淹《范文正集》卷四《城大顺回道中作》。

比较完美的作品。但是，时间会模糊记忆，离开了现场，感情的真实性和事件的真实性，都会因为记忆而扭曲变形。有些细节被夸张放大，有些细节则被忽略。相比之下，在场的歌唱要真实得多。

如果这没有问题，那么，这个守边事件的时间、地点、人物三要素，都可以大致确定下来。范仲淹平生没有镇守过河东、河北的宋辽边境，只镇守过陕西的宋夏边境，在那里抗击党项人入侵。他在西北任边帅，职务几次变动，时间是康定元年至庆历三年，也就是公元1040年至1043年之间。欧阳修后来借着王素出守边塞，嘲笑范仲淹这首词是“穷塞主之词”。王素出守的平凉，就是宋代的渭州，欧阳修特意写了首充满豪情的《渔家傲》词，与范仲淹较劲比高低。王素出任泾原路经略安抚使兼知渭州，我们可以在史书中查到，具体时间是庆历四年（1044）的六月。[1]所以我们相信，范仲淹创作《渔家傲》，一定在庆历四年之前。这也证实了它确实是写于边塞现场。

除此之外，作为写实的记录，组词每一首都采用“塞下秋来”四字作为开头，都以边塞秋天作为季节背景。显然，它们应该创作于同一年的秋天，写成于同一座孤城。甚至，非常可能是同一时间、一次性创作出来的，有很强的整体性。

既然组词是现实记录，既然主题是边镇劳苦，既然词人特意写到了孤城，那么范仲淹当时所面临的处境一定非常凶险。我们猜测，写这首词的时候，宋朝和西夏之间一定刚打过一场恶仗，宋军战败失地，使得边防形势变得非常凶险。范仲淹所在的城池成了孤城。这个孤城，当然是边帅将军坐镇的帅府驻地，某个行政州府，不可能是小型的屯兵砦堡。

[1] 参见宋·李焘《续资治通鉴长编》卷一百五十。

身为将军，范仲淹坐镇过的州府只有三处：延州、庆州、泾州。延州就是今天的延安，庆州就是今天的庆城县，泾州就是今天的泾川。《渔家傲》所说的孤城，必定是这三座城池中的一座。

从宋人魏泰的简单记载，我们推导出上述四项延伸判断，分别指向作品形式、题材内容、时间地点、主角身份。不过这些判断都很模糊，没有形成清晰的结论。许多细节要素还不清楚。

读者一定会追问，《渔家傲》词究竟写于什么时候、什么地方？孤城究竟在哪里？范仲淹当时是什么状态？他对守边的失利究竟有没有责任？一个带兵打仗的帝国将军，为什么会流泪？为什么会写这么悲凉的边塞词？

那几场惨烈的战役

北宋宝元元年（1038），元昊在西部走廊称帝，建立了党项人的大夏国。随后频频南下牧马，攻城略地，入侵宋朝西北地区，与世代居住在陕西河套地区的原住民汉人发生了剧烈冲撞。仁宗康定、庆历年间形势最为严峻，两国大大小小的战役打过许多次。这些战役，总体上看，西夏方面进攻的多，宋朝方面进攻的少。西夏大军入境的多，北宋大军入境的少。西夏方面得胜的多，北宋方面得胜的少。宋朝当时虽然是富裕大国，实力雄厚，绝非积贫积弱，但基本上处于被动的守势。汉族人是定居的农耕社会，城镇乡村星罗棋布。边塞辽阔，防守起来非常困难；西夏人是游牧部落，兵力集中，行踪不定，进攻起来神出鬼没。

宋夏之间几次大规模的战役，都是以北宋的疆土失陷开始，之后又逐步收复，外族人被驱除出境，形成你进我退、相互拉锯的胶着状态。北宋中期的那几十年里，宋夏的边界线一直都在变动，宋朝陕西各路的边防辖区也调整来调整去，没有个确定的状态。

根据史书记载，冲突最严重的时候，北宋和西夏先后爆发过三场规模较大的局部战役。这三场战役，都与范仲淹有关，或者间接有关。第一场战役，是范仲淹镇守延州之前爆发的三川口之战，战后延州危殆，范仲淹被朝廷迅速起用，派去前线收拾残局；第二场战役，是范仲淹坐镇延州时，附近韩琦防区发生的好水川之战。战前韩琦强邀范仲淹共同出兵讨伐西夏，被范仲淹拒绝，结果宋军大败；第三场战役是范仲淹镇守庆州时，相邻的王延防区发生的定川寨之战。战后范仲淹迅速出兵增援，顶住了西夏人进一步南下的冲击。

这几场战役是《渔家傲》词的大背景。它们是理解范仲淹人文情怀的关键。

◆ 三川口之战

宋仁宗康定元年（1040）正月，西夏数万大军入侵延州。根据《宋史·地理志》，延州旧时置鄜延路经略安抚使，防区范围包括延州、鄜州、丹州、坊州、保安军，共四州一军。后来又增置绥德军、银州。史书说这里位于西夏人出入的要冲，地阔砦少，各堡寨近的相隔百里，远的二百里，很难彼此相救。屯守当地的士兵又少又弱，没有什么宿将捍卒。知州范雍是朝廷重臣，曾任枢密副使，地位比当时的范仲淹高很多。宝元二年（1039），他以资政殿学士、吏部侍郎身份调任振武军节度使，出知延州。这位范雍，西夏人调侃他是“大范老子”，觉得他软弱可欺。范雍不太懂军事，在延州任上，曾经屡次派属下王思文等袭扰西夏边境，贪图小利，激怒西夏人。元昊发兵入侵后，他曾经上书朝廷，要求尽快增兵西北。三川口战败后，又不断向朝廷告急，要求派兵增援。朝廷大臣没有意识到问题严重，没把西夏人当回事，对他的告急不予理睬。[1]

元昊大军入境时，鄜延路的副主帅刘平驻扎在西面的庆州，驻守延州的本部兵马被大将石元孙带出城，前去截击来犯的西夏人。延州城内的守兵只有区区几百人。元昊看准了机会，遣使向范雍诈降。范雍信以为真，没有防备。西夏大军于是猛攻北面的保安军，之后又大破延州附近的金明寨，俘虏了都监李士彬父子，兵临城下。

情急之中，范雍急忙命刘平回防增援，自己闭门坚守。刘平与石元孙闻讯星夜兼程赶回延州，并且招驻扎在附近的鄜延都监黄德和、巡检万俟政、郭遵，相互为援。几路宋军步兵骑兵一万多人，布阵在延州附近的三川口（今延安市枣园镇西）。西夏兵渡河列阵，被宋军击破，夏军再布盾牌阵，又被击破。河水中到处是党项人的尸体。战到黄昏时分，双方都精疲力竭。关键时刻，都监黄德和率先逃跑，于是宋军大溃。刘平和军校仗剑阻拦都拦不住，只能孤军抵挡。苦战了三天三夜，最后被西夏人合围在西南山。

半夜四鼓，西夏人围着山坡呼喊："如许残兵，不降何待！"第二天敌兵四面围攻，断宋军为二。刘平与石元孙先后被俘。三川口败后，西夏人汹涌而至，围困延州七天七夜。幸亏天公作美，

---

[1] 参见宋·田况《儒林公议》。又见宋·李焘《续资治通鉴长编》卷一百三十二引"田况上兵策十四事"。

下起了大雪。西夏人大雪中攻不了城，又扎不住营，不得已只好退兵，延州得以幸存。[1]

战后范雍受到处分，贬知安州。黄德和坐罪腰斩。在韩琦的荐举下，范仲淹被迅速调派到西北。

◆ 好水川之战

宋军打了败仗后，急于复仇的宋仁宗派翰林学士晁宗慤前往陕西前线，要边帅拿出讨伐西夏的用兵方案。主帅夏竦当时提出了两套方案，一套攻击方案，一套防御方案。他派遣副使韩琦和判官尹洙赴京，向皇上汇报。宋仁宗和宰相吕夷简主张攻策，杜衍主张守策，意见不统一。最后宋仁宗拿定主意要战，下诏韩琦的泾原路兵马、范仲淹的鄜延路兵马，于康定二年（1041）正月分五路发兵，大举进讨西夏。

范仲淹接到诏命后急了，先后三次上书朝廷，反对这个方案，认为出兵时机不对。这个时候塞外大寒，不利于宋军作战。西夏人冰天雪地攻不了城，宋军冰天雪地也一样攻不了城。实在要打，请求他的鄜延路兵马先按兵不动，让他们在后方赶筑那些残破的砦堡，招降纳叛，牵制元昊。当时的陕西转运使庞籍也上书赞成守策，陕西签书经略安抚判官田况上“七不可”疏，也极力反对攻击方案。宋仁宗最后表态赞成范仲淹的建议，但要范仲淹与韩琦协调好，随机应变，根据情况迟一步再发兵。

韩琦听说后也急了，这不成了让泾原军孤军作战吗？这仗还怎么打？范仲淹不出兵怎么行！于是韩琦一边上书朝廷，一边派

[1] 参见宋·司马光《涑水记闻》卷十一，明·陈邦瞻《宋史纪事本末》卷三十“夏元昊拒命”。

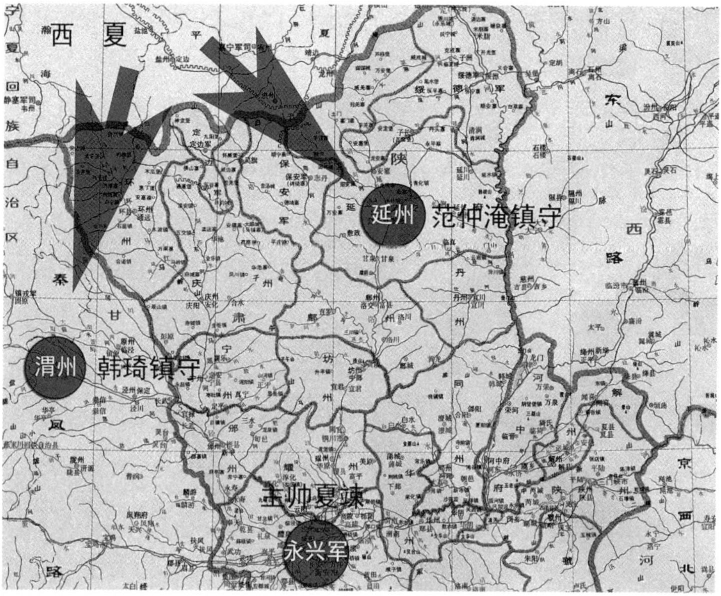

三川口战败后，朝廷调整西北布局。韩琦镇守渭州，经略泾原路；范仲淹镇守延州，经略鄜延路；主帅夏竦坐镇永兴军。原地图年代为北宋政和元年（1111），选自谭其骧《中国历史地图集》。

遣秦州通判兼经略判官尹洙赶去延州，做战前说服工作。

尹洙是范仲淹的好友，那年的正月二十六日受命赶到延州大帅府，住了将近二十天，作战前说服工作。没有想到任凭尹洙怎么劝说，范仲淹都不为所动，只是冷静地告诉尹洙，圣上已经同意他不出兵。尹洙临走时，叹息说："范公过于慎重，在这点上不如韩公。韩公说：'用兵之际，当置胜败于度外。'"意思是要不顾一切去搏，完全不考虑胜败得失。范仲淹回答说："大军一动，万命所悬。完全不考虑胜败，我范仲淹实在做不到。"[1]

范仲淹尽管是韩琦引荐的，但其战略思路与韩琦的完全不同，

[1] 明·陈邦瞻《宋史纪事本末》卷三十"夏元昊拒命"。

性格也不太一样。他当时正在与元昊进行外交谈判。元昊派降将高延德前来媾和，大概是想先稳住鄜延路兵马。范仲淹见高延德没有带来任何表章文书，发觉西夏人并非真心媾和，于是亲自给元昊写了封很长的劝降信，详细分析了八条利害得失，敦促元昊放弃帝号，两族握手言和。[1]范仲淹的思路大概来自《孙子兵法》的“不战而屈人之兵，善之善者也”。保全城池，保全军队，避免苍生涂炭，是他边塞战略的主要出发点。

韩琦听说后，大不以为然。说扯什么淡啊，西夏使节没有带和约条件就来求和，显然是诈降。他范仲淹不发兵，我自己出兵好了。

确实，西夏人不是没有想法。他们蠢蠢欲动，策划着大举入侵。这一年二月，也就是三川口战役后的第二年，元昊十万西夏大军入侵渭州。韩琦抓住战机，命环庆路副总管任福率一万八千兵马截击西夏兵后路。

行前，韩琦反复叮嘱任福不要冒险轻进，只管阻截回撤的夏军。否则即使有功也要斩首。结果任福还是没有听从军令，冒险深入，被西夏人引到好水川，也就是今天宁夏隆德附近的六盘山麓。西夏人在这里事先布下伏兵，元昊亲自率领十万精兵扎营寨于川口。宋军赶到，仓促间来不及列阵，被西夏骑兵分割成三处，尽数歼灭，士兵纷纷掉下悬崖摔死。任福身中十多箭，左脸被扎伤，绝喉而死。儿子任怀亮也在混战中殉国。大将武英、王珪、耿傅先后战死。宋军一万多人全部殉难。只有朱观所部残兵千余人，依托村庄建筑战至天黑，西夏兵退去，才幸免脱身。

据史书记载，当时西夏人是倾国入寇，而宋军方面的任福，

[1] 参见宋·范仲淹《范文正集》卷九《答赵元昊书》。

是临敌匆匆受命，调来作战的兵马都不是他原来统辖的部下，将士相互不熟，号令不畅。尤其是没有遵照韩琦的军令，擅自深入敌境，以至战败。

敌军退去后，主帅韩琦率领宋军返回驻地。半路上遇到那些阵亡将士的父兄妻子，数千人聚集在道路旁，哭于将军马前。他们拿着阵亡者的衣服，一边撒纸钱，一边哭着招魂说："汝昔从招讨出征，今招讨归而汝死矣。汝之魂亦能从招讨以归乎？"意思是你当初跟着将军出征，如今将军回来了，你却死了。你的灵魂能随将军回来吗？哀痛之声震动天地。韩琦掩袖而哭，驻马不能前行。[1]

二十六天后，尹洙回到庆州，才获知韩琦军败。范仲淹听到消息后，扼腕叹息说："这个时候，就难以置胜负于度外了。"也就在这时，范仲淹接到元昊亲信野利旺荣的谈判回复文书，通篇措辞极其傲慢。范仲淹阅后大怒，当着西夏使者的面，烧掉了文书，暗中抄录下副本，将其中内容删节了一些，然后上报给朝廷。这样的处理方式，后来给范仲淹惹下了极大的麻烦。

夏竦派人收拾残局，召集散兵，在任福的尸体上找到了韩琦当时下的军令。于是上奏朝廷，认为战败之罪不在韩琦，是任福没有听从将令。最后韩琦还是被降官处罚。范仲淹也因为自作主张与元昊谈判，擅自焚烧西夏国书，被撤掉经略安抚副使，降职出知耀州。

定川寨之战

庆历二年（1042）闰九月，西北秋高马肥之际，西夏十万兵

[1] 参见明·陈邦瞻《宋史纪事本末》卷三十"夏元昊拒命"。

马再度大举入侵。

这一次，元昊选择了防线薄弱的泾原路，先攻略渭州北面的镇戎军，兵锋直指泾原路重镇渭州。经略安抚招讨使王沿派遣副总管葛怀敏率宋军抗击。临行前，王沿命葛怀敏大军驻扎瓦亭寨，以逸待劳，挡住西夏人南侵去路。葛怀敏不听，指挥诸将分四路，直接进兵更北面的镇戎军，也就是今天宁夏回族自治区的固原县附近。王沿飞递军书告诫葛怀敏不要进城，只管背城筑砦，以老弱兵引诱西夏人，待西夏人来攻再发兵围歼。葛怀敏还是不听，自作主张进兵驻扎定川，结果陷入西夏人的包围。西夏军摧毁桥梁，截断宋军退路，宋军突围至长城附近，发现濠路被切断，只得回军苦战。所有将校14人全部战死，宋军9 600人、战马600匹，尽数被西夏人俘获。

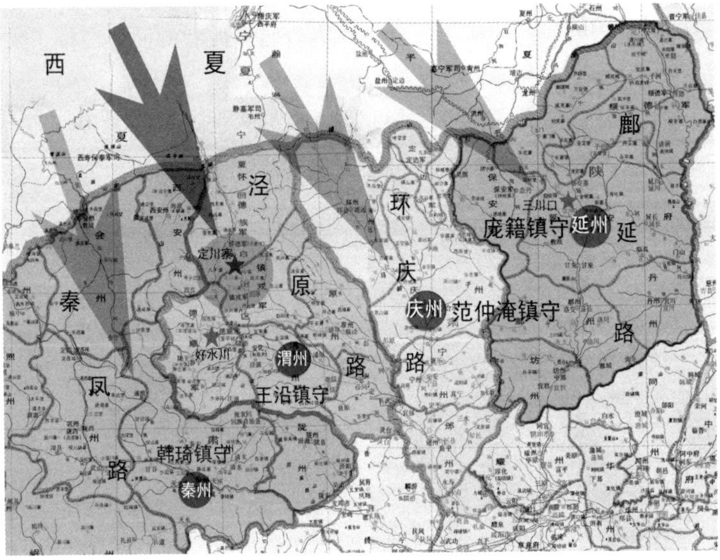

好水川战败后，朝廷再次调整西北边防布局，将陕西防区细分为四路，密集防守。地图根据谭其骧《中国历史地图集》秦凤路和永兴军路地图拼接。防区划分根据《宋史·地理志》。

元昊得手之后，乘胜汹涌南下，大举进犯渭州，直抵渭州近郊的潘原。渭州此时已是空城，王沿下令全城无论兵士还是百姓，全都登上城墙，举旗帜以为疑兵。元昊没敢立即攻城。但西夏军进入宋境后，沿途焚烧民房，屠掠牲畜。泾州以北的边塞门户荡然无存。泾州、邠州以东各个州县寨堡纷纷闭垒自守，关中震恐，老百姓纷纷逃进山谷间躲避。

宋仁宗接到败报，与大臣一起察看地图，说："王沿的左翼秦凤路有韩琦，右翼环庆路有范仲淹。环庆路当西夏人直接冲击，范仲淹要是发兵增援，我就可以不用担忧了。"[1]

果然，范仲淹接到葛怀敏败报，立即发泾州、邠州六千精兵北上，阻截西夏大军。行至半路，夏军闻讯退回塞外。仁宗听说后，欣慰地说："我就知道范仲淹关键时刻可用！"下诏进范仲淹为枢密直学士、右谏议大夫。这两个官职都是职事官名称，属于与品级挂钩的行政待遇。前者正三品，后者正四品下。范仲淹说自己军出而无功，辞不受命。

战后朝廷再次调整防区，任命文彦博顶替王沿，经略残破的泾原路。宋仁宗又觉得不放心，打算将范仲淹和文彦博对调，派遣王怀德前往庆州与范仲淹沟通。范仲淹经过深思熟虑，给朝廷上了一道奏折《答诏谕以文彦博泾原对徙奏》，建议以泾州为中心，将秦凤、泾原、环庆三路联成左中右翼，他与韩琦开府泾州，共同镇守。

宋仁宗采纳了他的建议，将包括鄜延路在内的整个陕西地区合并成一个大军区，由范仲淹、韩琦、庞籍分别担任安抚使、经略使、招讨使，统领四路边防。

---

[1] 元·脱脱等《宋史》卷三百一十四《范仲淹传》。

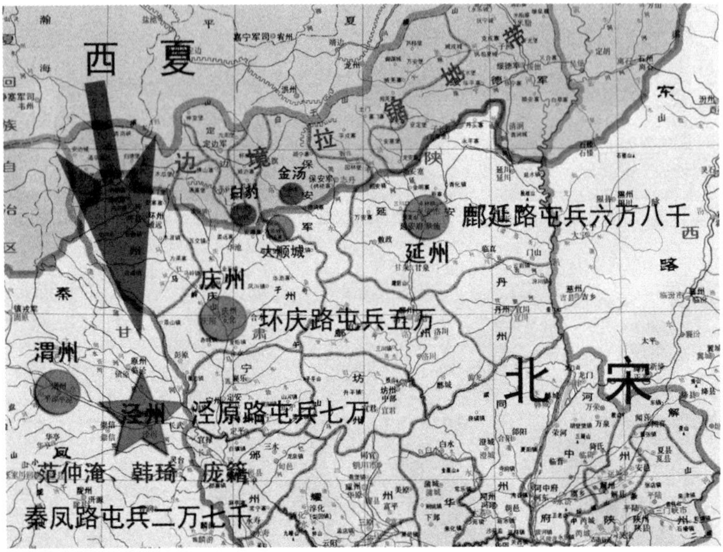

庆历三年陕西各路兵力布局示意图。定川寨战败后，朝廷重新合并陕西各路军事指挥权，兵力布局也有相应调整。原地图选自谭其骧《中国历史地图集》。

寻找孤城

战争是真实的，没有虚构。《渔家傲》的悲歌也是真实的，不是虚构：白发将军是真实的，写作时间在秋天也是真实的，写作地点在某一处孤城，更是真实的。范仲淹不会为了博取别人的眼泪，而虚构出一座岌岌可危的孤城。曲子词是可以流行传唱的，歌妓乐工一旦传唱开来，假如虚构的话，范大帅还不得让人唾沫淹死。

那么，这座孤城究竟在哪里呢？范仲淹这个守城将军，当时担任的是什么职务？换个更直接的问法，这组《渔家傲》词到底写于什么时候，什么地方？那里发生了什么？词人为什么写这组词，究竟什么事情打动了他，让他老泪纵横，坐在灯下奋笔疾书？

要知道孤城在哪里，必须知道范仲淹在哪里坐镇；想要知道范仲淹在哪里坐镇，必须知道他职务变动的情况；要知道他职务变动的情况，必须知道朝廷西北战区布防的几次重大调整；要知道战区布防的调整，必须弄清楚宋夏之间的那几场恶战。这些都是连锁发生的。我们既然已经弄清楚了那几场战役，那么向前推演，完全可以继续清理出范仲淹任职的变化，然后循线索找到那座传说中的孤城。

范仲淹镇守西北职务变化表

时　间	公元	地点	职 务 变 化	是否为将军
康定元年七月	1040	永兴军	陕西安抚副使	副职
康定元年八月	1040	延州	陕西安抚副使，兼知延州	副职
庆历元年四月	1041	耀州	贬官，知耀州	否
庆历元年五月	1041	庆州	知庆州	否
庆历元年十月	1041	庆州	环庆路安抚使	是
庆历二年十一月	1042	泾州	陕西四路安抚使	是
庆历三年四月	1043	汴京	枢密副使，五辞不许	否

要想最终找到那座孤城，我们必须同时满足四条推理线索：第一，范仲淹当时的身份是将军，也就是安抚使。安抚副使，勉强也可以视为将军。满足这个条件的，有永兴军、延州、庆州、泾州。第二，这座城池是宋夏边界的前沿重镇，也极可能是将军的帅府所在地。满足这个条件的，有延州、庆州、泾州。永兴军是今天的西安，相对处于西北边塞的后方。耀州离边境也比较远，不是路一级帅府的所在地。汴京就更不用说了。第三，范仲淹当时已经较长时间驻守边塞，与手下将士有着同样的思乡情怀，所以才能痛切地感同身受，为戍卒一洒思乡热泪。满足这个条件的，有庆州、泾州。第四，必须是在那一年

的秋天，同时他身为将军，坐镇孤城，戍守日久。满足这个条件的，只有庆州。

在确认孤城之前，我们先来说说历法。

中国古代所使用的历法叫做夏历，也叫汉历。它是一种阴阳合历。我们今天所使用的阳历，是按照地球绕太阳旋转的周期来安排的。地球每绕太阳一圈，自转365.25天。因此每个太阳年都会多出四分之一天来。历法家因此每隔四年，会在某一个月里面增加一天，把这一个月称为闰月。阴历则是按照月亮圆亏周期来安排的。月亮每圆亏一个周期，地球自转29.5天。一年十二个月下来，只有354天，比太阳年的365天要少11天。

夏历为了调和太阳周期和月亮周期，设定每上个月29天，下个月30天。这样多余的半天就解决了。不过每年比太阳年少出11天，积累三年后便会有33天多出来。历法家于是在第四年设置一个闰月，重复上一个月的月份，所以是四年一闰。不过阳历的闰月只是多出一天，夏历的闰月是多出整整一个月。

古人在使用夏历纪年的时候，将正月、二月、三月称为春季，四月、五月、六月称为夏季，七月、八月、九月称为秋季，十月、十一月、十二月称为冬季。这与我们习惯上根据气温变化，将阳历的三、四、五月当作春季，六、七、八月当作夏季，九、十、十一月当作秋季，十二、一、二月当作冬季，有很大不同。我们读宋代司马光的《资治通鉴》、李焘的《续资治通鉴长编》等史籍，经常会看到夏四月、春正月、冬十月这样的记时说法。可见范仲淹所说的“塞下秋来”，只能是夏历的七、八、九三个月。

三川口战败后，朝廷罢免了延州知州范雍，任命知制诰韩琦安抚陕西。韩琦立即向朝廷推荐越州的知州范仲淹。韩琦以身家性命向皇上担保，范仲淹是位少见的人才。仁宗皇帝立即召范仲淹为天章阁待制、知永兴军。不久又改为陕西都转运使。这一年七月，朝廷调整西北布防，任命夏竦为陕西经略安抚招讨使，进范仲淹为龙图阁直学士，与韩琦并为陕西经略安抚副使。具体分工是：韩琦经略泾原路，镇守渭州。范仲淹经略鄜延路，镇守延州。主帅夏竦坐镇永兴军。三人形成遥相呼应的铁三角布局。

据史书记载，范仲淹接手延州城防之后，大阅州兵，淘汰老弱，将守兵精简为六部（六将），每部三千人，分部教战。根据来犯敌兵的多少，轮番出阵。同时派遣狄青、黄世宁进攻西夏境内的芦子平，派遣种世衡修筑青涧城，派遣葛怀敏驱逐塞门寨虏骑，出保安军北木场谷袭击西夏寨堡，派遣朱观袭破西夏洪州界郭壁等十余寨，还先后视察金明寨等处修复工程。当时边防形势非常吃紧，范仲淹的全部精力都集中在组织城防、调集兵马、招募流亡、发兵运筹上。

这个时候范仲淹不可能有闲暇写《渔家傲》。刚刚到任前线，作为主帅不去抓军事，却躲在一边悲伤地吟咏，有闲暇吟唱这么伤感的小词，而且还一连写了若干首，不符合情理。

我们注意到一个细节。范仲淹到任后的第二年正月，也就是庆历元年（1041）的正月，他给朝廷上了一道奏折《论夏贼未宜进讨》。在这篇奏折中范仲淹提到："臣昨于九月末至鄜延路，便遣葛怀敏、朱观入界掩袭族帐。"意思是他去年的九月还没有赶到鄜延路上任，就派遣手下袭击西夏人聚居地。也就是说，秋天的最后一个月他还没有赶到延州。

"九月末"三个字，宋人李焘《续资治通鉴长编》卷一百三

十、赵汝愚《宋名臣奏议》卷一百三十二，以及明代高士奇编纂的《历代名臣奏议》卷三百二十四引用范仲淹该奏，都写成“九月末”。也就是说，范仲淹是秋天的最后一天才赶到延州的。刚到任的那天就流着眼泪写思乡词，好像不太可能。可见，过去学术界普遍认为《渔家傲》写于延州，是错误的。

事实上，这一年的八月间，范仲淹曾经短暂到过延州。他在写给晏殊的一封信中说：“今来到延安，北入金明寨，视察城堡修筑之役。”[1]来过延州巡按，但还没有在那里设立帅府分司坐镇。直到八月底兼知延州的任命下来之后，才于九月底正式来到延州驻守。所以才有九月末至鄜延路的说法。

康定二年（1041）二月，宋军再度战败好水川。战后追究责任，韩琦被降职处分，出知秦州。四月，范仲淹也因为在与西夏的谈判过程中自作主张焚烧元昊写给朝廷的国书，受到降职处分，出知耀州。

这两道处分，显然都是临时性的安排。宋仁宗知道韩琦和范仲淹是不可多得的镇边帅才，保卫大宋帝国的西北边塞，他们是最得力的人选，所以给了个就近安置。秦州距离韩琦坐镇的渭州，直线距离只有140公里。耀州距离范仲淹坐镇的延州，直线距离只有200公里，距离庆州也只有150多公里。骑马轻装，沿着河谷平川行进，几天就能赶到。人还在前线，随时可以起用。

果然，一个月后的五月下旬，范仲淹被重新启用，调往庆州担任知州，兼管勾环庆路部署司事。原庆州知州张奎调任陕西都

[1] 宋·范仲淹《范文正集》卷九《上枢密尚书书》：“今至延安，北入金明，视城垒之役。”又同卷《上吕相公书》：“某启，中秋渐凉……寻来鄜延路巡按，北视金明之役，止数日，复还延安。”

转运使。[1]耀州距离庆州很近，入秋之前，范仲淹肯定已经来到庆州。问题是，这时候他还仅仅是知州，不是将军，勉强只能自称是“故将军”，无法写出《渔家傲》组词来。这一年的十月，朝廷再次调整西北防区，将陕西路细分为秦凤、泾原、环庆、鄜延四路，密集防守西夏人。任命韩琦知秦州，王沿知渭州，范仲淹知庆州，庞籍知延州，四人分别各兼任该路经略安抚招讨使。范仲淹迁左司郎中，兼环庆路经略安抚招讨使，坐镇庆州。此时秋天已经过去了一个多月，西北早已进入了寒冬。

进入庆历二年（1042），那年的整个秋天，从秋七月、八月、九月、闰九月，直到冬十月这段时间，范仲淹一直独自镇守在庆州，符合创作《渔家傲》词的各种条件。

庆历二年闰九月，王沿所部副总管葛怀敏战败于定川寨，元昊大军直抵渭州，也就是今天的平凉，焚荡庐舍，屠掠民畜。西夏退兵后，范仲淹上书请求与韩琦共同经略泾原。仁宗皇帝采纳了他的建议。这一年的十一月，朝廷再度调整布防，任命范仲淹、韩琦、庞籍共同担任陕西路安抚、经略、招讨使，帅府总部设在泾州。十二月初，范仲淹离开庆州前往泾州，与另两位大帅共同坐镇。

由此我们得出结论：《渔家傲》组词只能写于庆州，那一年是庆历二年（1042），秋天有四个月，多一个闰九月。范仲淹戍边至此已有两年多，当时的身份是环庆路经略安抚招讨使，自称“将军”，没有任何问题。推理的所有条件完全符合。

沿着古人留下的线索，我们终于找到了那座传说中的孤城。

庆州，就是今天甘肃省庆阳市东北四十多公里外的庆城县。

---

[1] 宋·李焘《续资治通鉴长编》卷一百三十二。

这个地方原来属于陕西，后来划给了甘肃。据《宋史·地理志》记载，庆阳府，府治所在地为庆州。历史上曾设置环庆路经略安抚使，统管庆州、环州、邠州、宁州、乾州，共五州。崇宁年间户籍27 853户，人口96 433人。[1]

当时西夏与北宋的实际控制边界线，距离庆州城只有七十多公里。环庆路所辖的华池、凤川，与当时西夏人控制的金汤寨、白豹城接壤，直线距离只有二十多公里。大顺城像一颗钉子，楔插在西夏白豹城的旁边，形如三角。范仲淹当时可用的守兵只有2万人，分别驻扎在环州、庆州和一些重要的砦堡，地广兵稀，防线薄弱。第二年才增加到5万人。[2]不要说环庆路了，就是整个陕西边塞，当时普遍都是兵稀将寡。三川口战败后，主帅夏竦露章上书朝廷，反映情况，说当时他只有四万甲兵，却要防守西北60座城寨。[3]庆州与延州一样，是西北最重要的国门。

明代和清代沿袭宋代行政设置，庆州仍然叫庆阳府，民国时改为庆阳县，现在叫庆城县。它的地理位置处在马岭河的中上游，东邻合水，西邻镇原，南接西峰区，北与环县、华池接壤。后来西峰镇那里成立了西峰市，之后又再改名庆阳市。为避免重名，庆阳县改称庆城县。今天的庆阳市下辖一个西峰区和环县、华池、庆城、镇原、宁县、正宁、合水七个县，一百多个乡镇。庆城县下辖庆城镇、驿马镇、马岭镇、卅铺镇、玄马镇五个镇，十个乡。从庆城县出发，沿着马岭河谷往西北走83公里，是另一个古老的县城环县。环县就是宋代的环州，环庆路的命名，就是环州和庆

[1] 参见元·脱脱等《宋史》卷八十七《地理志》三。

[2] 参见宋·李焘《续资治通鉴长编》卷一百三十二、卷一百三十七、卷一百四十三、卷一百四十九。

[3] 参见宋·田况《儒林公议》。

庆城县远眺。周围是高耸的黄土塬。图左为东南方向，图右为西北方向。城下河流为柔远河。

州的合称。

作为宋词的读者，我们更关心这个地方的山川形势。利用Google地图测绘工具，我们从空中俯瞰庆城县，可以看到这座小小的县城被成千上万的黄土峁塬山岗所包围。这一带地貌是典型的黄土高原，由于千万年河床切割、雨水剥蚀，这里的山川、河谷、塬沟、峁梁、沟壑纵横交错，地貌极其复杂。庆城县县城坐落在马岭河谷狭长的河谷台地上，最高的地方四十多米，最低的地方也有二十五米。当年的庆州古城，临河而建，就修筑在这片台地更小的范围里。

庆阳地区是典型的黄土高原。地貌主要有三种类型，一是董志塬残塬区，二是残塬河谷区，三是丘陵沟壑区。残塬河谷区位于庆城县中部及东北部，以庆城、马岭、卅铺、玄马、南庄为代表，面积九百多平方公里，占全县总土地面积三分之一。残塬沟

重建的庆城县南城门嘉会门。

谷纵横，土地支离破碎，崩塌、滑塌现象非常严重。河谷地貌的主沟横截面呈U形，支边呈V形，坡度较大，高度落差明显，海拔在1 018米到1 410米之间。庆城县所在的河谷台地，平均海拔为1 090米至1 100米。

民国二十年所修《庆阳县志》记载，庆州古城“因岗阜而成，其形似凤，故名凤城。当两川交口，四面众山环抱，块杰中峙，就形斩削，不假版筑。东高一十三丈，西高一十一丈，南北俱高九丈，周七里十三步。陴隗（垛口）二千五百三十。其隍东西二水自北抱城而流，合于城南，折流而东，深浅广狭不等，下皆石基，中实外坚，险而易守”。所谓的“就形斩削”，就是选择陡峭的黄土坡地，向下砍削成垂直状的峭壁，形成天然的城墙。

西北黄土高原的气候，与北方有很大差别。根据方志记载，庆州夏季六月到八月间酷暑炎热，雨量集中，是暴雨、冰雹多发期。初秋季节潮湿多阴雨，深秋雨量猛减，气温迅速下降。九月

陕西庆阳残塬河谷地区黄土高原地貌卫星图。

庆城县地貌卫星图。庆历年间，西夏与北宋实际控制边界距庆州只有七十多公里。环庆路所辖华池、凤川，与西夏人的金汤寨、白豹城，直线距离只有二十多公里。卫星图方位：北纬36°00′，东经107°53′。

庆城县河谷地貌图。马岭河谷谷口宽约1 600米，柔远河谷谷口宽约1 000米，两河交汇下游河谷谷口宽约1 500米。由于千百年来水流侵蚀切割，坡壁后退，宋代的河谷两岸应该比今天更为逼仄陡峭。卫星图方位：北纬36°00′，东经107°53′。

庆州古城墙基址图。图中外环黑线为明清古城墙基址。按此测算，城池面积约1.58 平方公里。宋代城池位于中部和南端内环线范围，西北面坡地较少开发。实际面积只有0.85平方公里。

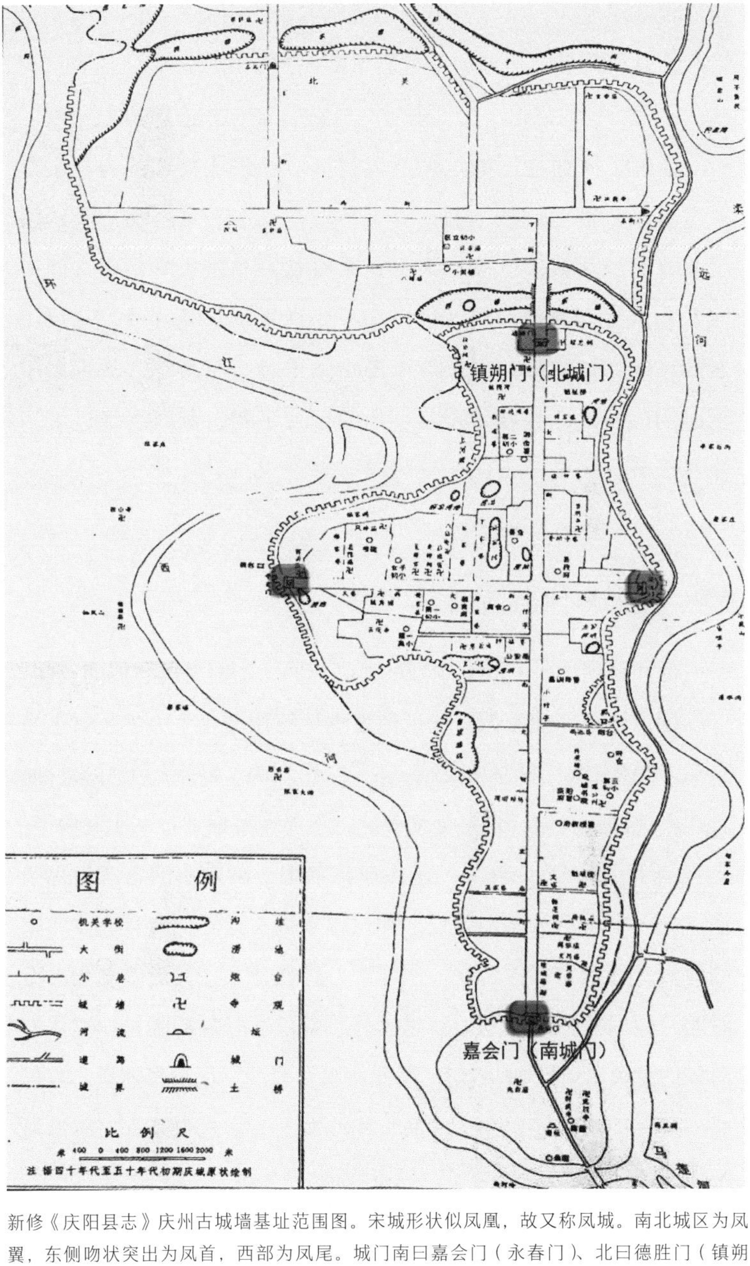

新修《庆阳县志》庆州古城墙基址范围图。宋城形状似凤凰，故又称凤城。南北城区为凤翼，东侧吻状突出为凤首，西部为凤尾。城门南曰嘉会门（永春门）、北曰德胜门（镇朔门）、东曰安远门、西曰平定门。

空气相对湿度大，多雾。中下旬雷暴终止，雨量渐少。十月初见霜，十月中旬后北风渐增，气温下降快，下旬多阴雨。读者请注意，这里所说的月份，都是阳历。与史书常用的夏历不同。

了解了陕西地区的这种气候特征，我们才能理解为什么夏秋季节宋夏彼此休战，而冬春季节双方交战频繁。历史上，汉唐北方劲敌匈奴人、突厥人都是乘着秋高马肥大举南侵。而宋代西北黄土高原的气候特征，却不允许夏秋季节开战。三川口之战、好水川之战，都爆发于冬季和早春。定川寨之战爆发于夏历的闰九月，也就是正常年份的十月下旬，其时已经进入了仲冬季节。

将军为什么流泪

范仲淹这个人，既有刚烈耿直的一面，也有心肠软弱的一面。

读了这首《渔家傲》词，你会觉得范仲淹这个人怎么看上去有点多愁善感。“将军白发征夫泪”，让人读了鼓不起士气来。而且读者要注意，这一句是互文表达。不能理解成“将军头发白了，士卒流下了眼泪”。互文，是古典诗歌里一种常用的语言简化手法，把一个事情分做两处说，都只说半截，让它们参互成文。读的时候，要把它们捏合在一起理解。唐代诗人王昌龄的名句“秦时明月汉时关”（《出塞》），意思是“秦汉那时候的明月，秦汉那时候的边关”。杜牧的名句“烟笼寒水月笼沙”（《泊秦淮》），意思是“氤氲的水气笼罩在秦淮河上和沙滩上，月光也笼罩在秦淮河上和沙滩上”。话说完整了，显得啰嗦。

同样，范仲淹“将军白发征夫泪”的完整意思是：“将军白发苍苍，流下了悲伤的眼泪；士卒白发苍苍，也流下了悲伤的眼泪。”当时屯守边防的士兵里面，既有汉兵也有番兵，既有来自中原的东兵也有当地的土兵，既有年轻的军汉也有年纪大的军汉，兄弟、父子同在军中的比比皆是。范仲淹到任延州后，淘汰了许多可怜的老弱士卒。这些老弱士卒既打不了仗，走不动路，又让人见了辛酸，留在军中反而增添累赘。范仲淹实在见不得这些苍老的背影。

我们注意到，范仲淹不是第一次流泪。他的词，一而再，再而三地写到流泪。流传到今天的五首词里面，三首都写到了流泪。《苏幕遮》:“酒入愁肠，化作相思泪。”这是第一泪。《渔家傲》:“人不寐，将军白发征夫泪。”这是第二泪。《御街行》:“愁肠已断无由醉，酒未到，先成泪。”这是第三泪。相思泪、征夫泪、断肠泪，泪水涟涟，泪光闪闪。所以当时有人嘲笑他太没有男子汉气概，不是大将军的做派。

这个嘲笑他的人，就是他的那位忘年小友欧阳修。欧阳修嘲笑范仲淹的这组词是“穷塞主之词”。大概他觉得作为保卫帝国边塞的将帅，这么抒情是不是太窝囊了点。在外带兵打仗，哪能这么多愁善感，哭鼻子抹眼泪的。要写边塞生活，就应该写得豪迈一点，霸气一点。盛唐人的边塞诗歌那么积极昂扬，充满着帝国的霸气，读上去多过瘾。后来他的朋友王素镇守平凉，也就是当时的渭州，欧阳修抓住机会，也写了首《渔家傲》词为他送行，像是有意与范仲淹比高下。其中有这样的句子:“战胜归来飞捷奏，倾贺酒，玉阶遥献南山寿。”欧阳修还得意地对王素说：这才是将帅应该想的事情。他的潜台词大概是：光想着边塞的艰苦，光写边塞的悲惨凄凉，太打击士气，太不自信了。应该想想立功凯旋、勒石封侯的事情。

后来也有学者批评范仲淹不应该作这样的“衰飒语”，说“士气如此，何以克敌制胜？”很赞成欧阳修的态度。

欧阳修年轻气盛，什么话都冲口而出，没有忌讳。范仲淹是他的长辈，论官阶也是他的朝廷上司，曾经提携推荐过他，是个值得尊重的老前辈，欧阳修说话应该客气点才是。何况他的词和诗比范仲淹差远了。他自我感觉太好。今天我们读来，完全不是那么回事。词有谀颂之嫌，谈不上艺术性；诗有轻佻之嫌，把镇守边塞描写得如同前去度假享受，醉生梦死。夷狄怀信义，也不知道从何说起。

范仲淹曾经很欣赏年轻的欧阳修。受命镇守延州后，立即上奏朝廷，举荐欧阳修作为他经略安抚司的掌书记。当时欧阳修年轻气盛，而且生活上风流不羁，正在滑州任权滑州节度判官，接到快递来的文书，不愿意去，回信委婉拒绝了范仲淹的邀请。范仲淹只好另外上书，聘请天雄军通判张方平为自己掌书记。范仲淹的两道举荐状奏本，和欧阳修的那封回信，至今都还保存在他们的文集里。

欧阳修嘲笑《渔家傲》是“穷塞主之词”。这个穷，不是贫穷的穷，而是穷途末路的穷，黔驴技穷的穷。意思是说范仲淹词中描写自己被困孤城，处境穷蹙窘迫，四面受敌，是个窝囊的边帅。欧阳修不称他为将军，而戏称他“塞主”，堡砦要塞的小头目，而且是“穷塞主”，明显带有调侃挖苦的味道。

范仲淹与晏殊、欧阳修一样，都是穷苦人家出身。小时候品尝过苦日子的滋味。吃过苦的人，了解社会底层的艰辛，除少数人会变得心肠很硬之外，大多数会具有丰富的同情心，具有悲悯苍生的情怀。范仲淹后来官做大了，生活改善了，一直都保持着书生本色和朴素的生活习惯。史书记载说他家里除了宴请宾客，从来不烧两道以上的荤菜。妻子儿女的衣食也仅仅够温饱而已。

庆阳华池县范文正公祠内的范仲淹雕像。

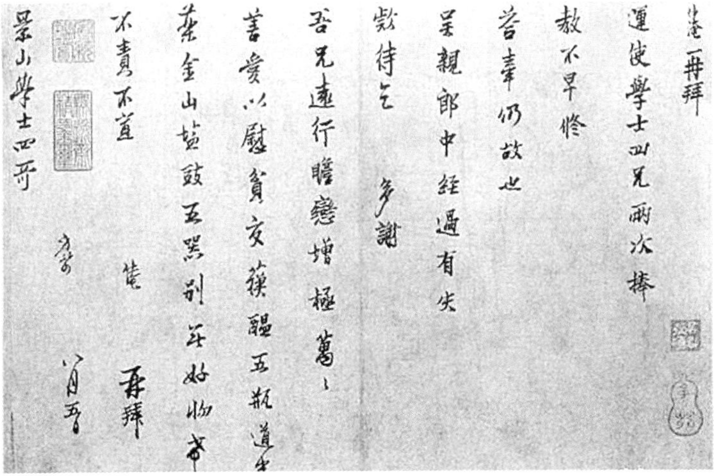

淹再拜
運使學士四兄兩次捧
教不早修
答卒仍故也
呈親郎中經過有失
款待乞 多謝
吾兄遠行瞻戀增極萬々
善愛以慰貧交藥醞五瓶道
茶金山茗鼓五器別無好物希
不責不宣 淹 再拜
景山學士四哥

范仲淹手迹《远行帖》。今藏北京故宫博物院。

范仲淹去世后，欧阳修为范仲淹撰写神道碑铭，对范仲淹的这种俭朴本色给予了很高评价。[1]

范仲淹是江南吴县人氏，吴县就是今天江苏的苏州地区。那一带是典型的水乡泽国，中国最富裕的鱼米之乡，生长在那里的人大多性情温和而优雅，不喜欢争斗冲突，相对也比较懦弱。这是水土滋养的环境造成的。范仲淹血液里注定也有这样的江南基因。不过他的祖籍在西北，祖上是陕西邠州人。邠州就是今天的陕西彬县。他的血液里又少不了西北刚烈粗犷的基因。这种性情人格上的南北混血、东西融合，与他的老朋友韩琦非常像。外刚而内柔，是范仲淹性格上的最大特点。所以他的边塞之歌才写得如此刚柔一体，是摧刚为柔的写法。

越是深入了解，我们越相信范仲淹这个人确实是性情中人，心地柔软，悲悯情怀很浓。所以他尽管写兵戎、写边塞、写杀伐戍守之事，却仍然刚中带柔，执意触及大丈夫内心最柔软的生命情怀、思乡情愫，最后流下了悲悯的眼泪。

刚烈的性格

读着范仲淹的边塞词，讲述着他镇守边塞的事迹，读者一定想知道：范仲淹究竟是主战派还是主和派？是强硬的鹰派还是温和的鸽派？他的怀柔谈判政策是否正确？他那么刚烈火爆的个性，为什么没有体现在用兵决策上？为什么没有体现在曲子词的创作上？他焚烧元昊的国书，是冲动鲁莽的行为吗？他按兵不动，不配合韩琦出兵征讨西夏，是否有意气用事的嫌疑？

[1] 参见宋·欧阳修《文忠集》卷二十《资政殿学士户部侍郎文正范公神道碑铭》。

韩琦当初以身家性命担保，向皇上推荐范仲淹，让范仲淹与他一起，联手走上西北边塞的边防前线，最后又相继走上朝廷，成为庆历新政的主政大臣。可以说，韩琦是慧眼识英雄的伯乐，甚至可以说，是《渔家傲》组词的助产士。没有韩琦，就没有《渔家傲》。

范仲淹拒绝发兵配合韩琦，一定伤透了韩琦的心。他们两人后来彼此翻脸，弄得矛盾很深，不知道是不是因为这件事。大概也与他们的性格不同有关。据宋人野史记载，韩琦曾经与范仲淹一起商量西北用兵计划，两人意见不合，范仲淹拂袖而起，生气地要离去。韩琦在后面抓住范仲淹的手，说："你范兄的事情，就如此不容商量？"满脸的和气和微笑。范仲淹听了，脸上的怒气也就消失了。[1]

刚烈而又自负，比较难以与他人沟通合作，大概可以算得上是范仲淹性格上的不足。我们发现，他与欧阳修一样，都是耿直的忠臣，遇到大是大非，必定奋不顾身直言相谏，根本不管别人的感受，也不计较后果。只讲是非，不讲利害。

天圣七年（1029），冬至立仗，礼官想要献媚章献太后，请天子率百官为太后献寿于庭。范仲淹上疏反对，认为这样做不妥。又疏请太后还政于仁宗。结果得罪了章献太后。荐举他的恩师晏殊听说后心惊肉跳，把他找来，责备他这么做是"狂率邀名，且将连累荐者"。意思是你这么做，无非是为了博取忠臣的名声，还会连累到我。范仲淹激烈地回答说："我范仲淹为恩公所荐举，常常担心自己不够称职，让恩公蒙羞。想不到今天反而以忠直

[1] 参见宋·施德操《北窗炙锞录》卷上。

得罪！”[1]

范仲淹在担任吏部员外郎、权知开封府的时候，曾经因为上《百官图》，得罪了当时的宰相吕夷简。后来他主张经营洛阳作为陪都，被吕夷简当着皇帝的面嘲笑为“迂阔之论”。范仲淹愤怒之下，撰写四论进奏，指斥吕夷简是当朝的大奸臣，如同汉代的外戚张禹，要坏皇上的家法。惹得吕夷简勃然大怒，斥责范仲淹引用朋党，离间君臣。

让我们感到奇怪的是，范仲淹的悲悯情怀流露在了词中，而刚烈的品质在词中却没有出现。也就是说，《渔家傲》更像是悲天悯人的文官写的词，不像是刚烈朝臣、守边猛将写的词。或许他像大多数宋代文人一样，对诗歌和曲子词作了严格的分工：诗庄词媚，诗歌里面表达庄重的、刚烈的情怀，曲子词里面表达柔媚的、多愁善感的情怀。所以在他的词里面，我们找不到刚烈的成分，找不到英雄的情怀。就像他的朋友韩琦，大丈夫一个，写出来的词却是伤春病酒，慵懒缠绵，完全是《花间集》旧宫体的那套写法，一点劲都没有。

读者也许会猜测，他那失传的其他几首《渔家傲》里面，会不会写到了刚烈的大丈夫情怀呢？我们没有看到，不能就断定他没有写，是不是？有可能，但可能性不大。读到过这组词的魏泰没有提到这茬，欧阳修也没有提到这茬。如果范仲淹写到了，欧阳修就没有理由嘲笑他“穷塞主”了。

宋人孔平仲记载说，范仲淹替代范雍镇守西北，被西夏人尊称为小范老子。因为前任大范老子范雍软弱可欺，而这位小范老

[1] 宋·司马光《涑水记闻》卷十。

子腹中有数万甲兵。范仲淹与韩琦坐镇前线，边境百姓中流传着这样的歌谣："军中有一韩，西贼闻之心骨寒。军中有一范，西贼闻之惊破胆。"[1]另一部宋人野史记载说，边境的蕃部都称呼范仲淹为"龙图老子"。[2]范仲淹的朝廷身份是龙图阁直学士，所以叫龙图老子。老子，是宋人称呼老头的俗语。不是傲慢的自称。范仲淹自己在上给朝廷的奏折中，也提到边境上都这么称呼他，说："自从臣到边境，边境上与汉人交往密切的蕃部都称呼臣为'龙图老子'。甚至西夏境内的党项人也这么称呼。"[3]可见他在当地人心目中，地位相当高。

这是范仲淹让人敬佩的地方。西夏人害怕他，不是因为他杀伐成性，为人霸气，喜欢用拳头说话。他没有与西夏大军正面交过手，更没有屠过城。只打过一些小仗。西夏人害怕他，是因为斗智不是他的对手，斗勇也不是他的对手。在外交谈判上，在用兵谋略上，哪都占不到便宜。所以他们的害怕，更多地来自敬畏，来自无机可乘，奈何不得。《孙子兵法》里讲用兵的最高境界，是"不战而屈人之兵"。在战略选择上，"上兵伐谋，其次伐交，其次伐兵，其下攻城"。先选择上策，伐谋伐交不成，才最后选择伐兵攻城。历史证明，范仲淹是有大智慧的战略家。

秋来边将心

讲述过所有的历史背景，勘查过作品现场状况，现在我们要来逐字逐句阅读《渔家傲》词了。

---

[1] 宋·孔平仲《谈苑》卷三。
[2] 宋·王辟之《渑水燕谈录》卷二。
[3] 宋·范仲淹《范文正集》卷十六《让观察使第一表》。

唐人戎昱写过一组边塞组诗《塞下曲》。我们经过细节比勘，断定范仲淹写《渔家傲》时曾经参考过。其中的“城上画角哀，即知兵心苦”，还有“夜后戍楼月，秋来边将心”，这几句诗很能概括《渔家傲》的主旋律。《渔家傲》看上去很简单，十句六十二字，清澈见底，好像一切都在眼前，没有落下什么。其实未必。有许多细节还需要我们仔细斟酌。

◆ 塞下秋来风景异

“塞下秋来风景异”，意思是边塞地区秋天的风景，多么奇异啊。

秋来的来，不是来到的来，不是春去秋来，而是语助词。是说来话长的来，听我道来、据我看来的来。读成来到的来，多少是受到下句的暗示影响。“塞下秋来”，与“衡阳雁去”，一来一去，文字位置像是对仗，怨不得读者会被牵着走。

这样理解“塞下秋来”，我们是基于这样的判断：寒冷的秋天不是刚刚到来，或者正在到来。换句话说，这不是初秋的季节，而可能是仲秋、深秋的季节。西北地区大雁南飞通常都在仲秋和深秋。初秋时节暑气未尽，那一带经常下大雨，空气潮湿。这些都不太符合全词的苍凉氛围。寒霜满地，也是仲秋、深秋才有的景象。而且按照常人情理，只有寒冷肃杀的秋意，才能唤起强烈的思乡之情。所以季节不可能是初秋。

我们感到踌躇的是，“塞下秋来风景异”这句后面，是应该用冒号好呢，还是应该用逗号好。如果这首词是想借风景奇异，来表现将士的水土不服，以及内心的思乡之苦，那么全词所写的风景，都应该笼罩在“风景异”之下，应该用冒号。但这样理解是错的。我们更愿意把它理解成一句叹息，而不是引起下面一连串风景介绍的戏曲叫板。

我们说过，“风景异”是组词的变奏处。这个风景异的异，他是与哪里作比较呢？从本能的心理感受来说，应该是与他的故乡苏州作比较；从记忆的清晰程度来说，应该是与他赴任西北之前最后一任的任职地作比较。这个任职地，就是杭州东南面的越州，也就是今天的江南水乡绍兴。三年前，范仲淹在被韩琦举荐的时候，正在越州担任知州。在一个地方住久了，气候、风俗、饮食、方言、风景等等，甚至鸟叫的声音，家畜的品种，山川的颜色，都听得耳熟，看得眼滑，习惯成自然。突然换个地方，什么都陌生，什么都不习惯，当然会与原来的地方作比较，从而起思乡之情。江南的这个季节，正是一片金黄的丰收景象。莼菜可以采了，鲈鱼也可以烩了。天高气爽，也看得见大雁南飞，但是并不苍凉，群山覆盖着红、黄、绿各种颜色。气温也没有那么寒冷逼人。读者不难察觉到，这么感叹异乡风景，他范大帅一定是在想家了。

宋代的边塞，与唐代的边塞，地理上有很大差别。唐代的边塞诗歌，地理风景大多是玉门关外焉耆、龟兹、疏勒等极西环境，至少也是青海、甘肃一带的凉州、甘州、沙州的沙漠山川，冲突敌国是突厥人诸部。北宋的西北边塞，在陕西、宁夏一带河套地区，与西夏的党项人为邻，连贺兰山都已经看不到了。从地理上看，宋代词人眼中的风景不再是沙漠瀚海，而是千沟万壑的黄土高原。可以说，宋人在西域所见到的风景异，与唐人在西域见到的风景异，是不能比的。它们与中原的差异程度已经大大缩小，不再是那么奇怪得让人惊掉下巴。“胡天八月即飞雪”没有了，“瀚海阑干百丈冰”也没有了，有的不过是气温和地貌上的小小差异。

但是在一个江南人的眼里，边声四起、寒霜满地、千嶂耸立、羌管低回……这些西北塞外的景致，还是很有冲击力的。没有写进词中的景象如高原缺水、空气干燥、黄土裸露、沟壑纵横、植被破坏、食物粗粝、交通闭塞等等，大概也都给词人留下了深刻印象。唯一谈不上奇异的是大雁南飞。这个衡阳雁去，绝不是与其他意象并列的奇异景象，而是他思乡情怀的一个铺垫。

◆ 衡阳雁去无留意

衡阳雁去，就是雁去衡阳，为了迁就平仄而倒置了语序。意思是秋天气温下降，大雁陆续南飞，前往遥远的南方衡阳。古人传说大雁南飞的目的地是衡阳，那里有一座回雁峰，大雁飞到那里便不再往南，都停下来栖息觅食，找地方过冬。待到春天天气回暖后，再重新飞回北方。

我们注意到，这个大雁南飞的景象，并不是塞外奇异独有的风景。在江南的苏州、越州也能看到，在汴京、洛阳、北京大名府、南京应天府，到处都能看到。范仲淹要表现西北边塞的奇异风景，不应该写它，尤其不应该首先写它。如果他说胡天八月大雁就纷纷南飞，时间比内地早得多，也算得上是一奇。尽管有模仿唐人“胡天八月即飞雪”的嫌疑。或者他说“衡阳犹有雁传书，庆阳和雁无”，连个大雁都看不见，真是荒凉，也不乏奇特之处。这两句是后来秦观流放在郴州所写的哀怨句子。

我们要提醒读者，范仲淹这时候不是在写奇特的风景，而是在写刺痛他的风景。重点不是大雁南飞，而是大雁“无留意”，这些大雁在他看来，毫无停留的意思，样子很决绝。都走了，能走的都走了。大雁能走，可我们这些镇守边塞的将士呢?

很多读者都知道，雁去衡阳，仅仅是一个传说。西伯利亚的大雁秋天往中国南方迁徙，远远不止飞到衡阳一带。它们还可能飞到更远的广东、广西、海南。但读者未必知道，陕西地区看到的南飞大雁，根本不飞往衡阳，也不飞往广东、广西、海南。“衡阳雁去”仅仅是东部地区的生活经验和文化符号。

为此我们特意查阅了中国候鸟迁徙的有关资料。中国境内的候鸟迁徙线路有三条：第一条是东部路线，涉及行政区域有黑龙江、吉林、辽宁、内蒙古、北京、天津、河北、山东、山西、江苏、河南、安徽、上海、浙江、江苏、江西、湖南、湖北、福建、广东、广西、海南。这是我们常说的“衡阳雁去”的线路。第二条是中部路线，涉及行政区域包括内蒙古中西部、甘肃、青海、西藏、宁夏、陕西、四川、重庆、贵州、云南。这条线路上的大雁才是范仲淹看到的南飞大雁。第三条是西部路线，涉及的行政区域主要是新疆。

《全国候鸟迁徙路线保护总体规划》（草案）说，中部候鸟迁徙的路线，春天北飞是这样的：它们从云贵高原，穿越四川盆地，沿横断山脉，向北飞经邛崃、大巴山、秦岭、贺兰山、阴山，至

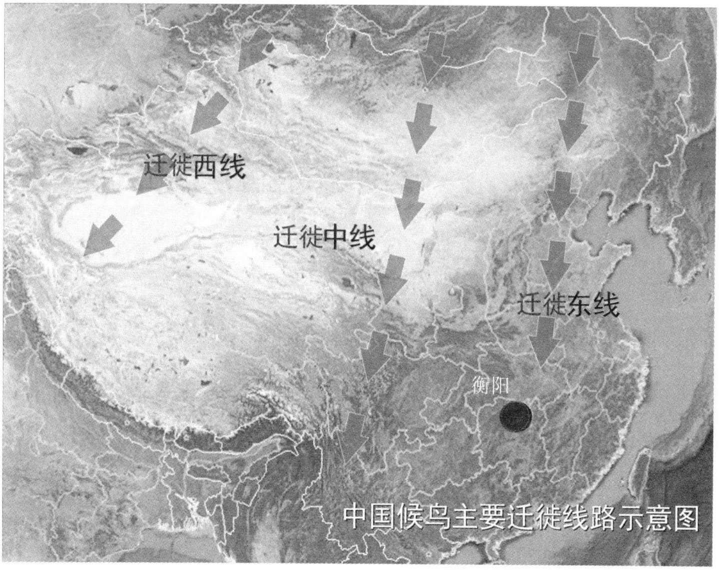

中国境内候鸟主要迁徙线路示意图。根据《全国候鸟迁徙路线保护总体规划》绘制。

蒙古国和俄罗斯中西部及西伯利亚西部。覆盖范围包括青藏地区，华北黄土高原，西南山地，华中西部，以及华南山地。到了秋天，大雁按照相反的线路南下。该迁徙路线的候鸟主要有大天鹅、赤麻鸭、灰雁、黑颈鹤、斑头雁等。灰雁别名大雁、沙雁、红嘴雁，陕西地区迁徙入境时间为每年九月末至十月末。斑头雁别名白头雁、黑纹头雁，迁徙入境时间为每年九月初至十月下旬。豆雁别名大雁、麦鹅，迁徙入境时间为每年九月末至十月末。

追问范仲淹所看到的南飞大雁，我们可以通过物候学的相关知识，进行作品现场的细节勘查和时间推断。

◆ 四面边声连角起

边声四起，借用的是李陵《答苏武书》里的名句。李陵是西汉名将李广的孙子，率军征讨匈奴时，不幸战败被俘，不得已最后投降了匈奴人，结果留在草原深处，永远无法回到故国了。他在写给朋友苏武的信中悲凉地写道："凉秋九月，塞外草衰，夜不能寐。侧耳远听，胡笳互动，牧马悲鸣，吟啸成群，边声四起。晨坐听之，不觉泪下。"蔡文姬的《胡笳十八拍》里，也写到了这种凄婉的听觉印象。她在第七拍里唱道："日暮风悲兮边声四起，不知愁心兮说向谁是。原野萧条兮烽戍万里，俗贱老弱兮少壮为美。"

这两篇诗文在宋代流传很广。今天很多学者都怀疑它们是伪造出来的，不是李陵和蔡文姬本人所写。但唐宋人并不怀疑，总是喜欢使用这个语典。这个边声，包含了羊马的嘶鸣、胡人的奏乐、风吹草木的声音，等等。连角起，意思是与城头的画角响成一片。在现代电影技术中，这是最重要的现场同期声。各种背景音混合在一起，诉诸听觉，构成古典美学上的所谓"通感"。

◆ 千嶂里

嶂，是耸立如屏障的山峰。“千嶂里”，是说庆州千嶂环绕，孤城的周围都是高耸如屏障的重峦叠嶂。

千嶂环绕，从视觉感受来说，远处的群山团团包围着海浪般起伏的黄土塬峁，陡峭壁立的黄土塬峁又团团包围着庆州孤城，庆州孤城又团团包围着孤军，孤军中间，是那个孤独的白头发将军。几个同心圆把词人困在了核心；从心理感受来说，千嶂如同城外成千上万的敌军，紧紧包围了他所在的孤城。千嶂里，有一种压迫感、陷落感、束缚感，长烟一炷、落日一轮、孤城一座、守军一旅、将军一人，那么无助地被困在黄土塬峁深处。

我们特别感兴趣的是这些重峦叠嶂地貌。在做现场勘查之前，我们总是想象孤城在群山环抱中，挺诗情画意的。就像欧阳修笔下的滁州，“环滁皆山也。其西南诸峰，林壑尤美”（《醉翁亭记》）。但庆州的现场景象却一点也不诗情画意。黄土高原特有的残塬峭壁，像巨兽一样狰狞、赤裸、野性，高大的壁嶂土墙，紧紧锁住了孤城。它给人以一种什么样的感受呢？清代惠登甲在《庆防记略》中说：“讲堪舆者，或言庆城外山势如刀矛剑戟，杀气太重。”

我们用Google地球工具进行了现场的海拔测量。庆城县所在的河谷地海拔在1 090米左右，东南地势略低，西北地势略高，周围的黄土塬海拔大多在1 300米以上。站在城中四望，周围黄土塬的相对高度200米，部分地区甚至超过200米。城池所在的地台海拔高于河流40米左右，最低处25米。古城墙隔河不远就是高耸的黄土壁嶂。守城将士站在城头，与壁嶂间的距离只有一千米左右。四周千嶂近在咫尺。读者可以想象一下，长年驻守

庆城县城外黄土塬地貌远景。近年来由于地球气候变暖，西北地区年降雨量从400毫米以下上升到700毫米以上，加上人工栽种，植被覆盖明显增加。宋代黄土高原植被稀少，黄土裸露犷厉，景象极为苍凉。

庆城县城外黄土塬地貌中景。千嶂的相对高度大多在200米左右。

庆城县城外黄土塬地貌近景。

庆城县城外黄土塬地貌特写。植被覆盖稀少的黄土壁嶂局部。

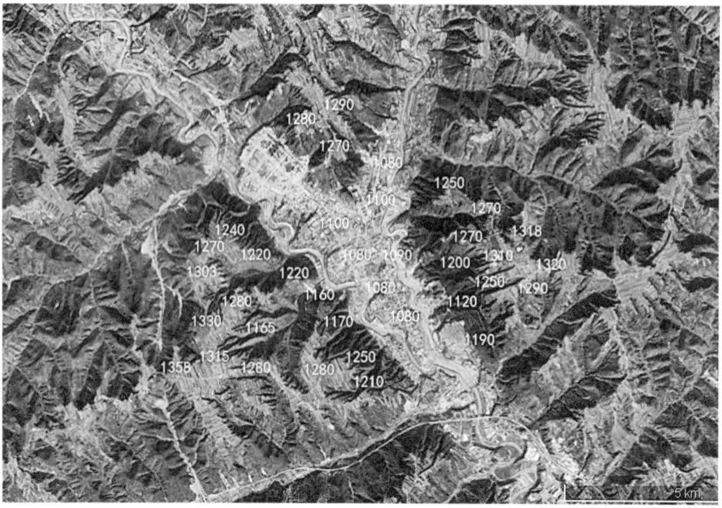

庆州古城及周边黄土塬海拔高度测量示意图。城内平均海拔约1 090米，城外黄土塬平均海拔约1 300米。周围黄土塬相对高度都在200米左右。

在这样封闭的环境里，是一种什么感觉？

唐代大诗人杜甫给我们提供了一个参考证据。他的《北征》诗描写他路过邠州，所见到的是："邠郊入地底，泾水中荡潏。"邠州就是今天的彬州市，范仲淹的祖籍地。泾水就是今天的泾河。邠州到庆州直线距离110公里，地形地貌完全一样。其周边的黄土塬相对高度，也是200多米。杜甫"入地底"的现场感觉，放在庆州真是再恰当不过了。

◆ 长烟落日孤城闭

孤城闭，是说庆州紧闭城门。它描写的是一种令人窒息的静止状态：战时白天如此，夜晚也是如此。并不是到了黄昏落日时分，才关闭城门。边塞敌情不测，西夏人可能随时在城外出现。长烟，有些读者把它理解为城中的炊烟，不能说错。但是我们勘查了现场之后，认为必须理解为远处的狼烟，是边塞每日可见的烽火信号。传说古代边塞守军用晒干的狼粪生火，烟起直上不散，远处很容易看到。所以叫狼烟。宋代的烽燧制度大致与汉唐时期相同，白天用烽烟，夜晚举篝火。狼烟既有报敌人入侵的预警功能，也有报平安的功能，叫做“平安火”。甚至还能同时燃放两道、三道烽烟，传递入侵敌军规模的信息。范仲淹坐镇的庆州位于宋夏边境最前线，守边将士既不能弃城而去，也不能开城门远途奔袭，只有每日紧闭城门，像钉子一样钉守在边境上。狼烟，是守边将士每天观察的对象。它与落日构成天空中一对固定的搭配。

学者们都注意到了，范仲淹的“长烟落日”，化用了唐朝诗人王维的经典名句:“大漠孤烟直，长河落日圆。”（《使至塞上》）他把“孤”字挪用到了城池上，把“长”字挪用到了狼烟上，玩了点文字翻新。这当然没错。但从来没有学者追问过这个落日。

有几个细节，值得我们仔细品味。首先，作者为什么要特意写到城头落日？是泛泛的闲笔，仅仅化用唐人的边塞名句，还是别有深意？我们注意到，黄昏时分看落日，是边塞将士思念家乡最常见的行为方式。在传统的农耕社会，人们日出而作，日落而息。暮色苍茫的时候，日之夕矣，牛羊下来。家人要团聚了，要坐在一起吃晚饭、睡觉了。所以到了这个时候，边塞将士会特别想家。会站在城头，守着夕阳冉冉落下。范仲淹坐镇庆州，也会频频登上城头，眺望落日。描写落日，与最后那句“将军白发征夫泪”，是紧密相关的。

其次，庆州城头的将士看到的落日在哪个方向？落日与狼烟有关系吗？狼烟升起的景象与落日景象是同景框、同方向、同时间所见的实景，还是不同方向、不同时间的景象组合？

我们知道，地球自转规律是非常稳定的，几千年间不会有

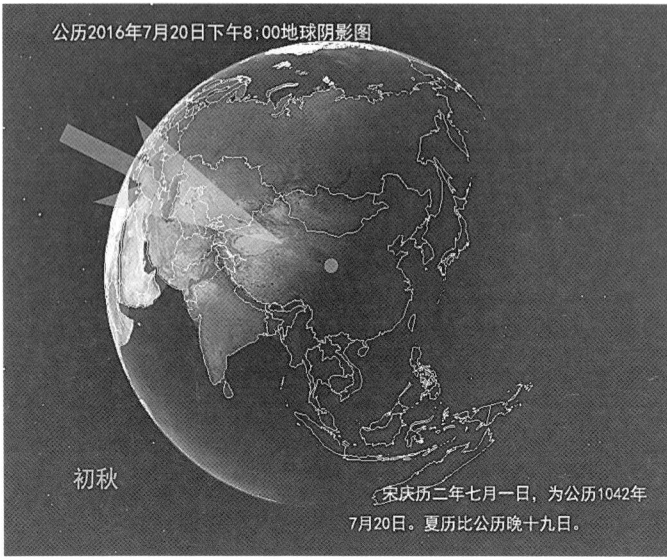

庆历二年夏历初秋的第一天，庆城县落日光照方向示意图。庆历二年七月一日，为公历1042年7月20日。地球阴影图拍摄时间为公历2016年7月20日下午8：00。初秋季节落日光照方向，正好与马岭河谷延伸的方向一致。

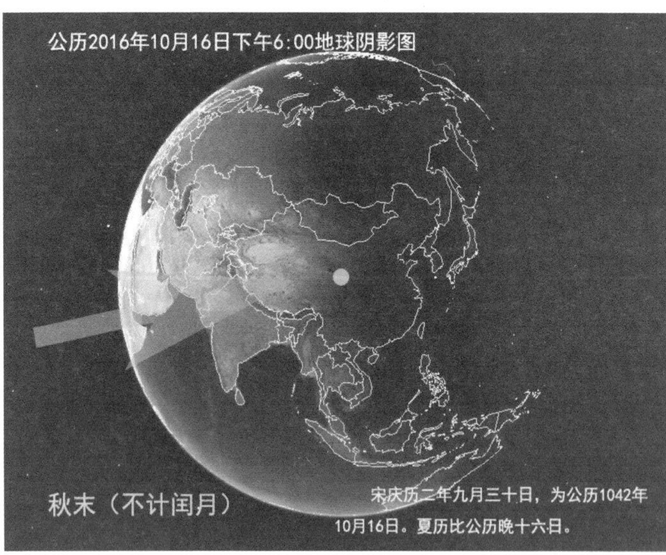

庆历二年夏历秋末的最后一天（不计闰月），庆城县落日光照方向示意图。庆历二年九月三十日，为公历1042年10月16日。地球阴影图拍摄时间为公历2016年10月16日下午6：00。

庆州西北方向长烟落日景象。拍摄时间为2020年10月16日下午17：50。拍摄地点在庆城县宋城墙残垣西北角，今县委党校内。视点海拔高度1 100米。可见烽火台狼烟与落日、河谷处于同一眺望方向。图片方位：北纬35°49′38″，东经107°52′53″。

任何变化。也就是说，宋代的日出日落，与今天的日出日落方向完全一样。因此，我们把庆历二年这一年秋天的七月初秋、九月秋末（闰九月不计）的第一天和最后一天，按照陈垣《二十史朔闰表》分别换算为公历日期，观察它们每一天的落日光照方向。

我们的现场勘查，选择在2020年10月16日这一天黄昏。我们对庆城县的落日方位进行观察拍摄（如图）。范仲淹《渔家傲》组词作于庆历二年仲秋，落日的位置大致处于秋初、秋末的两点中间。以马岭河谷的谷口为视线中点，落日居左侧塬头，烽火台居右侧塬头，一左一右，左圆右直，左落下，右上升。黄昏的那个时刻，所有景象共处于西北方向视线内的同一景框。

读者也许会问：狼烟升起的景象与落日景象同框所见，这样的现场还原有什么作用？诗人思维发散，未必一定要拘泥眼前看到的真实景象。不同角度的景象、不同地点的景象、不同时间的景象，彼此组合在一起，构成同一个诗词意境，很正常啊。为什

庆城县西北偏北方向所见河谷山坡上的二谷塬头烽火台。当年此台上戍卒黄昏时分燃放的平安火烽烟，是范仲淹笔下“长烟落日”景象的真实所见。

庆城县西北偏西方向所见黄昏落日景象。拍摄地点在庆城县西北角宋城墙残垣附近。拍摄日期为2020年10月16日下午17：50。视点海拔高度1 100米。

么要计较同框同时呢？

我们想要告诉读者的是，守边将士观看西北方向的落日，同时也是在观察西夏敌情，遥望环州方向有没有烽火狼烟起来。并非简单的思念故乡。马岭河谷向西北方向延伸，直线距离80多公里处还有一座较小的城池环州。环州距离西夏地界更近，是环庆路帅府驻地庆州的前哨阵地。两城之间的河谷沿途，设有多座烽火台。从庆州的角度观察，落日和狼烟正好在同一方向。

第三，大雁南飞的景象，是眼前实景还是词人的记忆风景？按照陕西地区大雁南飞过境的实际时间，《渔家傲》应该写于夏历仲秋、深秋的八月、九月间。灰雁和豆雁的入境时间在公历的九月末至十月末，斑头雁的入境时间在公历的九月初至十月下旬。“霜满地”的景象，也应该是夏历仲秋以后才有的。

不同于日出日落，气候的变化是不稳定的。我们不能用今天

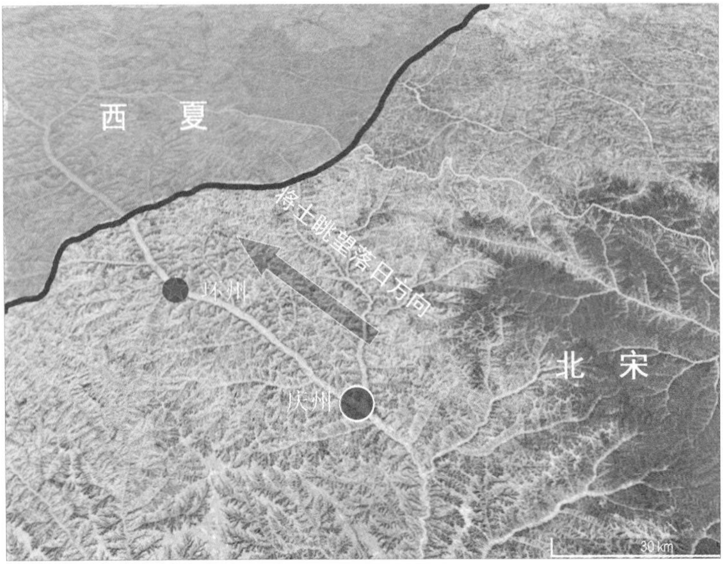

环州和庆州地理方位示意图。将士向西眺望落日的同时，也是在观察西夏方向狼烟信号。

的气候状况直接等同宋代的气候状况。北宋的气温比今天要寒冷。按照竺可桢《中国近五千年来气候变迁的初步研究》，北宋中期处于第三寒冷期。12世纪中国的气温比今天要低。根据史料记载，公元1111年太湖湖面全部结冰，冰上甚至可以通车。太湖和洞庭山的柑橘全部冻死。公元1170年的阳历10月，北京西山地区遍地皆雪。公元1110年和1178年，南方福州的荔枝树全部冻死。物候学证据表明，宋代的气温比今天要低很多。北方游牧民族的南侵，也与北方地区气候大范围变冷有关。

我们很难断定现代和宋代到底温差多少度。但可以肯定的是，宋代气温偏低，必定每年秋天降温日期都来得早，大雁南下迁徙的时间也必定相应比今天早。如果比今天早一个月左右，那么它与八月前后范仲淹写《渔家傲》词，就比较能够吻合了。这个时候寒霜初起，大雁在天。所有的物候同时涌入词人眼中。

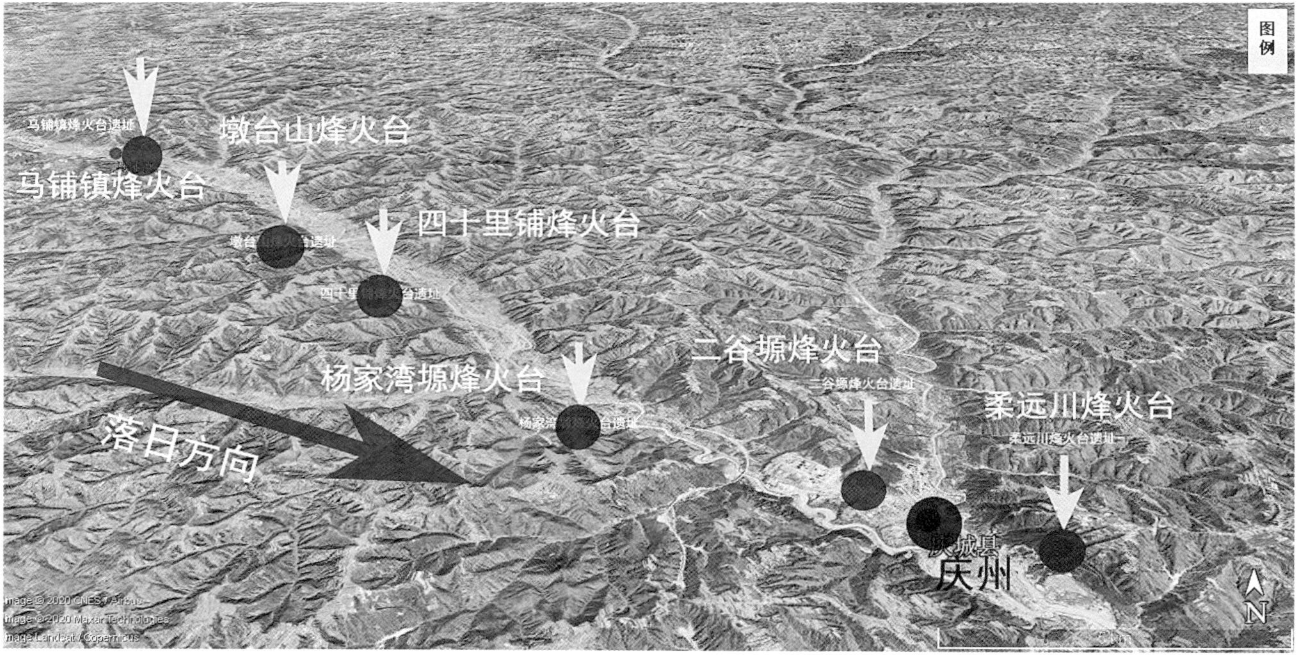

庆城县至马岭镇沿途烽火台遗址分布图。实地现场勘查，除柔远川东塬烽火台得到砖砌修复之外，其他遗址俱为夯土高台原状。

中国气候变迁表（竺可桢）

气候变化阶段	时间范围	涉及朝代
第一温暖期	公元前3000—前1000年	商、西周初年
第一寒冷期	公元前1000—前850年	周代
第二温暖期	公元前770—公元初年	秦汉
第二寒冷期	公元初—600年	三国两晋南北朝
第三温暖期	600—1000年	唐朝北宋
第三寒冷期	1000—1200年	北宋
第四温暖期	1200—1300年	南宋元朝
第四寒冷期	1400—1900年	明清

庆州地区物候时段重叠对照表

<table>
<tr><th>夏 历 季 节</th><th>夏</th><th colspan="3">秋</th></tr>
<tr><td>夏历月份</td><td>六月</td><td>七月</td><td>八月</td><td>九月</td></tr>
<tr><td>当代气温条件下</td><td colspan="2"></td><td colspan="2">大雁入境时段</td></tr>
<tr><td>推测宋代气温条件下</td><td></td><td colspan="2">大雁入境时段</td><td></td></tr>
<tr><td>推测宋代气温条件下</td><td colspan="2"></td><td colspan="2">霜降时段</td></tr>
<tr><td>《渔家傲》视界</td><td colspan="2"></td><td>作品时段</td><td></td></tr>
</table>

读者会感到好奇，我们已经知道范仲淹的《渔家傲》组词作于哪一年，还有必要再纠缠作于哪一月吗？确定大雁入境和霜降的时段，有什么用？

根据李焘《续资治通鉴长编》，庆历二年（1042）闰九月癸巳，王沿所部宋军大败于定川寨。西夏大军直抵渭州。西北局势万分危急。范仲淹得报后，紧急调派精兵前往增援，阻截西夏军。这是宋军在西北战场上的第三场败仗。尽管不是发生在范仲淹的防区，但对宋帝国的打击还是很沉重的。十天后败报传到京城，朝野震恐。宋仁宗紧急召见群臣分析形势，商量对策。闰九月癸巳，我们查了一下，是那个月的二十三日。这一年的秋天因闰月而延长了很多，到这个时候，只剩下最后的七天了。

《渔家傲》词与这场败仗究竟有没有关系呢？

这是肯定的，战前的写作心态，与战后的写作心态，是完全不同的。因久戍而同情将士，与打了败仗而同情将士，心态和境界也完全不一样。闰九月下旬可能还会有寒霜，但已经看不到大雁飞过，“衡阳雁去”与“长烟落日”的同框画面无法落实。所以，《渔家傲》组词肯定写于定川寨战败之前。不可能晚于九月底闰九月初，八月中旬最为可能。这时距离宋军好水川之败，刚刚过去一年半时间。旧痛犹在，思乡日久，所以才有《渔家傲》这样悲凉的沉吟。

◆ 浊酒一杯家万里

浊酒一杯，语见嵇康《与山巨源绝交书》。嵇康与朋友山涛绝交，说对方太不了解自己，自己的平生之志不过是：“守陋巷，教养子孙，时与亲旧叙阔，陈说平生。浊酒一杯，弹琴一曲，志愿毕矣。”意思是：如今只愿意守着狭窄破旧的小巷子，躲在家里，过最简陋的日子。养养小孩，时不时与乡里乡亲聊聊天，喝喝土酒，弹弹琴，平生之志就算完满了。可见这个“浊酒一杯”，是指身在家乡的简陋小日子，不是在任何地方喝了点土酒，都能说这话的。

如果我们不知道这个典故，会简单理解成：家乡在万里之外，而我却在边塞的孤城里，独自喝着浑浊的土酒。知道了这个典故，我们才明白范仲淹的原意是：多么想念家乡陋巷的简单生活啊，多么想坐在自己的家里，喝喝土酒，可是家乡却远在万里之外。“浊酒一杯”是梦，“家万里”是残酷的现实。两者之间，有一个我们看不见的转折词：然而。

当然，“浊酒一杯”既可以是梦想，也可以是现实，是一种双关表达。意思是自己身在遥远的庆州孤城，喝着浑浊的土酒，思念着真正的家乡简朴生活。家乡的浊酒一杯，那才是我真正想要的。

我们查到，就在范仲淹写《渔家傲》词的同时，庆历二年的仲秋日，他曾经写过一封书信给翰林学士承旨丁度。在这封书信中他说：“边塞缺乏人才，我勉强任职于此。等形势稍微安宁，朝廷选拔出守边将帅之后，我将上书朝廷请求退居田园，以成全我简朴操守，养老善终，这是我的志向。”[1]可见，回家，归老田园，过简朴的晚年生活，是范仲淹当时的真实想法。一书一词，互为旁证，构成现场证据链。八月十五中秋节，月亮最圆。这个时间点前后写《渔家傲》组词思念故乡，符合常人情理。

◆ 燕然未勒归无计

这句词的意思是：没有打败西夏，建功立业，守边将士无法返回故乡。勒，就是勒石，在石头上凿刻文字。古人常常选择比较平整的峭壁岩石，稍微加工磨平，在上面阴刻文字，然后填进颜色，作为永久纪念，叫做摩崖石刻。也有不加工磨平，直接在石壁上刻凿文字。燕然山的石刻就是直接刻凿的。燕然山在今天蒙古国境内，现在叫杭爱山。勒石燕然山的典故，说的是东汉车骑将军窦宪率大军追杀匈奴单于，大破匈奴，深入沙漠腹地三千

[1] 宋·范仲淹《范仲淹全集·尺牍》卷下《与翰长学士书》：“边上乏人，且勉于从事。或稍宁息，或得将帅，即有丘园之请，以全苦节，养生俟死，此其志也。”

里，最后来到燕然山，在石崖上刻石纪功而返。

这就是后来历代汉族诗人最津津乐道、最感到骄傲自豪的辉煌故事。许多诗人写边塞题材，一动笔，就要搬弄这段往事。这里有三个微妙的地方，需要读者特别留意。

第一，窦宪大破匈奴，是进攻性的追杀，是对外的开疆拓土。对于帝国来说，这种功劳是历史性的，所以值得勒石，永久纪念；范仲淹镇守孤城，是防守性的保家卫国，抵御外族侵略。即使把西夏人全部驱逐出境，让西北边塞稳如磐石，党项人从此再也不敢东窥牧马，也没有勒石记功的资格和必要。两者完全不同。除非他跨越贺兰山，深入沙漠，大破西夏，尽复汉唐故地，才有勒石记功的可能。宋朝当时既没有这个实力，也没有这个冲动，范仲淹也从来没有得到朝廷这样的授命。他的使命，就是牢牢守住帝国的西北大门。他很清楚自己的使命，不是进攻，不是杀伐，而是要像钉子一样，牢牢楔在宋夏边境上。所以，勒石燕然只是一个象征性符号，不能当真。范仲淹还没有天真到那个程度，真想有朝一日在边塞上勒石记功。过去有的学者认为这首词反映了词人建功立业的渴望和豪迈心情，是没有理解范仲淹的原意。

第二，宋代的边防驻军制度复杂多样，并不是打了胜仗就可以走人那么简单。他们有的是按照固定年限长期驻守，期满后即调防回内地；有的是因为边境开战，临时从各驻军重镇调集，相当于野战军。打不打胜仗，都要回到原来驻地。屯守边塞的驻军中，以本地区征募来的乡兵为多，来自中原地区的禁军叫东兵。有一部分是从边境当地临时征编的军汉，叫做土兵。还有一部分是归附宋朝、被收编的当地异族熟番军士，叫做番兵。他们都是本地人，不存在归无计的问题。只有从中原地区调派来的禁军东兵，到了驻防期限，又没有部队及时前来换防，才有归无计的问题，才存在严重的军心不稳的隐患。宋代屯守边塞的换防年限通常是三年。个别极端苦寒的地方，特许可以两年轮换一次。当然也有因为管理混乱，长期得不到换防的情况。

在用土兵还是用东兵的问题上，范仲淹曾经反复思考过，多次向朝廷上过对策。庆历元年十一月，范仲淹深思熟虑后，给朝廷上了战、守二议奏折。在这份奏折里他说："臣发现如今守边士卒，大多不是当地土兵，不愿意长久戍守，又没有营田，必须由后方远道运送补给。长久戍守造成军情危殆，长途补给造成民力疲竭，天长日久，恐怕引起大问题。此乃边防守御的隐患。"隔了不到两个月，也就是庆历二年的元月，他又上奏朝廷："如今臣镇守庆州，日夜思虑，才明白进攻有进攻的利害，防守有防守的安危。为什么？因为进攻远处的目标必然有害，进攻近处的目标相对有利；守御边塞用土兵比较稳定，如果用东兵则非常危险。"[1]

可见东兵问题，是困扰范仲淹守边的难题之一。他的这些战略层面的思考和建议，尤其是对将士处境的理解、对攻守利弊的权衡，与《渔家傲》的主题非常吻合，完全可以看作是《渔家傲》词的原始写作动机。前道奏本距离写《渔家傲》九个月，后道奏本距离写《渔家傲》只有七个月。他关于东兵的思考，自然延伸到了曲子词中。奏章与词，也互为旁证。

第三，范仲淹感慨"燕然未勒归无计"，不是说他自己回不去，盼望早日回乡。他是站在士兵的立场，替那些不幸的中原将士说话。范仲淹当时镇守环庆路的兵马数万人，绝大多数还是从

[1] 宋·范仲淹《范文正集》卷五《上攻守二策状》。又见《续资治通鉴长编》卷一百三十四、卷一百三十五引。

中原调派过来的东兵。东兵戍守日久，军心不稳，日夜盼望换防走人。范仲淹自己不是归无计，而是归有计。

庆历三年（1043）四月，朝廷召他回京师，提拔他和韩琦为枢密副使，任命知永兴军的郑戬前去代替他的职务。那时候他镇守西北已经五年，早已心力交瘁，满头白发，该调回内地颐养天年了。面对姗姗来迟的归有计，他竟然拒绝接受，五次上书朝廷，说自己情愿留在西北，继续与韩琦经略陕西边防，抗击西夏入侵。每道奏折都写得情真意切，发自肺腑。仁宗皇帝实在舍不得他这样的人才，三个月后，又再提拔他做参知政事，也就是副宰相，他才恋恋不舍地离去。

所以这个“归无计”的主语，应该特指东兵。对于这些人，他既同情，又充满忧虑。同情出于人性，忧虑出于责任。与前句合并而读，“浊酒一杯家万里”写的是自己，“燕然未勒归无计”写的是士兵。不可混读。

◆ 羌管悠悠霜满地

羌管，羌人的笛子，泛指边塞地区异族的乐器。羌笛声那么悠扬，与前面写到的四面边声交织在一起。显然已是夜晚时分，城里城外的军帐逐渐恢复宁静。将士闲坐无事，才有人吹笛子消遣。这个吹笛的人是谁不重要，可能是城中的番兵，也可能是熟悉羌笛的东兵、土兵。重要的是，这个笛声不是简单的边声，它含有思乡的情愫在里面，听了要让人想念家乡的。唐人李益《夜上受降城闻笛》诗说：

回乐峰前沙似雪，受降城外月如霜。
不知何处吹芦管，一夜征人尽望乡。

笛声一起，所有的将士都呆了，都在望乡了。这画面多么让人难忘！

寒霜满地，当然是塞外深秋的真实景象。但会不会有更深的象征意味呢？受降城外月如霜，为什么不是月如水？为什么不是月笼沙？笛声是思乡的勾魂曲，是听觉思乡；这满地的寒霜会不会也是思乡的刺激物？它构成视觉思乡。霜与乡，一音之转，在宋人方言里，甚至可能是同一个发音。就像柳与留、莲与怜一样。不然，诗人李白为什么要咏叹“床前明月光，疑是地上霜”呢？不就是因为他在那里思念故乡吗？

◆ 人不寐，将军白发征夫泪

这里的人，指满城的将士，包括将军本人，也包括征夫。大家都在那里睡不着觉，辗转反侧。“将军白发征夫泪”是互文，前面已经说过了。将军睡不着觉，忧心战局，白发横生，流下了悲伤的眼泪。东兵也都睡不着觉，许多人已经是年老体衰，白发苍苍，勉强支撑着服役守城，他们思念家乡亲人，听着羌笛，流下了凄凉的眼泪。

写完这组《渔家傲》词后不久，定川寨之战爆发，宋军惨败。两个月后，范仲淹给仁宗皇帝上了一道奏表《让枢密直学士右谏议大夫表》，表中说：“昨寇逼三川，其势可困，而葛怀敏等入贼伏中，一战大溃，杀伤满野，驱掠无算。臣以本路多虞，救援不早，臣方痛心疾首，日夜悲忧。发变成丝，血化为泪。”意思是说，刚刚发生的闰九月定川寨惨败，我范仲淹痛心疾首，白天晚上悲伤担忧，以至于头发都变白了，热血都化成了热泪。

这不就是他在《渔家傲》里描写的情景吗？这不就是将军白发将军泪吗？奏表里又说：“自西事以来，延安东路、北路官军伤折万余人，并金明、承平诸寨杀虏过蕃部万余户，约四五万口，及麟府丧陷，镇戎三败，杀者伤者前后仅二十万人矣。死者为鱼肉，生者为犬羊。”这样悲惨的景象，范大将军再铁石心肠，想不流泪都不可能。

如果《渔家傲》组词写于定川寨之战前，那么他的这番痛心疾首主要源于一年半前的那场好水川惨败。读者一定还记得阵亡将士的家属拦道而哭、范仲淹闻讯扼腕叹息的场景；如果写于这场定川寨之战后，尽管心理刺激更为强烈，但精神境界就逊色多了。

阅读小结

（一）《渔家傲》组词创作于词人镇守庆州之时。延州是范仲淹从文官转变为军事家的地方，庆州则是范仲淹从军事家转变为伟人的地方。庆州的范仲淹，走出了贬官耀州的低落情绪，有一种迹近圣人的献身情怀。他的“先天下之忧而忧，后天下之乐而乐”的思想，就是在这里形成并践行的。

（二）《渔家傲》词所展现的塞外背景，是西北黄土高原特有的峁塬沟壑地貌。庆州地处马岭河谷与柔远河谷交汇处，周围是陡峭狞厉的黄土壁嶂，地形复杂险要，交通补给困难，在这样严酷的自然环境下，战争冲突显得特别残酷，特别诡谲变化。它也会对戍边将士的心理产生较大的负面影响，使人经常处于紧张焦虑的压抑状态。

（三）这首词真实再现了庆州的地理特点和环境氛围。守城将士仰望着天空飞过的大雁，注视着西北方向的落日和狼烟，听着城头传来的画角、城中吹起的羌笛，他们白发苍苍，热泪盈眶。这些情景映入眼帘，深深打动了坐镇孤城的将军。那个秋天，那个地点，那个方向，那个时辰，那些背影，被照相般凝固下来，成为一个民族的永恒记忆。高度的纪实性，是这首词的重要特点。

（四）范仲淹作为镇守边疆的帅臣，主张对西夏采取武力震慑为主、外交谈判为辅的怀柔策略，恩威兼施，尽量争取不战而屈人之兵。反对朝廷急于求成、轻率发动对西夏的入境征讨，认为盲目追求一次性彻底解决问题不切实际。他主张长期经营西北，重用本地土兵，屯兵营田为持久计，最终形成边境动态平衡的局面。

（五）“燕然未勒归无计”不是说他自己归无计，而是叹息戍卒归无计。词人在镇守西北三年里的所作所为，证明他确实是在为天下谋，为苍生谋，而不是为自己稻粱谋。四年后他在《岳阳楼记》里讲“先天下之忧而忧，后天下之乐而乐”，也被证明绝非道德大言。他是真正的帝国栋梁，真正的战略家、将帅之才。他愿意为国家挺身承担大任，愿意在最危险的战争环境中坚守。哪怕长年累月耗下去，也在所不惜。

（六）这组苍凉悲壮的边塞词，充分展现了作者厌恶战争杀伐、悲悯天下苍生的内心世界，值得我们敬重。他的眼泪是英雄的眼泪，大丈夫的眼泪。嘲笑它是“穷塞主之词”，既不公平，也不客观，只不过是一句轻佻浅薄的调侃。这组词既是他抒发内心悲凉情绪的产物，更是他反复思考土兵东兵、攻策守策利害得失的产物。它应该与范仲淹的那些边塞奏折、私人书信对照起来阅读。忧虑东兵是责任，同情东兵是人性。奏折上的范仲淹是刚烈铁血的大帅，而曲子词里面的范仲淹，却是心地柔软的白发老人。

千古英雄梦

苏　轼

念奴娇 · 赤壁怀古

大江东去，浪淘尽、千古风流人物。故垒西边，人道是，三国周郎赤壁。乱石穿空，惊涛拍岸，卷起千堆雪。江山如画，一时多少豪杰。

遥想公瑾当年，小乔初嫁了，雄姿英发。羽扇纶巾，谈笑间，樯橹灰飞烟灭。故国神游，多情应笑我，早生华发。人生如梦，一尊还酹江月。

现场勘查的发现

充满好奇心的读者，常常会有想去见见作者的冲动。即使无法见到作者，也会执着地想去看看他的故居、他的生活环境、他的照片和手迹。钱锺书形容这种冲动是吃了鸡蛋，还想见见那只下蛋的母鸡。这种好奇的天性，源于我们对真相的渴望，也源于我们对深度阅读的需要。

苏轼死后七十六年（1177），在四川任制置使的范成大被朝廷召回，坐船沿长江而下赴临安。八月庚寅那天舟过赤壁，然后停泊在黄州临皋亭下。过赤壁的时候，他特意仔细观察了那个传说中的赤壁矶，以及四周的地貌环境。他惊讶地发现，赤壁矶只是一个很小的红色土山。四处找不到所谓的“乱石穿空”，更没有什么蒙茸巉崖的景象。原来是虚构的啊，这么夸张。范成大站在那里感慨不已。[1]

[1] 宋·范成大《吴船录》卷下：“庚寅，发三江口。辰时过赤壁，泊黄州临皋亭下。赤壁，小赤土山也，未见所谓乱石穿空，及蒙茸巉岩之境。东坡辞赋微夸焉。”

两年后，也就是淳熙六年（1179），另一位大诗人陆游沿长江而上入蜀，前往夔州出任通判。他也是八月间路过黄州的，也去了赤壁矶现场，结果与范成大看到的一样，所谓的赤壁矶，“亦茅冈尔，略无草木”。也就是一段隆起的高冈地貌，上面草木都很稀少。于是想起了韩驹的两句诗：“岂有危巢与栖鹘，亦无陈迹但飞鸥。”啥都没有，只有江面上偶尔飞过的鸥鸟而已。[1]

非常巧，他们都是八月间来到赤壁的。与苏轼写《赤壁赋》和《念奴娇》，基本在同一个季节，看到的风景应该完全相同，才隔了几十年，怎么会有那么大的差别呢？

九百多年后的今天，读者如果再去现场看看，仍然会见到那座小小的石矶，以及它身后的那座赤壁山。赤壁山紧邻黄冈市西面，用Google地球工具测量，它的最高处海拔只有74米。相对于城中35至50米的海拔高度，只不过三四十米高。这个赤壁山，大概就是《赤壁赋》里所说的“月出于东山之上”的那个东山了。它的山势向西伸入长江，形成箭镞状的矶石。矶头的高度越近江边越低，临水的地方只有数米高。实在算不上什么穿空绝壁，崩云裂石。矶石山冈没有什么变化，地貌变化大的是河床江岸。我们看到，这段长江的东岸漫滩淤积严重，江岸不断向西推移，如今的赤壁矶早就不在长江边上了。

让读者惊讶的还远不止这一点。苏轼笔下的“惊涛拍岸，卷起千堆雪”，也找不到，是虚构出来的。长江出三峡过宜昌，进入相对平坦开阔的中游，水面越来越宽阔，水流也越来越平缓。尤其流过荆江段，在武汉附近掉头南下，长江已经不再奔腾湍急。

---

[1] 宋·陆游《入蜀记》卷三：“楼下稍东即赤壁矶，亦茅冈尔，略无草木。故韩子苍待制诗云：岂有危巢与栖鹘，亦无陈迹但飞鸥。此矶图经及传者皆以为周公瑾败曹操之地，然江上多此名，不可考质。”

赤壁矶附近Google地球卫星图。从西南方向空中俯瞰赤壁矶和赤壁山，原长江河床东侧水流缓慢，导致泥沙不断淤积。西侧水流湍急，导致河岸不断崩塌，致使河床整体不断向西位移。赤壁山东侧河床如今已淤积为陆地。卫星图方位：北纬30°27′，东经114°51′。

赤壁矶上眺望长江，可见江岸今已西移很远。矶前水面为人工围成的池塘。照片为黄冈赤壁公园管理处提供，摄影冯扬。

黄冈市附近长江河道及赤壁位置卫星图。可见长江河床在折向东方的转弯处，淤积有一片江心洲。长江经过此处河床变宽、内侧水流变缓，致使泥沙沉积。卫星图方位：北纬30°27′，东经114°51′。影像拍摄日期：2018年9月15日。

我们用Google地球工具进行测量，2010年8月中旬的长江，离赤壁矶最近的江面宽约2 200米。河道向南三公里后折向东方，折弯处江面宽约2 600米。因为水流较缓，还形成了淤积的江心洲。

当然这不是宋代的数据，只能作为参考。不过我们相信大致上差不多。这样的江面，不可能有惊涛骇浪。除非遇到山洪暴发、台风过境，哪来的千堆雪？谁见过长江中下游岸边卷起过雪浪？让人惊怕不敢靠近，才叫惊涛，浪花飞溅变成了白色，才叫雪浪，这样的江面是不能行船的。苏轼的小船是怎么划过来的？他从临皋亭那里登舟前往赤壁，还是逆流而上。难道惊涛只拍岸，不拍他的小船？说波摇舟楫、浪舔江岸还差不多。

说起来惭愧，这个“千堆雪”的形容，也不是苏轼自己的，是他从唐人那里借来的。中唐诗人孟郊早就这样形容过：“古镇刀攒万片霜，寒江浪起千堆雪。”（《有所思》）苏轼悄悄拿来，一转手便成了自己的千古名句。

更让人难过的是，连这个赤壁古迹也是假的。真正的古战场赤壁，在湖北的蒲圻县，也就是今天的赤壁市不远处的长江边。黄冈的赤鼻矶，因与赤壁的读音相近，以讹传讹，变成了三国大战的古战场赤壁。今天人们为了区别两个赤壁，干脆把黄冈的赤壁美称为“文赤壁”，而把蒲圻的赤壁称为“武赤壁”。两个赤壁一个在武汉上游，一个在武汉下游，直线距离相去136公里。

苏轼好像自己也知道传说靠不住。就在写《念奴娇》的同时，他诚实地记载说：“距离黄州官府数百步远的地方为赤壁，有人说就是周瑜破曹操之处，不知是否确实。”[1]没有把握说是。第二年，他又在给朋友的书信里提到：“黄州西面的山麓陡入长江，石壁为红色，传说就是曹操战败的赤壁。但有人说不是这里。”[2]

这就有意思了。明明知道靠不住，只是个传说，还这样大肆渲染，动情地怀古伤今，弄得像真的似的。“人道是”的模糊交代，是他的障眼法吗？作为一个大学者，他为什么如此不管不顾，要在一个错误的地方描写虚构的风景呢？

许多学者还注意到，苏轼讲述的历史细节也是错误的。或者说，是他故意虚构的。

周瑜娶小乔的时间不对，根本不是美人初嫁。周瑜大破曹操的赤壁之战，发生在公元208年。那一年周瑜已经34岁，早已经娶回小乔9年。当年的绝世美女小乔姑娘，怕早已是孩子他妈，成了中年妇女周乔氏。周瑜娶妻和赤壁大战根本不是同时的事情，哪来的“初嫁了”？

[1] 宋·苏轼《东坡志林》卷九：“黄州守居之数百步为赤壁，或言即周瑜破曹公处，不知果是否。”

[2] 宋·胡仔《苕溪渔隐丛话后集》卷二十八：“东坡云：黄州西山麓，斗入江中，石色如丹。传云曹公败处，所谓赤壁者。或曰非也。”

还有，战争让女人走开，自古而然。古代人非常迷信，有妇人在军中是不吉利的事情，会吃败仗。所以将士都忌讳带女人上战场。汉将李陵出塞追杀匈奴，发现士气低落，敲战鼓怎么也敲不响，于是怀疑会不会军中藏有女人。一搜查，果然抓到不少，于是全部杀掉，让士兵死了心。第二天再出兵交战，士兵都红了眼，不要命地厮杀，最后大破匈奴，斩首三千余级。杜甫诗里面也写到过："妇人在军中，兵气恐不扬。"（《新婚别》）新婚的妻子想跟丈夫走，但又知道女人不能随军，思来想去，痛苦万分。所以，如果你不是电影导演，就不能胡编乱造，把美丽的女人和残酷的战争弄到一起。

苏轼是历史上第一个把赤壁大战和小乔扯在一起的人。这让我们感到好奇：他为什么要编造历史，把小乔扯进来？清代学者沈时栋选宋词时，发现了这个问题，认为是苏轼记错了历史，好好一首《念奴娇》，留下了这么个"白璧微瑕"。可惜了。[1]

宋代学者还发现，苏轼这首《念奴娇》词里面，毫无顾忌地使用了大量的重复字眼。古人惜字如金，为了在有限的篇幅里，尽可能多地表现无穷内涵，一般都尽量不使用重复字。韵脚尤其严格，绝对禁用同样的字。可是在这首词里，我们触目所见，都是重复、重复、再重复，简直给人以马虎和无所谓的感觉。宋代学者不忍心说苏轼的坏话，辩解说这样的重复，他苏轼可以，其他人绝对不可以。说这话的是俞文豹，他在野史笔记中这样为苏轼圆场。[2]好像天才就有资格信笔涂抹。

不是我们挑剔，这些重复字确实用得有点过分。江山、江月、大江；人物、人生、人道是；故垒、故国、三国；千古、千堆；

[1] 参见清·沈时栋《古今词选·选略》。
[2] 参见宋·俞文豹《吹剑续录》。

一时、一尊；多少、多情；如画、如梦；谈笑、应笑；早生、人生。100字的作品，竟然有22处重复。那个重要的韵脚“发”，倒不是重复字。繁体字“發”“髮”不是一个字，简化后都成了同样的“发”，怪不得词人。除此之外，周郎与公瑾也是重复词，千古风流人物，与一时多少豪杰，也是车轱辘话。作为挑剔的读者，我们会不会介意文学大师如此粗心，如此信手涂抹？

也许这一切都不重要，重要的是他的内心想法。那好，地点真假不重要，现场环境不重要，历史细节不重要，措辞用语也不重要，我们就不得不追问了：他这样痛快淋漓地错认现场，虚构风景，编造历史，赞美周瑜，到底想说明什么？千古不朽的绝唱，为什么有这么多的破绽，这么经不起追问？难道是盛名之下，其实难副，千百年来读者都看走了眼？

这就是我们的发现：不是苏轼有问题，是我们有问题。是我们自己没有读懂古人。查遍所有的文学史，几乎没有哪位学者认真面对过它，追问过它。我们都被苏轼的豪放和飘逸弄糊涂了。

读者有没有意识到，黄州的苏轼不是一个，而是两个：一个是写《赤壁赋》的苏轼，另一个是写《念奴娇·赤壁怀古》的苏轼。这是我们现场勘查后得出的结论。

从密州到黄州

西方人说：“罗马不是一天建成的。”我们同样可以说：苏轼不是一天长成的。苏轼这个人绝对是天才，是我们中华民族的白马王子。读书人没有不崇拜他的。但是这个完美的白马王子，并非一生下来就如此完美。他有过许多不完美的分身，《念奴娇·赤壁怀古》就是其中的一个不怎么完美的苏东坡写出来的。

他一生上过天堂，下过地狱，人生经历过两次大起大落。起落幅度之大，升降之突然，都不是凡人所能够承受的。他的朋友黄庭坚后来为他作人生总结，说他起落跌宕，每一次都是个想不到："当他身任朝廷秘书省官员的时候，哪里想得到会贬到黄州赤壁呢？当他贬到黄州赤壁的时候，哪里又想得到会跻身翰林学士院呢？当他跻身翰林学士院的时候，哪里又想得到会再贬到遥远的海南岛呢？"[1]过山车一样的反复升降，制陶坯一样的反复摔打，几十年折腾历练，最后我们才得到一个近乎完美的伟大心灵。

他是嘉祐二年（1057）的进士，那一年他22岁。之后历官杭州通判、知密州、徐州、湖州。密州是他仕途的第一个高峰，也是他诗词创作的第一个巅峰。在出知湖州的任上，乌台诗案事发，政敌李定、舒亶、沈括那些朝臣罗织罪名，告发他写反诗。结果被逮捕下狱，刑讯审查。结案后贬谪为黄州团练副使，不得签书公事。贬黄州是他人生的第一个低谷。由于是第一次遭遇突然的政治打击，他心理上的挫败感特别强烈。从天下人仰慕的政治明星、文学明星，到突然被朝廷抛弃，贬为逐臣；从整天歌舞应酬、众人唱和簇拥，到住寺庙、垦荒地，一家人不得不自谋生路；从顺风顺水，每一天都面朝大海、春暖花开，到突然逆风千里，风声鹤唳，说什么都得小心翼翼，苏轼经受了巨大的人生考验。

哲宗元祐元年（1086），以司马光为代表的旧党上台执政，命运之神又开始眷顾他。他被从登州任上召回京城，得到了前所未有的快速提拔，最后拜为翰林学士，几年后又做了翰林学士承旨，当上了翰林学士院的负责人。这期间，他还带着学士头衔先

[1] 宋·黄庭坚《山谷集》卷十四《东坡先生真赞》。

后出知过杭州、颍州、扬州、定州几个地方。这是他人生的第二次高峰，也是他仕途的顶峰。一年里面连蹦带跳，竟然狂升十一级。当年的从八品流放官员，一下子变为正三品的朝廷大臣，太后身边的大红人，甚至是未来宰相的候选对象。连苏轼自己都感到吃惊，有点出乎意外，不自觉地变得飘飘然起来。人生的这第二个高峰实在太高了，也太陡了。天下的好事来得太突然，都不是什么真正的好事。至少在文学创作上，他并没有太多的收获。

绍圣年间新党上台，苏轼被罢去两学士职衔，远贬到岭南的惠州、儋州。惠州今属广东，紧靠深圳。儋州在今天的海南岛北部。宋代那些地方都是蛮烟瘴雨的死地，生存条件非常恶劣。流放岭南是他人生的第二次低谷。这一次的政治迫害，比第一次沉重得多，但苏轼已经能够从容应对，能够在那么恶劣的环境中，轻松地唱出“报道先生春睡美，道人轻打五更钟”，睡得着，吃得下，早就不是黄州的苏轼了。

所以我们特别关注他的第一次。人生第一次，都是最刻骨铭心、最冲击灵魂的，它能把人最真实的一面充分暴露出来。于苏轼而言，密州是第一次，黄州也是第一次。

苏轼年轻的时候，对曲子词不是很感兴趣，最早试笔始于熙宁五年（1072）。那时候，他在杭州做通判，已经37岁。熙宁七年（1074）他被任命为密州知州。在知州任上，苏轼写出了爱情的千古绝唱《江神子》（十年生死两茫茫），写出了平生第一首壮词《江神子》（老夫聊发少年狂），还写出了另一首千古绝唱《水调歌头》（明月几时有）。两年间写出来的这三首词，让苏轼永远定格在中国人的记忆中。凄婉的相思，直追李煜的亡国悲歌，把所有的爱情相思词都比得黯然无色；豪放的走笔，开创了一个全新的时代；清旷的叩问，伤感交织着自解，通达演绎着亲情。把一个向往着尘外又眷恋着红尘的诗人，那么平静地呈现在我们眼前。密州是苏轼第一次做太守之地。感觉找到了，他性格中的豪迈张扬的特点，突然爆发出来，成就了他那些不朽的作品。

黄州呢？黄州是他第一次败走滑铁卢之地，他变成被羁押看管的受处分官员。“乌台诗案”对他心理的打击是不言而喻的。黄州在当时是贫穷落后的小地方，不要说远远不如湖州、杭州那样的鱼米之乡，就是与密州相比，也差了一大截：密州是上州，崇宁年间的统计人口有32.734万，下辖五个县。而黄州是下州，团练州级别，崇宁年间统计人口为13.591 6万，下辖三个县，规模只有密州的三分之一。

流放在黄州的苏轼完全变了个人。在最初的那些日子里，他悲观、低调、胆怯，甚至颓唐。在给亲朋好友的书信中，他屡次说起自己不敢再写诗了，只能写写小词。平常种种菜，喝喝酒，练练养生气功。曾经有一段时间，他对养生气功特别着迷。能在黄州做一个衣食自给的乡间隐士，他就心满意足了。刚到黄州的那年（1080）秋天，苏轼写了首《卜算子》词，把自己比喻成一只深更半夜四处徘徊的孤鸿，极为真实地表现了当时的矛盾心迹：

> 缺月挂疏桐，漏断人初静。时见幽人独往来，缥缈孤鸿影。　　惊起却回头，有恨无人省。拣尽寒枝不肯栖，寂寞沙洲冷。

这只心灵受伤的孤鸟，半夜三更飞来飞去，东张西望，找不到安全的栖息场所，似乎哪里都充满了危险，都不安全，它缩着颈，瞪大了眼睛，一有动静便惊恐地回头，充满了对人间的不信任。你简直认不出这个苏轼了。黄州的苏轼，开始对密州的苏轼进行大幅度的改写和否定。

我们还清楚地记得，四年前，他的《水调歌头》温柔地讲述自己的内心矛盾，说想要飘然天外，但又担心天上的宫阙太清冷，无法长时间逗留居住，不如人间温暖。他愿意选择生活在世俗人间；现在他突然发现，原来人间竟然也如此寒冷，比天上的琼楼玉宇还要寒冷。想栖息在人间烟火之中，但到处都是荆棘网罟，到处都是痛苦烦恼，没有一处安全宁静的地方可以落脚。

元丰五年（1082）八月中秋的那天晚上，苏轼又写了一篇《念奴娇·中秋》词。

凭高眺远，见长空万里，云无留迹。桂魄飞来，光射处、冷浸一天秋碧。玉宇琼楼，乘鸾来去，人在清凉国。江山如画，望中烟树历历。　我醉拍手狂歌，举杯邀月，对影成三客。起舞徘徊风露下，今夕不知何夕。便欲乘风，翻然归去，何用骑鹏翼。水晶宫里，一声吹断横笛。

这首词词牌也是《念奴娇》，也写到了“江山如画”，我们猜测应该创作于《念奴娇·赤壁怀古》之后不久，完全可以把它们看作是同时之作。我们把它当作《水调歌头》（明月几时有）的姊妹篇。

请读者仔细对比：它们写的都是中秋题材，今夕何夕还是一样，琼楼玉宇还是一样，起舞弄影还是一样，乘风归去还是一样，人生态度却不一样了。六年前他想乘风归去，尽管有冲动，但仍然眷恋着温暖的人间，觉得还是活在人间好，人间毕竟不寒冷。

六年后，他仍然想乘风归去，只不过他已经不再眷恋人间红尘，不再觉得天上寒冷，只觉得那里是美好的清凉国。

读到这样赞美尘外天国的歌唱，我们会不会觉得惊讶？他没有用一个诅咒现实的字眼，但是从他竭力赞美天外的口吻里，我们清楚地读出了他的唇语。人间颂变成了天堂颂，这个歌唱者还是当年的那个苏轼吗？

可以说：黄州的苏轼，用《卜算子》涂改了密州的《江神子》；又用《念奴娇·中秋》涂改了密州的《水调歌头》。这一改不要紧，整体风格变了，基本造型也变了，情感旋律已经完全不同了。狂放自负的苏轼已经模糊，新的苏轼渐渐显影，出现在世人眼前。

黄州的两个苏轼

但是，这个失败消沉的苏轼远远没有定型，还是一个不稳定的版本。离开人间在尘外世界里，过无忧无虑的清冷日子，不符合苏东坡的性格。苏轼这个人，特别热爱人间生活，喜欢与朋友相处，喜欢交流感情，喜欢跟其他人分享快乐和智慧。这是他的优点，也是他的缺点。这种独特的性格，决定了他会徘徊在人间和天外，永远难以离开。

不谈论性格，你永远读不懂“大江东去”。根据宋人的文献记载，苏轼这个人性格非常随和，是典型的外向稳定型人格。按照古希腊希波克拉底的分类，他是多血质者。按照汉代《黄帝内经》的分类，他是少阳之人。他像一个充满好奇心的顽童，耐不得寂寞，特别喜欢与朋友往来。用他自己的话来说，是不择贵贱，上可以陪玉皇大帝，下可以陪田院乞儿。弟弟苏辙劝他谨慎择友，他却无所谓地说：我眼前所见，天下没有一个不是好人，这是我的毛病。

宋人野史笔记里说他虽然才行高绝，但待人非常温厚。别人有片善可取的地方，辄与之倾尽城府。论辩唱和，谈谑说笑，掏心掏肺无话不谈。所以天下士大夫皆敬爱之。[1] 他的亲家范百嘉的老父亲范镇，平常与宾客说话，从来都端庄严肃，宾客大气不敢出。苏轼与宾客说话聊天，常常是掀髯鼓掌，旁若无人，浑身的快活自在，肢体语言极其丰富，而且玩笑戏谑无所不及。范镇的侄孙范祖禹最讨厌苏轼乱开玩笑，每次听说都要告诫一番。据说弄到后来，苏轼只要与朋友开玩笑，都要祈祷一句：千万别让范祖禹知道。[2]

他这样一个着迷于人间温暖、热爱生命的人，怎么会远离世间红尘呢？

黄州的苏轼不完美，却有一种我们所熟悉的人间情怀。他也是凡人，像所有的凡人一样，遭遇打击后充满了痛苦和纠结。他经常在那里做着痛苦的选择题：是移民去天外仙境，还是留守在人间红尘。有时候他觉得走好，一走了之，所以身心放松，融入大自然，唱起了快乐的天堂颂；有时候他又觉得实在摆脱不了那些人间烦恼，怎么想自己都是一个失败者，想装着感觉不到伤痛，意识不到流放身份，他实在做不到，所以又唱起了红尘曲。两种完全不搭调的旋律，都来自于同一个苏轼。那个时候，他既是人间的凡夫俗子，又是飘在天外的仙人。他努力地随遇而安接受现

[1] 参见宋·王辟之《渑水燕谈录》卷四。
[2] 参见宋·佚名《道山清话》。又见丁传靖《宋人轶事汇编》卷十一引《晁氏客语》。

实，努力地宠辱不惊，做一个垦荒种庄稼的农夫，做一个最平常不过的乡下人。只要能把自己从现实的泥淖中拯救出来，他什么都不在乎。

这种自我救赎的努力，直到他离开黄州的时候，也没有停止过。换句话说，遭受流放迫害的痛苦，从来没有真正离开过他。只不过，今天的读者把他一次次的救赎努力，当作了努力的结果，认为他已经成功地超越了现实苦难，走出了失败的阴影，修成了不悲不喜、无痛无欲的正果。我们的文学史教科书最喜欢谈论他的那首《定风波》词：

> 莫听穿林打叶声，何妨吟啸且徐行。竹杖芒鞋轻胜马，谁怕？一蓑烟雨任平生。　　料峭春风吹酒醒，微冷，山头斜照却相迎。回首向来萧瑟处，归去，也无风雨也无晴。

这是他流放在黄州第三年写的作品。那时候，苏轼已经放弃了重返仕途的幻想，打算就在黄州这个地方度过晚年。他想在附近找个地方买点良田，安置好家人，也为今后的生计留点后路。那年的三月七日，苏轼打听到附近的蕲水县有片好田，于是找了朋友结伴前往蕲水看田。蕲水在黄州东南三十里的地方，苏轼与几个朋友一行徒步前往那里的一个叫做沙湖螺蛳店的地方。走到半途下起雨来，随身带的雨具都让仆人拿着，在前面走远了。同行的朋友都被雨淋得非常狼狈，奔跑着找地方躲雨。苏轼不太在乎，反正已经淋湿了，干脆边走边看风景，自得其乐。不久，阵雨停了，山那边的太阳也出来了。刚才手忙脚乱的狼狈，转眼间变成了人生的一段小插曲。苏轼对此感慨不已，灵感突现，写下了这首《定风波》词。

如果把这场阵雨看作是三年前的那场“乌台诗案”，那么苏轼是在对另一个自己说宽慰话：不要在意迫害你的风雨无情地打在身上，你完全可以在雨中一边吟啸，一边自在地慢慢行走，犯不着惊慌害怕。人的一生，不就是在烟雨中穿行嘛。等到雨停日出，一切都会成为过去。那时候你会发现，这本来就是生活，哪来的风雨，哪来的阴晴？

他与朋友庞安时游览清泉寺，惊奇地发现溪水是从东面往西流的。好像太阳从西面出来一样，太不可思议了。河水也会往西面流？灵光一闪，他又从中发现了人生真谛：

> 山下兰芽短浸溪，松间沙路净无泥。萧萧暮雨子规啼。　　谁道人生无再少？门前流水尚能西，休将白发唱黄鸡。（《浣溪沙》）

上面两首词都是救赎自己的超脱词，都写于《赤壁赋》之前，与《前赤壁赋》的主题思想吻合。但是与《念奴娇·赤壁怀古》对不上号。

这么说来，我们看到的黄州苏轼，并不是一个人，而是两个。

这两个苏轼，一个痛苦，一个超脱。一个被命运压低了头，一个重新抬起了高贵的头。两个都是苏轼的真身，同时也都是他的幻身。我们在意的是，究竟哪一个苏轼，写出了不朽的《念奴娇·赤壁怀古》。

在《前赤壁赋》里面，苏轼描写自己与道士朋友杨世昌泛舟赤壁之下，一边吹笛赏月，一边谈论历史和人生。杨世昌很伤感，说当年的霸主曹操那么不可一世，如今都灰飞烟灭了。这人生真的虚幻啊，有什么意义？苏轼用变和不变的哲学道理宽慰朋友。说江水和明月一样，既永恒不变，又时刻在变。人生也是如此，就看你怎么面对它，怎么放下它。

读者会不会猜得到：这船上对话的两人，其实都是苏轼自己。他是在自己跟自己对话。一个苏轼执着于人间的是非得失，另一个苏轼已经超越了生死，与大自然同在。一个苏轼为生命的短暂而伤感，为历史的虚无而悲哀，另一个苏轼凭虚御空，遗世独立，栩栩然如蝴蝶。最后，羽化登仙的苏轼说服了伤感的苏轼，两个苏轼重新合为一体。

写《前赤壁赋》的苏轼，与写《念奴娇》的苏轼，也是截然不同的两个人：前面那个苏轼，我们权且称之为赋东坡；后面那个苏轼，我们权且称之为词东坡。

画家笔下不同的苏轼形象合成图。左边的苏轼神情超脱，是写《前赤壁赋》的苏轼；右边的苏轼背影苍凉，显得心理负担很重，是写《念奴娇·赤壁怀古》的苏轼。脊柱的不同弧度，反映了黄州苏轼内心的波动和挣扎。

赋东坡是一种心态，词东坡又是一种心态。赋东坡看到的没有英雄，满眼只是枯骨，说：“方其破荆州，下江陵，顺流而东也，舳舻千里，旌旗蔽空，酾酒临江，横槊赋诗，固一世之雄也，而今安在哉？”追问当年的霸主曹操何在。而词东坡看到的不仅是英雄，而且是超级偶像大英雄，弄得自己满脸都是艳羡。说：“遥想公瑾当年，小乔初嫁了，雄姿英发。羽扇纶巾，谈笑间，樯橹灰飞烟灭。”曹操何在变成了周瑜犹在。赋东坡看到的是枯骨一具，词东坡看到的却是美貌肌肤。赋东坡走出了内心挣扎，对客人悟出没有必要羡慕古人，从而安慰了自己。时间最终洗刷了一切。词东坡深陷在人生失败的痛苦中，那么羡慕和眼红古代的英雄美人，充满了羡慕嫉妒恨，充满了英雄幻觉、人生失落、功名神往。

苏轼这样伟大的词人，一不小心，竟然也自己嘲笑了自己：既然周瑜这么值得他崇拜，开篇“浪淘尽、千古风流人物”不成了胡扯？什么淘尽，在他心中，至少还有一个风流人物没有被淘尽，他忘记了？

对历史人物如此一褒一贬，显现出苏轼当时的心态非常矛盾。《赤壁赋》与《念奴娇》词几乎是同时创作出来的，都写于

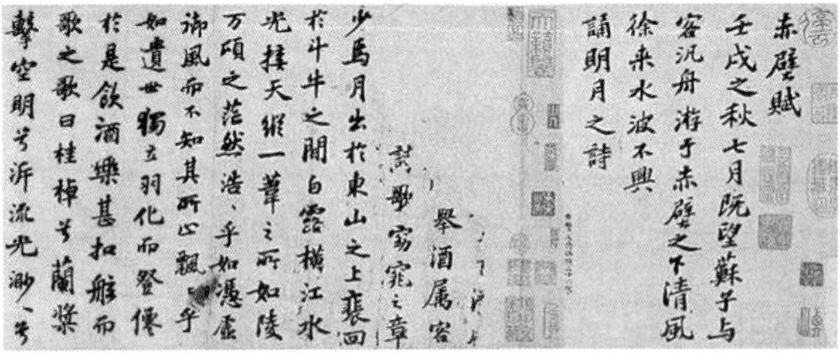

苏轼书法真迹《赤壁赋帖》长卷局部，今藏台北“故宫博物院”。

元丰五年的七八月间，相隔时间不会超过两个月。如果是先写的词，后写的赋，那么他是从苦恼和英雄崇拜，走向了解脱和超越；如果是先写的赋，后写的词，那么他是从短暂的超越解脱，重新又跌回到苦恼和英雄崇拜。并没有彻底解决人间的烦恼，并没有完全抹去政治对他心灵的伤害，仍然处于挣扎着自我救赎的矛盾之中。

无论怎样，赋东坡和词东坡都是两份不同的样品，见证了一个伟大作家曾经经历的内心挣扎。

我们来看两个不同苏轼的人生表情。

（一）两个苏轼，对温暖和寒冷的喜恶不一样。密州的苏轼本来热爱人间的温暖，热爱兄弟手足亲情、夫妻恩爱亲情，觉得尘外的仙境太寒冷了，去不得，说是“高处不胜寒”。黄州的苏轼遭遇政治迫害，被人间的肮脏和丑恶寒了心，想法变了，觉得哪里是天外寒冷啊，人间才真正冷呢，冷得无法栖身，叫做“寂寞沙洲冷”。

黄州的两个苏轼都不喜欢寒冷。一个赞美尘外的天宇，觉得天上的琼楼玉宇多好啊，可以乘着凤凰飞来飞去。与人间的丑恶相比，就是有点冷也没有什么，可以承受。那里是一个清凉的世界，不是寒冷得无法生存的世界，叫做“人在清凉国”。而另一个苏轼则想竭力证明人间不冷，想要说服自己仍然留在人间，说人间只是微微有点冷，不过有太阳在。太阳迎面照来，会暖和过来的。他的原话是：“微冷，山头斜照却相迎。”好像是在努力为人间作辩护。

（二）两个苏轼，对白发的态度也不一样。密州的苏轼说自己大发少年狂，跑到城郊外骑马打猎，还纵情喝酒。不到40

岁，两鬓有了点白发，觉得这有什么关系。是“鬓微霜，又何妨！”黄州的一个苏轼说自己凭吊着古代的英雄，别人会笑话自己那么多愁善感，弄得头发都早早地白了，是“多情应笑我，早生华发”，说自己被贬到黄州已经三年，就像一个生了大病的少年，病好了，头发也已经白了，是“病起头已白”。白发让这个苏轼很伤感。另一个苏轼则拒绝这种伤感，坚持说：你看门前的江水都能朝西流去，谁说人生不能再年少？千万不要再叹息光阴似箭，跟自己的白发过不去，自己向自己发誓说：“休将白发唱黄鸡！”

（三）两个苏轼，镇定和惊恐的心情很不一样。惊恐，似乎跟苏轼无缘。苏东坡苏大人什么时候惊怕过？在我们的印象里，苏轼永远是个胆子很大的人。其实他有时候胆子又很小。密州的苏轼胸胆开张，胆子特别大，敢骑马射虎，敢为民请命，仿佛天底下没有他不敢做的事情。黄州的两个苏轼，一个被人整怕了，半夜三更出来散步，听到一点动静，就惊慌地回头四处张望，心里的痛苦没有人理解，叫做“惊起却回头，有恨无人省”。另一个苏轼却努力平静自己，鼓励自己不要怕，不要被人世间的风雨惊吓住。他拄着竹拐杖，穿着芒鞋，在风雨中一边吟啸，一边慢慢地走着，觉得实在用不着害怕什么。“谁怕”的谁，不知道指谁，轻轻的一声反问，让我们觉得满脸雨水的诗人真的很可爱。他是在竭力安慰着受了惊吓的另一个自己。

两个苏轼的不和谐音，一直是这样交替出现的。他们争执着，你说服不了我，我也说服不了你。你向往着天外，我向往着人间。《念奴娇·赤壁怀古》，不过是他们双方争执中的一个高亢的声音而已。它跟另一个苏轼商榷，否定了《前赤壁赋》的人生思考和价值逻辑。它自己也很快就被另一个声音嘲笑和否定。

苏轼黄州作品两种矛盾心态对照表

心　态	创作时间	作　品　名　称	首　句
痛苦烦恼	元丰三年深秋	《卜算子·黄州定慧院寓居作》	缺月挂疏桐
痛苦烦恼	元丰四年重九	《南乡子·重九涵辉楼呈徐君猷》	霜降水痕收
超脱	元丰五年三月	《定风波》	莫听穿林
超脱	元丰五年三月	《浣溪沙·游蕲水清泉寺》	山下兰芽
痛苦烦恼	元丰五年寒食	《黄州寒食二首》	自我来黄州
超脱	元丰五年七月	《前赤壁赋》	壬戌之秋
痛苦烦恼	元丰五年七月	《念奴娇·赤壁怀古》	大江东去
超脱	元丰五年八月	《念奴娇·中秋》	凭高眺远
痛苦烦恼	元丰五年九月	《临江仙》	夜饮东坡

酹江月究竟在酹什么

过去读苏轼的词，常常感到奇怪，总是想：苏轼豪放词写得如此成功，如此顺手，为什么不扩大战果，坚持写下去呢？为什么他的豪放词不能一气到底，最后要绕到人生伤感上去呢？大江东去多壮观啊，干嘛要留那么个颓废的结尾，酹江而去，让全篇收得那么消沉？一曲波澜壮阔的交响乐轰鸣，最后却用一缕又瘦又弱的小提琴尖音幽幽地结束，袅袅而远，旋律很不匹配。

这就是以豪放的老眼光看不懂古人的地方。站在赤壁之下的苏轼，其实一点也不豪放，一点也不旷达，而是非常伤感，非常失落。怀古神游最后怀出了一片愁云。那个仰望着明月的头颅慢慢低了下去，那双放着光芒的眼睛慢慢黯淡了下来。他转过身，把杯中的酒倒在江里。

读者有没有想过，词人一声长叹后，酹的究竟是什么？

“酹江月”，一般都理解成祭奠江上的那一轮明月，或者更诗意些，祭奠江水中倒映的那一轮明月。南宋状元王十朋有诗可证：“万点白鸥家浩渺，一声赤壁酹婵娟。”[1]酹的当然是“千里共婵娟”的明月了。

我们要告诉读者，不一定。他用了那么丰富的想象，讴歌了心目中的英雄，为什么不可能最后来一番酹酒浇奠呢？酹的会不会是周瑜，而江月不过是环境背景。意思是当着明月大江，月下酹酒，祭一祭远去的周郎。

这样的解释有诗为证。苏轼死后几十年，南宋初期的词人周紫芝写了首《题齐安新刻雪堂图》诗。齐安就是黄州，雪堂图是一幅描绘苏轼东坡雪堂的绘画作品。这首诗写道：“扁舟夜入赤壁江，手持杯酒酹周郎。酒醒月落赋已就，东方欲白天相将。”[2]用情景再现的方式，追述了苏轼的赤壁之游。周紫芝很自然地认为，苏轼酹的就是三国英雄周瑜。

到苏轼的诗集里寻找旁证，我们还可以有其他解释。元丰五年（1082）九月九日，苏轼写了一首《醉蓬莱·重九上君猷》词。君猷就是黄州的知州徐大受，苏轼流放黄州期间，得到过徐大受的多方照顾。据他自己说，每年重九徐大受都要请他到栖霞楼吃饭喝酒。这一年徐大受任满，上书朝廷请求调往湖南做地方官。苏轼看到老朋友要走，心里惘然若失，写下了这首词。词的最后写道：“来岁今朝，为我西顾，酹羽觞江口。会与州人，饮公遗爱，一江醇酎。”什么意思呢？他说明年这个时候，请君看在我临江西望的面子上，把你杯中的酒浇奠到长江里，让江水都变成

[1] 宋·王十朋《梅溪集》后集卷十《题庾楼呈唐守立夫》。

[2] 宋·周紫芝《太仓稊米集》卷二十八《题齐安新刻雪堂图》。

醇美的酒。湖南在黄州的上游，我将与黄州百姓在下游饮用江水，从江水里感受先生的爱民之情。这首词几乎与《念奴娇·赤壁怀古》词写于同时，只晚了两个月左右。酹江口，酹的是长江。

有意思的是，在写《念奴娇》赤壁怀古词的两年前，苏轼曾经还说过不必祭吊周瑜，要酹酒就酹波神。元丰三年（1080），他写过一首诗，题目叫做《王齐万秀才寓居武昌县刘郎洑，正与伍洲相对，伍子胥奔吴所从渡江也》。说黄州长江对岸武昌的一位朋友王齐万住在一个叫做刘郎洑的地方。这个地方江对面就是伍洲，当年伍子胥出逃去吴国，坐船渡江的地方就是这里。这首诗里面有这样两句："仲谋公瑾不须吊，一酹波神英烈君。"说不必去凭吊孙权和周瑜，伍子胥才真正值得酹酒祭奠。波神英烈君指伍子胥，杭州有伍子胥庙，伍子胥被封为英烈王，民间称呼他为波神。

这就有意思了。苏轼赤壁怀古，长叹了一声"人生如梦"之后，用手中的一尊酒酹江月。所酹的对象至少有四种可能：江水、波神、明月、周瑜。到底哪种可能是他的本意呢？

我们的最终结论是：在江和月之间加一个顿号。也就是说，他酹祭的是江水和明月，两者一个都不能少。

证据来自于他的《前赤壁赋》。在这篇赋中，苏轼反复写到长江之水和天上明月，将它们作为赤壁怀古的重要叙述对象和比喻参照物。那位舟中客人，道士杨世昌谈论的主要是赤壁大战，当年的霸主曹操。侧重在伤悼历史；而苏轼把他从现实中拉出来，转到抽象哲学，他把眼前的江水和明月演绎为参禅悟道的对象，他这样写道：

客人您也了解水与月的变化吗？水这样流逝而去，

其实并没有消失。月时而圆时而亏，其实也并没有变小变大。从变化的角度看，天地简直一眨眼间就已经面目全非。但从不变的角度看，自然之物和我都是永恒无尽的。又何必去羡慕呢？何况天地之间，物各有其主。假如它们不属于我，哪怕是一星半点，也不要奢望去占有。只有这长江上的清风、山间的明月，耳朵听得到它的声音，眼睛看得见它的光影，取之无禁，用之不竭，是造物者赐给人无穷尽的宝藏，我与您在此得以尽情享受。[1]

苏轼那时候，一定把水和月这两种自然现象想了很多遍，翻来覆去，仔细琢磨，才发出如此深刻的议论。月亮圆了又缺、缺了又圆，构成了时间的刻度；江水长流不断，一去不返，构成了时间连续的象征。如果江水是一把尺子，那么月亮变化就是尺子上的刻度。江和月在一起，合成了丈量时间的尺度。当年孔子站在大河边，叹息说："逝者如斯夫，不舍昼夜。"时间就像这流水，在日夜不停地流逝啊。苏轼站在小船上，叹息说："浪淘尽、千古风流人物。"显然，流水就是时间的显影液，看得见，摸得着，停不下，砍不断，无始无终。抽刀断水水更流。

公元前西方的伊奥尼亚哲学家赫拉克利特（Heraclitus），曾经说过这样的话："人不能两次踏进同一条河流。"意思是世界上的一切都存在，又都不存在。因为一切都在流动，都在不断变化。他

[1] 宋·苏轼《东坡全集》卷三十三《赤壁赋》："苏子曰：客亦知夫水与月乎？逝者如斯，而未尝往也。盈虚者如彼，而卒莫消长也。盖将自其变者而观之，则天地曾不能以一瞬。自其不变者而观之，则物与我皆无尽也。而又何羡乎？且夫天地之间，物各有主。苟非吾之所有，虽一毫而莫取。惟江上之清风，与山间之明月，耳得之而为声，目遇之而成色。取之无禁，用之不竭，是造物者之无尽藏也。而吾与子之所共适。"

的学生克拉底鲁（Kratylos）接下去说，“连一次也不能”。认为世界上没有绝对静止的存在，一切都在变化，转瞬即逝。这个河流，也是时间的象征。变和不变，东方人和西方人想到了一起。

苏轼当然没有读过赫拉克利特，不可能抄袭西方。但是孔子的话他不仅读过，而且深深印在心底。他就像孔子的学生，把“逝者如斯夫”的话茬接了下去：水与月都在变，又都没有变。要看从哪个角度去理解。说它们变，什么不在变？人生在变，历史在变，天地在变，没有什么东西你把握得住。时间就像沙子，你抓得越紧，它漏得越快，越珍惜时间越觉得时间飞逝，最后必然归于虚无；说它们不变呢，你我就解脱了。造化如此，人生如此，大家相遇在天地之间，多好的缘分啊。眼前的一切如此真实。人生既然有限，我们更当珍惜生命，珍惜当下。当下便是永恒。

所以，他那杯酒酹到长江里的时候，心里反复想的是时间和永恒，想的是变和不变。他祭奠的，既是江水，也是明月。既不是江水，也不是明月。它们都是替身，时光的替身。在永恒面前，人生太渺小了。

人生如梦

水与月的变与不变，也印证在苏轼自己身上。

那句沉重的叹息“人生如梦”，他在黄州说过很多次，大概是那个时候苏轼的口头禅。元丰四年（1081），也就是流放黄州的第二年，他叹息说：“万事到头都是梦，休休，明日黄花蝶也愁。”[1]写《念奴娇》的那一年，他也叹息过：“梦中了了醉中

[1] 宋·苏轼《南乡子·重九涵辉楼呈徐君猷》。

醒，只渊明，是前生。”[1]还叹息过：“笑劳生一梦，羁旅三年，又还重九。”[2] 在此前后，他一遍遍说过类似的车轱辘话：“世事一场大梦”“万事回头都是梦”“事如春梦了无痕”“身外傥来都似梦”……

问题是，充满激情地歌颂完英雄周瑜之后，他不应该这样叹息。这与他的怀古旋律相矛盾。假如他描写霸主曹操和美女小乔如今都成了白骨，周瑜也早已灰飞烟灭，把“浪淘尽千古风流人物”的意思贯穿到底，这时候再发出一声“人生如梦”的浩叹，才叫做贴切，才算得彻骨。可他没有，他把周瑜和小乔写得如此生动，如此完美，哪里还有半点人生如梦的感觉？简直就是“人生如歌”“人生如画”，一点都不如梦。

所以说，《念奴娇》本身就充满了矛盾，写着写着，他就走到了自己的反面，是情绪化的表达，不是理性化的思考。

经历了这么艰难的心灵挣扎，这么痛苦的前思后想，“人生如梦”的话说了无数遍，苏轼一定彻底参透了人生，不再执着于人间的是非得失了吧？当他接到朝廷诏命，可以离开黄州，到条件比较好的汝州去居住时，已经四年过去了。这时候，他一定已经完成了苦难的修炼，结束了天外人间的徘徊。一个沉着的、通脱的、飘逸的苏东坡，出现在了世人面前。对吧？

很遗憾，没有。

我们有点扫读者的兴。应该说，是历史扫了我们的兴，让我们这些苏轼的崇拜者感到失望。他这个“人生如梦”，只是有时候觉得，有时候却并不觉得。当他境遇顺达的时候，人生就不再如梦了。

---

[1] 宋·苏轼《江城子》。

[2] 宋·苏轼《醉蓬莱·重九上君猷》。

有一个传说。苏轼与佛印是好朋友，两人经常谈禅论佛，斗机锋比智慧。有一次他写了一首诗偈："稽首天中天，毫光照大千，八风吹不动，端坐紫金莲。"说自己已经修到了不受外界风吹草动影响的境界，能够心静如止水，端坐在那里仰望天空。他感觉很好，有点得意，特意让人送到长江对面的金山寺，让佛印禅师指教。佛印看了，批了两个字"放屁"。苏轼见到回复，不知道禅师在故意激怒他，大为生气，当即渡江找佛印，让他给个说法。佛印嘲笑他被一屁打过江来，还什么八风吹不动。试一下就露了破绽。

这个传说是真是假不知道，但很能说明苏轼并不是天生完美。从眷恋红尘到超越苦难，从执着是非到彻悟生命，他有一个漫长的过程。真正成熟的苏东坡，要在十年之后更大的苦难降临，才会出现。

黄冈东坡赤壁景区的苏轼雕像。人物神情高贵而庄重，符合人们对文学大师的想象。但过于追求完美，缺乏对流放者心底波澜的观照，没有时间维度意识。是苏东坡，但不是黄州的苏东坡。照片为黄冈赤壁公园管理处提供，摄影冯扬。

我们反对把黄州的苏轼拔得太高。写《赤壁赋》的东坡确实飘逸，确实超脱了凡尘，进入了一个澄澈的空灵境界。但是写《念奴娇》的东坡，却还在功名富贵中挣扎叹息，前思后想，并没有洞穿一切。走出黄州的东坡，也并没有将两个苏轼合而为一，现身为写赋的东坡。走出黄州后，一转身之间，翰林学士的苏东坡再次嘲笑了黄州的苏东坡，把他全部的自我救赎努力都轻轻抹去了。

天才也是凡人，也是血肉之躯。正因为苏轼有一个凡人的心灵，有一份凡人的情感，才让我们这样喜欢，这样感动。我们要感谢那场苦难，流放生涯造就了他绝顶敏感的心灵，造就了他绝顶美丽的文字。大宋帝国能够出现《念奴娇》《赤壁赋》这样顶尖、不朽的伟大作品，不是因为完满，而是因为受伤；不是因为成熟，而是因为挣扎。

大丈夫当如此

至此，黄州苏轼的身影，渐渐清晰地浮现在我们眼前。

我们仔细勘查现场，分析词人的心理轨迹，只是想告诉读者：写《念奴娇·赤壁怀古》的苏东坡，一直处在极为矛盾和苦恼的状态中，各种念头纠结在一起，相互冲突，各不兼容，精神信念并没有一个稳定的常态。他有时候快乐，有时候却很伤感，悲观得不行；有时候想得很通，有时候却很想不通，远远不是我们印象中的那个成熟完美的苏东坡。

让我们来逐字逐句讨论这首词。

大江东去

我们到现在还不敢太肯定，《念奴娇》词到底写在《前赤壁

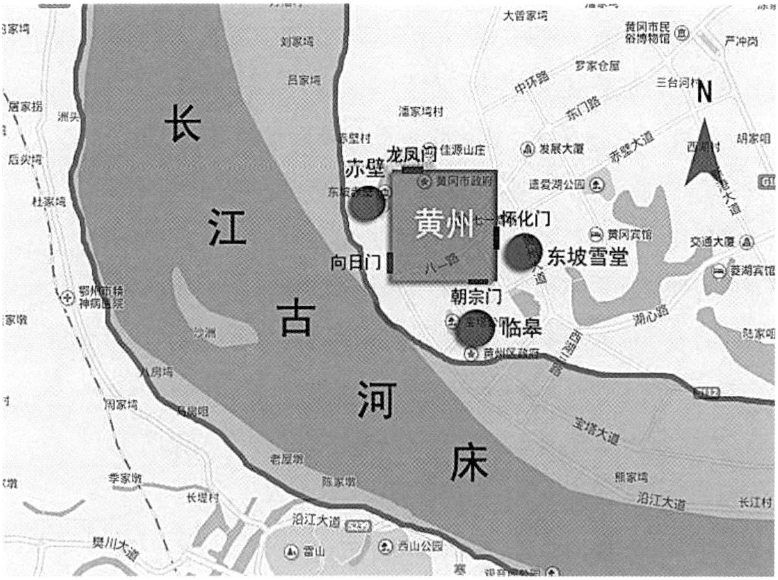

宋代黄州与长江河道的地理位置示意图。赤壁矶前的长江自北向南流。苏轼在赤壁矶附近的江面上，只能看见大江南去。原地图为百度地图。

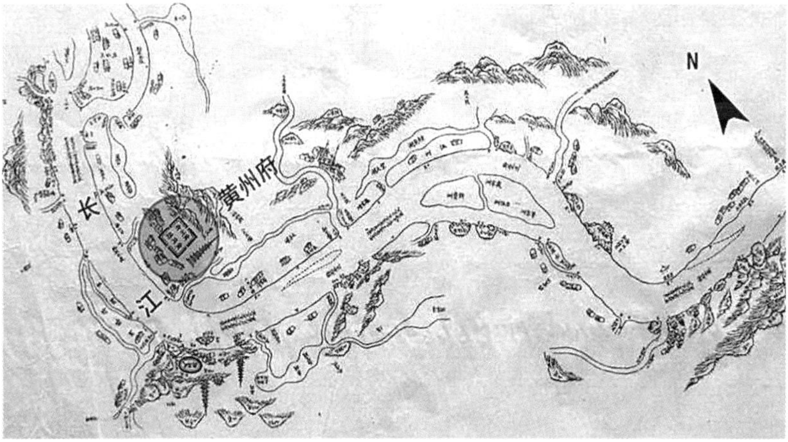

清代黄州府黄冈县地图。图中可见长江河道尽管已经退到城西远处，但仍然保持了由北而南的方向。

赋》之前，还是之后。为了阅读方便，我们假设他是先写了《前赤壁赋》，然后觉得意犹未尽，或者还有不同的感慨，于是换一种文体，用曲子词再写一遍。结果写着写着，调子变了，人生痛苦的底色重新泛了上来。

他先把“白露横江，水光接天”那一段优美文字，浓缩成“大江东去”四个字，直接切入。有点像很多年前欧阳修描写滁州四周的群山，啰啰嗦嗦一大段，最后全部删掉，只剩下“环滁皆山也”五个字。紧接着，又将赋中客人说的那一大段曹孟德“固一世之雄也，而今安在哉”，压缩成“浪淘尽、千古风流人物”两句。然后就是天才的大显身手了。

“大江东去”，有没有人发现苏轼开口就错？黄州赤壁的大江，不是东去，而是南流。他开口应该唱“大江南去”。赤壁在长江的东岸，至今没有挪过地方。长江只能往南流，“东去”地理方位不对。如果他是站在临皋亭下，那没有问题。长江经过赤壁大约三公里左右，才折向东方，流经他的临皋亭住所。临皋亭紧临着长江北岸，大江就在他窗前自西向东流去。

隔着九百多年，我们总是有一种冲动，要想唤起古人于地下。因为许多问题，我们想当面问个清楚。写《念奴娇》的时候，苏轼站在哪里？或者，他心里默认自己站在哪里？用电影术语来说，他的机位在哪里？用绘画术语来说，他的透视焦点在哪里？他是站在赤壁山上，还是站在长江的岸边，或者站在江中的船上？当年的赤壁山没有道路，没有登临之处。江边有可能。如果距离赤壁矶有一段距离，在更南或者更北些的地方，也许可以站在江边眺望，但虚拟的壮观风景就落不住脚了。看不见赤壁全景，如何怀古？赤壁矶下勉强可以登岸，但江岸陡峭，树木茂密，没有放眼的平地。

我们考证苏轼当时是在江中的小船上。他几次游览赤壁，都是从临皋那里坐小船，沿江溯流而上，划到赤壁去的。两年前，他曾经与大儿子苏迈一起划船去游赤壁，他记录说：“当时离中秋刚过不到十天，秋水方涨，水面千里。月亮出现在东面的房宿和心宿之间。秋风露气满天。临皋离长江边不到十步远，独自与大儿苏迈划着小船，来到赤壁。江上西望对面的武昌山谷，乔木苍苍，云涛连天。”[1]他的《前赤壁赋》与《后赤壁赋》也都说到是乘船游览。参考《秦太虚题名记》、前后《赤壁赋》的叙述，我们相信，这一次赤壁之游，他也是人在舟中。也就是说，《念奴娇》的视点和机位始终在江面上。

问题就在这里：身在舟中，可以看到赤壁矶的全景，但大江就不是东去，而是南去了。同样，如果你是在湖北嘉鱼县的长江上，你可能唱的是“大江西去”；如果你是在安徽芜湖的长江上，你也许会唱“大江北去”。只有站在更高的位置，甚至从空中俯瞰，才能得出长江东去的结论，唱出“大江东去”。苏轼是四川人氏，坐船沿长江出蜀返乡多次，知道长江是向东流的。这是常识，是他的记忆风景。当他来到赤壁下凭吊古战场，满眼是霸主曹操、英雄周瑜。他的心理视野在历史的高处，现场的视线也跟着飞到了宏观的高处。笔下流淌出来的一切，不自觉地变了方位，换了角度，成了高处俯瞰的大全景。

这意味着什么呢？这意味着词人并不是拿着照相机，实拍眼前的风景。苏轼的《念奴娇》绝对与范仲淹的《渔家傲》不同。所有的风景，都经他处理过了，是艺术化了的风景，道具化了的风景。这一点非常重要。它提醒我们，不仅风景，连历史事实、

[1] 宋·苏轼《东坡全集》卷三十七《秦太虚题名记》。

大江东去示意图（非现场）。从高处俯视河道走向，不易被河床的局部流向所误导。摄影卞朝宁。

大江东去示意图（非现场）。从舟中低视角看江水，容易受河床局部流向的影响。

历史人物、历史场景，都被作者处理过了。

◆ 浪淘尽、千古风流人物

“浪淘尽、千古风流人物。”这话有问题吗？有问题。浪没有淘尽风流人物，从来没有。至少对于苏轼来说，淘尽的是曹操那样的一世霸主，而周瑜这样的旷世英雄还活着。周瑜的幽灵，就站在赤壁山上俯瞰着他，看他的笑话，让他心里无比压抑痛苦。周瑜这样的风流人物，一直活在他的心头。

苏轼没有意识到，他写着写着，就走到了自己的反面。开篇的三句，还能与《前赤壁赋》保持着一致，后面就开始自己否定自己了。这一点，我们后面会细细道来。

◆ 故垒西边，人道是，三国周郎赤壁

“故垒西边”的故垒，指前代废弃的旧墙垒。有的学者说是指他刚刚开垦的那片东坡地，这片废地当年是官府的旧营地。他的好朋友马正卿看他一家饥寒交迫，日子实在过不下去，帮他向官府申请了这块地。苏轼得到这块荒地后，带着朋友家人在那里开荒捡乱石，勉强种点庄稼，后来还在附近盖了雪堂。他在《东坡八首》里面，确实写到过“废垒无人顾，颓垣满蓬蒿”。[1]但《念奴娇》说的故垒不是这里。拿自己的那么一小片山坡地，来描述赤壁大战的方位，拿一个谁也不知道的东坡，来定位大名鼎鼎的古迹，很不合理。故垒应该是指黄州的故城。唐宋时代的黄州城面积很小，位置偏南，城墙建筑也不全，有些地方已经年久失修，荒废不堪。加上城池为前代所修筑，所以叫故垒。长江当时的河道从黄州城西边流

[1] 宋·苏轼《东坡全集》卷十二《东坡八首》。

过，由北而南，赤鼻矶的位置也正处于故城的西边。

“人道是”的人，大概指的是唐朝诗人杜牧。二百四十年前(842年)，杜牧曾经做过黄州刺史，他曾经在赤壁江边怀古，写过好几首咏赤壁的诗。那首著名的《赤壁》绝句:“折戟沉沙铁未销，自将磨洗认前朝。东风不与周郎便，铜雀春深锁二乔。”写的就是这里。除此之外，当地人指点遗迹，父老口耳相传，告诉新来的流放官员，这里曾经是古战场。他们也是“人道是”所包含的人。

我们知道，黄州的赤鼻矶只是个假古迹，真正的三国古战场在湖北的蒲圻县江边。这么重要的事实，苏轼竟然弄错了？没有。他其实知道这个地方靠不住。为了避免让后人笑话他怀古怀错了地方，于是特意留了个活话，说:“人道是，三国周郎赤壁。”别人传说的，不是他自己以为。

这多有意思。明明知道靠不住，却这么认真地凭吊和讲述，很奇怪不是？就好像清明节给祖宗上坟，弄不清楚哪座坟茔是自己家的，姑且站在一座疑似的坟前，痛哭流涕，烧纸鞠躬，每道程序都讲究认真地走一遍。这不合情理。

所以我们相信苏轼是故意的：为了发抒胸中的万古悲凉情绪，为了对自己的失败人生说点什么，为了诅咒命运的不公，他需要借题发挥的由头，需要有一个爆发口。假赤壁，那个时候有幸被他选中，成了他利用来发泄悲怆情绪的假事发现场，叫做“青山有幸埋忠骨，白铁无辜铸佞臣”。苏轼并没有完全当真，读者也不必太当真。

◈ 乱石穿空，惊涛拍岸，卷起千堆雪

这是苏轼最顶级的大手笔，壮美豪放，动态画面感极强，看了就让人想起那里曾经发生的大战场景。南宋学者王十朋站在赤

壁下，感慨地说："读公赤壁词并赋，如见周郎破贼时。"[1]好像亲眼目睹了战争的全过程。今天许多学者也像他一样，受阅读幻觉的影响，完全相信苏轼所写是真实的赤壁风景，有穿空的乱石，有翻卷的大浪。

与"大江东去"一样，这些壮观的风景，都是苏东坡艺术加工过的人造布景。用今天的话来说，是被PS修饰过的图景。读者注意到没有，《前赤壁赋》里面写到的赤壁，风平浪静，完全不是这样。难道前一次是晴朗的月夜，这一次是台风大作？好像不太可能。如果苏轼确实是遇到了恶劣天气，他怎么会仍然不管不顾，与朋友坐着小船，搏击着惊涛骇浪前去游赤壁呢？所以只能是虚构夸张。

有的学者考证说，赋游赤壁和词游赤壁，是两个地方。赋游时，去的是赤壁山北面的一处叫做矶窝湖的洄水湾，那里离长江河道还有一段距离，所以风平浪静。词游时去的是赤鼻矶，那里风高浪大。这个说法我们有点怀疑。可以肯定的是，黄州的赤壁，根本没有乱石穿空的壮观景象，自从宋朝的范成大、陆游之后，很多学者都跑去实地勘察过，都说那个赤鼻矶只是一座突入江中的小土石山，太小了，小得让人不好意思。九百年风雨剥蚀，也不至于小成那样啊。哪来的乱石穿空？

利用Google地球测量工具测量，赤壁矶最高处海拔约35米，人工池塘水面海拔约28米。赤壁矶的相对高度只有7米。流经黄冈的长江江面海拔约为10米（2018年秋天数据）。我们假设北宋时期的长江水面海拔高度与今天的海拔高度一样，没有太大的变化，那么当年赤壁矶的高度，大约在25米左右。比今天要稍高一

[1] 宋·王十朋《梅溪集》后集卷十五《游东坡十一绝》之六。

黄冈赤壁矶照片。从南面往北拍摄的视角，可见南侧坡度较缓，土多于石，看上去如同土丘。当年范成大从这个角度观察，说它不过是个“小赤土山也”。土山上没有任何高大乔木和建筑物。照片为黄冈赤壁公园管理处提供，摄影冯扬。

些。这也是苏轼游览赤壁时见到的实际高度。

在有的版本里，“乱石穿空”别作“乱石崩云”，“惊涛拍岸”别作“惊涛裂岸”，应该都是后人误传误改。这一传一改，就更夸张了，我们不去说它。苏轼曾经草书过自己的这首《念奴娇》作品，真迹被当时人刻石保留下来。黄庭坚也用行书写过这首《念奴娇》，也有石刻流传。他们所写的原文，都是“乱石穿空”“惊涛拍岸”。这两件石刻，学术界有争议，有人认为是苏、黄的真迹，也有人怀疑是赝品。

我们更关心的是，苏轼为什么要这么夸张，这么渲染？把假的（古迹）弄成真的，又把真的（风景）弄成假的。真真假假，简直有点随心所欲。

仔细想来，他这么做，唯一的目的是为了衬托那场烈焰冲天的大战：霸主曹操的80万水陆大军要出现了，英俊倜傥的大都督

黄冈赤壁矶照片。从北面往南拍摄的视角，可见北侧坡度陡峭，主要为岩石峭壁，颜色发红。可能是岩石中含铁量较高所致。苏轼所谓的“乱石穿空”，当是从这个角度观察的印象。照片为黄冈赤壁公园管理处提供，摄影冯扬。

黄冈赤壁矶照片。从西面往东拍摄的正面视角，可见赤壁矶一侧陡峭、一侧平缓的不对称地形。照片为黄冈赤壁公园管理处提供，摄影冯扬。

周瑜要登场了。隔着长江的这场生死大战，重新要在现场上演。伟大的导演苏轼给它布设了一个巨幅的人工场景。这个场景的构思原则是：必须配得上火光冲天、箭如雨下的惊悚场面，必须配得上骄横的霸主、宽阔的军阵、厮杀奔突的将士，必须配得上战鼓如雷、呐喊声震天的激烈情绪，配得上到处血流成河、死伤枕藉的惨烈画面。于是，像变魔术一样，宁静诗意的赤壁换了个壮观的布景。

这很像是现代好莱坞电影的俗套：遇到战争最惨烈的时候，场面一定要大，镜头一定要拉开，一定要从高处航拍，让人看到整个恢宏的现场；遇到矛盾激烈冲突的关键时候，决不能弄出个风和日丽来，一定要电闪雷鸣，风雨交加；一定要狂浪轰鸣，利用声光电冲击观众的视觉听觉。男女主角就这样站在风雨中，满脸分不清是雨水还是泪水，是泪水还是血水。观众的心于是也跟着揪了起来。这就是环境氛围与情节的烘托匹配。读者想过没有，九百年前，我们就有了伟大的电影导演。

◆ 遥想公瑾当年，小乔初嫁了，雄姿英发

原来如此。假风景，是他烘托渲染战争场面特意设置的布景。他要再现周瑜大破曹操的战争氛围。接下来欲罢不能，苏轼继续导演历史，又编造了虚构的历史细节：让英雄周瑜在刚刚娶回天下最美的女人之后，摇着鹅毛扇，穿着日常的便服冠巾，谈笑着指挥这场战争。

浪漫的神话就这样出现了。

史书记载得很清楚，周瑜与孙策破皖城时，得到了桥公的两个女儿大乔、小乔。孙策自纳大乔，周瑜娶了小乔。那一年周瑜24岁，离赤壁大战爆发还有漫长的九年时间，根本不是同时。那

美人儿小乔在家里生儿育女，守她的妇道，从来没有跟随过周瑜南征北战。后人读了苏轼的虚构故事，还真相信了小乔直接参加了赤壁大战。元朝诗人李昱写过一首长诗，说大小乔都是精通兵法的高人。赤壁大战，幸亏小乔运筹帷幄，辅佐周瑜，才拯救了江东，演绎得让人觉得可笑："大乔已作孙郎妃，小乔又作周郎妻。设机制胜妙无敌，谁谓颇牧生深闺。曹瞒提兵来赤壁，千里旌旗蔽云黑。水军百万将奈何？吴下衣冠俱失色。小娃衽席能运筹，飘飘杀气横清秋。纶巾羽扇风采发，伟哉公瑾来舒州。"[1]真是邪乎。

把美女和战争搅和到一块，大概是受杜牧的启发。杜牧说过"东风不与周郎便，铜雀春深锁二乔"，不过他只是做个历史假设，并没有说周瑜刚娶回小乔。是苏轼自己想多了，编造了这段英雄美人的神话。

为什么要编造小乔初嫁的历史细节，是一个值得回味的关键点。

羡慕别人的娇妻美妾，是人之常情，古今男人都是如此。英雄美人，也是世俗观念中完美人生的标准。苏轼在《念奴娇》词中特别写到周瑜娶小乔，艳羡之情溢于言表，有可能不仅仅是人之常情。这里面，似乎还隐含着对比自己的处境，怅然若失的感慨。

苏轼的婚姻爱情，属于正常的士大夫家庭。正常的年龄结婚，前妻死后又续娶一妻，之后又纳一妾。先后生育了三个儿子苏迈、苏迨、苏过。小妾王朝云生的儿子，不满周岁就死了。他的婚姻既不悲剧，也不浪漫；既不乏味，也不多彩。

---

[1] 元·李昱《草阁诗集》卷二《二乔观兵书歌》。

他的初婚妻子叫王弗。这位四川女子是苏轼特别钟爱的对象，据说情商很高，不仅贤惠，而且心灵手巧。苏轼很钟情她，也很依赖她。她16岁那年嫁给苏轼，可惜没有福气，27岁就生病去世。苏迈是她生的儿子。苏轼很多年都无法忘记她，在密州写的《江城子》（十年生死两茫茫），就是怀念她的。那时候苏轼已经娶了第二任妻子，是当着后妻在怀念前妻。第二任妻子王闰之是他前妻王弗的堂妹，嫁给苏轼的时候21岁。生了两个儿子苏迨、苏过。苏轼写《念奴娇》的时候，王闰之已经35岁。苏轼似乎不太喜欢这位续弦夫人，从来没有温柔地为她写过诗词。在给朋友的书信中，常常称呼她为“老媳妇”“老妻”。《后赤壁赋》里提到她藏有酒，大方地拿出来给丈夫和朋友喝，苏轼也只是漫不经心地称她为屋里的妇人，一个字“妇”。自己是被流放贬谪的官员，妻子是人老色衰的黄脸婆，当然要艳羡人家周郎风流、小乔美艳了。

另一个细节是，流放到黄州不久，也就几个月时间，一家人刚刚安顿下来，苏轼就把从杭州买来的侍女王朝云纳为小妾。王朝云当年进苏家的时候，还只是一个12岁的小女孩。流放黄州那年，不过才18岁。现代心理学发现，性是缓解焦虑和压抑的最常见的行为方式。人处在失败困境下，特别容易在性欲上寻求发泄。还有一些人则容易在食物上寻求发泄，无节制地暴食暴饮。用今天的话来说，反正已经这样了，闲着也是闲着，所以纵欲解忧。这也反过来证明，美化古人的爱情，望着英雄美人流口水，苏轼不是没有想法。尽情的美化夸张，暴露了词人内心是多么的痛苦和失落。

特别有意思的是，写出《念奴娇》的第二年（1083），王朝云为苏轼生下了一个儿子。苏轼为他取名遁儿。这是苏轼的第四个儿子。当时苏轼写了一首《洗儿》诗，为小儿子祈祷。这首诗是这样的：

人皆养子望聪明，我被聪明误一生。
惟愿孩儿愚且鲁，无灾无难到公卿。[1]

这个小儿子后来不幸夭折。一不小心，苏轼又嘲笑了自己，嘲笑了写《前赤壁赋》的那个苏东坡。万丈红尘洗不尽，功名富贵的念头，仍然萦绕在心怀，叫做“惟有功名忘不了”。曹雪芹《红楼梦》里面唱道：“世人都晓神仙好，惟有功名忘不了。古今将相在何方？荒冢一堆草没了。”曹操都没有了，为什么还会有英雄周瑜？曹操、周瑜都没有了，为什么还要念念不忘公卿、功名？他受了那么大的政治迫害，竟然还希望儿子将来能当上富贵公卿。黄州的苏轼真那么超脱吗？从这一点来看，赋东坡不是他的真身，词东坡才是他的本来面目。

◆ 羽扇纶巾，谈笑间，樯橹灰飞烟灭

谈笑破敌，是最不靠谱的神话演绎。

读者知道，当年的淝水之战，东晋以少胜多，大破前秦苻坚的80万大军。当时东晋的数万兵马，在谢玄、谢琰、桓伊的指挥下，临水与强敌对峙，胜败没有一点点把握。主帅谢安在后方与朋友下棋，努力装着若无其事的样子。最后前方传来大获全胜的消息，谢安看了战报，强行克制着内心激动，继续把棋下完。其实内心的紧张和狂喜，不知道有多么剧烈。这个潇洒平静，是装出来的，所以出门送客的时候，一激动，木屐的屐齿都折断了。

[1] 宋·苏轼《东坡全集》卷二十九《洗儿》。

任何人在生死存亡的大战面前，都不可能没有压力。谢安如此，周瑜也是如此。

新娶小乔是假的，羽扇纶巾也靠不住，谈笑破敌更是小说家的编造。这些常识，苏轼真的不知道么？

问题就出在这里。苏轼不一定相信黄州赤壁是真赤壁，应该也知道英雄美人的传说不一定靠谱。但是他太羡慕周瑜了，他宁可信其有。诸葛亮是聪明过人，可惜能文却不能武，自己上不了马，使不了枪。周瑜是能文能武，文武双全。既能身披铠甲战袍，也能羽扇纶巾。偏偏他就不穿戎装，不披铠甲与你过招。没有说出来的潜台词是他不在乎你，根本不把曹操的80万大军放在眼里。

这个时候的苏轼，深深迷失在英雄崇拜的偶像情结里了。在他看来，周瑜的人生实在是完美无缺，让人羡慕之极：34岁多年轻啊，怎么就当上了东吴的大都督，在那里指挥着千军万马，身边还带着刚娶回来的绝色美女，乱箭如雨的战场前线，他竟然轻松地穿着休闲便装，谈笑着跟天下第一霸主过招。这不是欺负人吗。好像古代的羽人剑客红了眼决斗，对方穿着严实的铠甲，手持最锋利的宝剑。而他却没当回事，剔着牙齿，穿着拖鞋，顺手拿了根柴树枝，挺身上前接招，实在有点侮辱对手的意思。苏轼说周瑜就是这么干的，就是这么自信，这么任性。谈笑之间，便把江对岸的数十万曹军一扫而空。

这还是凡人吗？这是神啊。在苏东坡的眼里，周瑜也太过分了：那么年纪轻轻，那么相貌俊美，还懂得音乐，叫做“曲有误，周郎顾”，还娶那么漂亮的美人儿，还是东吴的大都督，还那么潇洒轻松，谈笑着指挥千军万马，还遇到那么好的历史机缘，让他大显身手。怎么能不让他羡慕嫉妒恨！

古今比较心理落差对照表

对照内容	英雄周瑜	羁囚苏轼
年　龄	年轻（34岁）	衰老（47岁）
外　貌	英俊儒雅	早生华发
爱　情	娶绝色美女	娶普通妻妾
职　位	东吴大都督	黄州团练副使
际　遇	功成名就	流放贬谪
生　活	幸福美满	简陋困窘

这就是古代文人士大夫的“我有一个梦想”（I have a dream）：有一颗天下最聪明的脑袋，长一副天下最俊美的躯体，娶一个天下最美丽的女人，干一票天下最轰动的大事，然后飘然而去，过自由自在的隐居生活。让天下人流口水去吧，爷走了。

唐代大诗人李白，一生都在做这样的千古英雄梦。安史之乱爆发后，他激动地高唱道：“三川北虏乱如麻，四海南奔似永嘉。但用东山谢安石，为君谈笑静胡沙。”[1]说他李白就是当年的谢安，只要用他，就能够为皇上平定安史之乱。而且是谈笑着平定，容易得很。没有真正打过仗，不懂军事的秀才，才会如此意淫，如此自信。战争从来都是残酷的，从来都是以命相搏，伏尸千万，血流成河。哪怕拥有绝对的优势，也做不到一边谈笑，一边指挥战争。

南宋初年虞允文采石矶大破完颜亮，是一个很好的例子。当时宋军沿江守军的督军主帅李显忠还没有赶到，虞允文仅仅是前来犒师的参谋军事。金兵四十万即将大举渡江，已经在对岸祭风

[1] 唐·李白《李太白文集》卷六《永王东巡歌十一首》之二。

布阵。宋军群龙无首，军心涣散，形势万分危急。虞允文被迫站出来号召诸军，组织舟楫拼死御敌。部署完毕后，自己坐在蛾眉台上，“战灼不能止”。紧张得浑身发抖，惶恐焦灼，几乎失去控制。最后大破金兵，成为朝野仰望的英雄。

周瑜真的那么潇洒么？苏轼真的不知道周瑜当时压力山大，紧张得几乎要崩溃？娶了小乔是不假，东吴的大都督也不假。可是这位大英雄在赤壁之战两年后，就英年早逝，死于巴丘，只活了36岁。值得他苏轼羡慕吗？苏轼为什么不提这茬？周瑜是不是每次打仗都羽扇纶巾，穿着便服现身，是不是在赤壁大战中就是这幅打扮，我们不清楚，不敢贸然断定。即使真的是如此潇洒打扮，还要看他在什么地方。躲在后方指挥，穿一身便服不稀奇。皇上还能御驾亲征呢。敢于出现在阵前，处在弓箭射程之外，也不稀奇。只有敢于身穿便服，同时又挺身出现在弓箭射程之内，那才叫胆量。而且这种胆量也未必理智，怕也是鲁莽轻率的炫耀。后来周瑜与程普进军南郡，和曹仁大军隔江对峙。激战中，周瑜骑马督战，被曹军的飞矢一箭射中右胁，受了重伤，差点丢命。他当时穿铠甲还是纶巾便服，我们也不知道。反正这种卖弄胆略的事情，小说家喜欢，打起仗来很不实用。

◆ 故国神游，多情应笑我，早生华发

这三句，从恢宏的历史场景一下子跌回到黯淡的现实，从神游的状态中回过神来，重新面对现实，觉得自己可笑，可悲，可叹，只能自己嘲笑一下自己。这个“应笑我”的人，听上去是别人，是黄州的百姓士绅，其实是他自己的猜度，叫做“知我者谓我心忧，不知我者谓我何求”。

一般认为，“多情应笑我”，是宾语前置，意思是应当会笑我

多情。这当然没错，但只说了一半，前面“故国神游”四字也是宾语前置，也是笑话的对象，用的是藏头句法。意思是别人大概会笑话我这样神游古战场，这样多情，弄得自己早早地添了白发。其实何必呢？他大概觉得自己有点太投入，太动情，太崇拜古人，陷得太深，有点激动得过分，所以自嘲一下，说自己怀古伤今有点过于多情，怕是要惹人笑话了，不好意思，道声惭愧。全词雄浑的主旋律被他这么一拧，顿时变得柔弱伤感起来。

苏轼确实是极其聪明的天才，他警觉到了自己的心态有问题。但又情不能已，挣扎不出来，不自觉又一次走到了自己的反面。

◆ 人生如梦，一尊还酹江月

这个人生如梦的感慨是有问题的，前后意思矛盾，见前述。最后的“酹江月”，是非常含蓄的一笔。他酹的究竟是什么，过去很少有人追问。你以为他酹的是江上明月，或者是历史英雄，其实不是。他酹的是时间，是流水一样的光阴。这一点前面已经说过了。

我们把苏轼的这首《念奴娇》词，看作是他内心挣扎的一份自白证据。没有对比，就没有伤害。我们读到的内心潜台词是：看看人家周郎！再看看你自己！多么窝囊啊！人的命运为什么这样不同！词里面的两个关键人物：古代的周瑜，今天的自己，始终在相互对比打量。其实，这首词里面只有一个人：苏轼自己。镜子里面的英雄周瑜，不过是苏轼想象中虚构出来的完美的自己，是一个虚拟的镜像，是他渴望实现的人生目标。也就是“生子当如孙仲谋”的意思。而现实中，他是一只失败的“孤鸿”。于是强烈的对比冲突压倒了他。词人激情四射地写完赤壁大战后，颓然跌坐回现实，迷茫、挣扎、无奈，最后只剩下一声长叹。

流放在黄州的四年，苏轼一直徘徊于悲观和达观之间。在这首《念奴娇》里，我们看不到一点超脱的自觉。他在《前赤壁赋》里认识到曹操再霸道，再英雄，也已经被时间风化了，被江水淘洗了。但是在《念奴娇》里，他忘记了这些，重新又把周瑜，也就是另一个曹操从地下唤起，让他的枯骨重新变成拥着美人、戴着纶巾、摇着羽扇的超级大英雄，坐在祭台上，接受他苏轼的顶礼膜拜。苏轼太崇拜他了，太羡慕他了，以至于不顾历史常识，不顾地理环境，不顾自己曾经多次的自我救赎努力，跪倒在了这尊神的面前。

此时苏轼的神情，让我们想起当年的刘邦和项羽。刘邦、项羽潦倒的时候，看到秦始皇浩浩荡荡的车驾仪仗路过，刘邦站在人群中直咽口水，羡慕地说："大丈夫当如此也！"项羽则对伯父项梁说："彼可取而代也！"吓得项梁赶紧捂住他的嘴。苏轼就像是当年的刘邦、项羽。周瑜在他心目中，就是那个高踞人生顶端的秦始皇。只不过密州的苏轼更像自负的项羽，黄州的苏轼更像叹气的刘邦。他太羡慕周瑜了，在赤壁前意淫了那么久，心里一定在不断重复着那句话："大丈夫当如此也！"

"大丈夫当如此也"，就是《念奴娇》的全部潜台词。

读者一定要知道，他跪拜仰慕的周瑜，并不是历史上的真周瑜，而是他虚拟出来的神祇，是他所渴望的完美的自己。他跪拜的，是一个失败者死死不肯放手的千古英雄梦。

所以我们说，《念奴娇》本质上并不想给人以激昂慷慨的豪放感觉，它不是一曲英雄的赞歌，而是一曲人生的悲歌。他是拿周瑜当年的万丈豪情，来衬托自己眼下的悲凉和无奈。豪放，不过是那个假周瑜的气度，苏轼本人一点也不豪放。故事，是他编出来的，是他抒发伤感的托儿。他需要编织一个尽善尽美的英雄梦，来说道自己。哪来什么真实的周瑜。

阅读小结

（一）在一个错误的地方，描述错误的风景，讲述错误的历史细节，是《念奴娇》词的重要特点。词人利用黄州的地理资源和民间传说，通过提炼加工，再现了想象出来的历史场景，充满激情地讴歌了心目中的历史英雄。这个英雄，不是历史上真实的周瑜，而是他虚拟出来的精神偶像。通过这样的怀古神游和虚拟夸张，词人抒发了流放黄州时期内心强烈的人生挫败感。

（二）《念奴娇》词的伟大和不朽，不在于他叙述的事实和风景虚假，而在于他抒发的情感真实。苏轼向读者毫无保留地展示了自己流放黄州的悲观情绪，毫无掩饰地袒露了自己的人生失败。他不顾历史真实，通过发挥演绎周瑜的完美人生，夸张他的潇洒容姿、绝世爱情、盖世功业，而将古人偶像化。对偶像的崇拜，暴露了他内心深处执意不肯放弃的英雄梦想。

（三）再伟大的天才也是凡人，是凡人就会有生老病死的痛苦，就会有是非得失的挣扎。黄州的苏轼处在剧烈的内心挣扎和自我救赎之中，远远没有达到成熟的境界。他的伟大之处，在于通过文学作品不断记录了自己，更在于不断否定自己，超越自己。那些飘逸高旷的诗词歌赋，不是他人格成熟的证明，恰恰相反，是他内心挣扎的表现。

（四）《念奴娇》不是孤立个案，而是一组心声的独白之一。它必须与《赤壁赋》放在一起对读，当作两个苏轼的对话来理解。只有这样，我们才能获得完整对称的信息。当黄州的对话结束时，黄州的苏轼已经不再是密州的苏轼。后来在朝廷上高谈阔论的翰林学士苏轼，当然又完全不是黄州的苏轼了。《念奴娇》是这若干个不同的苏轼中的一个唱出来的。倾听那个苏轼的内心痛苦，比盲目地听他讲述赤壁大战的神话故事，更重要也更有意义。津津乐道于《念奴娇》风格如何豪放，风景如何壮丽，不是苏轼的知音。

思绪纷沓的驿口

辛弃疾

菩萨蛮 · 书江西造口壁

郁孤台下清江水，中间多少行人泪。西北望长安，可怜无数山。

青山遮不住，毕竟东流去。江晚正愁余，山深闻鹧鸪。

阿根廷作家博尔赫斯写过一篇短篇小说《小径分岔的花园》。这篇小说之所以迷倒天下读者，是因为作者在很短的篇幅里，讲述了一个迷宫般的复杂故事。乍看上去讲的是间谍谋杀，仔细看又有其他故事套叠在一起，草蛇灰线，头绪纷繁。读一遍两遍不明白作者在说什么，怎么琢磨都觉得有可能。

诗学术语把这种文学境界称为“语尽而意不尽”。[1]中国古典诗词追求的就是这样一种审美理想。今天我们要讨论的辛弃疾《菩萨蛮》，跟博尔赫斯这篇小说有点像：短小得不能再短小，却又复杂得不能再复杂。浅显得不能再浅显，却又深沉得不能再深沉。不确定的东西太多。远看似乎都懂，语意明了清晰，一个伟大的爱国者在那里悲壮地歌唱。但走近它仔细端详，追问起来，却又什么都模模糊糊，学术界一直弄不清作者的真实意图。全词的四个主要关键意象：江水、青山、行人、鹧鸪，每个意象都有争议。它究竟是不是写的隆祐太后被金兵追杀的事件，作品究竟

[1] 宋·李之仪《姑溪居士前集》卷四《跋吴师道小词》，宋·周煇《清波杂志》卷九。

写于郁孤台还是写于造口，没有人说得清楚。分歧如此巨大，几乎作品里的所有细节，学术界都无法达成阅读共识。

只有一个结论大家都不反对，那就是：它是一首伟大的爱国主义作品。人们把它选进中学语文教材，按照主流思维方式，进行了主题解读。流行的说法是：辛弃疾笔下的滔滔江水，代表着不可抗拒的历史潮流，是正义所向。重重叠叠的青山，代指那些苟且偷安的朝廷投降派，以及各种阻碍抗金斗争的势力。

语文教材中的辛弃疾画像。神情刚直坚毅，符合大众对历史英雄的想象。

我们怀疑，这种解读会让地下长眠的古人死不瞑目，还会让年轻的读者反感，以为中国的古典诗词都这样高大上，一点没有人性的味道。而且这样读罢，郁孤台上的那个辛弃疾，怎么看都不像剿匪指挥官，不像曾经手刃叛贼的壮士，而是个高大完美的革命党人。

作品的真相究竟如何，让我们回到历史现场和地理现场，作一番详细的勘查。

剿灭茶寇之后

辛弃疾从中原起义归来，事在绍兴三十二年（1162）。那一年他23岁，在耿京忠义军中任掌书记。当时耿京的这支起义军拥兵山东，有30万众。完颜亮大军在长江边的采石被打败后，金兵纷纷向北撤退。耿京决定乘此机会率义军南下，投奔南宋朝廷。于是派遣贾瑞、辛弃疾等人先行奉表渡淮，前往建康洽谈投诚事宜。当时宋高宗正临幸建康，闻报后接见了这12位山东义军的代表，赐耿京为天平军节度使，义军将领二百多人都授予了不同官职。辛弃疾是掌书记，地位较低，被授予右承务郎。当时辛弃疾还向宋高宗奏陈了八项恢复中原的建议。

没有料到，当他们返回山东时，军中发生了兵变。裨将张安国等人攻杀耿京之后，投靠了金人。忠义军大部分已经散去，还有数万之众被张安国控制，驻扎在济州。辛弃疾于是与统制官王世隆、忠义军马全福等商议，将身边仅有的50名护卫骑兵组成突袭队伍，直扑济州，在叛军驻地的大营中擒获张安国，绑缚于马上，然后冲出济州，向南飞驰而去，昼夜不息，最终将叛将献于南宋朝廷，斩首示众。

这场失败的义军归顺，就这样悲壮落幕。年轻的辛弃疾怀着一腔报国热诚，从此投入南宋朝廷的怀抱。他献上的“投名状”既不是数万军队，也不是粮草版图，而是叛将的头颅。他大概觉得必须给宋高宗一个交代，不能失信于朝廷，不能就这样两手空空来投奔。他那剽悍勇猛的北方性格，这时候已经显露出来，给当时的朝野留下了深刻印象。

回到南宋后，辛弃疾先后被朝廷任命为江阴军签判、广德军通判、建康府通判。在任上，他屡次向朝廷进献自己拟订的北伐中兴方案，包括《美芹十论》《论阻江为险须借两淮疏》《议练民兵守淮疏》《九议》等。

我们看到，35岁以前的辛弃疾，尽管没有科举出身，只不过在下层的判司簿尉上任职，但对北伐抗金充满了激情，充满了报效朝廷的渴望。他通过各种渠道，一次又一次上书献策，向朝廷提交他的中兴方案。这些议论判断立足点相当高，视野非常开阔，像是经略整个天下的宰相、枢密使的口吻，完全不是下层小官吏的嗫嚅。这种急于驰骋疆场、报效朝廷的冲动，这种强烈渴望证明自己、从而得到赏识重用的愿望，正是他后来写《菩萨蛮》词的心理基础。

淳熙元年（1174），辛弃疾因叶衡的推荐，出任建康府江东安抚司参议官。参议官是帅府中的高级幕僚。叶衡是五年前辛弃疾通判建康时结识的好友，受命出知建康府后，他将辛弃疾辟为属下幕僚。建康府就是今天的南京，是长江下游的军事重镇，更是都城临安的北大门。叶衡又是胸怀大志的官员。辛弃疾满怀希望，兴冲冲前去走马上任。不曾想刚刚抵达建康，叶衡即被孝宗皇帝召见，接着入朝拜参知政事。几个月后，又进拜右丞相兼枢密使。

叶衡的离去，让辛弃疾非常失望，一时间进退维谷。在建康的秦淮河边，辛弃疾登上城头，抚摩着腰刀，拍打着栏干，写下了《水龙吟·登建康赏心亭》。

> 楚天千里清秋，水随天去秋无际。遥岑远目，献愁供恨，玉簪螺髻。落日楼头，断鸿声里，江南游子。把吴钩看了，栏干拍遍，无人会，登临意。　　休说鲈鱼堪脍，尽西风，季鹰归未？求田问舍，怕应羞见，刘郎才气。可惜流年，忧愁风雨，树犹如此！倩何人唤取，红巾翠袖，揾英雄泪！

这首词特别重要，可以作为“呈堂证供”与《菩萨蛮》对质。我们把它看作《菩萨蛮》词的上篇或者序曲。

机会很快再次到来。淳熙二年（1175），叶衡在宋孝宗面前推荐辛弃疾“慷慨有大略”，辛弃疾被孝宗召见，提拔为仓部郎中。

南京秦淮河边重建的建康赏心亭。匾额“栏杆拍遍”四字，出自辛弃疾《水龙吟·登建康赏心亭》词。

就在这个时候，湖南、湖北、江西爆发的茶寇起义形势失控。朝廷几度派兵前去围剿，都先后失败。茶寇在匪首赖文政的率领下，四处流窜，“覆军杀将，盗据县邑，略无忌惮”。[1]地方官府奈何不得，朝廷急需要骁勇的悍将前去剿灭。辛弃疾闻讯后，主动请缨前去剿匪。宰相叶衡向朝廷推荐了辛弃疾。那一年的六月十二日辛酉，辛弃疾被任命为江西提点刑狱，节制地方军马讨捕茶寇。

江西以赖文政为匪首的茶寇，过去学术界一直称为“茶商军”，其实不对。所谓“茶商军”，原本指专门应对茶商叛乱的官军，与辛弃疾的飞虎军、广东的摧锋军性质类似，是朝廷官军。提点刑狱，简称提刑、宪臣、宪使，是路一级的行政大员，掌管境内刑事案件处理，兼任劝课农桑、举刺地方官员，有点类似今天的公安厅长和警备司令。辛弃疾受命后，于七月初离开临安，

[1] 宋·周必大《益国文忠公集》卷一百三十七《论军政》。

中旬前后赶到江西提刑司所在的赣州。

到达赣州后，辛弃疾吸取以往官军背负铠甲不利于山中作战的教训，改变策略，派弓兵土军与茶商武装周旋，同时征派大量民兵布阵围堵，将茶寇围困山中，断绝给养往来。只用了不到两个月的时间，便将茶寇追杀殆尽，剩余残部被追击围困在江西瑞金县的山里。最后辛弃疾派人进山，采用诱骗招安的方法，许以利诱，劝茶寇出山投降。首领赖文政投降后，立即被押解到赣州就地处死。

经此一役，辛弃疾名声大振。他这种大刀阔斧的虎狼手段，轻锐而冷酷的行事作风，甚至不惜背弃承诺，以诱捕的方式快刀斩乱麻了结匪患，再次给朝野留下了深刻印象。

《菩萨蛮》这首小词，就写于他担任江西提刑之时。他是那年初秋七月间抵达赣州的。剿匪结束后，他写信给朋友说："弃疾自从秋初离开临安，转眼已经入冬，仰慕思念之情朝夕不减。只是因为匆忙到任，立即倾全力于督捕盗寇，每日忙于调兵遣将、军书羽檄传递，戎马倥偬之际，实在没有闲暇。"[1]

这封书札的纸本真迹，至今还流传于世，被书家称为《去国帖》。可见他当时全身心投入在剿匪用兵上，根本无心顾及其他。到九月下旬，茶寇被全部消灭。宋孝宗得报后，下诏推赏，辛弃疾被授予秘阁修撰。这个职衔是优宠贴职，为从六品，不是实职。有了这个头衔，他距离真正的安抚使帅臣的位置，已经近在咫尺了。

淳熙三年（1176），也就是消灭了茶寇之后的第二年，他被朝廷调任为京西转运判官。然后在这一年的秋天离开江西赣州，

[1] 宋·辛弃疾书札《去国帖》："弃疾自秋初去国，倏忽见冬，詹咏之诚，朝夕不替。第缘驱驰到官，即专意督捕，日从事于兵车羽檄间，坐是倥偬，略无少暇。起居之问，缺然不讲，非敢懈怠，当蒙情亮也。指吴会云间，未龟合并。心旌所向，坐以神驰。"

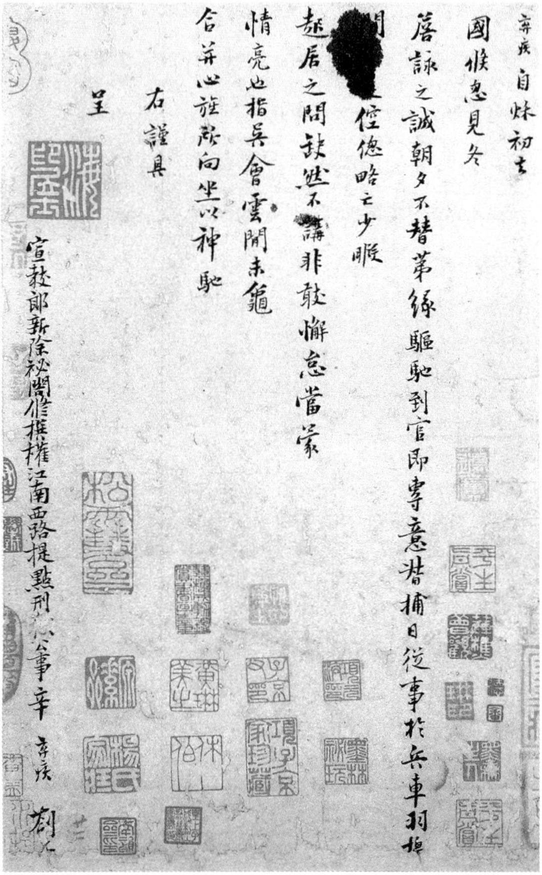
弃疾自去
國倏忽見冬
詹詠之誠朝夕不替第緣驅馳到官即專意督捕日從事於兵車羽檄
[illegible]倥偬略亡少暇
起居之問缺然不講非敢懈怠當蒙
情亮也指吳會雲間未龜
合并心旌所向坐以神馳
右謹具
呈
宣教郎新除秘閣修撰權江南西路提點刑獄公事辛
弃疾　劄子

辛弃疾书札手迹《去国帖》，今藏北京故宫博物院。

前往京西转运司所在地襄阳府。

我们猜测，这项新任命让辛弃疾感到失望，非常非常的失望。他使尽了全力剿灭盗匪，建立朝野威名，期待的是北方前线，期待的是能够执掌地方军政，指挥一路兵马。他的人生目标是督府、帅司、两府，是安抚使、招讨使，最后成为帝王师，率领千军万马，为北伐中原驰骋沙场，而不是掌管漕运、常平、茶盐、市舶。

所以新任命下来，完全出乎他的意料。他内心充满了抱怨、怅然、失落、不平、牢骚。他并不知道，几个月后，安抚使的任命就要前来拥抱他。

这不是没有根据的臆测，我们有重要的证据，来证明这一点。

12卷本的《稼轩长短句》，是辛弃疾去世后，宋人在信州刊刻的版本，相对比较完整。元代大德年间，这个版本又有广信书院刻本。王鹏运《四印斋所刻词》、吴昌绶《景刊宋金元明本词》，都是用的这个版本。我们在这个版本中，发现紧接着《菩萨蛮·书江西造口壁》之后，还有另外两首《菩萨蛮》，非常像是同时所作。

西风都是行人恨，马头渐喜归期近。试上小红楼，飞鸿字字愁。栏干闲倚处，一带山无数。不似远山横，秋波相共明。

功名饱听儿童说，看公两眼明如月。万里勒燕然，老人书一编。玉阶方寸地，好趁风云会。他日赤松游，依然万户侯。

我们特别注意到，前一首《菩萨蛮》也写到了行人恨，也写到了山无数，也写到了见景生愁，也写到了登楼、远眺、凭栏、望江水。“远山横”是写愁眉的眉峰，“秋波共明”是写眼睛秋波对着江水秋波，久久凝视。它非常像是《菩萨蛮·书江西造口壁》散失的姊妹篇。我们相信它们是同时、同地所作。“郁孤台下清江水”是现场的第一作品，这首词则是现场的第二作品。第二作品向我们透露，当时的季节是西风起的深秋，而且归去的日期逐渐临近，词人当时的心情非常低落。

后一首词恰恰相反。它提到了已经剿灭了茶寇，城里城外，人们都在传说着他的剿匪故事。他已经可以奢谈“万里勒燕然”了，已经开始梦想“好趁风云会”了，对于未来封万户侯充满了自信。“老人书一编”，说的是汉代张良在下邳时，曾经遇到一位神秘的老父，送给他一部《太公兵法》，告诉他：“熟读此书，可以为帝王师矣。”后来张良果然辅佐刘邦打江山，成了帝王之师。晚年又飘然而去，从赤松子云游。可见词人在剿灭了茶寇后，一度喜出望外，自信心极度膨胀，有过不切实际的梦想。

两首词的心理落差很大，读者如果把它们看作是新任命下来之前、之后词人心态的自我写照，完全合理。有这两首作品作为现场旁证，我们再回过头来阅读这首《菩萨蛮》，理解就迥然不同了。

学术界普遍认为，《菩萨蛮·书江西造口壁》写于辛弃疾任江西提刑的任上，但具体在哪一年不确定。我们的判断是写于扑灭茶寇之后的第二年，也就是他接到襄阳任命之后，不可能是当年的秋天。围剿茶寇的战役全部结束后，已经进入初冬。辛弃疾当时内心充满了狂喜和骄傲，不可能写出这么情绪低落的小词。只有在第二年新任命下来之后，情绪一落千丈，心头交织着失落和不满，交织着怅惘、忧愁、焦虑种种情绪，才能写出这样的作品。按照另一首姊妹篇《菩萨蛮》的提示，它们写于秋天。所以不可能是尚未扑灭茶寇的淳熙二年（1175）秋天，只能是已经接到新任命的淳熙三年（1176）的秋天。

那年秋天怎么了？他是在离任北去之前，特意登临郁孤台，游览造口，把《菩萨蛮》留在了那里的墙壁上，还是离任北去之时路过造口，将这首词题写在了墙壁上？《菩萨蛮》究竟是在哪里写的，郁孤台还是造口？

写作现场在造口驿

这首词写到了三处地点：长安、造口、郁孤台。

长安是唐代的帝都，学术界一般认为代指北宋沦陷的都城汴京。眺望长安，是思念中原故土。所以这个地点是虚拟的符号，这一点学术界没有太大争议。其实这个理解有问题。我们在后面会详细讨论，现在暂时不用管它。造口和郁孤台，是真正的现场。词的标题是“书江西造口壁”。辛弃疾路过造口，将这首《菩萨蛮》词题写在墙壁上。书壁，就是题壁，把作品题写在墙上。《菩萨蛮》词已经创作出来了，并不是在造口现场写的。郁孤台则是他登临写词的地方，词人一落笔就先写到了它。所以郁孤台既是作品现场，也是写作现场。辛弃疾是先在郁孤台登临远眺，写下这首词，然后再路过造口题壁的。

这样的理解判断顺理成章，学术界历来也都这样认为。可是当我们查勘了现场的地理情况之后，发现不对，写作现场不可能在郁孤台。

辛弃疾当时任职的江南西路提刑司设在赣州。赣州这个地方，北宋沿唐五代之旧，称为虔州。南宋绍兴二十三年（1153），始改称为赣州。因为州府所在地正好处于章水和贡水汇合之处，“章”和“贡”两个字合起来就成了“赣”字，所以取名赣州。登上郁孤台可以见到，发源于武夷山山脉的贡水从东边流来，发源于南岭山脉的章水从西边流来，两条河流在郁孤台前面的龟角尾汇合在一起，成为赣江，向北流向鄱阳湖，最后汇入长江，流进大海。

郁孤台位于两江汇合的不远处。那里的江边有一处岩石突兀

从北面向南看章江边的贺兰山。山体很小，相对高度仅有数层楼房高，不过是一座耸立江边的土石小丘，与黄冈赤壁矶相似。郁孤台就建在山顶上。

贺兰山山麓西侧边门及登山道。

20世纪80年代中期重建的赣州郁孤台。位置在贺兰山顶的旧台原址。朝向改为正西北方向，以符合辛弃疾词中“西北望长安”的描写。

而出，郁然孤峙，形成一段很小的山冈，当地人称它为贺兰山，其实只是一座低矮的土冈，海拔只有131米，相对高度只有几层楼房高。由于它的周围都是江边平地，唯独这座山冈郁然孤立，所以得名郁孤台。

宋人的地理著作记载说："郁孤台在丽谯坤维。隆阜郁然，孤起平地数丈，冠冕一郡之形势，而襟带千里之江山。”坤维是西南角，隆阜是隆起的高地，算不上山，但登临远眺视野极好。唐代李勉出任虔州刺史时，曾经来此登高北望，叹息说："余虽不及子牟，心在魏阙一也。郁孤岂令名乎？”[1]意思是我虽然比不上战国时的魏公子牟，但是也像他一样，身在江湖，心存朝廷。郁孤这个名称，难道算是个好名称吗？于是下令将郁孤台改名为望阙台。

---

[1] 宋·祝穆《方舆胜览》卷二十："郁孤台，在丽谯坤维。孤起平地数丈，冠冕一郡之形势，而襟带千里之江山。唐李勉为虔州刺史，登临北望，慨然曰：'余虽不及子牟，而心在魏阙一也。郁孤岂令名乎？'改为望阙。”

不过郁孤台这个名称并没有从此消失。宋代名儒诗客苏轼、黄庭坚、赵抃、周敦颐、彭汝砺、洪迈、周必大、戴复古、文天祥等都曾经前来登临过，吟咏过。历经元明清数百年风雨，郁孤台几度坍塌，又几度重建。如今的郁孤台是20世纪80年代重建的，原址原名都没有变。

辛弃疾提到的造口，在郁孤台北面70公里的赣江边，两地直线距离51公里，是一个很小的地方。《万安县志》记载说，造口在江西万安县西南60里。查阅古代地方志的地图，以及谭其骧主编的《中国历史地图集》，那里原来有一条不长的河流，叫造口河，有的地方志称它为皂口江、皂口溪，河水自西向东流入赣江。它流经的地方，有上造、下造，流入赣江的河口附近，就是造口所在地。许多古籍也将这个地方写作皂口。它在当时属于吉州万安县管辖，已经出了赣州的地界。[1]

宋元明清历代的造口，地理位置都在赣江边。但史书记载稍有不同，有的说是镇，有的说是村，有的说是驿，也有的说是渡。清代学者顾祖禹考证说，元代在赣州至吉安沿赣江的附近设置有攸镇站、造口站、水西站等。明代洪武年间改为驿，设水西驿、攸镇驿、皂口驿等，并设置递运所、巡检司。[2]这几个地方，一直到清代和现代，都还保留着原有的地名，有村民聚居。我们推测，宋代赣江边因为有造口村镇，还有渡口，所以官府在此设立驿站，叫造口驿。它是赣江水路和陆路的转接点。

辛弃疾剿灭茶寇后五年，另一位诗人杨万里因被朝廷任命

[1] 清·《大清一统志》卷二百四十九，又见《江西通志》卷九。
[2] 清·顾祖禹《读史方舆纪要》卷八十七《江西》五、卷八十八《江西》六。

为广东常平提举，前往广州上任，曾经路过造口。他在淳熙七年（1180）正月从吉州出发，坐船沿着赣江逆流而上，过太和、万安、赣州、南康，越过大庾岭，取道南雄、韶州、英州，最后抵达广州。过了万安县之后，杨万里在惶恐滩、皂口、桂源等处都写下了纪游诗歌。特别是在造口，他先后写了四首诗，分别是《过皂口》《宿皂口驿》《晚过皂口岭》《晨炊皂径》。由于与辛弃疾差不多是前脚后脚，这些记录可以供我们作阅读参考。其中两首是这样的：

夜渡惊滩有底忙，晓攀绝磴更难当。
周遭碧嶂无人迹，围入青天小册方。
半世功名一鸡肋，平生道路九羊肠。
何时上到梅花岭，北望螺峰半点苍。

（杨万里《晚过皂口岭》）

暂投破驿歇征骖，喜见山光政蔚蓝。
不奈东风无检束，乱吹花片点春衫。

（杨万里《宿皂口驿》）

这两首作品告诉我们，南宋当时已经是造口、皂口混用，并不拘泥于哪一个用法。不管皂口是村还是镇，宋朝官府确曾在此附近建有皂口驿。而且辛弃疾和杨万里当时住的驿站条件非常差，屋舍破旧不堪。造口渡登岸后，要翻越陡峭的造口岭，走曲折如肠的盘山道，才能前往赣州。

从郁孤台下两江交汇的赣江起点，往北到吉州的万安，这一段赣江的河床上，遍布嶙峋怪石，到处是险滩激流，特别不利于

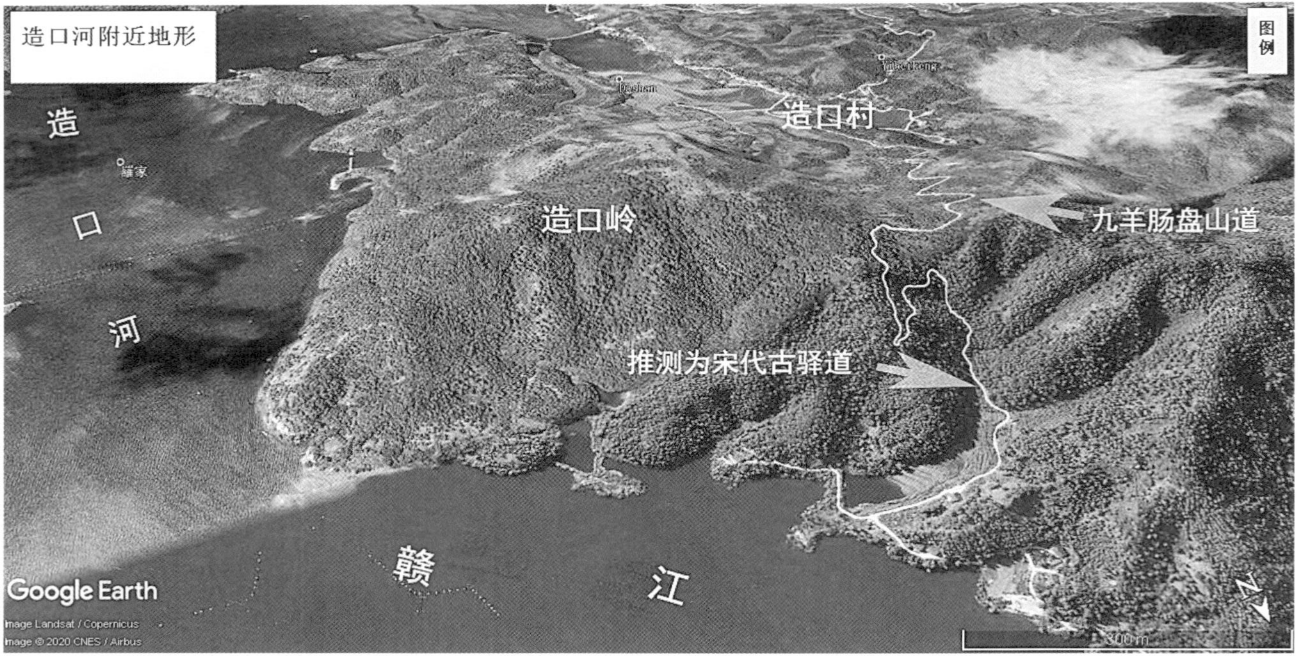

南宋造口附近驿道卫星图。按照历代诗人的描述，古驿道需翻越造口岭，走九曲回肠般的盘山道。实测造口岭山道最高处海拔210米。相对高度约150米至160米。部分路段陡峭难行。卫星图方位：北纬26°19′，东经114°53′。

行舟。据古书记载，这段三百里赣江（现代实测约90公里。可能是因为险滩过于曲折所致），分布着十八滩，其中造口至赣州十三滩，造口至万安县城五滩。几乎每一处都是“怪石如精铁，突兀廉厉，错峙波面”。[1]十八滩，滩滩水流湍急，地势复杂，最靠近万安县的惶恐滩尤其险恶。这段河滩本名黄公滩，后人以讹传讹，变成了惶恐滩。后来文天祥在这里布兵镇守，对江滩留下了深刻印象。“惶恐滩头说惶恐，伶仃洋里叹伶仃。”说的就是这个地方。唐代诗人孟浩然也曾描写说：“赣石三百里，沿洄千嶂间。”（《下赣石》）不仅河滩险恶，而且两岸千嶂耸立。

从万安县城到造口的五个险滩，行船还不算特别困难；但从造口到赣州的十三个险滩，水急滩浅，河床地势复杂，稍微大些的船很难通过。每年秋冬枯水季节，险滩岩石裸露，上游航道基本上断航。这时候人们便不得不舍舟登岸，转走山道。造口附近有驿道，隆祐太后当年就是在造口渡弃船登岸，沿着造口河河谷走山路，逃往虔州的。当时是冬季的十一月份，正是赣江的枯水季节。

20世纪90年代初，万安县城南两公里处修建了拦江大坝，将赣江拦腰切断。赣江上游变成了烟波浩渺的万安湖，面积达一百平方公里。水库蓄水后，整个上游的地貌完全改变。险恶的十八滩永远消失了，代之以宽阔的湖面。沿江两岸的许多村庄、古迹都被淹没。距离水库大坝二十里的古皂口驿，也被淹没了。

由于《菩萨蛮·书江西造口壁》开篇就写到了郁孤台，然后紧接着又写到了眺望中原，眺望沦陷的故都汴京。所有的视点，都是从登台远眺生发出来的。所有的感慨，都与登郁孤台事件切

[1] 清·顾祖禹《读史方舆纪要》卷八十八《江西》六。

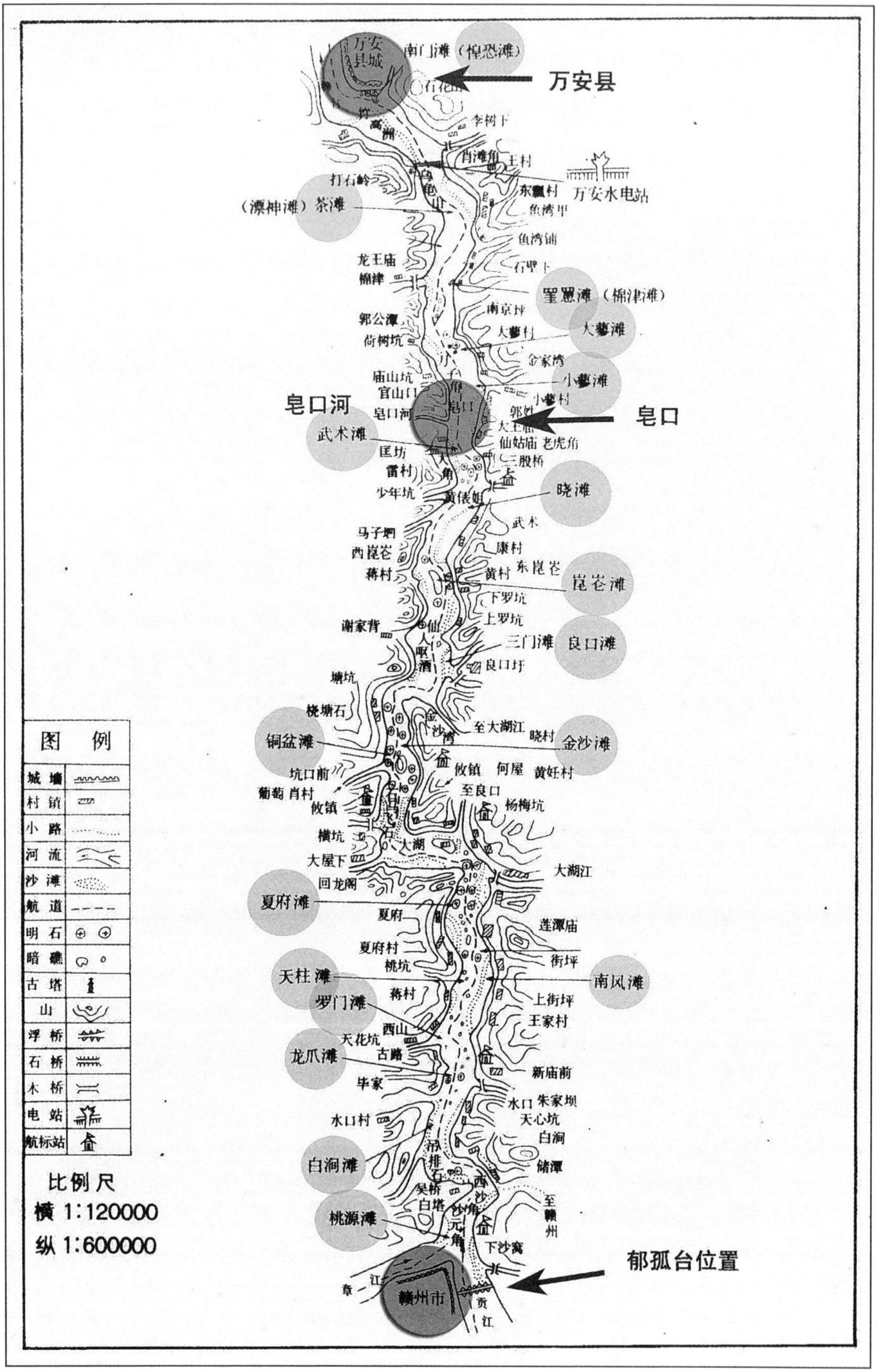

赣江十八滩示意图。图中所标注的滩名，与古籍记载有所不同。

合。所以大部分学者都坚持认为，这首词的写作地点就在郁孤台。郁孤台就是作品的第一现场。

我们要告诉读者，这个结论错了。

查看卫星地图，我们可以看到，赣州地处三江平原上，地势非常开阔。是一片沉降盆地。四周有武夷山、雩山、诸广山以及南岭的九连山、大庾岭等众多山脉，形成群山环抱的封闭地貌。群山中流淌出来的千余条山溪支流，向中心汇集成上犹江、章水、梅江、琴江、绵江、湘江、濂江、平江、桃江等九条较大的河流。其中上犹江和章水合流后汇成章江，盘绕着由西而东；其他七条河流汇聚成贡江，由东而西。两条江流最后在郁孤台前的龟角尾相汇，合流成为赣江，蜿蜒北去。

站在郁孤台上举目四望，正北面是赣江的河谷，到造口的直线距离是51公里，河道距离是70公里。西北面最近的山峰，直线距离为10公里。东北面最近的山峰，直线距离为9公里。西面

郁孤台上西北方向所见。除了章江对岸的低矮山岗，极远处可见依稀青山。看不到“可怜无数山”的景象。正北方向和东北方向因乔木遮蔽，已经无法远眺。

赣州八境台，位于郁孤台北面820米两江汇合处的龟角尾。原建筑为石楼，北宋嘉祐年间赣州知州孔宗翰建造。重建的八境台视野开阔，前无遮挡，视点高度也与郁孤台相当，是郁孤台的替代观察原点。

八境台上西北方向所见，远处青山依稀，是辛弃疾“西北望长安”的原始景象。不符合“可怜无数山”和“山深闻鹧鸪”的描述。图中左侧河流为章江，右侧河流为贡江。

八境台上东北方向所见，也不符合辛弃疾“可怜无数山”的描述。

八境台上正北方向远眺所见。赣江北去，沿江而下七十公里处即是造口。

八境台上正东方向所见景象。山冈稍高处为马祖岩。

的山峰距离最远，直线距离有30公里。东南面的山峰，尽管与辛弃疾的眺望视线没有任何关系，但直线距离也有15公里。东面数公里之外，有一座小小的马祖岩。宋人也把它称为马祖峰，是八境之一。它的相对高度只有128米，也就是一片低矮的小山冈而已。郁孤台与它之间的距离为3 700米，用三角函数计算看山的仰视夹角，α值只有1.98度，站在郁孤台上看去，几乎完全是平视。

站在八境台和郁孤台上放眼眺望，视野非常开阔。尽管西北和东北方向的极远处依稀可见青山，但郁孤台四周水天空阔，毫无山峦遮挡。用元人萨都剌的话来形容，正是“望天低吴楚，眼空无物”（《念奴娇》）。一句句吟咏着辛弃疾的词句，我们突然发现：最后一句“山深闻鹧鸪”不对，与周围的环境不符合，肯定不是在郁孤台上写的。郁孤台附近没有深山，无法听到山中传来的鹧鸪叫声。难道是词人的虚拟想象之辞？不会。这首词每一句都是写实，怎么会在结束的地方虚构出鹧鸪的叫声来呢？我们感觉写作现场应该在深山里，一定在深山的什么地方。

造口恰恰就在深山之中。

查看地貌图，造口的前后左右都是高山，而且近在咫尺。连隔着赣江一公里之外的对岸，都是险峻的高山。杨万里说皂口是“周遭碧嶂无人迹，围入青天小册方”。[1]周围都是莽莽苍苍的山峰岩嶂，让人想起范仲淹所说的“千嶂里，长烟落日孤城闭”。“册方”是形容一小片地方。杨万里另一首诗《西斋睡起》也用过这个词，说“开门山色都争入，只放青苍一册方”。[2]站在皂口驿仰望蓝天，发现天空只有那么一小片可以看到，四周都被挡住了。

我们断定，辛弃疾是从郁孤台那里登临后，或者根本没有登临郁孤台，直接来到造口渡附近，在造口驿怀古，凭吊当年隆祐太后的遗踪往事。他可能是乘船来的，也可能是骑马走山路来的。他在这里举目眺望西北方向的中原，却被重重叠叠的青山遮住了视线。他站在江边，久久望着江水滔滔流去。最后黄昏降临，暮色四合，深山中传来鹧鸪的叫声——这一切细节，都发生在江边的造口驿中。《菩萨蛮》这首作品就创作于造口驿。词写成之后，辛弃疾又将它题写在了驿站的墙壁上。

造口、深山、鹧鸪，三者是同一现场的景象，不能分开。

我们还可以举清初诗人的描写，作为现场目击的旁证。清代诗人施闰章《江行》诗写道：“将入双江路，云迷皂口西。昨宵愁

[1] 宋·杨万里《诚斋集》卷十五《晚过皂口岭》。
[2] 宋·杨万里《诚斋集》卷十四《西斋睡起》。

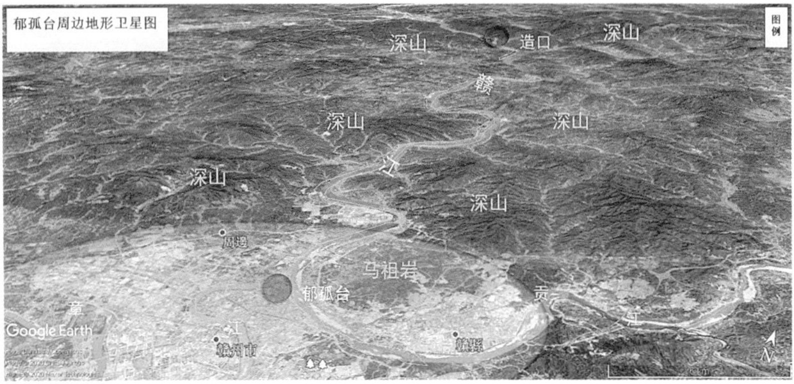

Google地球卫星地图：郁孤台地处三江交汇的赣州之北，地势平坦开阔，周围并无深山。卫星图方位：北纬25°52′，东经114°56′。

Google地球卫星图：位于群山深处的造口。推测宋代造口渡及驿站所在的位置，万安水库蓄水后已被淹没。卫星图方位：北纬26°19′，东经114°54′。

宋代万安造口驿渡推测位置卫星图。入江口附近河湾广阔，水下应有较平坦的坡地。万安水库蓄水后，原古渡口驿站遗址已淹没在水下数十米。另一个可能的推测点附近有山道衔接，蜿蜒的山道有可能就是宋代的古驿道。卫星图方位：北纬26°19′，东经114°54′。

镜头位置所在，推测即为宋代造口驿渡位置原点，现已淹没在水下数十米深处。正前方为北方，远处是赣江河道。西北方向视线完全被近处山岗所遮挡。

造口驿渡原点正北方向所见景象。宋代原始视点在此位置数十米下。

造口驿渡原点东北方向所见景象。在此位置数十米下远眺，即辛弃疾“东北是长安”的原始景象。

造口驿渡原点东南方向所见景象。江口处小山为四角山。

造口驿渡原点西南方向远眺造口河上游。宋代原始视点在此位置数十米下。

不寐，恰有鹧鸪啼。”[1]造口附近的深山里，到处听得见鹧鸪啼鸣。另一位清代诗人王士祯的《皂口雨泊》诗也说：“急雨孤篷湿，高峰四面同。茫茫送滩水，飒飒会江风。山鬼幽篁里，枫人苦雾中。”[2]造口附近被高耸的山峰所包围，不能放眼远眺。他们所描写的现场景象，都与辛弃疾笔下的深山鹧鸪相同，也与今天的造口地理特点吻合。

我们还发现，辛弃疾从赣州前往襄阳上任，沿江走水路最为便捷。尤其是江南西路境内万山重叠，乘船走赣江北上几乎是唯一的选择，而且是顺流而下，舟楫如飞。进入鄱阳湖之后，在九江进入长江，逆流而上至武汉，再转入汉水，北上便可直抵襄阳。

从赣州出发乘船沿赣江而下，必经之地的第一站就是五十多公里之外的造口驿。辛弃疾一定是船行至此，泊舟渡口旁，登岸凭吊四十多年前隆祐太后被金兵追杀的往事，远望群山，感慨自己的不遇，写下了这首词。

隆祐太后的背影

读者也许注意到了，在那首同时所作的《菩萨蛮》姊妹篇里，辛弃疾悲喜交集地说：“西风都是行人恨，马头渐喜归期近。”这个“行人恨”，与第一作品里面的“行人泪”，是什么关系？行人指的是谁？

宋人罗大经在《鹤林玉露》里提到，辛弃疾写这首词，是因为当年金兵追杀隆祐太后，一直追到造口，不及而返。辛弃疾来

[1] 清·施闰章《学余堂诗集》卷四十六《从制府江行》。

[2] 清·王士祯《精华录》卷九《皂口雨泊》。

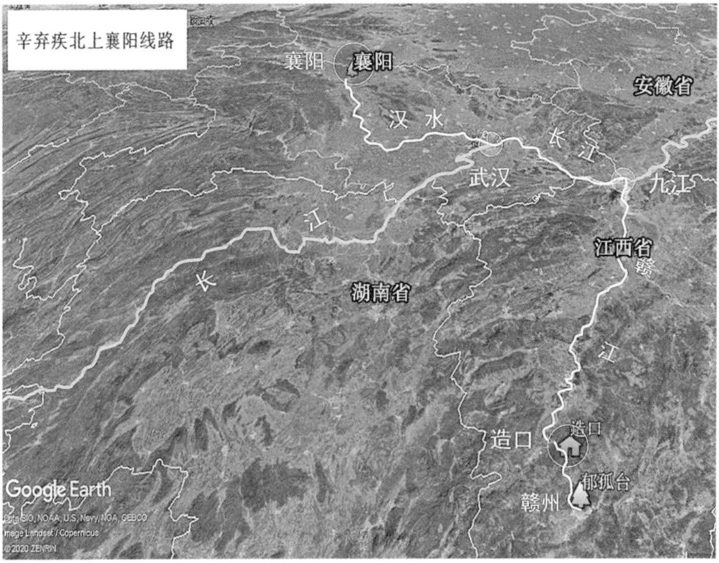

辛弃疾离任赣州，走水路前往襄阳线路图。出赣州城向北，沿赣江顺流而下进入长江，再转入汉水，造口是离开赣州的必经之处。

到造口，借此起兴，感叹国事。“山深闻鹧鸪”那句词，意思是恢复中原的事情行不得也。[1]

辛弃疾研究名家邓广铭先生不同意这个判断，认为是传闻之误。他在《稼轩词编年笺注》中，根据《宋史·后妃传》《宋史·高宗纪》《三朝北盟会编》等文献记载，得出结论说金兵南侵根本没有到过造口。所以这首词与金兵追赶隆祐太后的事情没有什么关系。他认为，这首词的下片只是泛说行役，与孟后没有什么关系。即使金兵确曾追孟后至造口，也与此词起兴全不相涉。辛弃疾恢复中原的素志，以及胜利的信心，从壮年到老年，从来

[1] 宋·罗大经《鹤林玉露》甲编卷一:“其题江西造口词云（略）。盖南渡之初，金人追隆祐太后御舟至造口，不及而还。幼安自此起兴，闻鹧鸪之句，谓恢复之事行不得也。”

没有动摇过。这首词写作年代很早，更不应该有像罗大经所说的那种感兴。所谓“山深闻鹧鸪”，乃是他深深忧虑自己的恢复志向不能够马上实现，并不是说恢复中原的大计行不得也。

学术界为此激烈争论，支持罗大经看法的，和支持邓广铭看法的，都坚持自己的观点，各自表述。隆祐太后的问题，成了宋代文学史上的一件悬案。

隆祐太后本姓孟氏，北宋元祐七年（1092），被封为宋哲宗皇后。不久被哲宗废掉，出居瑶华宫。宋徽宗即位后，一度得到平反重新复位，称元祐皇后。第二年再度被废黜，重返瑶华宫居住，号“妙静仙师”。靖康之乱爆发后，金兵入汴，将徽、钦二帝以及所有皇亲国戚和六宫宫女，凡有位号者全部掳走。孟氏因为被废，瑶华宫又被大火烧掉，临时居住在相国寺前的旧宅中，得以幸免留下来。金兵退去后，伪政权张邦昌迎孟后入宫，上尊号“宋太后”。宋高宗在南京应天府即位后，遥尊孟后为元祐太后。后来又因为孟后的祖父名叫孟元，元字犯讳，遂改为隆祐太后。

建炎三年（1129）秋天，金兵再度大举南侵，兵分两路，一路追击宋高宗，一路追击隆祐太后。高宗从建康逃到临安，再逃到海上。隆祐太后从洪州逃往吉州，再至太和、万安，最后逃到虔州。洪州就是今天的南昌，虔州就是今天的赣州。为避免赵氏皇室被一锅端，作为“备份”安排，太后率领六宫女眷，携带着赵氏祖宗神主以及二帝御容，坐御舟沿着赣江逆流南下。神主是祭祀用的祖宗牌位，御容是皇帝的画像。这些东西与九鼎祭器一样，是朝廷皇权的象征，又比较轻便，容易携带，加上还有内藏库的大量金帛细软，有护卫禁军随行，所以金兵穷追不舍。

据宋人《三朝北盟会编》《建炎以来系年要录》等书记载，隆祐太后的这次逃难经历十分悲惨。当时是十一月下旬，金人追杀到吉州，知州杨渊弃城逃走。太后与宫女的船只离开吉州抵达生米市（有的记载称争米市），登岸发现街上已经有金人游荡，于是连夜开船赶往太和县，第二天早晨又从太和赶往万安县。当时龙神卫四厢都指挥使杨惟忠所率领的一万多卫兵全部溃散，部将九人全都逃入深山为盗。太后随身所带的舆服、御物、孝思殿神御、价值数百万的内藏库金帛，丢失殆尽。宫女失散了160人，死者甚众。当时身边的卫兵不满百人，只有中官何渐、使臣王公济、快行张明三人陪护左右。金人追到太和县，隆祐太后又从万安县登舟逃到造口，在造口弃舟登岸，最后逃到虔州。

由于当时已是冬季，赣江水流枯浅，滩石裸露，普通的舟船行走不快，吃水较深的大船更是常常搁浅。所以太后一行在造口渡匆匆登岸，换陆路奔逃。史书说当时她们在造口雇用村夫抬两顶肩舆小轿，太后和潘贤妃坐着，翻越造口岭而去。她们走的时候，左右竟然没有一个扈卫者。

回顾隆祐太后的这段悲惨的逃难经历，我们可以得出以下几点判断：

（一）隆祐太后作为南宋初年的国母，是建炎年间朝廷皇室的一个象征。她经历过两度废黜，又两度复位，直至成为高宗和朝野上下共同尊奉的皇太后。在苗傅、刘正彦发动的宫廷政变事件中，隆祐太后能够临危不乱，处置得当，最后使宋高宗得以重新复位。她的进退言行，她的遭遇处境，举国关注。她当年被金兵追杀逃亡的经历，朝野士大夫和普通百姓尽人皆知，可以说是一段难忘的国耻。所以尽管过了四十多年，辛弃疾、陆游这样一些抗金志士，仍然耿耿于怀，不会轻易忘记。

（二）隆祐太后的这段逃难经历，确实与造口有关。她当时乘船沿赣江而上，从洪州到吉州，过太和，经万安，在造口渡弃舟登岸，雇轿子翻山越岭逃往虔州。所以造口这个地方一定留下了太后的某些遗迹，某些传说，当地的百姓一定会口耳相传，讲述太后当年路过的情况。他们会向外来人讲述哪里是太后下船的御码头，哪里是太后坐过的太后石，哪里是太后喝过水的孟氏井，哪里是太后轿子走过的轿夫路，诸如此类。即使辛弃疾担任江西提刑时不知道这段历史，当地的百姓官吏也会向他讲述。

（三）金兵有没有一直追杀到造口，并不重要。可以肯定的是，金人的西线追兵一直在向南追杀，几度赶上隆祐太后，以至于太后身边的大批卫兵四散逃亡，众多的宫女死伤枕藉，随身携带的金银财宝丧失殆尽。金兵追至太和县是肯定的，《三朝北盟会编》有案可稽。太和至万安的直线距离只有38公里，沿赣江而行，也只有50多公里。太和至造口，也只有70多公里。当时的江西守军已经完全瓦解，金兵铁骑如入无人之境，只要继续南下，不用一天时间就能杀到造口。当时的形势确实万分危急。

（四）不管辛弃疾是离任北上时路过，还是专程来访，他来到造口驿是在怀古，是在凭吊帝国的往事，是在咀嚼回味那一段国耻。一个帝国的至尊太后，本来应该前呼后拥，沿途供奉。当兵荒马乱之际，竟然狼狈得什么都顾不上，让山民抬着轿子逃命，左右连扈从的侍卫、太监、宫女都没有。这种落难的悲惨情景，对于辛弃疾这样情感激烈的志士来说，刺激是非常强烈的。隆祐太后是一个象征，对隆祐太后不幸遭遇的凭吊，就是对民族苦难经历的凭吊。借用岳飞的话来形容，正是："造口耻，犹未雪。臣子恨，何时灭？"于是有了凭栏北望的悲凉歌唱。

（五）尽管隆祐太后最后驻足在了赣州，尽管郁孤台就在赣州，就在赣江边的贺兰山上，但与金兵当初的追杀比较起来，造口比赣州的郁孤台更重要，更悲情。不妨这样比较：如果辛弃疾要选择一个怀古凭吊的地点来抒发他对中原沦陷的悲痛，抒发他对朝廷命运的关注，抒发他对抗金北伐的渴望，他会选择哪里？郁孤台有故事，但那是战国、唐朝的故事，已经过去了千百年；造口有故事，却是南宋与金国结下深仇大恨的故事，是国耻所在。刚刚过去四十多年，一切都还在眼前。所以合理的解释只能是：辛弃疾在造口驿驻足，凭栏眺望，想起这段痛心的历史，一时间感慨万千，悲愤之中，写下了这首《菩萨蛮·书江西造口壁》，并把它题写在驿舍的墙壁上。

（六）隆祐太后的逃难，是在冬季的十一月下旬。当时赣江十八滩处于枯水季节。造口至赣州的十三个险滩无法行驶大船。所以隆祐太后在造口弃舟登岸，转走山间驿道。四十多年后，辛弃疾是在深秋的某个日子来到造口，赣江十八滩当时也处于枯水季节，难以行舟。所以辛弃疾很可能也选择了走山间驿道前往造口。重走逃难路，重来造口渡，不可能不想起隆祐太后，同时抒发个人不遇的情怀。根据现代气象学者的统计研究，赣州地区五十年来的平均降雨量，以十月、十一月、十二月、一月为最少。这个时间段，正是阴历的深秋和冬季。南宋初年中国的气温正处于第三寒冷期向第四温暖期的转变，古今的气温差异并不特别明显。

行人泪是谁的眼泪

家国之痛如此，何况辛弃疾还有那么浓烈的身世之感。

罗大经的正确，在于指出了造口曾经发生过的这段历史。但又过于指实，错误地认为《菩萨蛮·书江西造口壁》写的就是隆祐太后事件本身。鹧鸪的叫声听上去像是“行不得也，哥哥”，他觉得这是辛弃疾在感叹恢复中原的大事干不成了，没有戏了。

受到罗大经的影响，许多学者都在这首词里寻找隆祐太后事件的痕迹。大多数学者倾向于认为，“中间多少行人泪”中的“行人”，特指仓皇逃难的隆祐太后一行。说赣江的江水里面，曾经洒有多少太后落难的眼泪。也有学者认为所指应该更宽泛一些，除了隆祐太后之外，还应泛指南渡时期逃难而来的中原士大夫和广大百姓。当年几十万中原人民向南迁徙，东线、西线之外，中部的迁徙线路，沿赣江而南是最主要的途径之一。所以辛弃疾的本意是说：赣江河水滔滔而去，里面有多少逃难者的悲惨眼泪。

邓广铭先生的正确，在于他否认《菩萨蛮》词直接描写了隆祐太后事件，认为只是写辛弃疾自己行役之事。但以金兵未到过造口为理由，不承认造口的这段悲惨历史，则值得商榷。造口发生过隆祐太后逃难事件，多部史书都有记载。辛弃疾有没有去过造口，有没有写过什么词，都改变不了这个历史事实。

辛弃疾是在四十多年后的一个秋天，来此写词题壁的。只有三种情形可能出现：（一）他不知道这段历史，因此词中也没有涉及这段历史。（二）他知道这段历史，词中写的就是这段历史。（三）他知道这段历史，但词中没有直接涉及这段历史。

我们以为，辛弃疾当时的情况，只能是第三种可能。造口那么小，隆祐太后的事件那么大，辛弃疾怎么可能不知道。他的江西提刑司设在赣州，赣州是当年隆祐太后驻跸的地方。城里的文武百官和黎民百姓不可能不向他讲述这段历史。郁孤台上也能够直接看到隆祐太后所在的王城。但知道不等于一定会写进作品。他知道这段历史，在这个耻辱的伤心地徘徊凭吊，然后对着山川河流，诉说他自己的心事，抒发他自己的满腔愁绪。

读者记得否，他在同时所作的另一首《菩萨蛮》里唱道：“西

郁孤台前的辛弃疾雕像。词人拔剑注视远方，神情凝重。造型设计上，拔剑的动态与凝望沉思的静态略觉不够协调。整体形象偏于儒雅端庄，沉痛悲壮的一面有所表现，大帅性格上骁勇霸气的一面不够突出。

风都是行人恨，马头渐喜归期近。”这里的这个“行人”，显然与隆祐太后没有什么关系，也不是指南渡逃难的中原百姓，而是远行之人。骑在马上，数着越来越临近的归期，显然这个“行人”是他自己。淳熙八年（1181），也就是他离开江西五年之后，时任江西转运副使的好友钱佃（仲耕）调任婺州。辛弃疾听说后，为他写了一首《西河》词送行，词中说：“西江水，道是江西人泪。无情却解送行人，月明千里。”[1]这个“行人”，也是远行之人，这个“西江水”，就是赣江之水。钱佃即将离任远行，江西的百姓用眼泪来为他送行，赣江的水像他们的眼泪。西江，是赣江

[1] 宋·辛弃疾《西河·送钱仲耕自江西漕移守婺州》。

的别称。以辛词证辛词，我们断定，“中间多少行人泪”的“行人”，是说辛弃疾自己，是远行之人。这个“多少行人泪”的“多少”，是用来形容眼泪的，不是形容行人数量的。意思是“行人多少泪”。

根据我们前面的考证，辛弃疾当时已经接到朝廷新的任命，调任为京西转运判官。京西转运司设在襄阳。他当时卸任旧职离开赣州，路过造口，孤身前往一千多公里之外的襄阳。所以是远行之人，是那个流泪的行人。辛弃疾望着眼前滔滔北去的赣江，痛苦地叹息说，郁孤台下流来的这一江水啊，里面洒满了我多少伤心的眼泪！

尽管辛弃疾是个剽悍果敢的山东汉子，尽管他平生以英雄自许，但在一腔报国热诚被一次次泼了冷水之后，在一次次遭遇仕途挫折、弹劾打击之后，强烈的感情如同火山爆发，伤心的眼泪也一次次流下。我们发现，他笔下经常写到流泪，经常为祖国、为苍生、为朋友，也为他自己流泪。也就在两年前，他在建康登临赏心亭，作《水龙吟》词抒发内心的痛苦和焦虑，就曾经仰天长叹说："倩何人唤取，红巾翠袖，揾英雄泪？"谁来擦干他英雄的眼泪啊？这个英雄泪就是行人泪，行人泪就是英雄泪，都是他自己的沉痛眼泪。

我们统计过，他的六百多首词里，有43首词写到了眼泪。除少部分是写女性哭泣、湘妃斑竹、蜡烛垂泪之外，大多是写自己的内心悲痛。所以，当我们读到《菩萨蛮》的“中间多少行人泪”时，立即就联想到了辛弃疾本人的英雄泪。一定要把“行人”解释为隆祐太后一行，当然也没有什么错，完全可以这样扩展联想。解释为远走他乡逃避战乱的中原难民，也没有什么不妥。关键是，辛弃疾本人就是渡江南来的中原人。“行人泪”，首先是他辛弃疾的英雄热泪。辛弃疾这个人非常自我，个性特别强，属于自我中心人格。他抒发愁怀悲痛，首先关注点是他自己，而不是别人。理解成隆祐太后和中原难民的眼泪，当然可以拔高他，但不符合他的个性。

请读者设身处地为他着想：在江西任职的两年里，他奔波在赣江一带的深山道路间，历尽千辛万苦，终于消灭了危害一方的乱匪剧盗。站在江边古驿，凭吊着当年逃难来此的帝国太后，苦难的国家让他流泪；杀伐用兵之际，看到山区的百姓如此困苦不堪，如此走投无路，而不得不铤而走险去犯罪，去做强盗乱匪，也让他流泪；他日夜思念着攘外，抗击金兵收复中原，朝廷却让他安内，剿杀叛乱的平民百姓。不安内便没有机会攘外，他必须痛下杀手剿灭乱匪，还是让他流泪；他满心期待消灭了茶寇后，能获得朝廷的重用赏识，从而走上更大的政治舞台，经略中原，平定天下，重头收拾旧河山，最后却得到一个掌管漕运的文官职务。此时此刻，远行之人感叹江水中都是自己的眼泪，没有什么不好理解。

还有现场氛围的刺激。赣江十八滩怪石遍布，水流汹涌澎湃，雪浪激起巨大的轰鸣。所谓“拍岸怒涛雷喷薄，横江乱石铁巉岩”。（明孙蕡《十八滩》）很多地方需要众多的纤夫喧呼呐喊，沿途背纤，才能缓慢地逆流上行。这样的现场景象，大概也深深刺痛了词人敏感的心灵：人生的艰辛不过如此，仕途的坎坷，也不过如此。

青山遮不住什么

辛弃疾体形壮硕，相貌有英气。陈亮描绘他“眼光有棱，背胛有负”，[1]目光咄咄逼人，说他是真正的猛虎。陆游说他是管仲、萧何一流的宰相之材，[2]姜夔也称赞他是诸葛亮再世。[3]他不是普通文人，更不是江南的儒雅文人。他的仕途，不是通过科举考试、馆阁校书，一点点磨勘上来，而是通过绑架叛臣，进献投名状，通过指挥平叛，最后做到拥兵一方的大帅。他是骑着马，叱咤呐喊着杀上词坛来的。

辛弃疾如此独一无二：有苏轼的天才，有贺铸的狂放，有范仲淹的谋略，有李纲的胆识。他是充满霸气的封疆大吏，是谈笑风生的诗侠儒将，是手段泼辣、行事不顾后果的飞虎军统帅，是不停地在为朝廷谋划着中兴方略的战略家。

但是他的性格太强悍了，不为时人所容。当时许多朝臣谏官指责他过于嗜杀，性情凶残。是不是嗜杀我们不敢断言，但他亲手杀过人是肯定的。当初在耿京麾下，义端和尚窃取节度使印信叛变逃走，被辛弃疾率兵追杀，亲自斩其首而归。义端死前求饶说："我识君真相，乃青兕也。力能杀人，幸勿杀我。"[4]青兕是凶猛壮硕的犀牛，可见辛弃疾外貌给人的印象。

淳熙八年（1181），他改任两浙西路提刑。朝廷言官弹劾他奸贪凶暴，帅守湖南时虐害田里。于是新职旧任一并罢去，让他回家闲居。罢官制词出于崔敦诗之手。除了崔敦诗之外，王蔺、黄艾、谢深甫、何澹等朝廷官员，都弹劾过辛弃疾。每次弹劾，罪名都大同小异，说他"残酷贪饕，奸赃狼藉"，说他"酷虐聚敛，以官府钱财为私家之物"，说他"赃污恣横，惟嗜杀戮"，说

[1] 宋·陈亮《龙川集》卷十《辛稼轩画像赞》。
[2] 参见宋·陆游《剑南诗稿》卷五十七《送辛幼安殿撰造朝》。
[3] 参见宋·姜夔《永遇乐·北固楼次稼轩韵》。
[4] 元·脱脱等《宋史》卷四百一《辛弃疾传》。

他“好色贪财，淫刑聚敛”，说他“用钱如泥沙，杀人如草芥”。

朱熹是他的好友。朱熹生前对辛弃疾的评价是：真正的帅才，但颇难制约，主管地方军政时确有纵恣的毛病。纵恣地方，专理会兵，却不管民。认为他多少有点像南渡名将岳飞，相当的“横”。朱熹还评价说，辛弃疾的纵恣骄横，主要是上面的主管大臣不能驾驭他。在给朋友杜叔高的书信中，朱熹叹息道：“今日像辛弃疾这样的人物，岂容易得到？要是朝廷早些认真用他，其事业一定俊伟光明，岂止像今天这样。”[1]

宋人野史笔记中还记载说，周必大不同意朝廷起用辛弃疾。宰相王淮激赏辛弃疾的能力，想提拔辛弃疾为帅臣，周必大坚决反对。王淮问：“辛弃疾有帅才，为什么不用？”周必大回答说：“辛弃疾所杀的人命，我们这些人执笔，是要承担责任的。”[2]

周必大是陆游、杨万里、范成大、陈亮等人的好友。就在辛弃疾四处追捕茶寇的那年九月，时任兵部侍郎的周必大上书给孝宗，分析围剿茶寇的利害。在评价到辛弃疾的能力为人时，他有所保留，对皇上说：“观其为人，颇似轻锐，亦须戒以持重。”[3]意思是辛弃疾这个人过于锋芒毕露，过于随心所欲，行事手段非常任性，要约束他克制稳重。周必大为人老成持重，从来不恶意诽谤别人，他的话应该可信。

从现代人格心理学的角度来分析，辛弃疾有比较典型的偏执人格倾向。这种倾向，又称为自我中心人格（Egocentricity）。

[1] 参见宋·朱熹《晦庵集》卷六十《答杜叔高》，《朱子全书》卷六十二《朱子语类》历代二。
[2] 参见宋·张端义《贵耳集》卷下。
[3] 宋·周必大《益国文忠公集》卷一百三十八《论平茶寇利害疏》。

这类人处事总是以自己的需要和兴趣为中心，只关心自己，不考虑别人，不能体会环境条件和他人的处境，完全从自己的角度，以自己的经验去认识和解决问题，不能意识到别人对同一问题的态度和看法，似乎自己的认识和态度就是他人的认识和态度。他们与别人的关系通常非常疏远，不能和谐相处，他们永远固执己见，不容易改变自己的观点和态度。

辛弃疾就是这种性格，主要表现为：过于独断专行，不容易与他人相处；过于骄傲自负，对自己过于看重，期许太高；过于粗暴固执，行事泼辣不计后果，不计代价；过于急切地追求建立威名，以至于得罪许多人而浑然不知，即使知道也无所顾忌，弄得朝廷总是又想用他，又不敢用他，怕他惹出麻烦，失去控制。

了解辛弃疾的性格和心理状态，对于我们深度阅读《菩萨蛮》，体察他站在造口驿当时的心情，非常有帮助。从作品表面上，我们可以察觉到他的伤心、他的无奈、他的愁苦。隆祐太后的悲惨遭遇，中原国土的大片沦丧，让他伤心落泪；眺望北方，思念帝都，却被无数青山遮住了视线，让他无可奈何；天色已晚，鹧鸪声声传来，唤起了“行不得也，哥哥”的谐音联想，又让他满怀愁绪。除此之外，还有其他什么情绪吗？

我们的心理分析结果是：焦虑。

“青山遮不住，毕竟东流去。”到底是什么意思？青山究竟遮不住什么？视线，还是江水，还是历史潮流？究竟是什么“毕竟东流去”？

学术界历来认为，青山是作为江水的对立面出现的，是反面的象征。江水象征着抗金北伐、统一祖国的历史潮流。说全国人民如火如荼的坚强的抗金意志，是那些屈辱求和、苟且偷安的人们所不能阻挡的。也充分显示出作者抗金意志的坚决，像东流水一样勇往直前。又说，“青山遮不住”暗示抗金救国斗争是历史的必然，任何人也改变不了它的方向。

其实这些理解都说错了，都没有读懂词人的意思。

在辛弃疾的眼中，滔滔流去的江水，是无情流逝的时间，是他最珍贵的人生年华。把他的话完整还原出来，应该是：“青山遮拦不住江水，江水无情地在流逝，就像岁月光阴，从早晨到傍晚，从春夏到冬秋。多么让人痛心。”也就是孔子在大河边叹息的：“逝者如斯夫，不舍昼夜。”辛弃疾内心的焦虑，正是自己已经从青年变成了壮年，奔走驱驰，越来越年长。人当壮年，正是大显身手、报效国家的时候，却这样轻易地蹉跎过了。而他南下时的梦想，得到朝廷重用，执掌兵权，挥师北上收复中原的梦想，却始终没有实现。

其实写《菩萨蛮》的这一年，他才37岁。在这个年龄上，能够做到江西提刑、秘阁修撰，已经算仕途比较顺利的了。但是辛弃疾的想法不同。他驰马渡江南来的时候，只有23岁。可以说成名甚早。转眼间，他在南方各地做官，已经14年了。对于辛弃疾这样性格急躁火爆的人来说，对于他这样自我期许甚高、志在封侯拜相的人来说，对于胸怀北伐大略，又急于施展身手的人来说，14年，实在太漫长了。岁月就这么白白流淌掉了，消磨掉了。

为什么他这么焦虑？为什么他做官的冲动这么强烈？理解辛弃疾的焦虑心态和悲怆情怀，完全读懂他的《菩萨蛮》，我们一直忽视了一个最最重要的心理因素：他的“归正人”身份。

他与所有的其他士大夫官员不同，他是从北方敌占区归顺南宋朝廷的起义官员。是一个“外人”。南宋朝廷从一开始，就对这类来自北方的文武官员抱有戒备心理，在任用他们的时候非常小心，处处有看不见的限制。甚至还有我们今天所说的“玻璃天花板”“禁区”。这种官场潜规则，中原投诚来的士大夫官员都非常敏感。所以辛弃疾才会那么急于干一番大事，建功立业，以此向朝廷和天下人证明自己的忠诚，自己的价值。他等不起。

我们还记得，就在两年前，辛弃疾被叶衡聘任为江东安抚司参议官，来到建康后，发现主帅已经走人，聘任落空，于是登临建康赏心亭，写下了《水龙吟》词。这首词几乎就是《菩萨蛮》词的前身，《菩萨蛮》则是《水龙吟》的再世。它们所披露的心迹非常接近。可以说，当年的极度焦虑再度出现了。词人远眺群山，把栏杆拍遍，仰天叹息说：“可惜流年，忧愁风雨，树犹如此！倩何人唤取，红巾翠袖，揾英雄泪？”这种时光易老的情绪，恰恰与“青山遮不住，毕竟东流去”的状态极为吻合，同样表现了对岁月流逝的无比焦虑。仅仅时隔两年，这种情绪再次弥漫心头。江西造口驿，成了第二个建康赏心亭。

读者要注意，在江西提刑任上消灭茶寇，是辛弃疾整个仕途的重要转折点。在此之前，他仅仅是地位不高的下层文官，判司簿尉、小州知州、大郡通判。但在消灭了茶寇之后，在叶衡等好友的推荐帮助下，他强悍的军事组织能力得到了朝廷认可。尽管有人反对，但肯定和支持的声音占了多数。所以很快时来运转，先后被重用为湖北安抚使兼知江陵府、江西安抚使兼知隆兴府、湖南安抚使兼知潭州、福建安抚使兼知福州，成为南宋著名的帅臣之一。直到晚年，还被起用为浙东安抚使。

问题是，登造口驿写这首词的时候，他还不知道自己未来的命运会怎样，不知道朝廷到底会不会用他。他不知道几个月后，朝廷就会任命他为湖北安抚使，让他成为真正的地方大帅。他等待这一天等待得太久了，做了太大的努力，抱了太完美的理想。最后得到的，却是转运判官这样一个不痛不痒的任命，实在是情何以堪。

所以，当时辛弃疾的内心一定充满了焦虑，充满了失望和悲凉。又一个秋天就要过去了，又一任文官任期在等着他。在江西提刑任上这两年的努力，似乎完全白费了辛苦。这不是他所期待的结果。岁月光阴像赣江流水一样无情地流走，尽管青山这么高，这么密，终究拦不住它。

他要走了，远行之人要去遥远的襄阳，去寻找他的未来。

思绪纷沓的驿口

至此，我们基本弄清楚了这首词的写作背景和现场情况。淳熙三年（1176），辛弃疾剿灭茶寇后的第二年，朝廷下诏褒奖辛弃疾剿匪有功，不久后又调任他为京西转运判官。在那年深秋，词人解职离开赣州，来到赣江边的造口古渡，在那里徘徊吊古，抚今追昔，写下了这首悲凉的作品。

全词只有44个字，但却反反复复写眼前的群山，脚下的江水：群山遮目，群山拦水，群山鸟叫。如此一唱三叹，让人感觉到重重叠叠的群山把词人围困在了中间，走不出来，突不出去，心理上非常压抑，如同困兽；同时也非常孤独，如同井底之蛙。江水也是三度出现：江水浸泪，江水东去，江水添愁。如此三致意焉，渲染出自己内心翻滚着的复杂感受。满江都是泪，言旧恨多；江水不停地流，言光阴无情；江晚鸟啼人愁，言新愁又添几许。

郁孤台下清江水，中间多少行人泪

辛弃疾站在造口驿的江边，望着横在眼前的大江，很自然从来处落笔。清江，就是赣江。赣江最上游的起点，就在郁孤台下。郁孤台在赣州旧城西北，辛弃疾的江西提刑司就设在赣州城内。他刚刚离开那个地方，不久前还登临过郁孤台，对郁孤台的历史、掌故、地理、风景非常熟悉。

为什么不从造口写起，要从郁孤台写起呢？

这是一个很好的问题。我们是这样来理解的：第一，写出了他在回望历史。赣州是隆祐太后最后驻跸的行在所，是她那场逃难的终点。凭吊南渡伤心往事，必须落笔在历史的重大节点上。郁孤台是赣州最著名的名胜，用今天的话来说，是城市的地标。第二，写出了他当时是先南望自己的来路，然后北望中原。词人当时已经卸任江西提刑，离开赣州北上。从郁孤台落笔，便很自然地交代了他此行路过造口的出发地点。第三，郁孤台有可能是辛弃疾非常喜欢的登临地，在赣州任上，可能不止一次去过。郁孤台的名称，是因为高台坐落在郁然孤峙的山石上而得来。这个郁然孤峙的形象，大概很受词人青睐。辛弃疾的性格就很有点郁然孤峙的味道，所以落笔便想起了这个高台。第四，词人尽管在江西山区剿匪，对付茶寇乱民，但非常怀念中原故土，渴望能够在有生之年看到中原收复，祖国统一。他经常眺望北方，思念故土。这种情绪有时候非常强烈。郁孤台的子牟望阙的典故，正好契合了他此时的处境和心情。

魏公子牟身在江湖，心存魏阙，是唐宋人经常使用的典故。语出《庄子·让王》:“中山公子牟谓瞻子曰：身在江海之上，心居乎魏阙之下，奈何？瞻子曰：生，重生则利轻。”这个叫子牟的人因为封于中山，所以被称作中山公子牟。魏阙，魏国的宫阙。阙是古代皇宫门前两边的楼台，代指朝廷。他的意思是：我虽然身居乡野之地，但是心里始终牵挂着魏国的朝廷。范仲淹在上给皇

郁孤台前门楣上“望阙”二字赫然在目，却很少有人注意到它与《菩萨蛮》词的关系。

帝的谢表中，也用过这个典故：“萧望之口陈灾异，盖无负于本朝。公子牟身处江湖，徒不忘于魏阙。”[1]他的《岳阳楼记》里的名言：“居庙堂之高则忧其民，处江湖之远则忧其君。”也是来自这个典故。望阙，就是心居魏阙；心居魏阙，就是心忧其君，牵挂朝廷。

可见，郁孤台既是一个重要的地理符号、历史符号，同时也是一个重要的文化符号。

历来注释辛弃疾这首《菩萨蛮》词的学者，都忽略了这个常见的典故。甚至根本没有注意到，郁孤台前那个门楼的门楣上“望阙”两个字，与这首词有什么关系。

辛弃疾不会忽略。这么重要的具有象征意义的典故，他不可

[1] 宋·范仲淹《范文正集》卷十五《润州上谢表》。

能没有注意到。当他登临郁孤台北望的时候，一定会想起魏公子牟的典故，甚至很自然地把自己想象成了魏公子牟，在那里引颈翘首，目光久久注视着看不见的朝廷宫阙。子牟身在江湖之远，心存朝廷之上，朝廷是第一位的。换句话说，辛弃疾日夜思念的，首先是君王圣上，南宋朝廷，是君王所在的帝都，也就是范仲淹所说的“处江湖之远则忧其君”。然后才是这个朝廷所代表的祖国，所拥有的天下，所统治的苍生。所以从郁孤台写起，令人联想到“望阙”。有了“望阙”，才有“西北望长安”。

◆ 西北望长安，可怜无数山

说“西北望长安”的长安，代指北宋故都汴京，也没有错。朝廷在哪里，他心中的长安就在哪里。这个长安首先是帝都的代称，主要还是指南宋的都城临安。

在许多古老的辛词版本中，“西北望长安”这句别作“东北是长安”。许多学者对此大惑不解，长安怎么会在郁孤台的东北呢？汴京也不在郁孤台的东北啊，明明是在正北面嘛。只有古长安在郁孤台的西北面。所以原文作“西北望长安”才是对的。

要将两种版本文字统一起来，找到都能接受的合理解释，只有将这个“长安”理解成朝廷。其实那时候辛弃疾满心想的尽是朝廷、君王。心居宋阙，心忧其君。他想要表达的是：尽管自己身在江湖之远，但始终心存魏阙。作为北方投诚来的“归正人”，他是忠于这个朝廷的。孝宗皇帝的临安，也就是今天的杭州，地理位置正是在郁孤台和造口的东北方向。

铺开卫星地图，西北方向是重重叠叠的群山，东北方向也是重重叠叠的群山。无论辛弃疾原文是“西北望长安”，还是“东北是长安”，都完全符合“可怜无数山”的地理特点。而在郁孤台上

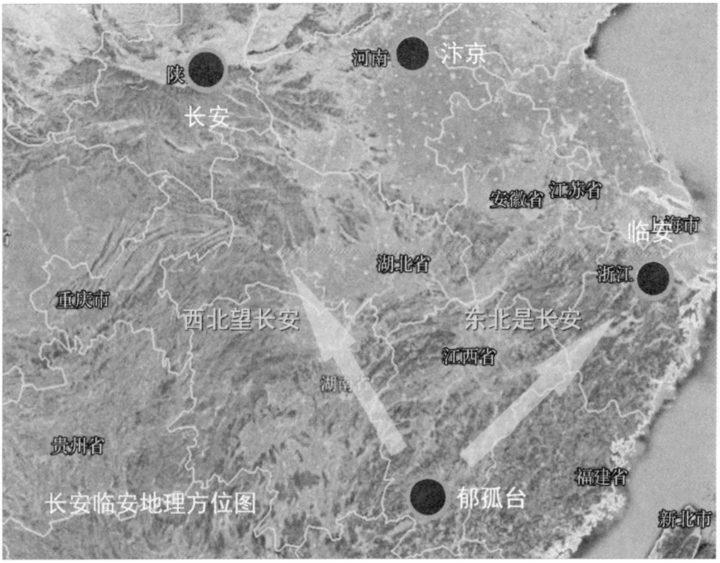

长安与临安的地理方位示意图。

向西北方向、东北方向眺望，没有这样群山遮目的景象。

无论西北望还是东北望，“望长安”是主观，写词人心系朝廷，渴望报效国家；“无数山”则是客观，写愿望与现实之间的矛盾。想看帝都，但看不到。这里有三个细节值得我们注意：

第一，辛弃疾向西北方向，或者东北方向眺望帝都，这个北望的行为，是在造口驿。是他造口怀古过程的一部分。过去学者解读这首词，受到郁孤台子牟典故的暗示，认为词人登临郁孤台，站在台上举目远眺，顺理成章。其实不对。如果辛弃疾是在郁孤台远眺，眼前是没有无数山的。只有极远的地方才有无数山。郁孤台上群山遮目的感觉没有那么强烈。而且下片写的是造口附近的情景，只有在造口才能听到深山鹧鸪。他怎么又跑到造口去了呢？莫非是两处登临，两番怀古？两个写作现场的歌唱，怎么能够糅到同一首作品里来？所以只能同时发生在造口。也只有在造口，群山遮目的感受才特别强烈。

第二，“可怜”，不是我们今天说的可怜虫、可怜相的可怜。按照张相《诗词曲语词汇释》，古典诗词中凡用到“可怜”，有三种意思：一是可喜、可爱、可羡的意思，是赞赏性的表达；二是可惜的意思，是遗憾惋惜的表达；三是可怪的意思，是惊讶的表达。《菩萨蛮》的“可怜无数山”，最恰当的解释应该是：可惜无数青山遮挡了视线，是一种遗憾。

第三，群山遮目，望帝都而不见，既是写眼前的实有风景，也委婉表达了词人内心的某种抱怨。辛弃疾绝顶聪明，把一首小词写得如此沉郁顿挫，如此怨而不怒，什么难听话都没有说，什么牢骚也没有发，但失望的意思都在里面了。这么多的山挡住了视线，这么多的障碍，让他的报效国家的道路困难重重，这么多的质疑声音，让他的中兴梦想变得那么遥远。通往帝都君王的路真是隔着万水千山。所以他悲凉地叹息说：可惜啊，这么多的山挡在眼前，想看一眼君王所在的都城，啥都看不见。

◆ 青山遮不住，毕竟东流去

滔滔而去的江水，里面有多少自己悲伤的眼泪。这是一层联想。同时，在辛弃疾的眼中，这滔滔流去的江水，也是无情流逝的时间，是他最珍贵的人生年华。把他的话完整还原出来，应该是：青山遮拦不住江水，江水无情地流逝，就像岁月光阴，从早晨到傍晚，从春夏到秋冬，多么让人痛心。

词人由郁孤台想到了魏公子牟，当然也会想到站在河边的孔子。孔子当年站在大河边叹息说：“逝者如斯夫，不舍昼夜！”流水日夜不息，多么像流逝的光阴啊。“毕竟东流去”的“毕竟”，是终将、终究的意思。词人先说青山重重，遮住了他北望的视线；可是青山再多，再深，再高，终究还是遮拦不住奔流的江水。这是多么无奈的事情：不该遮拦的偏偏遮拦（视线），该遮拦的却反而遮拦不住（光阴）。怨而不怒的骚人情怀，借此轻轻托出。却又收笔藏锋，表现得非常含蓄。

我们特别注意到：郁孤台、魏阙、流水、光阴、子牟、孔子，这几个文化符号，构成一条完整的证据链。唐代张九龄写过一首诗：

江流去朝宗，昼夜兹不舍。
仲尼在川上，子牟存阙下。[1]

江水、魏阙、孔子、子牟，都组合在同一个意思里。昼夜不舍、仲尼川上，出自《论语》：“子在川上曰：逝者如斯夫，不舍昼夜。”另一位宋代诗人杨亿也写过这样两句：“子牟江海心应在，频上高楼望帝京。”[2]子牟、江海心、望阙、帝京，也组合在了同一个意思里。

更有意思的是，子牟、魏阙、江水、帝京这几个意象，与辛弃疾即将赴任的襄阳也有关系。我们查到，唐代诗人崔湜在《襄城即事》诗里，有这样几句：“子牟怀魏阙，元凯滞襄城。……为问东流水，何时到玉京？”

滞留在襄阳城的元凯，就是西晋著名的军事家杜预。杜预字元凯，是司马懿的女婿。羊祜推荐他为镇南大将军，都督荆州诸

[1] 唐·张九龄《曲江集》卷五《忝官二十年尽在内职及为郡尝积恋因赋诗焉》。
[2] 宋·杨亿《武夷新集》卷二《史馆阮比部知衢州因归建阳别墅二首》。

杜预画像。今藏台北“故宫博物院”。

军事，杜预因此长期驻守襄阳。他缮甲兵，耀威武，后来大破东吴。史书说杜预这个人好后世名，曾经刻二石碑记功绩，一方沉于万山潭下，一方立于岘山之上。事见《晋书·羊祜杜预传》。

读者有没有发现，这个杜预很像辛弃疾，非常霸气。辛弃疾熟读经史，他要去襄阳就任新职，自然会想到襄阳的这位著名的大将军——什么时候我也能像他一样，身为大将军，缮甲兵，耀威武，大破金兵呢？

仔细体味，不难察觉到，词人对时间如此敏感，如此充满了焦虑情绪。望帝都，叹流水，伤心泪，黄昏愁，纷至沓来的复杂情感，都是纠结于路漫漫而修远，老冉冉其将至。看不到希望，不知道何时才能受到朝廷重用，才能让他统率千军万马，杀向北方，收复中原失地。

◆ 江晚正愁余，山深闻鹧鸪

天色似乎已经很晚了。造口位于大山深处，太阳落山早，更容易天黑。这个时候，词人望着滔滔江水，一时间愁思纷繁。深山里又传来鹧鸪的叫声，整个山谷间回荡着“行不得也，哥哥！”词人恍然觉得那是江西的父老在声声挽留他，遮道而哭，劝他不要离去。“愁余”，就是愁予，让我生愁的意思，语出屈原《九歌·湘夫人》：“帝子降兮北渚，目眇眇兮愁予。”黄昏的赣江上没有美丽的湘夫人，但一样有纷纷的落叶，一样有望眼欲穿的忧愁。

借用了一下《九歌》的语典，辛弃疾内心的自我定位不经意也就告诉了读者：他是引屈原为异代知音的。他就像屈原一样，徘徊在水边，充满了忧伤。

“山深闻鹧鸪”，这空灵的结尾，让后代读者遐想联翩。听到鹧鸪叫声，本来是南方山野间常见的景象。但为什么充满愁思的词人要特意写到它呢？一定有什么没有说出来的含义。

鹧鸪是一种杂食性的山禽，这种鸟的外形和习性都有点像鸡，浑身羽毛布满灰白色的斑点。它们喜欢单独或成对活动，平常总是隐藏在草丛或灌木丛中，很难被发现，最喜欢在黎明和黄昏时候啼叫，而且叫声非常特别。尤其是春季繁殖期，雄鸟栖息在岩石或树枝上，放声歌唱。往往一鸟先鸣，群鸟响应，满山谷啼声此起彼落。所谓的鹧鸪天，就是这番景象。

有的学者怀疑，鹧鸪都是春天啼叫。辛弃疾离开赣州的时候是深秋季节，哪来的鹧鸪啼？所以不可能是实写。其实南方地区的鹧鸪不仅春天啼鸣，秋天也啼鸣。秋听鹧鸪啼，是很常见的山区景象。古人经常描写这样的场景。如唐代李群玉《九子坡闻鹧鸪》诗：“落照苍茫秋草明，鹧鸪啼处远人行。”宋末元初诗人艾性夫《古驿》诗：“过尽路牌无客影，一冈秋雨鹧鸪啼。”明代史杰《竹石图》诗：“记得推篷湘水曲，满林秋色鹧鸪啼。”另一位明代诗人乌斯道的《过十八滩》，描写的正是赣江两岸秋景：“鹧鸪又复啼秋雨，便合重题蜀道难。”

问题是，辛弃疾为什么要写深山中的鹧鸪叫声？汉代杨孚的《异物志》里记载说：鹧鸪这种鸟总是怀念着南方，不思往北去。其鸣叫的声音，听起来像“但南不北”。晋代张华的《禽经注》也说：鹧鸪的叫声就如同自呼其名，起飞的时候必定往南飞，然后再东西回翔。其习性怀念南方，不愿往北去。所以许多学者根据这些记载，认为辛弃疾从鹧鸪的叫声中，联想到了自己南渡而来的北方人身份，借以表达了自己忠于南宋朝廷的信念。“但南不北”的啼鸣谐音，道出了词人的心声。

另一种更流行的说法认为，宋代人通常将鹧鸪啼鸣谐音为“行不得也，哥哥”，所以罗大经读了“山深闻鹧鸪”后，马上就意识到辛弃疾太失望了，他是在叹息恢复中原的事情行不得了，没戏了。

除了上述两种谐音联想之外，古人对鹧鸪啼叫声还有三种纯粹拟音的说法：（一）自呼其名，听上去像“鹧鸪”的发音。（二）听上去像“懊恼泽家”的发音。（三）听上去像“钩辀格磔”的发音。这三种拟音由于没有联想文意，所以尽管都有出处，但历来注释家不感兴趣。

已有学者发现，辛弃疾在他的作品中多次描写鹧鸪啼鸣，都是理解为谐音“行不得也哥哥”，而不是“但南不北”。例如《添字浣溪沙·三山戏作》：“绕屋人扶行不得，闲窗学得鹧鸪啼。却有杜鹃能劝道：不如归。”鹧鸪和杜鹃两种鸟的叫声谐音，说得很清楚：鹧鸪叫声是“行不得”，杜鹃叫声是“不如归”。

那么是什么行不得呢？罗大经说错了，历代学者们也想多了。不是恢复中原行不得，也不是他个人的北伐梦想行不得，而是自己这个远行之人“行不得”。鹧鸪声声呼唤“行不得也”，在他听来，就像是在挽留他别走，在请求他辛大人不要离开江西。

辛弃疾解任离开赣州的时候，赣州军民曾经拥满道路，争相前来为他送行。当时的赣州通判罗愿写诗为他送行，长诗开篇即说：“峨峨郁孤台，下有十万家。喧呼隘城阙，恋此明使车。”[1]说

[1] 宋·罗愿《鄂州小集》卷一《送辛殿撰自江西提刑移京西漕》。

赣州城十万人家，许多百姓都跑来大街上，为辛弃疾的车马送行，人们恋恋不舍，以至把城门道路都堵塞了。这个场景大概又一次浮现在词人的脑海中。鹧鸪的叫声，传到他耳里，听上去就像是满城百姓的挽留呼声。

其实他自己也不想走，也在心里对自己一遍遍说“行不得也”。在这里，他是节制兵马的剿匪指挥官，有治安用兵权，能够干大事；离开江西去襄阳，他将变成一个掌管粮草后勤的文官。这是他最不情愿的事情。

通过地理现场和历史现场的还原，我们最终确证：《菩萨蛮》词的写作现场不在郁孤台，而在万安的造口驿。“行人泪”不是隆祐太后的眼泪，也不是中原士大夫和苍生百姓的眼泪，而是词人自己的英雄泪。“望长安”眺望的不是沦陷的中原，也不是汴京，而是君王所在的朝廷，朝廷所在的临安。“毕竟东流去”的江水，不是指什么历史潮流，而是指如流水般的光阴。鹧鸪啼鸣也不是说中原恢复行不得，而是想象在挽留自己远行襄阳。

原来这是一首抒发作者个人勃郁不平之气的作品，主要表现了词人岁月蹉跎、功名未就的焦虑情感，是他离开赣州之际的一段告别词，一段欲言又止的低回自语。它并不像过去认为的那样，是一曲爱国主义精神的悲壮歌唱，并不是歌颂祖国统一是不可抗拒的历史潮流，也不是批判苟且偷安的朝廷投降派和各种反动势力。那样拔高，不符合历史，不符合辛弃疾的个性，也不符合我们现场调查的结论。

但是读者，你能不能更深一层地理解他，理解辛弃疾的大帅梦？他说过这样悲壮的话：“不念英雄江左老，用之可以尊中国。”[1] 把我这样的英雄闲置在江左，日久天长慢慢变老，多么可惜啊！只要重用我，就可以让这个王朝强大起来，让四夷畏服啊。

“尊中国”，是他人生的终极梦想。英雄老去，是纠缠他多年的委屈和担忧，是他日夜焦虑的事情。正因为如此，他的这种焦虑情绪，才值得我们理解和同情；他对“归正人”身份的不安，对帝王师的向往，对地方军政大权的强烈渴望，这些内心冲动和功名欲望，不是什么人格瑕疵。恰恰相反，它们值得我们尊敬，值得我们驻足词前，向他的背影行注目礼。

阅读小结

（一）《菩萨蛮》是一首沉郁顿挫的骚体小唱。它写于辛弃疾剿灭茶寇之后的第二年秋天。在接到朝廷新的任命，就要离开赣州的时候，词人来到造口，一边凭吊着隆祐太后逃难所经过的故地山川，一边回想着自己投诚南宋14年来所走过的坎坷道路，抚今追昔，满怀惆怅。既伤心中原沦陷的现实，又对自己的未来充满了焦虑不安。心情非常低落。

（二）作品的写作地点和题壁地点都在造口驿，不在郁孤台。郁孤台的往事太遥远，只是他用来表达自己身在江湖、心存魏阙的心迹；造口驿的往事就发生在四十多年前，是一段至今未雪的民族之恨、朝野之耻。辛弃

[1] 宋·辛弃疾《满江红·倦客新丰》。

疾尽管没有在《菩萨蛮》词中直接描写隆祐太后之事，但他的一腔悲愤却与此紧密相关。家国之恨、身世之感纠缠在一起，成就了这首不朽的作品。

（三）辛弃疾是那种充满梦想和激情的忠臣义士，具备非凡的战略眼光和军事组织才能。他对自己期许很高，渴望封侯万里，渴望有朝一日成为帝王之师，始终怀有一颗躁动的心。他的性格特别自我，甚至充满霸气。用当时人的话来说，有一种湖海豪气。这种自我中心人格，是他多次遭到群臣弹劾，以至仕途坎坷的主要原因，也是他总感到不受重用、不被理解的心理症结所在。剿灭茶寇后，他由高度兴奋的状态跌落到无比失望，临走的时候心理很不平衡。

（四）《菩萨蛮》写到的行人、眼泪，都是讲述的词人自己。鹧鸪的叫声，也让词人联想到了赣州军民挥泪挽留自己，不愿意他走。所有的笔墨都落在自己身上。对此，我们既不必讳言，也不必拔高。江水并不代表什么历史潮流，青山也不代表什么苟且偷安的投降派。主和的大臣们也并不都是苟且偷安之辈，辛弃疾与许多主和的士大夫官员也都是朋友。过于政治化的解读，只会让英雄的形象变得模糊可疑。

（五）《菩萨蛮》的不朽，在于它真实地展现了一个爱国者的内心世界。他对自己民族的那份热爱、对祖国统一的那份渴望、对朝廷君王的忠贞、对报答天下苍生的强烈冲动、对国耻的耿耿于怀，都在他的眼泪和焦虑中流露出来。他那么强的个性，却没有在词中抱怨一句朝廷不公，大臣不济，也没有夸耀一句自己剿匪的功劳，奔波的辛苦。他只说青山和江水，只说那里有自己的眼泪，只说光阴如水一样流走了。如此拳拳之心，如此含蓄克制的骚人遗唱，千载之下读来，仍然让我们怦然心动，让我们悄然落泪。

看山的太守

欧阳修

朝中措

平山阑槛倚晴空，山色有无中。手种堂前垂柳，别来几度春风。

文章太守，挥毫万字，一饮千钟。行乐直须年少，尊前看取衰翁。

这是一首送别朋友的小唱。文字读起来爽朗平易，一泻而下，似乎没有什么悬念，也没有什么刻意设置的语言障碍，蛮容易理解的。古文大师写这种小词，轻松得很，也不屑于玩弄文字上的小聪明，跟读者绕圈子。九句四十八字，用关键词概括，无非是：平山堂、堂前柳、扬州太守、快喝酒。

“快喝酒”三个字，是我们替他总结出来的。词人当时是在为朋友饯行。宋本《欧阳文忠公近体乐府》里，这首词有一个标题“送刘仲原甫出守维扬”。南宋人黄昇的《唐宋以来绝妙词选》选此词，也题作《送刘原父守扬州》。原甫、原父是刘敞的字。维扬是扬州的别称。这一年是仁宗至和三年（1056）。当时刘敞已经接到朝廷任命，外放出知扬州，50岁的欧阳修在汴京的家中为刘敞送行。欧阳修是刘敞的知心朋友，八年前曾经做过一任扬州知州，是刘敞的前前任。任上曾经在城北蜀冈的大明寺旁，建造了著名的平山堂。

作品的写作现场在京城，这是肯定的。酒席间，欧阳修想起了他的扬州，说起了他得意的平山堂，于是作品的现场又跑到了扬州。老太守不停地劝对方尽欢行乐，痛饮美酒，畅享人生，最后还把自己定格在酒桌前，来了个与酒杯的合影。所以这一定是他心里老想着的念头：快喝酒吧年轻人，老夫也没有别的东西送你了，敬你一杯而已。也就是古人“将进酒，杯莫停”的意思，也就是“人生得意须尽欢”的意思。

有问题吗？似乎没有任何问题，很流畅贴切的理解。

读者会不会觉得，这话不太像一位德高望重的文坛领袖说的，不太像那个刚烈的翰林学士大人说的？作为前辈，为新上任的后生送别，不劝告他清廉为政，把持自己，不勉励他先天下之忧而忧，反而劝告他及时行乐，这是什么前辈，什么知己？刘敞也是范仲淹的仰慕者。11年前范仲淹写下那篇不朽的《岳阳楼记》，天下轰传，他欧阳修又不是不知道，为什么偏偏要唱反调，来个先天下之乐而乐呢？在知心朋友面前自称是文章太守，自上尊号，听上去也觉得怪怪的。有这么邪门的文坛盟主么？他的前辈恩师晏殊上一年刚刚去世，范仲淹去世也才四年，他就这么摆起谱来？还有，豪放苍劲的风格，与颓废消极的人生态度，也是抵牾矛盾的。读来读去，总觉得拧不到一块儿。豪放就豪放到底，干嘛要弄得那么颓废呢？

这时的醉翁是在借酒说真心话吗，还是在说朋友间的客套话？内翰大人怎么了，为什么发出这样的感慨？这些疑问纠缠在读者心头，让我们不得不前来刨根问底，一探究竟。

为什么写给刘敞

写给刘敞是肯定的，写作时间也没有问题。问题是为什么要写给刘敞。

刘敞是著名的金石学家和史学家，辈分比欧阳修略低一点，他比欧阳修小12岁。不算两代人，但在政坛和文坛上，都要比欧阳修稍晚半拍。就在欧阳修游览滁州琅琊山，写出不朽的散文《醉翁亭记》那一年，刘敞和他的兄弟刘攽同时考中进士。欧阳修任翰林学士在至和元年（1054），刘敞任翰林学士在治平元年（1064），前后相差十年。两人先后出守扬州，也隔了八年。现在，50岁的欧阳修在38岁的小老弟面前摆老资格，借着酒意推心置腹，说自己已经皤然一翁，老了，不行了。你应当乘着年富力壮，尽情享受人生，做一个潇洒风流的扬州太守。扬州多好的地方啊。几百年前古人的最大梦想，就是想有朝一日“腰缠十万贯，骑鹤上扬州”。腰包里有很多钱，又像仙鹤一样长寿，有钱有命还不够，还要住在最繁华的扬州，才算人生圆满，极致幸福。能有机会出知扬州，多么美好的事情啊。

能这样说心里话，可见刘敞跟欧阳修的关系非同一般。就在刚刚过去的一年，欧阳修在朝身任翰林学士，刘敞是知制诰。他们一个掌管内制，一个掌管外制。两人不仅是经常一起唱和的文坛朋友，更是政坛上最坚定的盟友。欧阳修在被拔擢为翰林学士的第二年，上疏给皇帝，要求罢免宰相陈执中。没有得到答复，于是立即请求出知蔡州。他性子刚急，不答应就要走人。第二天刘敞奏疏，请求仁宗皇帝挽留欧阳修。八天后，陈执中即被罢去宰相，出知亳州，欧阳修的弹劾最终得到了皇帝的认可。那个时候，刘敞在朝廷上是欧阳修有力的支持者。

在知制诰这个位置上，刘敞一坐坐了七年。几次该提拔翰林学士而没有提，从至和元年（1054）一直干到嘉祐五年（1060），好像皇上觉得他太称职，不愿意提拔他似的。

欧阳修、刘敞两人除了同僚关系，政见相同之外，另一件事情也使他们的私交变得更加亲密。

至和二年（1055）八月，欧阳修被朝廷派遣出使北方敌国契丹。先担任契丹国母生辰使，去为辽国的太后祝寿。还没有动身，就传来消息，辽主耶律宗真驾崩，新帝耶律宏基即位。于是朝廷又改派欧阳修为贺契丹登宝位使。契丹国母生辰使另外安排他人。这项没劲的使命最后落在了刘敞头上。就在欧阳修出发之前的几天，刘敞一行先动身出使北方，前去为契丹国母祝寿。两个代表团后脚接前脚，相继访问敌国。这是那年九月间的事情。

出发之前，刘敞曾经在自己家里宴请欧阳修。后来欧阳修作《重赠刘原父》诗说:“忆昨君当使北时，我往别君饮君家。”[1]他们走的是不同线路，后来在契丹国还曾相遇，彼此写了不少唱和诗歌。刘敞比欧阳修早十天返回，欧阳修是第二年的二月二十日回到京城的。有了这样一段共同的异域经历，他们的关系当然更不一样了。

回到京城一个多月后，刘敞因为王尧臣拜参知政事，为避亲嫌，主动要求离开朝廷，出知扬州。王尧臣是刘敞妻子王氏的哥哥，是天圣五年（1027）那一榜的状元。他曾经在宋仁宗面前力挺韩琦、范仲淹，镇守西北边塞。当年刘敞考进士，跟欧阳修一样，名列廷试第一。恰巧翰林学士王尧臣是那届科举的编排官，这就说不清了。为避亲嫌，刘敞被改为第二名，状元让河南邓州人贾黯获得。想不到十年后，刘敞又因为这位姻亲当宰相，主动避嫌离开朝廷。

选择扬州这样的富庶大郡，不知道是不是欧阳修的建议，我们相信多少与欧阳修有点关系。欧阳修的《朝中措》写于至和三年（1056）的闰三月九日，这时候正是江淮地区春光明媚的大好季节。八年前的二月下旬，欧阳修也是在这样的大好春天里，赶去扬州上任的。

[1] 宋·欧阳修《文忠集》卷六《重赠刘原父》。

《朝中措》的写作现场在京城欧阳修的家中，有记载可查。南宋初年傅幹的《注坡词》记载：欧阳修作扬州知州时，在僧寺建造平山堂，甚得观览之胜。堂前亲手种有数棵柳树。几年后，他在翰林学士院任职，金华人刘敞出守扬州，欧阳修在家中张乐摆酒，为他饯行，写下《朝中措》词。当时人评论说，除了刘敞没有人当得起欧公这首词。可以说是一时双美。[1]

欧阳修在家中为刘敞饯行，恍然就像去年刘敞在家中为欧阳修饯行。尽管请来请去，是士大夫间常有的事，但送别好友远行，意义却不一般。把这顿酒席看作是对去年刘家宴请的回请，也无不可。重要的是，酒席间，他们会说些什么。

以我们的猜度，他们不可能不谈论扬州的风土人情，不可能不谈论欧阳修在扬州的旧事、故友、同僚、前任，不可能不谈论他修建的平山堂、他手栽的堂前柳。《朝中措》词所点到的那些对象，都应当是他们反复谈起的话题。如果把这首词的上片看作是他们酒席间交谈内容的提纲，那么，下片就是欧阳修叮嘱刘敞的掏心话：做一个风流儒雅的太守吧，乘着你还年轻力壮，及时享受人生。

那段时间，都有谁做过扬州太守呢？

因为“庆历新政”失败，韩琦被罢去枢密副使，于庆历五年（1045）出知扬州。韩琦这个人，我们在前面谈论范仲淹《渔家傲》的时候，已经介绍过。三年后张奎接任。当时欧阳修因为生活作风嫌疑，被外放到滁州做知州，任满后的庆历八年（1048），以起居舍人、知制诰出知扬州。

欧阳修的继任是杨察，就是晏殊的那个美男子女婿，宰相富

[1] 宋·傅幹《注坡词》卷一。

弼的连襟。杨察之后是钱明逸、张昷之、包拯、张瓌、唐介、许元。钱明逸曾经做过朝廷的谏官，当年弹劾欧阳修与自己的外甥女通奸的，就是这个人，欧阳修心里一定恨死他了。包拯包大人是大宋名臣，天下人都知道。当时人称富弼“真宰相”，欧阳修“真翰林学士”，胡瑗“真先生”，包拯“真御史中丞”。号为“四真”。张瓌是南唐降臣张洎的孙子，真宗朝宰相王钦若的女婿。那个唐介了不得，他在朝担任监察御史、侍御史，是个正直的大检察官。出知扬州前，他曾经当着皇帝的面，激烈弹劾文彦博贪污腐败，暗通宫掖，与张贵妃狼狈为奸。宋仁宗听了大怒，威胁要把他流放去远恶州郡。唐介顶撞说:“臣鼎镬尚且不避，何辞于谪!”下油锅烹煮都不怕，流放算什么！最后宋仁宗不得不罢免文彦博。

北宋仁宗时期部分扬州知州一览表

官　员	在任时间	公元纪年
欧阳修	庆历八年	1048
杨　察	皇祐元年、二年	1049—1050
钱明逸	皇祐二年、三年	1050—1051
张昷之	皇祐四年、五年	1052—1053
包　拯	皇祐五年	1053
张　瓌	皇祐五年、六年	1053—1054
唐　介	皇祐六年、至和二年	1054—1055
许　元	至和二年、三年	1055—1056
刘　敞	至和三年、嘉祐二年	1056—1057

短短十来年间，扬州就先后到任这么多不同类型的太守。有刚烈正直的，也有贪婪刻薄的，有儒雅风流的，也有谨小慎微的。

各色人等走马灯似的轮换。这些历历在目的人和事，多少都与欧阳修有些瓜葛。作为知心朋友，他与刘敞私下里不可能不谈到。死对头也好，知己也好，君子也好，小人也好，看得多了便看开了。做一个儒雅风流、及时行乐的扬州太守，大概就是他们谈论这些前任太守，感慨官场水深复杂，得出的超脱结论。

结论不结论，想来都是主人欧阳修在那里说。刘敞尽管性格也比较刚直，与欧阳修相似，但毕竟年富力强，心态不像欧阳修那么消极。他到任扬州后，按照欧阳修的叮嘱，抽空游览了平山堂，写了吟咏平山堂的诗。可惜公务实在繁忙，不能常去。刘敞没有听从欧阳修的劝告，他做人从来没有欧阳修那样潇洒，所以在太守任上，很少去蜀冈游山玩水。

也许欧阳修早就知道刘敞不是个潇洒风流的主，在扬州这样的富庶大邦，不肯像他那样沉迷于山水清游，所以在送别的酒席上，特意劝告他想得开一点，及时行行小乐子，喝喝小酒。

谁的平山堂

读者会觉得，这还用说，平山堂当然是欧阳修的，而且是他的得意之作。欧阳修在任时，平山堂是太守与宾客们聚会赏玩的场地。欧阳修离开后，它成了扬州的文化地标，慕名前来参观、吟咏、凭吊的文人士大夫络绎不绝。这样一个绝佳胜迹，毫无疑问，肯定是老太守饯别新太守席间的中心话题。所以《朝中措》一落笔，首先就写到了它。

关于这座平山堂，宋人叶梦得《避暑录话》卷一记载说："欧阳修在扬州修建平山堂，壮丽为淮南第一。堂坐落于蜀冈上，前面俯临江南数百里，真州、润州、金陵三地隐隐可见。欧阳修每遇到大热天，就带着宾客大清早前往游览，派遣手下到附近邵伯湖摘取荷花千余朵，插成荷花盆景一百多盆。自己与宾客坐于荷花间行酒令，让歌妓取一朵荷花传给客人，客人每次摘去一瓣，花瓣摘尽处的客人必须饮酒。常常玩到入夜明月当空而归。我于绍圣年间考中进士，曾经在六七月间到平山堂住宿过几个月。那年遇大暑，平山堂左右前后老树参天，后面有毛竹林千余竿，粗如屋椽，浓荫下看不见一点阳光。”

这是宋人关于平山堂最权威的记载之一。可惜它是错的，最关键的地方有误。

叶梦得是南、北宋之交的词人，他出生的时候，欧阳修已经死了五年，跟欧阳修没有任何交往。他考取进士跑去平山堂参观的那年，距离欧阳修建造平山堂时，已经过去了50年。他描写平山堂壮丽为淮南第一，大概是受秦观的影响。秦观当年登临平山堂，曾经说过："游人若论登临美，须作淮东第一观。"[1]今天的平山堂旁边大明寺的墙壁上，还有“淮东第一观”几个大字。

读者请注意，秦观说的是登临之美为淮东第一，并没有说平山堂建筑本身是淮东第一。叶梦得把景致的淮东第一，替换成了建筑为淮南第一。

淮南第一还是淮东第一，我们暂且不去管它。重要的是叶梦得说错了吗？他描写的平山堂，难道不是欧阳修当年的那座建筑？

还真错了，还真不是。仔细清理历史记载，就知道叶梦得弄错了平山堂。

欧阳修是庆历八年（1048）正月接到朝廷任命，以起居舍人、知制诰出知扬州的。当时他滁州知州的任期刚满。滁州离扬

[1] 宋·秦观《淮海集》卷八《次韵子由题平山堂》。

扬州大明寺前墙壁上镶嵌的“淮东第一观”，语出秦观诗。第一观的观是观看的观（平声），不是道观、宫观的观（去声）。第一观是描写平山堂前视野开阔的形容语。将此石刻题字嵌放在大明寺外墙上，容易给人造成大明寺为淮东第一宫观的错觉。

州不远，欧阳修于2月22日即到任扬州。这个扬州太守他做了多久呢？时间很短。第二年，也就是皇祐元年（1049）的正月，他就接到朝廷新的任命，让他出知颍州。于是他又飘然去寻找颍州西湖去了。他在扬州做知州的时间，满打满算前后只有一年。

平山堂大约建成于庆历八年的五月间，也就是他到任的三个来月后。与此同时，美泉亭、无双亭两个小项目也相继竣工。欧阳修很高兴，写信给他的老前任韩琦说：“此三者，拾公之遗，以继盛美尔。”[1]意思是这三个风景建筑，是您当年镇守扬州时没有留心到的，我不过拾遗补阙，发扬光大您的美政罢了。扬州虽然在江北，但气候基本上与江南相似。江南的五月已经进入黄梅雨季，到处阴雨绵绵，通常情况下是无法露天施工的。所以必须在

[1] 宋·欧阳修《文忠集》卷一百四十四《与韩忠献王书》。

这之前完成修建工程。夏历六月，是夏季的最后一个月。欧阳修已经在那里与宾客行酒令赏荷花了。所以欧阳修建造平山堂的时间，只有二月份剩下的几天以及三、四、五这几个月。

我们关心的是，欧阳修为什么一到任，就忙着修建游览景点？我们更感到好奇的是，三个月的时间赶造起来的建筑，能有多大的规模？叶梦得50年后看到的那座恢宏壮丽的平山堂，是欧阳修当年建造的吗？前人说要让人一整天不安生，就让他请客；要让他一整年不安生，就让他造屋；要让他一辈子不安生，就让他纳妾。造房子在古代是件兴师动众的大工程，没有一年左右的时间不可能完成。民居尚且如此，官府建筑就更不用说了。在这么短的时间里，欧阳修不可能赶建出一座“壮丽为淮南第一”的平山堂来。

读者会问，这很重要吗？当然很重要。它关系到欧阳修向朋友炫耀的究竟是什么，他在那里伤感的又是什么，《朝中措》词究竟为什么要讲述平山堂，他的“行乐”究竟是在物质层面，还是在精神层面。

平山堂最初究竟是个什么样的建筑呢？王安石当时写过一首七律《平山堂》诗。南宋人李壁《王荆公诗注》注释说：“平山堂在扬州城西北五里大明寺旁边。庆历八年二月，欧阳修以起居舍人、知制诰的身份出任扬州知州。闲暇之日经常带领幕僚和宾客前往大明寺，登临古城。于是在大明寺坤隅将一座废旧的房屋拆改成厅堂。对面江南群山，排列在厅堂的屋檐下，似乎可以伸手攀取。所以将厅堂命名为平山堂。”[1]南宋学者楼钥《扬州平山堂记》也有同样的记载，他说：“平山堂是东南地区的名胜之地。……欧阳修游览后发现了它，于是拆除了附近破败的僧人庐

[1] 宋·李壁《王荆公诗注》卷三十四注释。

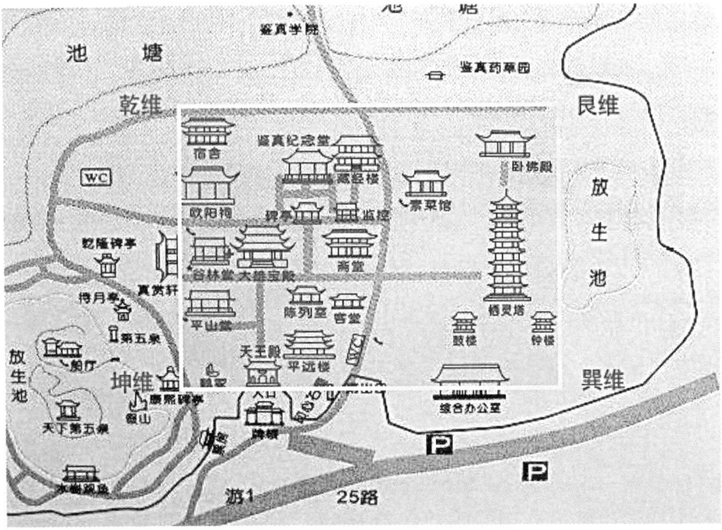

因为借僧人庐舍改造，宋代平山堂的位置一直在大明寺西南角（坤维）。如今地理方位基本没有变化。

舍，作为该堂，而眼前壮丽的风景，让它闻名天下。”[1]

李壁原文说的“坤隅”，是西南角方向。按照李壁的记载，欧阳修当时是部分拆除了大明寺西南角的废旧房屋，利用原建筑改建成的平山堂。按照楼钥的记载，是拆除改造了僧人的破败庐舍，作为平山堂的。中国古代称为堂庑的建筑，是没有正前方墙壁的敞轩式房子，有的左右两边有侧室可供临时休憩。简单地拆除旧建筑正面的墙壁，视情况增加梁柱，重新粉刷，就能够改造成堂庑，也就是所谓的“虚堂”。经过这样的改造，建筑物的功能发生了变化，居住的私密性没有了，变成了具有观景台功能的开放式聚会场所。所以宋人王令咏平山堂，开篇就说：“豁豁虚堂巧架成，地平相与远山平。”（《平山堂》）

[1] 宋·楼钥《攻愧集》卷五十六《扬州平山堂记》。

大明寺与平山堂之间，有琐窗砖墙隔开。通过这个门洞，可进入平山堂的前庭和行春之台。

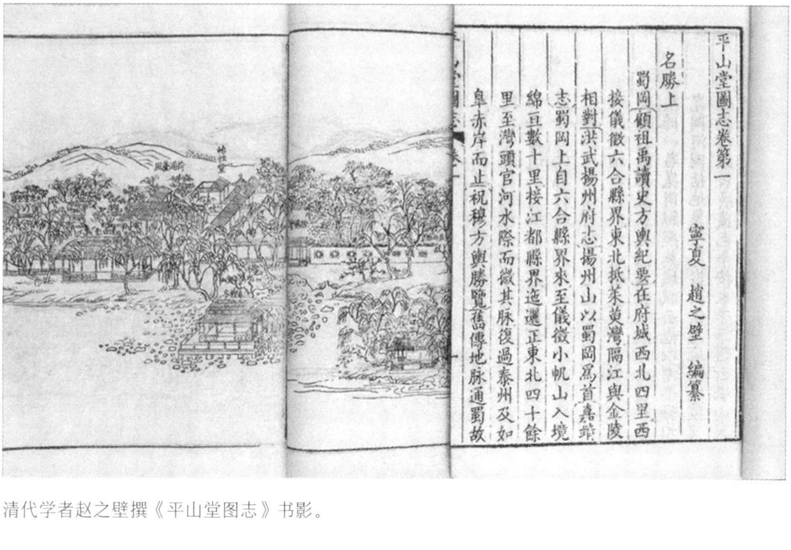
平山堂圖志卷第一
寧夏　趙之壁　編纂
名勝上
蜀岡顧祖禹讀史方輿紀要在府城西北四里西
接儀徵六合縣界東北抵茱萸灣隔江與金陵
相對洪武揚州府志揚州山以蜀岡爲首嘉靖
志蜀岡上自六合縣界來至儀徵小帆山入境
綿亘數十里接江都縣界迤邐正東北四十餘
里至灣頭官河水際而微其脉復過泰州及如
皋赤岸而止祝穆方輿勝覽舊傳地脉通蜀故

清代学者赵之壁撰《平山堂图志》书影。

欧阳修拆了旧僧房，建造了平山堂。这才是第一步。他的平山堂后来也被当作破旧危房，被后人拆除重建。我们查到，与苏轼同时代的朝廷官员沈括写过一篇《扬州重修平山堂记》。这篇文章里记载说欧阳修原来的建筑非常简陋，经过改建后，才变得壮丽堂皇。改建的人是另一位扬州太守刁约。他说：

> 参知政事欧阳修出守扬州的时候，开始在此修建平山堂。游览观赏之时，引来的宾客都是天下豪俊有名之士。后来天下人慕名而至，并不是为了来看堂榭建筑，而是因为它是欧阳修所建造，平山堂之名因此而满天下。嘉祐八年（1063），丹阳人刁约自工部郎中出守扬州，其时离欧阳修建此堂才17年，而平山堂已经到处朽烂剥落，摇摇欲坠。刁约到任后的第二年，进行了彻底翻修。所有人工、材料支出费用，都由刁约亲自核算，提前确定，最后指画施工位置。所以平山堂建造得如此壮丽，却没有一件材料不足。刁约又将庭院前围封起行春之台。过去那些闻名而来者，如今又有了登台眺望的处所。其清凉高爽的感觉，语言实在无法描述。[1]

如果沈括的记载属实，那么欧阳修当年所修建的平山堂仅仅存在了18年。治平元年（1064），刁约重建的平山堂取而代之。所谓行春之台，就是用石头将庭院前的坡地垒砌起拦土墙，然后填平院子做成平整的地台，类似四川人所说的“院坝”，供士大夫官员春游时凭栏远眺。欧氏的平山堂是简易的改造建筑，连堂前

[1] 宋·沈括《长兴集》卷九《扬州重修平山堂记》。

的土坡都没有修整好。刁氏的平山堂才是壮丽为淮南第一。叶梦得不知道这段历史，描写错了。

欧阳修饯别刘敞的时候，他的平山堂才刚刚度过八个风雨春秋，还不算破落剥损得厉害。老太守在新太守面前津津乐道的，绝不是那栋改建的旧建筑本身，而是它前面壮丽的山川景象。他让刘敞“行乐”，不是身居豪宅的享乐，而是尽览江山的快乐。

我们仔细阅读当时的文献，发现与欧阳修同时的那些文坛名流前来平山堂登临游览，诗词唱和，几乎没有人赞叹平山堂建筑本身如何恢宏壮丽，所有的笔墨都集中在对山川风景的赞叹上。沈括说得对，天下人慕名而来，并不是因为这座建筑有什么惊人之处，而是因为它是欧阳修亲手建造。江湖上有它的传说。一座普通建筑借人而名满天下，就像扬州的琼花，本来并没有什么惊人的绝色，只不过受到隋炀帝的青睐，特意下扬州来看它，于是身价暴涨，名满天下。

看的是什么山

宋人叶梦得说，站在平山堂上，下临江南数百里，真州、润州、金陵三地隐隐可见。真州就是今天的仪征，润州就是今天的镇江，金陵就是今天的南京。三地到扬州平山堂的直线距离分别是25公里、23公里、65公里。真州与扬州同在长江北岸，润州、金陵在长江南岸。

这样的地理分布激起了我们的强烈好奇。打开卫星地图，可以看到，扬州处于宽阔的江淮平原上，地势较为平坦，只有城西北的蜀冈地势略高。据《江南通志》记载，当年的蜀冈绵延四十余里，西面与仪征、六合的隆起地貌衔接。蜀冈南面地势较低。

平山堂正面楹联匾额。历史上平山堂多次被毁，多次重建。如今重建的平山堂开间18米，进深9米，面积大约在160平方米左右。建筑整体并不特别高敞雄壮。

平山堂内部陈设情景。整体空间不大，容纳十余宾客尚可。规模稍大的活动则明显拥挤。

经过几百年的垦荒开挖，如今的地貌已经有了很大变化。蜀冈的西峰、东峰和中峰只有二十多米高，用Google地球工具测量，其海拔高度约为26米。扬州城的平均海拔高度在10米左右，老城区在10到12米之间。蜀冈附近的山脚下，海拔也不过12到16米。所以蜀冈的相对高度实际上只有十多米。

这样低矮的小土冈，都不好意思称它是山。不过在这里放眼往南眺望，视野却非常开阔。宋代城市建筑以平房为主，极少数亭台楼阁也不是很高，大多为平层的低矮建筑。这从张择端《清明上河图》里可以看到。从蜀冈脚下一直到长江边，都是平旷无垠的田野和民居。长江对岸是镇江，西南方向是著名的古城南京。沿着长江南岸，分布着一片绵延起伏的群山。王安石的名句“京口瓜洲一水间，钟山只隔数重山”所说的“数重山”，就是指这些沿江耸立的群山。

当年欧阳修站在蜀冈上，突然发现这个位置太好了，站在这里眺望长江那边的群山，正好在看得见和看不见之间。而且由于距离拉得远，感觉上几乎与远处的山峰平起平坐，于是给新堂起了个无比诗意的名字：平山。

“平”是动词。用现代语法的术语来说，是形容词的意动用法。这个“平”，不是治国平天下的“平”，不是“使君莫袖平戎手”的“平”，平定的“平”太霸气了。这个“平”是平视的平，与山相平。孔子登东山而小鲁，登泰山而小天下。苏轼游览苏州，登虎丘而小吴。这个“小”，是登临者视野中产生的主观感受。“平”也同样是主观感受。欧阳修没有取名小山堂，而是别出心裁地取名平山堂，绝对独创。

这时候，如果你凭栏所在恰好是一座较为高敞的建筑；如果整个扬州城又近在咫尺，完全蛰伏在你脚下，能够清晰地俯瞰；如果又恰逢天气晴朗，空气透明度非常好，远距离的物体都在眼前：美丽的错觉就出现了。

其实没有错觉。从地理上看，长江南北两岸的海拔高度基本相同，都在2米至4米左右，并没有呈现北岸高、南岸低的俯视地貌。蜀冈的海拔高度微不足道。主要是物理距离，隔着宽阔的长江，距离拉开，在近大远小的物理常识下，沿江的群山便如同宽银幕一样展现在眼前。拿平山堂正南面的十里长山为例，十里长山距离平山堂31.35公里，海拔高度350米。减去蜀冈的高度26米，相对高度为324米。用三角函数计算仰视夹角α，仅仅为0.592 1度。登临者“抬望眼”的仰视程度几乎可以忽略，眺望山顶完全就是平视。这还是比较近的正面山峰，西面的宝华山海拔396米，减去蜀冈高度为370米。山峰距平山堂42.82公里，仰视夹角α只有0.495度。如果再偏西，看距离更远的群山，这个夹角会更接近于零，完全就是平视。如果把地球表面弧度的因素考虑进来，远处群山的视觉高度会更低。

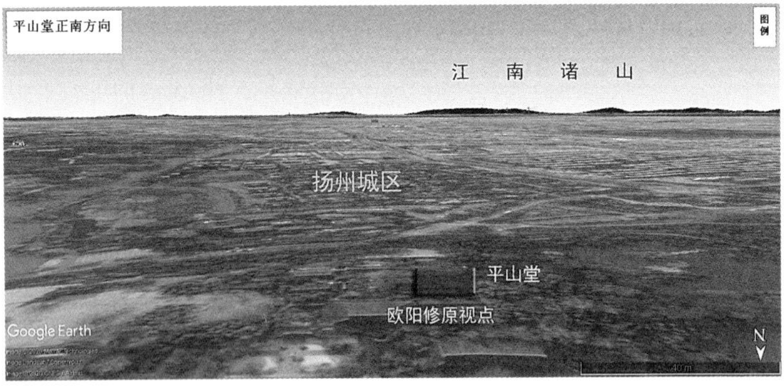

平山堂正南方向Google地球卫星图，视角海拔高度76米。长江对岸的江南诸山历历在目。由于现代工业造成的空气污染，今天已经无法看到长江对岸群山。卫星图方位：北纬32°25′，东经119°24′。

平山堂西南方向Google地球卫星图，视角海拔高度76米。卫星图方位：北纬32°25′，东经119°24′。

我们读当时人对平山堂的描写，发现他们的无限惊奇都集中在这种奇妙的观感上。刘敞《游平山堂寄欧阳永叔内翰》："芜城此地远人寰，尽借江南万叠山。水气横浮飞鸟外，岚光平堕酒杯间。"刘攽《平山堂》诗："吴山不过楚，江水限中间。此地一回首，众峰如可攀。俯看孤鸟没，平视白云还。"梅尧臣《平山堂留题》："千山飞影横过江，峰峤俯仰如奔降。"苏轼《水调歌头·黄州快哉亭赠张偓佺》："长记平山堂上，攲枕江南烟雨，杳杳没孤鸿。"看山、看鸟、看江、看云。每当烟雨迷茫，看不见对岸群山的时候，还可以看看近处的扬州城池，参差十万人家，也是赏心悦目的风景。

今人来到平山堂，更多的是欣赏它本身的环境幽静，建筑古雅。江对岸的山色如何，能不能看得清楚，已经不重要了。这就好像观众来到电影院，不看电影，只看电影院的装潢。也难怪游人。现代社会生活中，比自然风景更吸引人的娱乐太多了，加上工业排放严重污染了大气环境，空气的透明度比一千年前差了很多。远处的群山早就看不见了，连近处的扬州城池，也经常看不真切。蜀冈上的葱茏植被也遮挡住了人们的左右视线，平山堂前如今只剩下很狭窄的一片空间，供游客象征性地远眺。加上踵事增华的各种仿古建筑，如鉴真纪念堂、欧阳修祠、栖灵塔等等，也越来越吸引游人对风景区本身的关注。各种原因，让平山堂失去了当年的观景平台功能。

扬州的长江对面是镇江，北宋时属于润州管辖的地界。润州的西面是江宁府的地界，也就是今天的南京。平山堂距离镇江、南京的沿江山峦，至少都有25公里至30公里。视线所及，是一片高高低低的远黛轮廓。镇江江边的焦山、金山、北固山距离扬州最近，但非常矮小，宛然江边的小土丘，大概不太会引起扬州太守的兴趣。南京的钟山距离平山堂70公里，镇江的茅山距离平山堂也有70多公里，距离太远，平山堂上看不见。平山堂上所见的群山，是哪些山呢？

根据我们的调查，位于句容市宝华镇东南的大华山，是沿江丘陵中最高的山峰，海拔445米。位于句容边城镇北部的九华山其次，海拔433米。它附近还有一座高丽山，原名勾骊山，海拔425米。边城镇北部的仑山湖旁，还有一座海拔400米的仑山。

除了这四座山峰海拔在400米以上之外，海拔在300米以上的山峰还有宝华山、武岐山、观音山、十里长山、老人峰、空青山、五洲山、凉帽山、天王山、二茅峰等。海拔在200米以下的山峦更多，难以一一列举。这些大大小小的山峦大多分布在长江南岸附近，从古至今矗立在长江岸边，西面陪伴着琅琊山，北面守护着扬州、真州。它们曾经入过诗人的法眼，经过大师的御览观玩，以它们的青青山色，滋润过诗人受伤的心灵，让他写出了不朽的文字。

平山堂前植物棚架屡经改造翻建，已经成为平山堂固有的一部分，不再适合堂上远眺。可见随着历史变迁，平山堂上眺望江南诸山的观景功能已经不复存在。

平山堂阶前向外看，植物棚架成为观景的累赘。

平山堂前行春台向南远眺，已见不到长江对岸情景。即使在晴朗无污染的天气也很难看清对岸群山。高大的树木更限制了前方视野的宽度。

从栖灵塔上俯瞰平山堂，可以见到平山堂已被周围的各种乔木所遮掩，不再能够放眼远眺。堂前的行春之台空间也相当逼仄，种满了各种花草树木。旁边一墙之隔的高大建筑是大明寺的大雄宝殿。

从栖灵塔上向南眺望，是当年欧阳修的视线方向，但已经见不到长江对岸群峰，只有扬州的城市建筑在目。

谁是文章太守

“文章太守，挥毫万字，一饮千钟。”这个“文章太守”，说的是欧阳修自己，还是新太守刘敞？

过去学术界都认为是指欧阳修自己。想想也是，除了欧阳修，北宋大儒里面，还有谁配得上这个称呼呢？欧阳修的弟子苏轼也曾经接过话头，把老师称为“文章太守”。他在《西江月·平山堂》词中写道：

三过平山堂下，半生弹指声中。十年不见老仙翁，壁上龙蛇飞动。　　欲吊文章太守，仍歌杨柳春风。休言万事转头空，未转头时是梦。

这首词写于元丰七年（1084），当时苏轼刚刚从黄州流放地归来，在扬州暂住。词中的老仙翁、文章太守，都是指他的恩师欧阳修。在苏轼眼里，只有欧阳修当得起这个称呼。

可是这不符合常理。赠词给朋友，却夸口说自己是文章太守，哪有这么说话的呢？欧阳修尽管性格刚烈耿直，却从来不傲侮世人，不说狂话大话。刘敞尽管比欧阳修小12岁，名气没有欧阳修那么大，但也是当时著名的朝廷重臣，也是学问了不起的大儒。他在各个方面都与欧阳修有一比：欧阳修当年考进士是廷试第一名，刘敞也是廷试第一名。殿试唱名后，欧阳修落到了第十四名，刘敞因为避姻亲之嫌，变成了第二名。欧阳修出使过契丹，刘敞也出使过契丹。欧阳修做过翰林学士，刘敞也做到了翰林学士。欧阳修曾经知贡举，做过主考官，刘敞也曾经任权同知贡举。

他们之间的私交非常深厚，彼此之间甚至戏谑玩笑，毫无芥蒂。宋人野史记载说，刘敞与欧阳修学问和文章不相上下。欧阳修特别喜欢韩愈的文章，每篇都能背诵。刘敞笑话他是“韩文究”，经常开玩笑说：欧公经常偷窃韩文，有的是公然窃取，有的是暗中窃取。暗中窃取者无数，公然窃取者寥寥无几。[1]这样的嘲讽，换了别人早翻脸了。

更重要的是，欧阳修非常佩服刘敞的学问。刘敞去世后，欧阳修为他撰写了墓志铭。根据墓志铭的记载，刘敞这个人非常博学，“自六经百氏、古今传记，下至天文、地理、卜医、数术、浮屠、老庄之说，无所不通。其为文章尤敏赡”。担任知制诰前后长达七年之久，还曾经兼掌内制。有一天皇帝追封皇子、公主九人。刘敞当值，刚刚要下班走人，接到圣旨词头，立即下马回到座位前，九篇制文数千字，一挥而就，而且“文辞典雅，各得其

[1] 宋·邵博《邵氏闻见后录》卷十八。

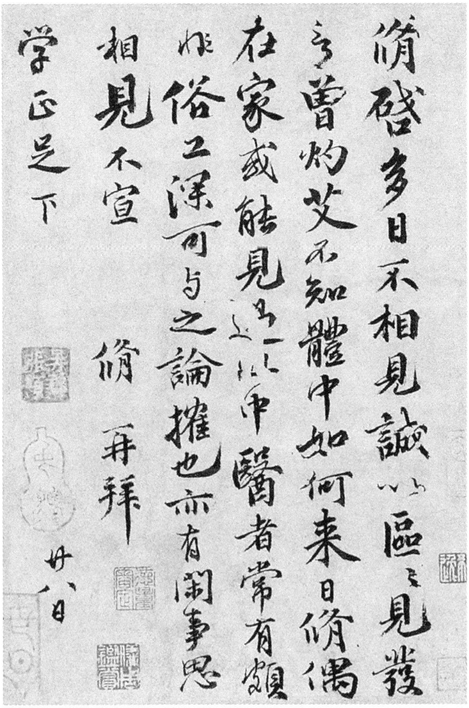

欧阳修手迹《灼艾帖》。今藏北京故宫博物院。

体”。[1] 欧阳修对此佩服得五体投地。欧阳修写文章、诗歌，从来是反复推敲，千锤百炼。一篇《醉翁亭记》是改了又改，不知道修改了多少次。南宋时，有人买到了《醉翁亭记》的手稿，发现上面改动的地方很多。开篇很长一段文字描写滁州四周的山，最后全被他涂改掉，只用五个字“环滁皆山也”代替。像刘敞这样出口成章，挥毫之间便是洋洋洒洒的万字，他做不来。

刘敞的地理知识，也是欧阳修非常佩服的。《宋史》和欧阳修撰写的墓志铭都记载了一件事：刘敞出使契丹，对契丹的山川道

[1] 宋·欧阳修《文忠集》卷三十五《集贤院学士刘公墓志铭》。

路了如指掌。契丹的伴使翻译带着刘敞一行绕走远路，从古北口绕道千余里至柳河，再前往中京。这是契丹人惯用的手段，目的是炫耀自己国家险远辽阔。想不到刘敞责问他们说："自松亭趋柳河，甚直而近，不数日可至中京，何不道彼而道此？"[1]辽使面面相觑，又惊骇，又惭愧，最后不得不如实相告。

刘敞还是著名的金石学家。《宋史》记载，他曾经收藏到先秦的青铜器鼎彝数十件，上面的铭文图案奇特古奥，刘敞全都能够查找到文献依据，一一将它们释读出来。然后通过它们，考证出夏商周三代的制度。对这些青铜器，刘敞非常珍惜，经常说："我死之后，子孙们就用这些器皿祭祀我好了。"

野史笔记还记载说，欧阳修曾经向刘敞请教入阁之礼起源于哪朝哪代，如何演变。所谓入阁之礼，指每月的朔日、望日，宰相率领朝廷百官觐见皇帝的古老制度。欧阳修让人去刘府传话，刘敞正在宴请宾客，顾不过来，对来人说明天给回答。来人刚要回去，刘敞又觉得不妥，让他直接在门外等候，当场取来纸笔，详尽写下答复，让来人带回给欧阳修。事毕悄悄对身边的朋友说："好个欧九！极有文章，可惜不甚读书。"[2]贬朋友之前先夸人一句，以学问自负的心态溢于言表。这件事不管有没有夸张，欧阳修向刘敞请教入阁之礼的那份书简，至今还保存在欧阳修的文集中，题目是《问刘原甫侍读入阁仪帖》。

出口成章、天文、地理、金石，这些都是欧阳修的短项。因此他对刘敞特别佩服，遇到问题虚心请教，不以自己年长而自倨，更不以自己官高而自傲。卜医、数术、浮屠之学，欧阳修也是外

[1] 元·脱脱等《宋史》卷三百一十九《刘敞传》。
[2] 清·潘永因《宋稗类钞》卷五上。

行。他对这位无所不学的年轻人，简直有点惊奇，有点敬佩。就像他见到年轻的苏轼，不觉背上冒汗，要放他出一头地一样。在这一点上，大师就是大师，欧阳修有一种文坛盟主的宽阔胸怀。

还有一个旁证。嘉祐五年（1060）十二月，刘敞出知永兴军。永兴军府治所在就是今天的西安。欧阳修写了一首《奉送原甫侍读出守永兴》的诗。这首诗的另外一个题目是《奉送永兴安抚刘侍读》，意思差不多。安抚是安抚使，知永兴军同时兼任安抚使。侍读，是翰林侍读学士的简称。有意思的是，欧阳修把四年前送刘敞出知扬州的《朝中措》词意，稍微改了改字眼措辞，重新又说了一遍。这首诗是这样写的：

酒如长虹饮沧海，笔若骏马驰平坂。
爱君尚少力方豪，嗟我久衰欢渐鲜。
文章惊世知名早，意气论交相得晚。[1]

酒豪、笔快、年轻、文章惊世、出名早，都是说的刘敞，不是他欧阳修。只有早已衰老是说他自己。

所以，合理的解释只能是："文章太守"指的是对方刘敞。说新太守有敏捷的才思，哪怕上万字的文章，都能一挥而就。喝起酒来，酒量也大得惊人，能连饮千杯。他欧阳修佩服。

从醉翁到衰翁

我们感到好奇：欧阳修刚刚到任扬州，为什么不关心地方政

[1] 宋·欧阳修《文忠集》卷八《奉送原甫侍读出守永兴》。

务，却忙着修建游乐景点？

扬州是两淮重镇，北宋的扬州知州，还要同时兼任安抚使，统管周边地区的军事防务，是地方最高的军政长官。滁州那样的小地方远不能比。被朝廷派来镇守扬州的，都是德高望重的朝廷官员。从滁州改任扬州，是往上的提拔重用，意味着他重新得到了宋仁宗和执政大臣的信任，有可能很快就能够返回朝廷权力核心，欧阳修不会拎不清，他应当努力勤政、少惹非议才是。当初他就是因为流言蜚语，被朝臣弹劾攻讦，外放到滁州的。他这样一上任就折腾游玩场所，滥用公库银钱，不怕御史弹劾吗？不怕别人说三道四吗？

宋仁宗庆历三年（1043），欧阳修被提拔为朝廷谏官。当时人把他与蔡襄、王素、余靖并称为敢说真话的“四谏”。那时候正是北宋最开明的盛世，在“庆历新政”刚刚要拉开帷幕的前夕，在

安徽滁州欧阳修纪念馆里的欧阳修雕像。表情颇为凝重复杂。与背景板《醉翁亭记》所展现的潇洒放旷的醉翁形象不甚吻合。

范仲淹庆历党人群体刚刚成型之际，欧阳修登上了政治舞台。尽管当时他还是比较边缘的小人物，毕竟走近了朝廷大臣的核心圈。

可是，由于欧阳修性情过于刚烈，在朝廷上不管不顾地频频奏事，甚至当面顶撞宰相大臣，弄得晏殊非常恼火，人和的优势很快丧失。庆历四年（1044）八月，晏殊罢免了欧阳修的谏官职务。几个月后，“庆历新政”失败，晏殊、范仲淹、富弼、杜衍、韩琦等先后被政敌赶出朝廷。

庆历五年八月，谏官钱明逸、开封知府杨日严上章弹劾欧阳修，说他与自己的外甥女张氏通奸。丑闻一时间传遍朝野，欧阳修百口莫辩。在事出有因、查无实据的尴尬处境下，朝廷做了个折中的处罚：免去他的龙图阁直学士头衔，撤销他的都转运按察使职务，保留知制诰身份，调往南方的一个偏僻小州滁州担任知州。

欧阳修很生气，心理上很受打击。那个所谓的外甥女张氏，是欧阳修妹妹的继女。当初欧阳修的妹妹嫁给张龟正，张龟正本来与前妻生有一女。张龟正死后，欧阳氏带着这位年幼的继女投靠欧阳修，住在欧阳修家里。后来这个女孩长大，嫁给了欧阳修的堂侄欧阳晟。婚后这女人不守妇道，与欧阳晟的家仆陈谏私通。有的史书说是与船夫通奸。奸情败露后，开封府案究，这个女子惧罪乱供，千方百计为自己的行径辩解，说自己未嫁时就与欧阳修有私情。野史说她当时的供词是“词多丑异”，难听得很。[1]

案件闹上朝廷，仁宗为之震怒，发了大脾气。欧阳修上疏自辩，说他妹妹携此女来投奔自己的时候，她还只有十岁，是个不

[1] 参见宋·王铚《默记》卷下。又见宋·俞文豹《吹剑续录》，《续资治通鉴长编》卷一百五十七。

懂事的小孩，哪来什么奸情。中书舍人钱勰与欧阳修有仇隙，不依不饶，举出欧阳修《望江南》词为证：

> 江南柳，叶小未成阴。人为丝轻那忍折，莺嫌枝嫩不胜吟。留着待春深。　　十四五，闲抱琵琶寻。阶上簸钱阶下走，恁时相见早留心。何况到如今。

说此词就是欧某人与小外甥女通奸的铁证。弄得欧阳修下不来台，怎么解释都没有用。

欧阳修被贬到滁州后，心灰意冷，对政治一下子失去了兴趣，终日游山玩水。似乎有一种报复性的放纵，整天听听音乐，玩玩诗酒。他在给扬州太守韩琦的信中说：此郡地僻事简，自己是终日尸禄。意思是没有什么正经公务要忙，整天混日子。游琅琊山，成了他那段时间的主要消遣。他在山上先后修建了丰乐亭、醒心亭，并写下了著名的《醉翁亭记》。

这篇《醉翁亭记》不胫而走，家家户户传抄诵读。欧阳修失之东隅，得之桑榆。政治上失败，文学上丰收。悠闲的生活，悲愤的情绪，反而成就了他的不朽文字，成就了他古文大师的地位。

他那好游玩、喜放纵的天性，因为没有人在身边苛责干预，而得到尽情释放。宋人孔平仲记载说：朱柬之当年在滁州做推官，欧阳修是知州。据朱柬之回忆，滁州通判杜彬精通音律。欧阳修游玩琅琊山，喝醉了酒，从幽谷亭下山返回，一路都让妓女搀扶着，前面让人奏乐开路。杜彬则从幽谷亭下开始跳舞，边跳边行，一直跳到州衙门前才结束。[1]

[1] 参见宋·孔平仲《谈苑》卷三。

滁州琅琊山麓重建的醉翁亭。

醉翁亭旁边欧阳修亲手栽植的梅花。

这位精通音乐的杜彬，大概曾经是滁州幕府中的博士，他成了欧阳修日常生活中不可缺少的伴侣。欧阳修在《答李大临学士》的书信中说："修在滁州之三年，得博士杜君相处，非常快乐。每登临游览泉石之际，惟恐他离开。"[1]在《赠沈博士歌》中，他也说："我昔被谪居滁山，名虽为翁实少年。坐中醉客谁最贤，杜彬琵琶皮作弦。自从彬死世莫传，玉练锁声入黄泉。"[2]

稍晚的陈师道写《后山诗话》，也对欧阳修身边的这位杜彬作了记载。说欧阳修谪官滁州，听说幕僚里有一个叫杜彬的人善于弹琵琶。有一天宴请宾客，欧阳修请杜彬为大家弹一曲。杜彬一脸严肃，非常傲气地予以拒绝，说自己不会。欧阳修也不勉强。后来杜彬酒过数巡，突然站起身来走回室内。接着就听见琵琶的声音传来，忽有忽无，声音越来越近。过了很久，杜彬抱着琵琶走了出来，手不停地弹奏，一直弹到天黑。欧阳修大喜过望。所以写诗说："坐中醉客谁最贤，杜彬琵琶皮作弦。"[3]

这与《朝中措》词里写到的"行乐直须年少"，有什么关系吗？当他拥着妓女，游山玩水的时候，被人弹劾诬告的事件才刚过去一年多，不到两年时间。他就真的无所顾忌，还是心地坦然，毫无纤尘？大师的心灵，又有谁能说得清呢？

我们注意到，欧阳修的这种性情，在年轻的时候就已经形成了。据宋人记载，欧阳修在担任洛阳留守推官期间，曾经亲狎一歌妓。当时钱惟演为西京留守，梅尧臣、谢绛、尹洙同在幕下，看到欧阳修有才无品行，于是共同向幕主钱惟演进言，希望劝说

[1] 宋·欧阳修《文忠集》卷六十九《答李大临学士书》。
[2] 宋·欧阳修《文忠集》卷七《赠沈博士歌》。
[3] 宋·陈师道《后山诗话》。

欧阳修收敛些。但是欧阳修却“屡微讽而不之恤”，[1]说了多次却一点都不在乎。钱惟演是一位早已过气的前朝老臣，政治上受到排挤，只能在文坛上寻找一点点安慰，向来不重品节，根本没有兴趣过问下属的生活细节，对欧阳修的风流任性，表现出相当的宽容。

清楚了欧阳修中年以前的这段经历，我们才敢断言：离开朝廷担任地方的最高长官，来到滁州，欧阳修重新获得了心灵自由，他天性中对山水的喜好，和对声色歌妓的沉迷得到了淋漓尽致的发挥。也正因为如此，滁州的醉翁亭不过是扬州平山堂的一个小样。来到扬州这样的通州大郡，欧阳修情不能已，又把滁州的山水情怀重新演绎了一遍，放大了一回。琅琊山再版，成了江南诸山；醉翁亭再版，成了平山堂。

《朝中措》劝告新太守趁着年轻及时行乐，再过几年，你就是坐在你对面的老人了。欧阳修很会说话，他给刘敞描述了一个“人生样品”：年轻力壮、扬州太守、岁月匆匆、渐入老境、最后老朽不堪地坐在你对面。这就是我欧阳修。你想想吧。

为新太守送别的这一年，欧阳修50岁，自称老翁是有资格了。问题是他这话是自谦之词，还是真心话？刘敞坐在他对面，听着这一席肺腑之言，会不会当真？我们隔着九百余年的尘埃，听着这番苍老的声音，要不要当真？

欧阳修出守滁州的那年，只有39岁。第二年写《醉翁亭记》，自号醉翁，那时候也只有40岁。40岁就在那里自称老翁。他后来又写了首《题滁州醉翁亭》诗，承认说：“四十未为老，醉翁偶题

[1] 宋·钱世昭《钱氏私志》。

篇。醉中遗万物，岂复记吾年。”[1]意思是我还没有真老，自称醉翁是说着玩，当不得真。喝酒喝多了，记不清年龄了。

等到他50岁再自称衰翁时，情况就完全不一样了。

现代心理学发现，词人脑海中的某种想法念头，如果确实曾经再三思考，盘旋脑海很久，占据了那个阶段的全部心思，那么它一定不会只是偶尔流淌笔下，一定不会只说一次。他会一而再，再而三地形诸文字，反复地把那段心事写进诗中。换句话说，同样的话他一定说过不止一次。

基于这个推理，我们对欧阳修的诗文集进行了全面检索。我们发现，在出知滁州、扬州的那段时间前后，欧阳修多次写诗谈论及时行乐，感叹自己衰老迟暮。

《丰乐亭小饮》诗写道：

人生行乐在勉强，有酒莫负琉璃钟。
主人勿笑花与人，嗟尔自是花前翁。

丰乐亭是他在滁州兴建的一处观景亭。诗中行乐、饮酒、老翁，三个关键词都写到了。另一首感叹自己谪官滁州的诗《答吕公著见赠》写道：

行乐不及早，朱颜忽焉衰。
驰光如騕褭，一去不可追。
今也不强饮，后虽悔奚为。

[1] 宋·欧阳修《文忠集》卷五十三《题滁州醉翁亭》。

騕褭，传说中古代的骏马，能够日行五千里。及早行乐、衰老、饮酒，三个关键词又一次同时出现。

这还不能说明太多问题。我们在欧阳修的诗集中找到了更多的诗句，都是反复把年少与衰翁对照着写。一边是别人如何年轻，一边是自己如何衰老。换句话说，欧阳修把同一个意思写了很多遍。那句“行乐直须年少，尊前看取衰翁”，有很多复制的“副本”：

下直笑谈皆乐事，平时尊酒属吾曹。
羡君年少才无敌，顾我虽衰饮尚豪。
（《奉和刘舍人初雪》）

酒如长虹饮沧海，笔若骏马驰平坂。
爱君尚少力方豪，嗟我久衰欢渐鲜。
（《奉送原甫侍读出守永兴》）

遂令我每饮君家，不觉长瓶卧墙曲。
坐中年少皆贤豪，莫怪我今双鬓秃。
须知朱颜不可恃，有酒当欢且相属。
（《会饮圣俞家有作兼呈原父景仁圣从》）

与世渐疏嗟已老，得朋为乐偶偷闲。
红笺搦管吟红药，绿酒盈尊舞绿鬟。
自是风情年少事，多惭白发与苍颜。
（《答子华舍人退朝小饮官舍》）

自惭白发随年少，犹把金锺劝主人。
黄鸟乱飞深夏木，红榴初发艳清晨。
佳时易失闲难得，有酒重来莫厌频。
（《去思堂会饮得春字》）

未报国恩嗟病骨，可怜身事一鱼舠。

少年自与芳菲竞，莫笑衰翁拥弊袍。

（《夜闻春风有感奉寄同院子华紫微长文景仁》）

少年春物今如此，老病衰翁了不知。
饱食杜门何所事，日长偏与睡相宜。

（《暮春书事呈四舍人》）

莫嗔年少思归切，白发衰翁尚惜春。

（《和禹玉较艺将毕》）

前三个例子，都是欧阳修写给刘敞的唱和之作，而且也都在写《朝中措》那段时间前后。加上《朝中措》词，“年少”“衰翁”的话头，他说了好多遍。可见绝不是泛泛的应酬客套。人老了，在年轻人面前，总有一种悲凉伤感的情绪。后面几首，也都是写给他翰林学士院和舍人院同僚的。圣俞是梅尧臣，景仁是范镇，子华是韩绛，长文是吴奎，禹玉是王珪。都是他担任翰林学士前后的朝臣朋友。

欧阳修中年以来，身体多病，仕途虽然逐渐顺利，但眼睛越来越不好，还先后患上了风眩、脾冷、手颤、糖尿病等疾病。48岁那年，他为母亲守孝结束，回到朝廷，须发已经全白，完全变了个人。皇帝召见他，见他早衰的样子，为之恻然，同情得不行。后来任命他判吏部流内铨，之后又拔擢为翰林学士。

嘉祐二年（1057）的冬天，欧阳修写信给朋友诉苦说：“某自过年，如陡添十数岁人，但觉心意衰耗，世味都无可乐，百事强勉而已。”[1]在给另一个朋友王素的信中，他也诉说了衰老的痛苦：“某居此，如鱼鸟之池笼。岁律忽已遒尽，衰病日复侵攻，交

[1] 宋·欧阳修《文忠集》卷一百四十七《与李留后公书》。

游多在外，块然处此，情绪可知。”[1]他多次上书朝廷，要求外放回老家。在《乞洪州札子》中，他说自己“迫于衰病，眼目昏暗，脚膝行步颇艰，右臂疼痛，举动费力”。[2]嘉祐三年（1058），他再次写信给李公谨说：“某苦风眩甚剧，若遂不止，当成大疾。作书未竟，已数眩转，屡停笔瞑目。”[3]嘉祐四年（1059），他在给王素的信中说自己“益多病，目昏手颤，脚膝行履艰难，众疾并攻”。[4]

这就是欧阳修为刘敞送行前后的身体状况。他劝告新太守及时行乐，不是没有原因的。他感叹自己是垂垂老去的衰翁，摆在那里，给新太守作人生的样品。这是他的真心话，是那时候最刺痛他的感慨。衰翁已经不是十年前的醉翁，这个称呼不再是标榜，不再是炫耀，而是他在心里念叨过无数遍的自嘲称呼。

我们特别注意到，欧阳修一生为许多人写过墓志铭、祭文。连刘敞后来早他先逝，他也写了《集贤院学士刘公墓志铭》。在他创作《朝中措》之前，许多好友前辈先他而去，让他非常感伤。尹洙是1047年去世的，其兄尹源是1054年去世的，欧阳修分别为他们撰写了碑铭。前辈范仲淹是1052年去世的，晏殊是1055年去世的，欧阳修也恭恭敬敬为他们撰写了《神道碑铭》。就在写《朝中措》词的前两天，也就是嘉祐元年（1056）闰三月七日，大臣程琳在陈州去世。欧阳修在《祭程相公文》中悲伤地说：“十年再见，公老予衰。公遽如此，予存几时？人生富贵，朝

[1] 宋·欧阳修《文忠集》卷一百四十六《与王懿敏公书》。
[2] 宋·欧阳修《文忠集》卷九十一《乞洪州札子》。
[3] 宋·欧阳修《文忠集》卷一百四十七《与李留后公书》。
[4] 宋·欧阳修《文忠集》卷一百四十六《与王懿敏公书》。

露之光。及其零落，止益悲伤。”[1]前辈和好友的陆续凋零，使他感受到了强烈的人生无常。尤其是他的好友苏舜钦，41岁便英年早逝。嘉祐元年（1056）十月，苏舜钦遗孀杜氏重新安葬亡夫于润州丹徒，欧阳修又为他撰写了《湖州长史苏君墓志铭》。[2]这个时间段，正好也处在他写《朝中措》词的前后。

这就使我们不得不猜测，整理故人的诗文集和撰写墓志铭，使得欧阳修心情非常低落消沉，加上那时候老病缠身，所以在送别刘敞时，不免表现出悲观消极的态度来。

伤感的回忆

我们终于大致弄清楚了这首小词的历史现场和地理现场。一个衰老多病的老太守，在家里宴请年富力壮的新太守，想起了自己当年建造的平山堂，想起了熟悉的扬州风景，想起了死去多年的亡友，一时间百感交集。话多了，酒高了，动了真情，在那里说掏心窝的话。刘敞那么聪明的人，当然听得出来，苍老的声音里面，苍劲的语言之间，弥漫着老太守无尽的苍凉。

现代心理学发现，老年人在年轻人面前，表面上什么都懂，什么都经历过，充满自信，不容质疑，其实内心深处常常有一种不如人的自卑感，充满了被边缘化、被淡忘的伤感和落寞。这种感觉，尤其在后浪推前浪，被别人替代的时刻，最容易产生。《朝中措》就是这种老年人心理的典型样品。

让我们来仔细咀嚼这首小词。

[1] 宋·欧阳修《欧阳修全集》卷五十《祭程相公（琳）文》。

[2] 参见宋·欧阳修《欧阳文忠集》卷三十一《湖州长史苏君墓志铭》。

◈ 平山阑槛倚晴空，山色有无中

阑槛是建筑物的栏杆。这个平山阑槛不是主语，而是前置的宾语。动词“倚”字前面省略了主语：看山人。欧阳修是故意不说出自己就是那个看山人，还是泛指登临的宾客，我们不知道。反正这话说得有点绕，翻译成今天的大白话，就是：在晴朗的天空下，（看山人）倚靠在平山堂的栏杆前。

这个栏杆，欧阳修没有特别描写它。因为它很普通，没什么值得炫耀的。但后来跑去登临的人很注意它。在王安石的笔下，它是“朱栏”。在秦观的笔下，它是“雕栏”。又是朱漆又是雕花，让人联想到李后主的亡国词：“雕栏玉砌应犹在，只是朱颜改。”（《虞美人》）欧阳修的平山堂没有那么奢华。这一点前面说过了。

为什么是晴空？平山阑槛能不能倚雨丝风片，能不能倚万里云天？

这与地理距离有关。前面我们谈到，长江对岸的镇江诸山，沿江往南京方向排列，大多都在二十多公里、三十公里之外。这个距离，在一千年前的宋代，空气污染小，大气透明度高，是可以清晰看到的。但是越往南京方向，沿江群山的距离越远，四十公里、五十公里、六十公里，直到目力的极限。任何天气情况下，都有可见不可见的视界临界值。所以，天气因素显得非常重要。这才有了晴天才能远眺的限制，这才有了“山色有无中”的视觉感受。

“山色有无中”，是欧阳修记忆最深刻的画面。过去人们读这首《朝中措》，总是会想：欧阳修是高度近视，“山色有无中”的视觉效果，是不是他视力模糊造成的啊？还是因为江上阴晴不定的天气，云雾弥漫所致？许多诗人学者甚至特意跑到平山堂去实地眺望，验证欧阳修的描写到底是真还是假。

读者早就发现，这个“山色有无中”，并不是欧阳修自己的原创。而是借用了唐代诗人王维的现成句子：“江流天地外，山色有无中。”（《汉江临泛》）借用归借用，却是平山堂上远处风景的真实写照。经历了千年风雨，欧阳修的平山堂早就不在了，北宋人重建的平山堂也早就坍塌了。可是元代、明代、清代的崇拜者们，不断在原址上重建平山堂，屡建屡废，屡废屡建。人们之所以舍不得放弃它，不仅仅是因为它出于大文学家欧阳修始创，更主要的原因，是它的地理位置实在太好了，看山取景的位置极佳。欧阳修确实有眼光，不是一般人。

欧阳修记忆中的画面究竟是什么样的呢？

长江那边的山，高低远近不同，沿江摆开。每一次看都会不一样，永远也看不够，每一次遭遇都可能是新发现，新感觉。它们近处有，远处无；晴朗有，烟雨无；山顶有，山腰无；忽而有，忽而无。四时之景不同，早晚阴晴各异，用王维的“山色有无中”来形容，实在再恰当不过了。它成了庆历八年（1048）那个夏天和秋天扬州太守和同僚们的最大享受。

景色不仅随天气变化而变化，它还随时间的变化而变化。心细的太守早就注意到了。欧阳修在《醉翁亭记》里这样描述过：“日出而林霏开，云归而岩穴暝，晦明变化者，山间之朝暮也。野芳发而幽香，佳木秀而繁阴，风霜高洁，水落而石出者，山间之四时也。朝而往，暮而归，四时之景不同，而乐亦无穷也。”

只不过他看琅琊山是身在此山中，看江南诸山，是远隔二三十公里。不是横看成岭侧成峰，而是远看成画近成诗。看琅琊山，他是边走边看，随步移形，山景随时间和位置的推移而变化，像在看电影；看江南诸山，是在一个固定的视点，远距离观赏宽阔的画面，作焦点透视。像在看画，看《清明上河图》。后人笑话他近视眼，看不清景物，是根本没有读懂他的山水情怀，他的艺术情趣，他的独到发现，也没有弄清楚这种地理空间上的光学特征。

◆ 手种堂前垂柳，别来几度春风

欧阳修想起他当年在平山堂前栽种过的柳树，八年过去了，这棵柳树应该枝繁叶茂了吧？

柳树是一种常见的落叶乔木，主要分布于长江流域及南方各地。这种植物性喜温暖湿润的气候，但也非常耐荫、耐寒、耐水湿，适应性很强，在河岸、湖塘边生长最好，在地势高燥地方也能生长。它生长迅速，萌芽力强，能够扦插成活。一般十年左右即可郁然成荫。柳树的材质较轻，不是什么名贵的木材，但它是中国许多地方重要的景观树种。尤其江南园林，尤其扬州，遍地都是它们的身影。

俗话说："有心栽花花不发，无心插柳柳成荫。"欧阳修不是无心插柳，他建平山堂，在堂前种柳，很有心，柳树放在那里，是作为一道风景的。所以他不会扦插太小的柳树苗，一定是移栽有一点树龄的半大柳树。如果是三四年以上树龄的柳树，那么这棵柳树在他写词的时候，已经有十年以上树龄。十年的柳树已经相当高大，胸径怎么也应该有二三十公分以上，早就婆娑成荫了。

读者会不会好奇，他为什么种柳树，不种其他更好的树种。叶梦得当年看到平山堂左右老树参天，那些树不知道是否欧阳修所种。叶梦得去的时候，距离欧阳修建造平山堂已经50年。即使当初种下去的是小树苗，也长成50年老树了。这些老树肯定不是柳树。柳树寿命很短，活不到50年。也很矬，无法参天。叶梦得看见的平山堂后面成片的毛竹，不知道是不是欧阳修亲手所种，

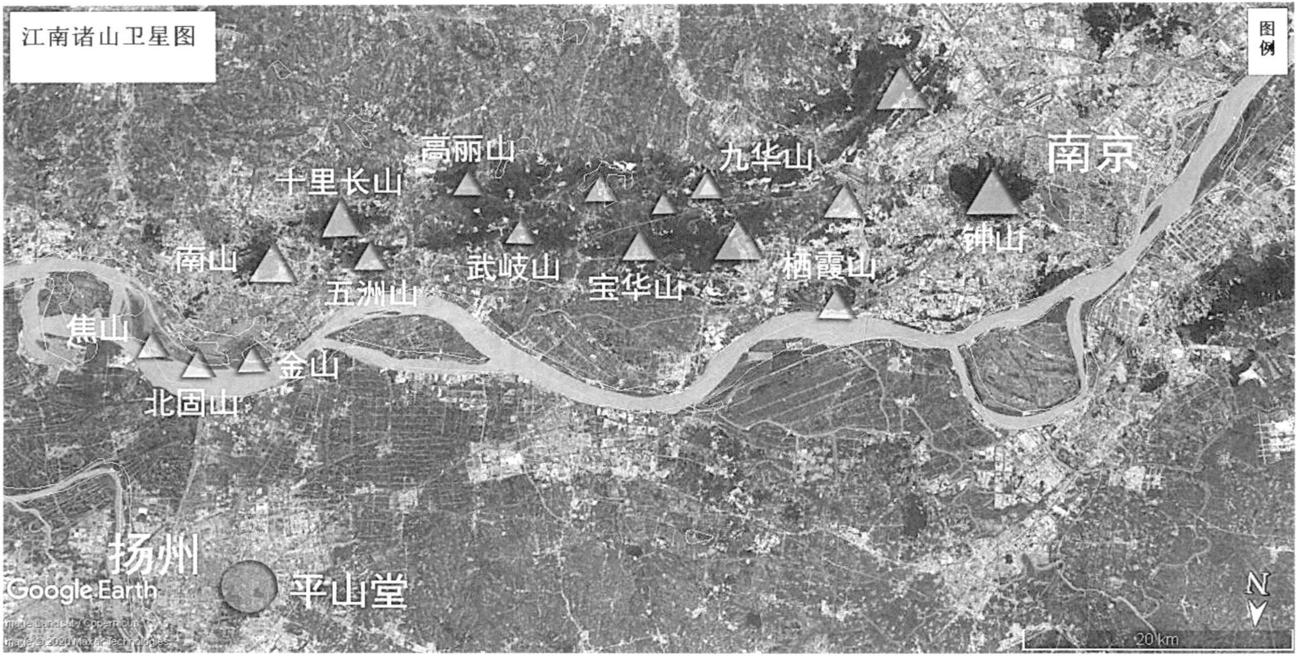

Google 地球卫星图：长江南岸分布的主要山峰位置。这种特殊的地理分布，导致在不同的大气透明度下，都能看到不同距离的山峦风景。天气晴好能够看到最远的群山，天气略差可以看到中等距离的群山，天气不太好，就只能看到最近处的山峦。清晰度的变化，不仅造成“山色有无中”的审美效果，也造成“山峦有多少”的数量变化。

词人提都没提。只有堂前的那棵柳树，他念念不忘。我们好奇的是，他干嘛不种点梅花呢？干嘛不种松柏、梧桐呢？种柳树是不是有什么特殊含义？

这不太好回答，要问欧阳修本人了。反正唐宋时期的扬州，满城都是杨柳，柳树几乎是扬州的“州树”。按照清人李渔的分析，古人之所以喜欢在住宅前后种柳，是因为这种树特别招鸣蝉和百鸟。长夏可以因此而不寂寞，躺在床上都能欣赏到悦耳的声音，叫做“种树非止娱目，兼为悦耳”。[1]而且柳树属于速生树种，生长比较快，容易成荫。欧阳修任职扬州时间短暂，说调离就调离，等不得小树一点点长大。这也是他行乐要及时指导思想的选择。还有另一个理由，柳树的枝叶比较稀疏，不像别的树木那么茂密，夜晚不会遮挡住月光。欧阳修白天要看风景，晚上大概也要赏月，所以选择这种叶子细长、枝条如丝的植物。没有什么特别的道理，就是图个视野清爽，月光洒地。

扬州平山堂前的欧公柳刻石。柳树寿命短促，很难有百年古柳。刻石堂前，象征性纪念而已。

可是柳树也容易让人伤心。倒不是因为柳谐音留，古人经常折柳赠别。在中国传统文化里面，柳

[1] 清·李渔《闲情偶寄》种植部·竹木第五。

树由于生长迅速，容易衰老，加上树形歪斜弯曲，大多有老态龙钟、长发被面的形状，所以常常被用来联想和比喻短暂的人生。刘义庆《世说新语》里有一个故事，说东晋大将军桓温北征，路过金城，看到自己当年为琅琊王时栽种的柳树，每棵都已经粗壮得合抱不过来，“皆已十围”，于是伤感地叹道：“木犹如此，人何以堪？”连树都老成这样了，何况人呢？后来诗人庾信写《枯树赋》，再次写到了这些让人流泪的老柳树：“昔年种柳，依依汉南。今看摇落，凄怆江潭。树犹如此，人何以堪！”所以一说到柳，欧阳修就感伤得不得了。好像柳树就是他自己的化身。他轻轻的一声“别来几度春风”，其实不是疑问句。几度春风，他心里清楚得很，是已经几度春风的意思，应该读成一声叹息。

由于速生，柳树的寿命很短，不像松柏、银杏、香樟、杉树、槐树，动辄能活几百年、上千年。欧阳修本来也没有为后代子孙留纪念的动机。他种棵树在那里，只求快长，只为好玩，只给自己欣赏，并没有想那么多。

◆ 文章太守，挥毫万字，一饮千钟

挥毫是挥笔，钟是酒杯，千钟就是千杯。太守是知州的雅称。宋朝没有太守这种职务设置，地方最高行政长官叫知州，大一点的地方叫知府。当时人雅称知州、知府为太守，不过是仿古风雅，说起来好听。

那时候，欧阳修大概是想起了当朝宰相富弼当初写给他的那首诗：

滁州太守文章公，谪官来此称醉翁。
醉翁醉道不醉酒，陶然岂有迁客容。

公年四十号翁早，有德亦与耆年同。

意古直出茫昧始，气豪一吐阊阖风。[1]

富弼称他是“文章公”，他把语言顺序变了变，弄出个“文章太守”的说法，送给朋友。其实他心里大概觉得自己才是真正的“文章太守”。但这话只能送人，不能自封。他欧阳修还不至于如此狂妄自大。

欧阳修称赞刘敞真是个学者型的太守，文思泉涌，运笔如飞，同时喝起酒来也千杯不醉。读者要注意，这是两种品质的叠加：写文章厉害，代表儒雅；喝酒厉害，代表豪放。两者兼具，意味着能雅能俗，能收能放，是亦剑亦箫的士大夫理想境界。欧阳修自己大概就是这样期许自己的。他的文章诗歌，是天下极品。但这不够，还要纵情美酒，所以自号醉翁；还要纵情声色，有那么点不修细行；还要性情刚烈，敢于犯颜直谏。有阳刚也有阴柔，文能下马草军书，武能仗剑西击胡，才是大美的君子。

所以你要会读古人的唇语，没有直说出来，但意思都在。他是在夸朋友，但他跟刘敞一样自负，绕了个弯子，最后还是夸到了自己，肯定了自己。

◆ 行乐直须年少，尊前看取衰翁

“直须”，就是应当的意思。“行乐直须年少”，化用的是冯延巳《三台令》词：“春色，春色，依旧青门紫陌。日斜柳暗花嫣，醉卧春色少年。年少，年少，行乐直须及早。”

---

[1] 宋·陈鹄《西塘集耆旧续闻》卷十引富弼《寄欧阳公》诗。

欧阳修说“行乐直须年少”，翻译成今天的话，就是：享受快乐就要趁着年轻。人生快乐本属于年轻人。年轻的时候，身强力壮，精力旺盛，思维活跃。胃口好，能吃；性欲强，能爱；腿脚好，能走；酒量好，能喝；头脑好，能想。什么都能做，天下无难事。所以年轻真好。衰老的欧阳修年轻过，狂放过，爱恋过，沉溺过，现在什么都不行了，荷尔蒙也没了，眼睛也花了，酒量也减了，只能站在旁边看别人了。好好享受啊，年轻人。他说。

尊是酒樽，也就是酒杯。尊前，代指酒席间。北宋有一部流传很广的词选，叫《尊前集》。里面收录的作品，都是酒席间歌妓经常唱的小词。欧阳修的意思是：年轻的太守啊，享受生命、享受生活吧，别苦了自己，看看酒席间我这个衰老的朋友吧。

今天我们常说的一句话是“及时行乐”。读者特别需要注意的是：欧阳修说的“行乐”，不是“及时行乐”，而是“适时行乐”。“及时行乐”是不管在任何年龄、任何场合，任何机会都不放过行乐。例如七八十岁的老年人，还在那里纳妾包二奶，过性放纵的生活，每天酒宴应酬，拼了小命也要喝得酩酊大醉。这是一种末世心态，不是中国传统文化所鼓励的。

欧阳修的“行乐”，是在你年轻的时候，在拥有身体资本的条件下，尽情享受生命的快乐。不同的年龄段做不同的事情，过期就要作废，就要退为壁上观。当你老了，失去了身体机能，失去了健康，许多事情就不能做了，也不应该做了。你不能喝酒了，不能熬夜了，不能纵欲了，不能爬山了，不能狎妓、纳妾、建房、买地、求官、干谒了。这个时候，回望从前，如果没有尽情享受过生活，你会感到遗憾。

欧阳修与刘敞处在人生的两个阶段，隔着酒桌，是我已经在这边，你还在那边。尽管不是隔着两个世界，但已然是两个境界。刘敞能够跨过来，他欧阳修不能跨回去，所以很伤感。

阅读小结

（一）这首词被文学史推为欧阳修豪放风格的代表作。它借着为新太守饯行，向朋友讲述了扬州平山堂的往事，抒发了自己对扬州的深切思念，以及对那段风流潇洒的壮年人生的缅怀。语言疏朗大气，不粗不媚，散发着一种苍劲老成的古文般的语言气质。

（二）刘敞是欧阳修最为佩服的学者型官员。他们不仅同朝为官，经常在一起唱和、治学，还曾经一起出使过契丹。他们都曾经供职舍人院、学士院，做过翰林学士，都曾经知贡举，具有相似的仕途背景，而且都有着刚直不阿的个性。但在生活享受方面，刘敞比较保守稳健，不够放达，没有欧阳修那么无所顾忌。在出知扬州这件事情上，欧阳修是过来人，有话要说。

（三）“文章太守”，是欧阳修对新太守刘敞的称许，不是自封。欧阳修曾经不止一次地称赞刘敞才思泉涌，文笔迅捷，几千字、上万字的文章，能够一挥而就。这是他欧阳修所不及的。刘敞死后，欧阳修为他撰写墓志铭，特别提到了刘敞写起文章来非常“敏赡”，才藻又敏捷又丰赡，落笔如风雨。但是在心底深处，欧阳修对自己的文章才华是极其自负的。只不过他不好意思自己给自己封号。苏轼后来把这顶桂冠重新加在他的头上，他地下有知，一定会觉得当之无愧。

（四）送别新太守，讲述平山堂的绝佳风景不是重点，拜托照看堂前柳也不是重点，称赞对方才华横溢，酒量惊人，当然也不是重点。重点是送一句他最想说的心里话给朋友。这句话，他在肚子里千回百转想了无数遍，在其他诗歌作品里也说过无数遍，每当想起来都觉得隐隐作痛。体弱多病的老太守叮嘱新太守的话，竟然不是什么为政之道，不是低调、节俭、勤政，而是趁着年轻享受生活。

（五）《朝中措》这首词，是一位翰林学士写的，也是当时的文坛盟主写的。但这不重要，重要的是，它还是一位白发苍苍、百病缠身的老人写的。这一年欧阳修的健康状况很不好，曾多次向皇上提出请求，希望离开朝廷，去故乡江西做个地方官。在这样的心态下为刘敞饯行，他不免态度悲凉消极。在他眼里，对面坐着的新太守不是刘敞，而是当年的自己，所以悲从中来。同时他也告诉刘敞，坐在你对面的衰翁，就是若干年以后的你，所以请听我劝。

与你擦肩而过

贺　铸

青玉案

凌波不过横塘路，但目送、芳尘去。锦瑟华年谁与度？月桥花院，琐窗朱户，只有春知处。

飞云冉冉蘅皋暮，彩笔新题断肠句。若问闲情都几许？一川烟草，满城风絮，梅子黄时雨。

往来横塘的小船

这首迷离恍惚的抒情词里面，提到了好几处地名：横塘、月桥、花院、朱户、蘅皋、一川、满城。

满城的城，当然是指苏州城。一川，就是满川，指词人放眼望去的郊外湿地。蘅皋，指水边长满香草的洲渚。城郊外的这片湿地洲渚，是故事发生的地方。月桥花院，指那位女神的住处。弯如弦月的拱桥、长满鲜花的庭院，梦幻得很，只不过都是他自己的胡思乱想，没有人知道它究竟在哪里。无奈之下，不禁叹息说只有春天才知道，听上去像是抱怨天知道在什么地方。

这些散落的地点都被词人的取景照相机故意虚化掉了，只有一个地名是真实的：横塘。

地势低洼的江南地区，自古以来就修建有许多导引洪水、蓄流灌溉的水利工程。南北向的叫横塘，东西向的叫纵浦。这些古老的塘浦反复蓄洪后很容易荒废，或者年深月久缺乏维护，或者被附近的百姓围占开垦，慢慢失去了功能，最后面目全非，变成了沼泽湿地，甚至仅仅剩下一个普通的地名。唐宋时代的南京、

横塘地理位置示意图。卫星图方位：北纬31°16′，东经120°35′。

苏州、杭州、宜兴、嘉兴等许多州郡，都有叫横塘的地方。

苏州的横塘在古城外的西南面，离南城门盘门的直线距离大约八到十里远。《大清一统志》记载，横塘在苏州城西南十里，是一个横贯南北的大塘。南面抵达蠡塘，北面抵达枫桥，分流而东，所以叫横塘。又说，横塘镇在苏州西南十三里。《姑苏志》记载那里有横塘桥。桥上有亭，亭匾大书“横塘古渡”四个字。那一带风景非常优美，古人形容其地“风景佳胜”。[1]

横塘是当年苏州城外的水路交通枢纽。它连通胥江、越溪、京杭大运河，与石湖近在咫尺，乘船往南行，可以直下太湖。西行、北上都非常方便。居住在石湖的范成大写诗说：

南浦春来绿一川，石桥朱塔两依然。

[1] 清·《大清一统志》卷五十五“苏州府二”。

苏州横塘亭子桥，又名普福桥，原建于明代洪武年间，清乾隆四十七年（1782）重建。桥上有“横塘古渡”亭额。

年年送客横塘路，细雨垂杨系画船。(《横塘》)

清代吴宽《过横塘》诗赞美说：

夏半横塘风日多，画船载酒压晴波。
高田得雨皆粳稻，长荡翻云足芰荷。

一个写春天送客于横塘，一个写夏天载酒游横塘，充满了诗情画意。

我们要讲述的故事，就发生在这个地方。

《青玉案》词大约作于建中靖国元年（1101）。[1]贺铸早年四处奔走，宦海沉浮，遭遇很不顺利。元符元年（1098）六月，他

[1] 参见钟振振校注《东山词》、吴熊和主编《唐宋词汇评》。

苏州的横塘驿站。横塘渡为苏州通往石湖、太湖的水路枢纽。驿亭为清代建筑，亭内嵌有多块石碑。摄影王家伦。

苏州横塘彩云桥。始建于何年无考。1928年重建于京杭大运河上，1992年移建于胥江之上。桥西堍即横塘古驿站。摄影王家伦。

母亲去世。为了给母亲守孝，他辞去了江夏监宝泉监的职务[1]，搬迁到苏州居住。古人丁忧期通常为三年，实际守孝二十七个月。元符三年（1100）九月丁忧期满。从情理上说，丁忧期间，他不大可能陷入热恋。到了建中靖国元年，黄庭坚在流放蜀中和客居荆州那段时间里，读到了贺铸的这首《青玉案》，激赏不已，作诗《寄贺方回》说：

少游醉卧古藤下，谁与愁眉唱一杯。
解作江南断肠句，只今惟有贺方回。[2]

感叹秦观去世后，这世上只有贺铸能写出令人肠断的佳句。断肠句，指的就是《青玉案》这首词。所以学者们推测这首词应该写于建中靖国元年的春夏间。

贺铸在苏州城里有固定的住处，在城外的横塘还另外建造了一处别墅。关于他的这两处住处，宋人龚明之记载说：贺铸字方回，原来是浙江山阴人。后来迁徙到苏州的醋坊桥。……贺铸有小房子在苏州的盘门之南十多里处，地名叫做横塘。贺铸往来于醋坊桥和横塘之间，作《青玉案》词。[3]

范成大《吴郡志》也有同样的记载，说："贺铸字方回，本越人。后徙居吴之醋坊桥。作《吴趋曲》，甚能道吴中古今景物。方回有小筑在盘门外十里横塘，尝扁舟往来，作《青玉案》词。"[4]

醋坊桥，在今天苏州城的观前街东头。北宋隆兴年间，官府

[1] 参见夏承焘《唐宋词人年谱》、钟振振《贺铸年谱简编》《东山词》附录。
[2] 宋·叶梦得《建康集》卷八。
[3] 参见宋·龚明之《中吴纪闻》卷三。
[4] 宋·范成大《吴郡志》卷五十。

曾经在此处建造储藏香醋的仓库，因而得名，见《咸淳临安志》。不过元人陆友仁考证说，贺铸在苏州的住处，龚明之和范成大都记错了。“贺方回故居在吴中升平桥，所居有企鸿轩，《吴郡志》误作醋坊桥。”[1]后来的《姑苏志》《苏州府志》也都支持这种说法，说贺铸旧居应该是在升平桥，而不是醋坊桥。那里有越人贺铸的旧居企鸿轩，还有一处水轩，贺铸亲笔题写“升平地”三字。

尽管宋代、元代的古籍记载有点出入，但我们可以不去管它。在后面的推理中，我们假设两种记载都是正确的：贺铸50岁前后经常客居苏州，致仕后干脆把家迁到苏州，在那里定居。中间曾经几度搬家。大概是先住在醋坊桥，后来又搬到了升平桥。之后又在城外横塘物色了一处地方，建造了一所不大的乡间别墅。

假如这几个地点没有问题，那么我们可以推导出以下判断：

（一）晚年的十多年里，贺铸退居苏州，并不是固定住在某个地方，而是经常来往于城内居所和横塘别墅。具体原因不知道。也许是为了去度假游玩、校书写作，也许是为了到城外种菜、养殖、收租，弄点日常生活所需要的东西回来，也许有家人朋友在那里，没事喜欢跑去聚聚。反正两边往来是他的生活常态。

（二）他往来两地的交通工具是小船，扁舟往来，走的是水路。

（三）他的《青玉案》词，就写于横塘，或者就写的是横塘一带发生的事情。反正与他扁舟往来两地有直接的关系。我们猜测，大概是在某一次划船去横塘的途中，发生了什么故事。

这三点结论，是我们破译《青玉案》词的重要前提。

贺铸写过一首秋怀诗，他这样写道：

[1] 元·陆友仁《砚北杂志》卷上。

吴门客鬓再经秋，城郭篮舆久倦游。

平静松江三万顷，不应无处着渔舟。[1]

篮舆是一种人抬的简易坐轿。意思是说自己来苏州居住已经第二年了，在万丈红尘的城里已经住厌了，坐篮舆也坐烦了。城南吴松江那里接近浩渺的太湖，三万顷太湖，应该容得下我的一只小渔船吧？

这是他的心迹表白，向往过上范蠡那样泛舟烟波的生活。贺铸重来苏州，多年的结发妻子赵氏已经去世。他自己越来越怕与人交往，各种社交场合都尽量躲避不去。所以漂泊感和孤独感强烈，特别想找个远离社会的地方。所以常常出城到横塘去小住。我们在他的280多首词里面，读到许许多多坐船泛舟的描写。南宋人说他“扁舟往来其间”，看来确实是真的。

他是从哪里坐船，往来横塘的呢？

古苏州的城门先后有十二座。其中八座存在较久。唐人记载说吴王阖闾城有八座陆门，八座水门。八座陆门是：西面的阊门、胥门，南面的盘门、蛇门，东面的娄门、匠门，北面的平门、齐门。宋人朱长文《吴郡图经续记》里面记载的八座城门，没有平门，另有一座葑门。[2]范成大《吴郡志》记载的八座城门，也是没有平门而有葑门。[3]

读者注意，宋代的大运河是连通阊门和胥门的。明代嘉靖《吴邑志》记载：“隋炀帝大业六年敕开江南河，自京口至余杭八百余里，面阔十余丈，拟通龙舟巡会稽即此河。自阊门北码头

[1] 宋·贺铸《庆湖遗老诗集补遗·吴门秋怀》。

[2] 参见宋·朱长文《吴郡图经续记》卷上“门名”。

[3] 参见宋·范成大《吴郡志》卷三“城郭”。

横塘与苏州古城河流位置示意图。其间有胥江等多条水道相连通。盘门还有水门直通城外。卫星图方位：北纬31°16′，东经120°34′。

抵胥门馆驿，长五六里，东西两岸居民栉比，而西岸尤盛。”所以自古以来有“金阊门”“银胥门”的美称。明代因为这段运河舟船云集，人烟稠密，不利于水上漕运，于是在西面新开河道，利用天然河荡彩云塘，引流向南。大运河改道前，胥江是横塘连接阊门、胥门、盘门和大运河的主要水上通道。其河水源出太湖，经胥口、木渎，过横塘，进入胥门，与外城河交汇。

横塘在苏州古城的西面，稍稍偏南。盘门和胥门都离横塘不远。盘门有水门与城里河道相通，进出苏州非常方便。出水门转而向西前往横塘，大概是贺铸经常走的线路：“窈窕盘门西转路，残阳映带青山暮。”（《渔家傲》）城西的胥门直接连通胥江，不必绕道，沿胥江西行前往横塘，是往来横塘的主要水路。更北些的阊门也能通过水路抵达，进入城里。贺铸多次在词中描述他的船行线路，其中之一就是走阊门的水路：“阊门烟水晚风恬。落归帆。”（《忆江南》）他妻子死后重来苏州，走的也是这个城门：“重

苏州城西南角的盘门主城门。旁边还有另一座较小的城门和水门。应是当年通往太湖地区的交通枢纽。摄影王家伦。

盘门水门，城内河流与城外河流相通。贺铸曾经多次坐船经过此门，往来横塘。摄影王家伦。

苏州城西面重建的阊门。贺铸《半死桐》词有“重过阊门万事非，同来何事不同归”。

过阊门万事非，同来何事不同归。”伤心得不得了。

就这样日复一日，贺铸往来于城中和横塘之间。有时是清晨，有时是黄昏；有时下雨，有时晴天；有时候喧闹无比，红尘万丈；有时冷清荒凉，四野无声。就在这来来往往的过程中，爱情突然降临了。

什么叫闲情

我们相信，贺铸的这首词讲述的是一段凄美的爱情，主角是词人和一位女子。凌波，女子在水面上走路的姿态。曹植《洛神赋》里描写洛神宓妃在水面上飘飘然行走，就是这个样子。所以这位女子在他眼里，就是美丽的女神。女神走远了，留下窈窕背影。词人目送着背影渐渐远去，惹动一片闲情，于是写下了这首词。

但是很多学者心存疑虑，不太相信，一直在斟酌它到底是虚构的想象，还是真实的遭遇，是意淫，还是纪实，不敢贸然断言。沈祖棻先生分析说："作者大概是在横塘附近曾经偶然见到过那么一位女子，既不知其住址，也无缘与之相识，甚至也没有一定想要和她相识，但在她身上，却寄托一些遐想、一些美人迟暮的悲哀。"[1]说他虽然写了相思，却并非以爱情为主题，主要是发抒悒悒不得志的闲愁。

这个看法，大概是受清代学者黄苏的影响。黄苏在《蓼园词选》里分析说："贺铸所居住的横塘肯定没有宓妃去，然而那里波光清幽，词人经常目送芳尘。只不过孤寂自守，无与为欢。惟有春风相慰藉而已。后面一段描写幽居肠断，不尽穷愁，惟见烟草风絮，梅雨如雾，早晚面对如此风景，词人无非是描写他郁勃岑寂的处境罢了。"

他们都不相信真有过一段故事，都认为那不过是词人自己抒发抑郁无聊的情怀。

也有个别学者怀疑过，会不会真有其事。俞陛云《唐五代两宋词选释》猜测，说不定真有那么一位伊人在，并非泛写闲愁。但又没有什么证据。

要弄清楚这是不是一段真实的爱情故事，我们可以问一问读者：这首词所有的字眼里面，哪一个词是最重要的关键词？我们认为，应该是"闲情"。

古人欣赏这首词，主要是欣赏描写闲情的三个比喻。觉得它

[1] 唐圭璋主编《唐宋词鉴赏词典》第497页。

们太聪明了，简直妙绝了。赏析它们的话说了很多，偏偏忘记了追问闲情是什么。

“闲情”这个词，在有些版本里是“闲愁”。但是在另一些古老的宋本里面，它是“闲情”。吴昌绶《景刊宋金元明本词》所用的宋本、朱孝臧《彊村丛书》所用铁琴铜剑楼藏宋本《东山词》上卷，原文都作“闲情”。这个宋本，应该就是当年贺铸亲手整理编辑的那个版本。所以我们认为“闲情”是对的，“闲愁”不对。冯延巳《蝶恋花》曾经描写过这种叫做“闲情”的情感：“谁道闲情抛弃久，每到春来，惆怅还依旧。日日花前常病酒，不辞镜里朱颜瘦。”

读者一定会感到困惑，有些学者也糊涂了：悠闲的情绪，百无聊赖的自作多情，能有多大事啊，又是一川，又是满城，又是连天细雨，用得着这么夸张形容吗？结果就是，都不敢断定它是一首描写爱情的词。

这是根本没有读懂古人的用心。闲情，不是悠闲之情，也不是百无聊赖之情。闲，是男女防闲的闲。闲情，在古代文人笔下，是一种特殊的爱情。它指一种暗中萌生的爱慕，一种见不得人的痴心妄想，一种需要想尽办法去压抑、去掩盖的暗恋，这种爱慕暗恋只能克制在内心，无法实现，无法得到，是永远可望而不可得的痴情。一句话：单相思。

贺铸一定读过陶渊明。陶渊明曾经写过一篇《闲情赋》，讲述这种单相思的绝望和感情上的挣扎。说自己为了亲近心上人，情愿做她的衣领，她的罗带，她的头发膏泽，她的眉黛，她身下的卧席，她脚下的丝鞋，她的身影，她的蜡烛，她手中的竹扇，她膝前的桐琴。总之，只要能够跟她在一起，做什么都愿意。这在男尊女卑的古代，是相当惊世骇俗的：大男人为了爱情疯狂，竟然不惜如此自贬，匍匐在女神的脚下。

当然，这并不是陶渊明的首创。他自己承认是模仿了张衡的《定情赋》、蔡邕的《静情赋》。在他之前，王粲还写过《闲邪赋》，阮瑀还写过《止欲赋》，应场还写过《正情赋》，曹植还写过《静思赋》。所谓“闲情”，就是闲邪，需要止欲。

把贺铸的词与陶渊明的赋放在一起对比，读者会发现，贺铸巧妙地把陶渊明的“十大愿意”，换成了他的“三大形容”。做什么都行，变成了比什么都多：比春草多，比柳絮多，比梅雨多。所以他在古人之外另辟蹊径，自铸新辞，赢得了一片喝彩。

除此之外，贺铸还悄悄置换了他与美人的“艳遇”过程。这个过程是他个人的，刻骨铭心，无法忘记，不能用古人的经历来代替。只不过他讲述的“艳遇”过程比较简单：说那位女神没有来横塘，背影越走越远。自己只能目送她的芳尘远去，最后消失在视线之外。于是禁不住猜想：她住在哪儿呢？她与谁住在一起呢？词人久久站在长满蘅皋的水边，望着天上的暮云发呆。就这样，不知道过了多久。天上的云朵冉冉飞过，地上的暮色苍茫四起，越来越浓重。没有意淫，也没有狂想，更没有行动，只是心里有点乱。词人彻底陷入了毫无希望的恋爱中。

惊鸿一瞥的细节

《青玉案》究竟描写的是什么故事，贺铸在横塘究竟怎么了，为什么会弄出这么大的闲情来，以至于写出如此不朽的作品，学术界一直没有找到答案。这让后代读者感到无比遗憾，就像我们一遍遍欣赏达·芬奇的油画《蒙娜丽莎》，却不知道画中的女人是谁，又为什么在那里向我们微笑。

找遍北宋当时人的各种文献，我们在他的好友李之仪的文集中，见到有这样一段记载：

前面是贺铸的词。苏州的那位女孩气质温婉，很有韵致。贺铸一遇之下便喜欢上了。于是想下聘礼娶她。在这之前两人已经眉目成情。自从他退居苏州后，蓬首垢面，不再与官场和社会上层来往，从春天等到冬天，终日盼望着那位女子。连那些传记里描述的痴情男女，都比不上他如此专一。贺铸屡次对我说起这件事，都无比的惆怅伤心，为不能马上娶到她而难过。有一天夜晚，突然听到外面有人敲门，原来贺铸突然前来拜访。开始我还奇怪，这么晚来干什么。果然，他是来告知那位女孩死讯的。贺铸拿出两首词，就是他曾经跟我说起过的那两首词，说："我眼睛里储满了一升眼泪，就等着吟咏爱情绝唱。"于是吟起词来，呻吟之声不绝，眼泪在眼眶里滚动着，几乎要掉下来。天底下的尤物都如此短命，不仅仅今天遇见。我哪里是铁石心肠的人啊，与我有同感的读者，请品读它们吧。[1]

[1] 宋·李之仪《姑溪居士前集》卷四十《题贺方回词》："右贺方回词。吴女宛转有余韵，方回过而悦之，遂将委质焉。其投怀固在所先也。自方回南北，垢面蓬首，不复与世故接。卒岁注望，虽传记抑扬一意不迁者，不是过也。方回每为吾语，必怅然恨不即致之。一日暮夜，叩门坠简，始辄异其来非时，果以是见讣。继出二阕，已尝报之。曰：'已储一升许泪，以俟佳作。'于是呻吟不绝，泪几为之堕睫。尤物不奈久，不独今日所叹。予岂木石哉！其与我同者，试一度之。"

李之仪是贺铸当年客居京城开封时结交的一位朋友。这个人比贺铸大五岁，也是个很不幸的词人。“我住长江头，君住长江尾。日日思君不见君，共饮长江水。”（《卜算子》）就是他的手笔。晚年居住在长江边的安徽当涂，日子过得非常潦倒。后来贺铸调到太平州做州通判，太平州州治所在地就是当涂，两人住得应该很近，所以往来密切，经常诗酒唱和；加上同病相怜，性情相近，又有共同的好友苏轼、黄庭坚、秦观等人，因此关系处得很好。这篇记载是一段题跋，也就是写在别人作品后面的附记。作为非常熟悉的好友，我们相信他记载的话都是真实的。

我们可以从中得出哪些判断呢?

（一）贺铸客居苏州不久，就爱上了一位当地女子。这大概是他妻子死后，他“重过阊门”单身而居一段时间之后发生的事情。这位吴女大概长相还可以，但未必美貌惊人。否则李之仪必定会有描述形容。只说她“宛转有余韵”，意思是气质比较吸引人，并不是相貌吸引人。文章后面提到的“尤物不奈久”，只是发感叹，并不是真说吴女就是绝色尤物。另外，李之仪也没有提到她姓甚名谁，门户是什么背景。大概贺铸自己也不知道这些情况，只是偶然路遇，一瞥之下便动了感情，所以无从说起。

（二）贺铸的这段爱情究竟是怎么发生的，李之仪只写了三句话：一是“过而悦之”，二是“将委质焉”，三是“投怀在先”。这些当然是贺铸亲口告诉他的。过而悦之，可以解释成路上遇到便喜欢上了，也可以解释成前去拜访时喜欢上了。总之是在某个场合偶然相遇，一见钟情，不是日久生情。将委质焉，意思是想要去下聘礼，还在计划打算中，并没有真正去做。投怀在先，先已经有了肌肤接触。这可能是实有的细节，也可能是形容男女坠入情网，未必真有投怀送抱之事。我们推测应该是后者，也就是两人相遇，彼此顾盼有情，仅此而已。

（三）不能肯定贺铸给李之仪看的，究竟是哪两首词。它们会不会有一首就是《青玉案》，不好说。但李之仪的这段题跋是为贺铸的某两首爱情词写的，则肯定无疑。也就是说，贺铸当时确实写过两首爱情词，咏叹这段没有结果的单相思。而且是写于吴女去世之前，不是悼亡词。这么重要的爱情纪实歌唱，贺铸一定非常偏爱和在意。所以这两首词，肯定会收在贺铸的词集里。

（四）这段没有结果的单相思，持续了很长时间，一直在折磨着词人。路遇相爱的事情大概发生在那年的春末黄梅季节，经历了夏天、秋天，直到冬天岁晚将尽，才传来对方的死讯。期间贺铸曾经多次去找李之仪，向他倾诉内心的焦虑痛苦。每次都为不能马上娶到她而伤心欲绝。换句话说，这段感情始终停留在单相思阶段，直到结束，都没有任何进展。

有学者认为，李之仪记载里所说的“垢面蓬首，不复与世故接。卒岁注望，虽传记抑扬一意不迁者，不是过也”，这一段话说的不是贺铸，而是那位吴女。说两人相爱后，贺铸东奔西走，吴女整天蓬头垢面，不再与外界接触。按照这样的理解，害相思病的就不是贺铸，而是吴女了。我们认为这样理解不妥。两人没有其他来往，吴女害相思病如此严重的情况，贺铸是无从得知的。南宋初年叶梦得所写的《贺铸传》里，说贺铸“退居吴下，浮沉俗间，稍务引远世故”，与李之仪所说的“不复与世故接”完全吻合，指的都是贺铸。

我们想知道的是，这首千古流传的《青玉案》词，写的就是这件事情吗？如果是，那么李之仪当时看到的词有两首，另一首词在哪里呢？是不是还保存在他的词集里面，从来没有被人注意到？这么重要的爱情歌唱，贺铸怎么可能漫不经心地扔掉呢？

我们翻检了贺铸全部的几百首词，在流传到今天的宋人残本里面，找到了一首《感皇恩》，最终认定它就是《青玉案》的姊妹篇。这两首词，就是当年贺铸拿出来给李之仪看的那两篇爱情绝唱，就是李之仪题跋所谈论的两首词。我们来仔细比较这两首词的文字异同：

凌波不过横塘路，但目送、芳尘去。锦瑟华年谁与度？月桥花院，琐窗朱户，只有春知处。　飞云冉冉蘅皋暮，彩笔新题断肠句。若问闲情都几许？一川烟草，满城风絮，梅子黄时雨。(《青玉案》)

兰芷满芳洲，游丝横路，罗袜尘生步。迎顾，整鬟颦黛，脉脉两情难语。细风吹柳絮，人南渡。　回首旧游，山无重数。花底深朱户，何处？半黄梅子，向晚一帘疏雨。断魂分付与，春将去。(《感皇恩》)

之所以断定《感皇恩》是《青玉案》的姊妹篇，我们至少有四条证据：

第一，贺铸的词集是他生前亲手编辑的，取名叫做《东山乐府》。他还曾经把编好的词集拿去让好友张耒帮忙写序。这部词集在南宋广为流传，多次刊刻，并且有不同的版本。今天流传下来的宋本只剩下半部，只有一个上卷，见朱祖谋的《彊村丛书》、吴昌绶的《景刊宋金元明本词》。在这个残缺的景宋本《东山乐府》里面，就那么巧，这首《感皇恩》就紧接在《青玉案》

词后面。这一定是词人贺铸自己在编辑词集时，特意把它们放在一起的。因为它们当时就是为同一事件而作。让姊妹篇永远在一起，不动声色地向世人讲述它们的辛酸故事。很合理的推测，对不对？

第二，两首词许多文字痕迹彼此吻合，如同双胞胎长得同一副面孔。不仅是因为它们为同一件爱情事件而写，并且有可能写于同一时间，同一地点，同一心情状态下。仔细比较就会发现：它们都写到了柳絮，都写到了梅子黄时的风景，都以水边洲渚为故事的发生地，都写到了自己对那位美丽女子住在什么地方的强烈好奇。而且，它们都写到了黄昏下雨的景象。

第三，两首词用了同一个词韵。按照戈载《词林正韵》，两首词用的都是仄声韵里的语御遇韵。其中路、去、户、处、絮、雨六个韵脚重复使用。全词的韵脚半数相同。以情理推测，词人写完第一首词之后，意犹未尽，觉得还有感情需要表达，接着又写了第二首。当时沿着惯性思路和惯性韵律吟咏下来，不自觉使用了同样的韵脚。

第四，两首词都用到了《洛神赋》的联想比喻。一个开篇就说凌波，以凌波代指眼前的女子。一个说罗袜尘生。《洛神赋》原文里描写洛神宓妃是“凌波微步，罗袜生尘”。在水面上迈着细碎优雅的步子，袜子罗裙拂起尘埃。这一定是词人初次见到那位美丽女子的第一印象，也是他始终难忘的深刻印象。所以同一个比喻，同一个联想，一写再写。

如果我们的推断是正确的，那么，这两首作品就可以作为一个整体来解码。将两首词放在一起分析，细节内容彼此视为“互文”，相互填补模糊的空缺。

由此，我们可以得到这段爱情故事的大致梗概。

◆ 相遇季节

某一年的春末夏初。那时节天空中飘荡着游丝，城内到处是飞扬的柳絮，城外的河边也是杨柳依依，满山遍野的梅子已经有部分开始黄熟。具体时间大约是公历四月前后，也就是夏历的春三月、夏四月前后，所谓人间四月天。这个时候青年男女最容易惹动思春情怀，性激素与荷尔蒙也是分泌最旺盛的时候，特别容易因为小事而触动爱情。两首词一首说梅子黄时，一首说半黄梅子，可见当时梅子并没有完全成熟，还不到江南的梅雨季节。

历来注释贺铸词的学者，很少从物候学（Phenology）的角度去还原历史场景。按照吴越地区的生活经验，一川烟草，是公历三四月时候的景象；满城风絮，是公历四五月前后的景象；梅子黄熟，是公历五六月的景象。根据陈垣《二十史朔闰表》，建中靖国元年（1101）那年春夏，夏历比公历大约早一个月左右。

苏州地区尚未黄熟的梅子。摄影王家伦。

因此这几种物候所横跨的三月、四月、五月、六月，大致相当于夏历的二月、三月、四月、五月。古人以三月为春末，四月为夏初，五月已经是仲夏天气了。由于贺铸在词中明确提到了“春知处”“梅子黄时”，这两个时间段都必须兼顾平衡。我们判断，《青玉案》所描写的这场邂逅，有可能发生在那一年的春末夏初。而仲夏时节的景象，可以理解为事件发生之后的一段时间里，词人沉浸在痛苦的单相思之中。是相思时段，不是相遇时段。作词的时段稍晚于事件时段所致。

另一种可能的解释，这个“风絮”不是柳絮，而是杨絮。韩愈《晚春》诗:“杨花榆荚无才思，惟解漫天作雪飞”。晏殊《踏莎行》词也说:“春风不解禁杨花，濛濛乱扑行人面。”杨树飞絮，时间要比柳絮稍晚，大致在阳历的五月上旬至六月上旬。农历端午前后最盛。唐朝气温偏暖，春末夏初即有杨花，仲夏为盛。

建中靖国元年物候时段对照表

夏历季节	春季		夏季		
夏历月份	二月	三月	四月	五月	六月
夏历日期	二月一日	三月一日	四月一日	五月一日	六月一日
对应公历日期	三月二日	四月一日	四月三十日	五月三十日	六月二十八日
时段一	一川烟草季节				
时段二		满城风絮季节（柳絮）			
时段三			满城风絮季节（杨絮）		
时段四			梅子黄熟季节		
《青玉案》视界			推测作品时段		

读者需要注意的是，这是按照近代以来气温物候推演出来的结论。我们在谈到范仲淹《渔家傲》的时候曾经说过，宋代处于中国历史上的第三寒冷期，平均气温要比今天低。那么，这场凄美的爱情是不是发生在更晚一些的时候？如果是这样，“只有春知处”可能是虚写，或者追写，并不是指作词当时的实际季节。《青玉案》的写作时间有可能更晚一些。更精确的时间判断，需要专业的地理学者来协助指认了。

◆ 相遇地点

大概在苏州城外前往横塘的河边。那里岸上应该有可供行人往来的道路和亭驿，附近是长满兰芷芳草的洲渚。两首词都提到了蘅皋、芳洲、兰芷，可见他们相遇是在郊外的水边。不排除以下四种可能：两人分别坐着小船，在河面上相遇；词人舍舟上岸，在路边与吴女相遇；词人在船上，女子在岸上彼此相遇；词人在岸上，女子在船上彼此相遇。后两种推测可能性不大，第一种推测可能性也不大。从两首词都说到芳尘和道路来看，吴女似乎是在岸边的路旁走过，贺铸登岸与她相遇。《感皇恩》词里说“人南渡”，这个人，应该是贺铸本人。他们可能是在岸上相遇之后，词人怅然若失回到船上，划着船继续往南走，去他的横塘别墅。

◆ 天气情况

偶然相遇发生在白天的某个时候。然后词人就陷入了相思，胡思乱想不能自拔。一直磨蹭到黄昏，都没有回到横塘住处。大概一直逗留在小船上。当天傍晚时分下起了雨。《感皇恩》说“向晚一帘疏雨”，《青玉案》说“梅子黄时雨”。可见他对那天的黄昏雨记忆深刻，难以忘怀。

◆ 相遇细节

那天到底发生了什么，除了词人自己，恐怕永远没有人知道。两首词里面写到的相遇细节，只有简单的五点：迎顾、整鬟颦黛、脉脉难语、目送芳尘去、人南渡。如果把李之仪提到的过而悦之、将委质焉、投怀在先三点也放在一起，并案分析推理，那么整个事件的轮廓是：春末的一天，词人从苏州城里划船出来，前往南郊的横塘别墅。中途在一处渡口泊舟登岸，略作休息，在他漫步观赏风景时，不经意间遇到一位美女从对面走来。两人迎面打量对方，眉目间脉脉含情。也许仅仅是贺铸自己萌生了爱情，那位女子并没有察觉。反正遇到了，惊鸿一瞥。她独自坐在那里，整理着鬓发钗鬟，柳眉弯弯如远山一痕，给词人留下了深刻印象。于是惹下了天大的单相思。贺铸当时可能也在旁边坐着，悄悄打量着美人儿。可能是女子有长辈家仆陪同，在这个过程中，他们两人始终没有打招呼说话，就这么擦肩而过。典型的“盈盈一水间，脉脉不得语”。后来她站起身来走了，词人呆呆地站在那里，望着她的背影往城里走去，直到消失看不见。最后，在傍晚的春雨中，他伤心地划着船慢慢南行，回到横塘住处。

这其中有两点疑问值得注意。一是李之仪说他们“投怀在先”，与贺铸自己的描述不符合。整个邂逅过程没有语言交流，更没有肢体接触。也可能“投怀在先”是后来的事，是这场邂逅之后某天发生的男女私下约会，反正与《青玉案》词的场景无关。二是男女邂逅之际，吴女是否同时也爱上了贺铸，无法确认。可以确认的是，他们之间没有交谈，因此贺铸也不知道对方姓甚名谁，住在什么地方。另外，现代心理学发现，女性在异性面前摆弄整理长发，是一种不自觉的性暗示。通过这样妩媚的肢体动作，来吸引对方的注意。吴女在贺铸面前整理头发，眉目顾盼，很有可能也动了春心。

◆ 记忆形象

这位突然出现的女子，也许就是苏州城里寻常人家的闺秀。可能生活条件比较优裕，穿着打扮得体，肤色眉黛清爽，让人觉得赏心悦目。词人没有描写她的美貌，朋友李之仪也没有说她如何漂亮。但是男人一旦动了真情，眼睛里就只有西施了，什么样的女子都无比漂亮。贺铸在两首词中都把对方想象作洛神宓妃，当然是觉得她美若天仙。凌波、罗袜尘生，是曹植《洛神赋》里描写女神的字眼。曹植笔下的洛神，美丽得不像话，简直到了惊天地泣鬼神的地步：翩若惊鸿，婉若游龙。秾纤得衷，修短合度。肩若削成，腰如约素。明眸善睐，仪静体闲。什么美丽的辞藻都用上了。贺铸眼前的这位女子，也是突然出现在水边洲渚，也是罗裙飘飘，步履细碎。于是词人觉得自己简直是遇到了洛神，简直是曹植附体。眼前的吴女真是一样秾纤得衷，修短合度。一样肩若削成，腰如约素。一样丹唇外朗，皓齿内鲜。尽管他什么都没有说，但一声女神，读者在想象中就什么都看见了。

◆ 内心挣扎

两首词的结尾，都描写了自己难以克制的内心焦虑。先是断肠苦吟，接着又断魂飘忽。单相思的念头无边无际，弥漫在春天里。读者能不能猜到，那时候词人满心想着的是什么？是对方的相貌？还是对方的表情？还是对方的心思？托哪里的媒人？都不是。贺铸苦苦琢磨的事情，是对方究竟住在哪里，因为他很想去找她。不知道姓甚名谁，不知道对方住址，没有联系办法，等于没有任何希望。人海茫茫，去哪里寻找她呢？

两首词都表达了这样强烈的好奇和关注：“花底深朱户，何处？”她住的红漆大门里，长满了鲜花芳草吧。这户人家究竟住在哪里呢？“月桥花院，琐窗朱户，只有春知处。”她一定是大户人家的闺秀吧？开满鲜花的院落，水边弯弯的小桥，她住的地方到底在哪啊？只有春天才知道吗？还有，她与谁生活在一起呢？

现代心理学发现，我们越是爱一个人，就会越关心他（她）的一切，整天想知道他跟谁在一起，他在干什么，他平常喜欢吃什么，遇到这样的事他会怎么想……贺铸在两首词里面，表达了对那位女子住处和日常起居的强烈关心，反过来也证明，他确实陷入了无法自拔的相思。

当然，后来贺铸终于打听到了她的住处，并跟她建立起了某种毫无希望的联系。打算过托媒，拜托过线人。否则她后来夭折的噩耗，贺铸是怎么知道的呢？

单相思的语痕拼接

利用几片破碎的历史证据，通过谨慎推理，我们再现了九百九十多年前曾经发生过的那段故事。对于它的真实性，我们没有怀疑，但是它的清晰度太低了，只是一个模糊的轮廓，模糊得让人将信将疑。我们还需要更多的历史证据，来还原它，充实它，完善它。

有一个地方能够帮助我们：词人自己的作品集。按常人情理，如果真发生过这样的事情，这样让他肠断欲绝的伤心爱情，他贺铸一定不会仅仅吟咏一次、两次，便罢手完事。他一定会翻来覆去地追思、怀想、回味，一定会翻来覆去地吟咏，再三诉之于笔墨。他的诗词集里面，应该有更多的语言痕迹可供比对、坐实，证据越多，读者越能够相信。

贺铸的诗不怎么写男女私情，在那里我们找不到什么证据。但在词集里面，我们有不少惊喜的发现。

南浦东风落暮潮。祓禊人归，相并兰桡。回身昵语不胜娇。犹碍华灯，扇影频摇。　　重泛青翰顿寂寥。魂断高城手漫招。佳期应待鹊成桥。为问行云，谁伴朝朝？（《摊破木兰花》）

绣幕深朱户，熏炉小象床。扶肩醉被冒明珰。绣履可怜分破、两鸳鸯。　　梦枕初回雨，啼钿半□妆。一钩新月渡横塘。谁认凌波微步、袜尘香。（《南歌子》）

东风柳陌长，闭月花房小。应念画眉人，拂镜啼新晓。　　伤心南浦波，回首青门道。记得绿罗裙，处处怜芳草。（《生查子》）

天与多情不自由。占风流。云闲草远絮悠悠。唤春愁。　　试作小妆窥晚镜，淡蛾羞。夕阳独倚水边楼。认归舟。（《添声杨柳枝》）

这几首词是最像《青玉案》的爱情小唱。如果《青玉案》《感皇恩》是第一落点的原唱，那么这几首词则是第二、第三落点的再三咏叹，复沓叠声。它们的语汇都差不多，风格也差不多，创作时间估计也都差不多，描写的都是那次横塘邂逅，以及对那位吴女的无穷思念。

第一首《摊破木兰花》最值得认真注意：说的地点是南浦，也就是横塘、蘅皋。季节是三月上巳。祓禊是古代民间风俗，每年三月上巳春暖花开，人们要到水边去采集香草，用来招魂续魄。还要沐浴除垢，祓除身上的不祥。还有各种消灾祈福仪式和娱乐活动。这种古老的风俗在江南地区尤其盛行。这个时间节点，与《青玉案》稍微有所不同。有大约一个月左右的时间差。我们的解释是："祓禊人"是泛指，是说春天外出踏青的那位女子归来，正好与自己相遇。"相并兰桡，回身昵语不胜娇。犹碍华灯，扇影频摇。"写两人邂逅的细节，这是《青玉案》词没有展开的部分，让人读了遐想联翩。河道不宽，他们的两条小船挤在一起。那位女子还嘟嘟囔囔说了点什么。这个水上遭遇的细节，是前面两首词里所没有的。也许是先有水上的这段邂逅，然后才有岸上的那段邂逅。又遇到了，难道真有缘分？青翰是指自己的小船。魂断，《青玉案》词写的是断肠，《感皇恩》词写的是断魂。这个词反复出现，具有特定情感的标志性。最后一问"为问行云，谁伴朝朝？"就是"锦瑟华年谁与度"的翻版，想知道对方究竟与谁生活在一起。潜台词很明显：她还没有结婚吧？

第二首《南歌子》特别描写了想象中的女子住处，虚构了她的生活场景。熏炉、象床、宿醉、绣履，都是意淫想象，表现出词人对心上人到底住在哪里、到底过着怎样的生活强烈好奇。"绣幕深朱户"是住处幻想，就是《青玉案》里的"月桥花院，琐窗朱户"；就是《感皇恩》里的"花底深朱户"。词在最后也写到了邂逅的地点横塘。而且再次重复了洛神宓妃的比喻，凌波微步、罗袜尘香，在第一落点的原唱里都出现过。

第三首《生查子》"闭月花房小"，是对女子住处的想象，仍然是“月桥花院”的画面。“画眉人”指他自己，用的是汉代张敞替妻子画眉毛的典故。意淫说她早上起来，在那里边思念着我，边照着镜子流眼泪。“南浦波”写水上邂逅的地点，也是经常出现在词人笔下的语汇。“芳草”就是芳洲上的那些“兰芷”，就是《青玉案》里的那“一川烟草”。

第四首《添声杨柳枝》“云闲草远絮悠悠”，完全是《青玉案》外景的复制再现。“云闲”就是“飞云冉冉”，“草远”就是“一川烟草”，“絮悠悠”就是“满城风絮”。楼上眺望归舟，尽管是化用古人的意境，但特别贴合他们。温庭筠《望江南》词为读者熟知：“梳洗罢，独倚望江楼。过尽千帆皆不是，斜晖脉脉水悠悠。肠断白蘋洲。”女人倚靠在楼上窗前，盼望着心上人的小船出现，痴情得很。“认归舟”，认的是词人从横塘回城的小船。可怜的词人只有这样意淫，才能证明那位吴女确实爱他。

还有更多的语痕旁证，姑且列举在下面：

> 沈侯销瘦，八咏新题就。惆怅酒醒兼梦后，带眼如何复旧？　　几时一叶兰舟，画桡鸦轧东流。新市小桥西畔，有人长倚妆楼。(《清平乐》)

> 月月相逢只旧圆，迢迢三十夜，夜如年。伤心不照绮罗筵，孤舟里，单枕若为眠？　　茂苑想依然。花楼连苑起，压漪涟。玉人千里共婵娟，清琴怨，肠断亦如弦。(《小重山》)

> 吴门春水雪初融，触处小桡通。满城弄黄杨柳，著

意恼春风。　　弦管闹，绮罗丛，月明中。不堪回首，双板桥东，罨画楼空。(《诉衷情》)

枕上阊门五报更，蜡灯香灺冷，恨天明。青苹风转彩帆轻，樯头燕，多谢伴人行。　　临镜想倾城，两尖愁黛浅，泪波横。艳歌重记遣离情，缠绵处，翻是断肠声。(《小重山》)

这几首词都写到了与小船有关的相思爱情。在某个月桥花院的小楼上，自己爱慕的那位女子，也在那里愁肠百结，思念着自己。我们把其中的关键词提取出来，放在一起打量：兰舟、画桡、妆楼、孤舟、花楼、玉人、肠断、吴门、小桡、满城、杨柳、春风、画楼、阊门、青苹、彩帆、倾城、断肠……这些语汇连缀起来，眼熟的风景和人物浮现出来，我们便看到了那首不朽的《青玉案》。

情圣为什么这样羞怯

这样的爱情故事，真让我们感到吃惊。

读者会追问，在男尊女卑的古代社会，士大夫怎么会有这样卑微的爱情？不可能啊。看中了人家女儿，托媒就是了，下聘礼就是了，花钱买就是了。或者明媒正娶，或者纳为侍妾，再不就收作使女，养作家姬，哪用得着这么小心翼翼地暗恋，这么愁肠千结地折磨自己？莫非他们之间隔着伦理道德的鸿沟，吴女是青楼女子，或者是名门贵族的已婚女子？

贺铸是宋太祖原配孝惠皇后的五代族孙，妻子赵氏，也是宗室后裔，是济国公赵克彰的女儿。都是金枝玉叶，再怎么旁支隔代，也算得上皇亲国戚。贺铸的祖上从七世祖贺景思开始，一直到他的父亲贺安世，世世代代都是朝廷的武官。尽管后来家道中落了，自己生活很窘困，但毕竟门户放在那里，地位放在那里。他没有考过进士，当年是靠着祖上的恩荫补为右班殿直，监军器库门。走的是武官晋升序列。宋代武官的地位不高，比不上文官。文官每三年磨勘考绩一次，武官要五年才能磨勘考绩一次。到了40岁的时候，贺铸实在不想再做武官了，在苏轼、李清臣等朋友的帮助下，从武官转为文官，成了品级较低的士大夫官员。后来曾做过泗州、太平州的通判。官品尽管不太高，但毕竟也是朝廷命官。他那么豪放骁勇的个性，爱上一个陌生女子，却始终不敢声张，不敢大胆追求。这与传说中的贺铸形象完全对不上号，与他的门户地位和身份都不吻合。

为什么会有这种矛盾？我们大胆推测，这可能跟他的相貌有关。当最奇丑的相貌遇到了最绝世的才华，最绝世的才华又遇到了最美丽的痴情，烈火焚情，人世间便有了这样不朽的歌唱。

贺铸相貌奇丑。据当时人记载，他长得面如铁色，哆口，身长七尺。皮肤不仅粗糙如铁，而且黝黑。口角也是歪斜的。宋代的一尺约合今天公制的31.4厘米。[1]身高七尺相当于2.198米。这个身高，无论古今都算是巨人了。他头发稀疏半秃，发髻盘在头顶上，几乎插不住发簪，小得可怜。当涂的那位狡黠的朋友郭祥正不厚道，曾经嘲笑他头秃发髻小，又没有胡须，说："你真是贺梅子。"梅子谐音没髭，笑话他"梅子黄时雨"尽管写得好，人却长得难看，弄得他很生气，反唇相讥郭祥正是"郭训狐"。狐谐

[1] 参见丘光明《中国古代计量史》。

音胡。郭祥正的胡须和鬓髯又密又长。他曾经写过两句诗为王安石所称赏："庙前古木藏训狐，豪气英风亦何有。"训狐是猫头鹰。贺铸讥讽他满脸胡子拉碴，像猫头鹰。[1]

贺铸画像（咸丰本《於越先贤像传赞》）。

贺铸知道自己长相欠佳，不太愿意交往上层的朋友，有心理负担。他自己曾说自己是虎头相。从武官转为文官后，他写过一首诗，说自己："自负虎头相，谁封龙额侯？"[2]虎头相究竟是什么样的面相，我们说不清楚。不知道是不是圆饼脸、额头有横纹，或者脑袋特别大。宋代的《麻衣神相》说："燕颔虎头，男子定登将相。"以为这种相貌飞而食肉，是能够封万里侯的面相。

现代心理学还发现，相貌较丑的人很难有平常心。相貌意识，是他们终身的心理负担。相貌过于漂亮的人也很难有平常心，也常常会有沉重的心理负担，只不过趋于虚荣膨胀罢了。相貌丑，往往会分化出两种极端的人格：大多数人倾向于选择卑微地活着，低调、寡言、认命、温顺、勤劳、随和，以求少招惹别人注意，少引来别人的讥笑挖苦和厌恶。少数人会发愤读书，来证明自己的价值；会狂放逞雄，来证明自己不是弱者；会高谈阔论引人侧目，来证明自己对相貌满不在乎；或者，干脆选择堕落放荡的生

[1] 参见宋·周紫芝《竹坡诗话》。
[2] 宋·贺铸《庆湖遗老诗集》卷五《易官后呈交旧》。

活方式，来弥补人生吃了亏的空虚。

贺铸的相貌和背影，非常像一个人：240年前的那位晚唐诗人温庭筠。他们两人都长得奇丑无比，却都写得一手极其缠绵、非常柔美的婉约小词。不过，温庭筠选择了放浪堕落，贺铸却选择了呼喝狂野，人生的道路有所不同。贺铸“少有狂疾”。[1]这四个字是他自己说的，这个狂疾不是癫狂的癔病，而是癫狂的性格。朋友则说他如羽人剑客，驰马走狗，饮酒如长鲸。温庭筠的“浪”确实引起了当时的广泛注意，一定程度上达到了炒作自己的目的。贺铸的“放”却一直没有什么效果，除了几位朋友欣赏之外，朝廷士大夫官员似乎很少注意到他，也几乎没有什么人谈论过他。中年以后，他只好讪讪地将这份放纵收敛起来，变成了凄苦心境的酿造者。史书说他退居吴下后性情大变，稍务引远世故，不再那样激烈地褒贬议论别人，整天坐在窗下校对古书。[2]前后的人生态度和心理落差非常大。

长得丑还不是唯一的原因。另一个原因可能是仕途特别不顺。下层武官的身份，让他觉得很没面子，低人一等，在与文人士大夫的交往中，抬不起头来，内心有强烈的自卑感。

他是武官世家出身，17岁开始就在下层武官的职位上做事，角色类似于今天的保安、城管、警卫。这是大多数文人士大夫所不屑的。他自己也很不屑。这也是贺铸一辈子都觉得自己不被主流接纳，郁郁不得志的重要原因。元祐六年（1091）他40岁，觉得再也不能这样混下去了。于是辗转托人，又让朋友帮助写陈情

[1] 宋·贺铸《庆湖遗老诗集·自序》。
[2] 参见元·脱脱等《宋史》卷四百四十三《贺铸传》。

信。最后在苏轼、范百禄、李清臣等朝臣的推荐下，得以由武班序列的西头供奉，转为文官序列的承事郎，官品由从八品降为正九品。就像今天军人转业到地方，对应的行政级别要降一级或者两级一样。然后一点点磨勘，慢慢做到泗州通判、太平州通判。李清臣给朝廷写了推荐书，称赞贺铸“老于文学，泛观今古，词章议论，迥出流辈”。[1]意思是他文章写得老辣，书读得多，思想观点远在同辈其他人之上，是个才华横溢的文士，应该回归到文人士大夫行列中来。

他的那封陈情信，是他的朋友李昭玘代他写的。这封信陈述自己的生存状况，修辞遣句相当卑微，不像贺铸的为人。信中说，他在下层担任监门管库工作，要么像木头桩一样呆坐，要么像皂隶一样奔走，动辄有上司呵斥，不能事亲养家，垂头塞耳，气息奄奄。后来又去将作监监管金属铸造，驱策吏卒，大呼小叫，烟熏火燎，干的都是贱者之事。一个月里面，只有几天能够饱食甘卧。家里面母亲老、妻子病、孩子弱，自己又多病多灾，“百步十蹶，一食三噎”，走着走着就会摔倒，吃饭的时候经常哽噎。说得十分可怜。[2]

这封陈情信帮他改变了命运，他如愿以偿转入文官序列。改换文职后，他上给朝廷的谢恩文，也是李昭玘帮助起草的。这个时候的贺铸，我们推测，狂放性格可能已经有了很大变化。

怪诞张狂、难以与人相处的古怪性格，喜欢骂人的火爆脾气，可能是贺铸与他人交往的障碍。好友叶梦得说贺铸交往的朋友里面，只有一个信安的程俱，跟他维持了终生的友谊。《宋史》说贺

[1] 宋·龚明之《中吴纪闻》卷三。
[2] 参见宋·李昭玘《乐静集》卷十一《代贺方回上李邦直书》。

铸当年声名鹊起，诸公贵人争相延请，希望他到门下来客居。贺铸是“或从或不从”，有的接受，有的不接受。对那些自己不想见的人，即使心里有想法，也始终不去说人家的坏话。他那么锋利的口吻，那么有攻击挑衅的冲动，竟然能够如此克制，也算不容易了。这些记载里面，少不了有美化拔高的成分，与李昭玘代拟的陈情信对不上号。不过我们相信多少也有点事实根据。

我们感到奇怪。这个又穷又丑又古怪的词人，到底是一个性情暴躁的武夫呢，还是一个沉静温婉的秀才？两种水火不相容的性格，怎么会同时出现在他身上？

他性格暴躁，屡见当时人记载，应该没有问题。个性怯懦，有那么多的婉约缠绵的作品为他作旁证，也应该没有问题。他的朋友们都为此感到困惑。程俱是他最好的穷朋友，后来为他的诗集作序说：“贺铸少时侠气逼人，驰马走狗，纵酒狂饮如长鲸，意气风发。然而空寂无聊之时，却埋头静坐在窗下校勘书籍，作牛毛小楷，雌黄不离手，像个贫寒书生。”[1]南渡词人叶梦得后来也与贺铸往来密切，他写的《贺铸传》里面，也说贺铸确实有口才，最喜欢议论抨击他人，口吻锋利，稍微有不顺眼的，便极口贬低不留情面。[2]

贺铸晚年性情大变，害怕社交，拘谨胆怯。程俱那篇《贺方回诗集序》里还说，贺铸这个人“形貌生得高大壮硕，有如羽人剑客，但戏笔作小词，却竟然雍容妙丽，极尽幽闲思怨之致。平时慷慨激昂，性格豪迈，说起理财事务来头头是道，并不像是无意于用

[1] 宋·程俱《北山集》卷十五《贺方回诗集序》。
[2] 参见宋·叶梦得《建康集》卷八《贺铸传》。

世者。然而遇到士女轩裳摩肩接踵的聚会，却又极为拘谨胆怯，像羞涩的闺中女子一样”。[1]说他这个人实在不可理解。贺铸去世后，程俱为他写了《故朝奉郎贺公墓志铭》。里面也提到了他这种拘谨胆怯的性格，说:“观其抗脏任气，若无所顾忌者。然临仕进之会，常如临不测渊，觑觑不敢前。竟疾走不顾。”意思是别看他平素行侠任气，无所顾忌，但遇到仕途上提拔考核、调官改任、需要跟上司陈情时，却常常胆小如鼠，如临不测深渊，战战兢兢，左顾右盼，最后还是选择放弃，逃之夭夭。这些记载，与李之仪题跋里面提到的贺铸晚年“垢面蓬首，不复与世故接”情形完全吻合。

我们是这样理解的：他有可能属于高智商低情商的人，情绪很不稳定。中年以后性格又出现了巨大的反转，完全走到了自己的反面，并不是两种极端性格同时存在。程俱、叶梦得都是他中年以后交往的朋友，时代已经比较晚了。所以见到他性格的另一面，觉得不可理解。

不管是因为貌丑，还是因为贫穷，还是因为低级武官的身份，贺铸有一定的心理障碍是肯定的。这种心理障碍导致了他不敢大胆地爱别人，并付诸行动。有学者分析他逃避社交聚会，远离社会官场，是不是还有社交恐惧症。社交恐惧症（Social phobia）是一种现代社会比较常见的心理障碍，通常表现为害怕处于众目睽睽的公共场合，怕别人注视自己、谈论自己，尤其担心自己会当众出丑，处于难堪下不了台的地步。患者害怕当众说话打招呼，害怕当众吃东西，害怕自己脸红被别人发现，害怕与别人对视，因此往往表现得过分紧张焦虑，呼吸急促，手心冒汗，眼神飘忽。

这些表现与早年的贺铸格格不入。但只要联系到他的相貌，

[1] 宋·程俱《北山集》卷十五《贺方回诗集序》。

一切又变得容易理解。尽管他已经转为文官，但对于出现在公开场合，总是感到紧张焦虑，心理上觉得不自然，不自信，非常压抑。所以在做了两任州通判之后，他主动以病为由辞职。后来害单相思害得那么痛苦，又那么不能自拔。所有的这些不幸纠结在一起，压垮了他那颗脆弱敏感的心，也成就了这首不朽的小词。

无边无际的闲情

◆ 凌波不过横塘路，但目送、芳尘去

凌波，用曹植《洛神赋》的典故，代指他遇到的那位水边美女。说我的女神，你为什么不到横塘来呢，我徒然看着你的背影，渐渐远去。词人一落笔，就定型了自己仰视的角度、弱者的身份、失望的心态。这在宋词中非常少见。

今天的社会男女平等。但在爱情这件事上，我们仍然习惯地认为，天底下只有男追女，哪有女追男。女追男叫做倒追。在男尊女卑的古代，爱情这事很少由男女双方自己追来追去，主要还是家庭之间商量来商量去。只有男方家庭挑选女方，女方家庭挑选男方。哪有男人自己低三下四暗恋女人、追求女人的呢？除非她是金枝玉叶的公主，是京城李师师之类的名妓，否则士大夫文人犯不着低三下四去追求她们。士大夫的体面还是要顾及的。所以，这是贺铸特别让我们感到惊奇的地方。

◆ 锦瑟华年谁与度

这句词翻译成大白话，就是：我的女神，你跟谁住在一起来着？你的美好青春是怎么度过的？我们猜想，贺铸刻意使用了“锦瑟华年”四个字，这四个字来自李商隐，是浓缩李商隐《锦

瑟》里面的两句诗："锦瑟无端五十弦，一弦一柱思华年。"把十四个字的两句，压缩成了四个字的简单词汇。这里面，透露出他内心的各种想象：那位神秘的女子一定过着薰香弹琴的优雅生活吧？她一定多才多艺，喜欢音乐，她一定是在琴瑟书香的伴随下长大的吧？没有说出口的潜台词是：我的女神，她结婚了吗？她过着单身生活吗？

读者可要仔细，词人在使用某个典故的时候，不会仅仅记得那一句、两句，而是全篇都萦绕在脑海里。像这样刻意使用的典故，贺铸一定是把李商隐《锦瑟》诗的全篇翻来覆去吟咏过，他需要古代的知音，他需要同病相怜。他笔下没有出现的那些句子："沧海月明珠有泪，蓝田日暖玉生烟。""此情可待成追忆，只是当时已惘然。"也一定让他低回不已，惆怅惘然，甚至怆然泪下。梦幻一样的爱情，谁能抓得住呢？

◆ 月桥花院，琐窗朱户，只有春知处

前面我们已经告诉读者，这是词人的意淫。无论男女，一旦爱上了别人，就会止不住地想着对方；一旦狂热地爱上了别人，还会不停地想象对方的表情，猜想对方在干什么，住在哪里，跟谁在一起，过着什么样的生活……贺铸不止一次地写到自己猜想对方的住处，可见是陷入了狂热的单相思。说只有春天才知道她住在哪里，等于说她与春天在一起。能够与春天住在一起，当然只有女神才配得上。这话听上去好幽怨，好美丽，也好可怜，像是一声无奈的叹息。

◆ 飞云冉冉蘅皋暮，彩笔新题断肠句

天上的春云冉冉飞过头顶，水边的洲渚已经暮色苍茫，我为

心爱的人儿写下痛心的诗句。彩笔，大才子所用的笔。南朝诗人江淹才华横溢，中年以后做了官，再也写不出好作品来了。据说他曾经做了一个怪梦，梦见大诗人郭璞前来跟他讨要东西，说："我有一支五色彩笔，留在你处多年，请还给我。"江淹听了，去怀中一摸，果然有一支彩笔。于是取出来还给郭璞。醒来后，就再也写不出好文章了。当时人都嘲笑他"江郎才尽"。

过片的这两句，与水边邂逅吴女的事情发生，有一个时间上的推移。相遇、惊呆、目送，不管是发生在上午还是下午，这时候已经过去了很长时间，词人惊觉到横塘水边天色已晚。自己坐在船中，或者横塘家中，提笔写下了伤心的诗句。

◆ 若问闲情都几许？一川烟草，满城风絮，梅子黄时雨

闲情，前面已经讨论过，是防闲之情，特指单相思的爱情。"都几许"的"都"，是总共的意思，意思是把它们放在一起共有多少。词人用一川烟草、满城风絮、梅黄时雨三种春末夏初的景象，来比喻闲情之多，之广，之久，无边无际，是这首词最成功的地方，历来为众多名家所激赏，赞叹的话不知有多少。最重要的一点是，已经有学者发现，这些描写不仅仅是比喻，它们还是眼前真实风景的还原。是既写了环境，又写了比喻，一箭双雕；既渲染了词人内心无边无际的愁绪，又还原出了故事发生时的背景环境。

这样的难度可想而知，绝不是信手拈来。它多少有点像苏州古老的双面绣：绣出来的花鸟虫鱼、人像宠物，无不活灵活现。绣品没有反面，两面都是精美绝伦的正面。玉人巧手藏匿了所有的线头痕迹，将画面处理得天衣无缝。贺铸也达到了这种境界，无与伦比的形容，同时也再现了故事发生的现场景象。

贺铸写诗写词，特别喜欢到古人那里寻找灵感，这是他一贯

的做派。他曾经自豪地说:“我笔端驱使李商隐、温庭筠，常常使他们疲于奔命。”他喜欢李商隐、温庭筠，是有原因的。李商隐特别有才华，却遭遇坎坷，得不到朝廷重用，做了一辈子的下层幕僚。感情那么丰富细腻，最后还是郁郁而终。贺铸觉得自己太像他了，所以李商隐《锦瑟》里凄美的诗句特别能够打动他，连那虚无缥缈的爱情都那么像。温庭筠也是，温庭筠相貌长得奇丑，为人又风流不羁，文笔非常之美丽，婉约缠绵得很。这些特点也都非常像贺铸。

《青玉案》词流传出来后，黄庭坚极口赞美，许多朋友竞相追和，盛传一时，成为众口交誉的不朽名篇。也有人不服，认为贺铸化用别人的诗句，算不得本事。宋人记载说:“世人都推贺铸所作的‘梅子黄时雨’为天下绝唱。其实他不过是借用了寇准的诗句。寇准曾经有这样两句诗:‘杜鹃啼处血成花，梅子黄时雨如雾。’”[1]古人传说杜鹃鸟啼鸣时会呕出血来，叫做杜鹃啼血。这种鸟满山啼鸣时，鲜血化作山坡上的一朵朵鲜花。而梅子成熟时节阴雨连绵，只是这雨丝下得太细太柔，细密得像飘忽的雾一样。贺铸没有资格叫“贺梅子”，寇准才有资格叫“寇梅子”。这有点故意跟别人过不去。贺铸借用过的句子太多了，岂止这么两句。要说借用，寇准也不是原创，唐代就有诗人写过这样两句:“楝花开后风光好，梅子黄时雨意浓。”[2]

后来贺铸的名句天下盛传，模仿他的诗人越来越多。“一川烟草”也成了最受欢迎的对象，贺铸自己也像当年的李商隐、温庭筠，要为他人疲于奔命。北宋末谢逸的《蝶恋花》词:“独倚阑

[1] 宋·胡仔《苕溪渔隐丛话》前集卷三十七引《潘子真诗话》。
[2] 清·彭定求等编《全唐诗》卷七百九十六引《东皋杂录》。

干凝望远，一川烟草平如剪。”南宋人洪炎《公实示间字韵诗怅然有感次韵奉和》诗：“一川烟草松萝外，何处梯云叩九关。”喻良能《春雨》诗：“试挂西窗看霁色，一川烟草画难成。”刘儗《菩萨蛮》词：“东风去了秦楼畔，一川烟草无人管。”都是例子。

◇◇

阅读小结

（一）这是一首真实描写邂逅遭遇的爱情词。这段苦涩的单相思恋情，是贺铸客居苏州那段时间里发生的最重要的人生事件之一。它不仅成就了不朽的《青玉案》，而且还在某种程度上改变了词人的性格，影响了词人的生活态度。很长时间里，他都无法振作起来。他最后选择退居苏州，潜心于窗下校书，不与世人往来，与这场失败的恋爱可能没有什么关系，也可能很有关系。

（二）贺铸的武官身份和奇丑相貌是我们应该关注的重点，尤其是他的奇丑相貌。这不是以貌取人，而是借鉴现代心理学知识，分析词人行为方式产生的原因。我们常说性格决定命运，而相貌又常常影响了性格，甚至决定了性格。当一个相貌丑陋的痴情才子爱上了陌生美女的时候，悲剧的结果已经没有悬念，何况是路旁河边的一见钟情。

（三）关于这段凄美的爱情邂逅，贺铸曾经不止一次地歌唱过，吟咏过，先后为它写下了无数哀婉动人的曲子词。换句话说,《青玉案》不是唯一的歌唱。《青玉案》和《感皇恩》两首词，是这场爱情的第一轮首唱。在这之后，在长达大半年的漫长等待过程中，在吴女死后的若干年里，贺铸还写过多首其他作品，讲述这段伤心往事。它们都是解读《青玉案》的现场旁证。

(四)《青玉案》词写得太美了，为贺铸赢得了锦心绣口的美名。尽管他也是北宋词坛上的豪放词人，但我们却认为，他的豪放不如他的凄苦和缠绵更本色，更真实，更有艺术价值。他年轻时的豪放多少带有轻狂的成分，像是有意示人，来证明自己的桀骜不驯。不如他中年以后归于老熟沉静，归于呕心沥血，不再想证明什么，反而写得荡气回肠，催人泪下。他把武官的资历换成了文官，同时也把心境的狂野换成了凄苦。

被误读的离别

秦　观

满庭芳

山抹微云，天连衰草，画角声断谯门。暂停征棹，聊共引离尊。多少蓬莱旧事，空回首、烟霭纷纷。斜阳外，寒鸦万点，流水绕孤村。

消魂，当此际，香囊暗解，罗带轻分。谩赢得、青楼薄幸名存。此去何时见也，襟袖上、空惹啼痕。伤情处，高城望断，灯火已黄昏。

苏轼为什么责备

《满庭芳》是秦观的成名之作。写这首词的那年，他刚31岁。按照现代人的算法，正好30岁。古人说三十而立，秦观的成长和仕途不是太顺，这时候什么都还没有立起来。布衣一个，名声还不怎么好。

但是，他在宋词史上的地位，却在这一年立了起来。在此之前，他在家乡创作了很多诗歌作品，在江淮一带已经小有名气。乡前辈孙觉非常欣赏他，对他评价很高。可惜他的曲子词不上路子，早年创作的小词，都是学柳永的家法，而且变本加厉，用他家乡高邮的土语，描写男女之间的艳情，读起来就像恶心的偷情小说。没有人称赞过这些俗词艳曲，似乎人们还没拿正眼看他，不把他当回事。自从这首《满庭芳》流传出来后，人们才不得不承认，秦观确实是写词的高手。

宋人记载说，苏轼读到这首词，非常佩服，直接称呼秦观是“山抹微云君”。[1]另一部宋人编选的《花庵词选》里面记载

[1] 宋·胡仔《苕溪渔隐丛话后集》卷三十三引《艺苑雌黄》。

了一件事情，说秦观从会稽来到京城，面见苏轼。苏轼说："这么多年没有见了，你一定又写了很多文章吧？京城到处都在传唱你的'山抹微云'词呢。"秦观听了很受用，有点自得，谦让地表示不敢当。没想到苏轼突然话锋一转，发难说："想不到我们分手之后，你竟然学柳永作词！"秦观很意外，也很不理解，回答苏轼说："我虽然眼光不行，没有什么见识，但也不至于如此。先生的话恐怕过重了。"苏轼说："你的那句'销魂当此际'，难道不是柳词的句法吗？"秦观听了大为惭愧，不服不行。[1]

这大概是元祐元年（1086）的事情。他的《满庭芳》词是元丰二年（1079）冬天写的。秦观在那年的四月，陪同苏轼到湖州上任，在湖州与苏轼分手后，去了会稽。不久就发生了乌台诗案事件，苏轼被朝廷抓捕入京。得知消息后，秦观赶到湖州向熟人朋友打探事情经过，帮助苏家料理善后事情。结案后，苏轼被流放到黄州，两人一直没有见到面。三年后的元丰五年（1082），秦观前往京城应礼部试。落第后云游天下，曾经到黄州去看望过苏轼。元丰七年（1084），朝廷解除对苏轼的居住监管，允许他自由内迁。苏轼离开黄州北上。这一年的八月，苏轼路过润州（镇江）的金山，秦观与朋友滕甫、许遵会一起去看望他。三个月后，苏轼又路过秦观的家乡高邮，秦观再次与恩师相会。

这几次见面，都不是在京城，而且苏轼处在最艰难的人生低谷，故人相见，感慨唏嘘，大概不会有心情谈论写词的技术细节。只有到了元祐元年（1086）之后，苏轼在高太后的支持下，仕途春风得意，门下弟子先后聚集到京城，纷纷被授以馆职。他们经常聚集在王诜的西园，一起谈论书画、金石、诗文、

[1] 参见宋·黄昇《唐宋诸贤绝妙词选》卷二。

辞赋。只有这个时候，地点、心情、环境、人气，所有因素全部吻合，苏轼才有可能关心到曲子词的创作，才有可能指责秦观学柳永句法。

苏轼大概觉得秦观的口吻太像柳永的《雨霖铃》了。送别场面都差不多，读来好生眼熟。男女主角在水边哭哭啼啼，依依不舍，牵着手难舍难分，弄得客舟无法开船，这些秦观差不多都搬过来了。

寒蝉凄切。对长亭晚，骤雨初歇。都门帐饮无绪，方留恋处，兰舟催发。执手相看泪眼，竟无语凝噎。念去去、千里烟波，暮霭沉沉楚天阔。　　多情自古伤离别。更那堪、冷落清秋节。今宵酒醒何处？杨柳岸、晓风残月。此去经年，应是良辰，好景虚设。便纵有、千种风情，待与何人说！

（柳永《雨霖铃》）

除了《雨霖铃》之外，柳永还有一首话别词《引驾行》，更像是秦观模仿的母本。

虹收残雨，蝉嘶败柳长堤暮。背都门、动消黯，西风片帆轻举。愁睹。泛画鹢翩翩，灵鼍隐隐下前浦。忍回首、佳人渐远，想高城、隔烟树。　　几许。秦楼永昼，谢阁连宵奇遇。算赠笑千金，酬歌百琲，尽成轻负。南顾。念吴邦越国，风烟萧索在何处。独自个、千山万水，指天涯去。

（柳永《引驾行》）

词中写到的城门、消魂、高城、烟雾、几许、楼阁，秦观都挪用了。类似的场面，类似的情节，好像抄袭了别人的小说段落。

宋人叶梦得还记载说，苏轼认为秦观的这首《满庭芳》气格病弱，犯的是柳永同样的毛病，作诗调侃说："山抹微云秦学士，露花倒影柳屯田。"[1]把他跟柳永放在一起，各拿着自己的名句标签，来了个二人合影。不知道这是嫌他语气孱弱，太娘娘腔，还是嫌他太沉溺于男女艳情。

按照宋人习俗，进入馆阁任职才能被美称为"学士"。秦观入馆阁在元祐五年（1090），苏轼被罢去翰林学士离开京城，在元祐九年，也就是绍圣元年（1094）。苏轼调侃秦学士像柳屯田，应当就是这四五年间的事。也就在这前后，秦观还被理学家程颐斥责过。他有一首写男女相思的词，里面说"天还知道，和天也瘦"。还，是如果的意思。和，是连的意思。苍天如果知道的话，连苍天也会替我伤心消瘦。程颐生气地说：你这么拿上天说事，是有辱上天的尊严，好作孽！秦观听了很受打击，垂头丧气，无言以对。[2]

除了秦观之外，苏门的大师兄黄庭坚年轻的时候，也写过俚俗淫艳的小词，也曾经被法秀禅师当面呵斥，说他以笔墨诲淫，按照佛法，要堕入犁舌地狱。[3]

这些记载都把我们导向判断的误区。学术界普遍认为：苏轼开创了豪放词派，不愿意他的弟子们盲目追随柳永的淫艳词风，所以才板起脸来教训秦观。

---

[1] 宋·叶梦得《避暑录话》卷三。

[2] 参见宋·程颐、程颢《二程外书》卷十二，宋·陈鹄《西塘集耆旧续闻》卷八，王楙《野客丛书》卷二十。

[3] 参见宋·黄庭坚《山谷集》卷十六《小山集序》，宋·叶梦得《避暑录话》卷三。

真是如此吗？不见得。

今天我们不带任何偏见来读这首《满庭芳》，会觉得它一点也不淫艳，连香艳都谈不上。俚俗也不沾边，语言相当的清丽舒展。软媚有一点，但在那么高远苍凉的风景衬托下，男女别情显得非常的自然，非常的入画，没有什么让人不爽的地方。分别之际依依不舍，完全是正常的男女之情。

过去我们读这段记载，始终不理解苏轼的意思。“消魂当此际”就是柳永的句法？说一句伤心人魂断蓝桥，又怎么了，哪里不妥？古人的名言“黯然销魂者，唯别而已矣”，又不是他秦观发明的。秦观曾经写过很俚俗的艳情词，苏轼又不是不知道。比如那首写男女艳遇的《御街行》（银烛生花），全是感官的、肉欲的名堂。另一首《满园花》（一向沉吟久），用高邮当地的土话写男女恩怨，实在让人难受。用他自己的话来说，真是“佛也须眉皱”。

这些写男女艳情的词，又酸又俗，像些个纪实的三级片。比《满庭芳》过分多了，完全就是柳永词的克隆版和升级版。苏轼为什么当年在徐州、湖州与秦观彻夜交谈的时候，不提这茬，却在他写出了成名作之后，反而来挑刺呢？是不是“销魂”这个字眼苏轼不喜欢？我们查了秦观的诗词集，发现秦观自己很少用这个词汇，也就两三次而已。要是嫌这个字眼形容男女艳情太惹眼，苏轼自己倒是用过。苏轼有一首《虞美人》：

冰肌自是生来瘦，那更分飞后。日长帘幕望黄昏，及至黄昏时候、转销魂。　　君还知道相思苦，怎忍抛奴去？不辞迢递过关山，只恐别郎容易、见郎难。

这首词，不知道具体写于什么年代，但出于苏轼本人之手没有疑问。苏轼自己也用了“销魂”这个字眼，而且借用女性口吻写男女怨情，很暧昧，很香软。“君还知道相思苦，怎忍抛奴去？”典型的柳永句法。奴，是女子的自称。还，是如果、假如。“君还知道”，就是柳永的“天还知道”。秦观如果读过，完全可以拿来质问自己的老师，看他翰林大人怎么回答。

所以，我们一定是没有听明白苏轼责备秦观的意思。要让秦观这样傲气的弟子心服口服，苏轼一定得说到点子上。否则一边称赞，一边又指责，故意挑刺，文坛领袖的心胸就太狭窄了。是我们一直没有听懂古人的话，是我们一直没有读明白什么是“销魂当此际”，他秦观到底想说什么。

秦观这个人

秦观年轻的时候，是个狂放任性的词人。他相当聪明，虽然比不上苏轼那样的绝世天才，但肯定得算绝顶聪明的才子。苏轼喜欢他喜欢得近乎盲目溺爱，见人便夸，多方推荐，还不断为他抱不平，弄得许多人都无法理解。

要知道这位秦观可不是柔弱缠绵的白面书生，而是长满络腮胡子的汉子，好读兵书的狂人。朋友称他为“髯秦”，苏轼也拿他的胡子开过玩笑，说他是长胡子的小人。有一天在苏轼家里，众宾客嘲笑秦观满脸胡须，不像个汉人。秦观机智地借《论语》中的名言“君子多乎哉”予以应对。乎谐音胡，意思是君子才这样多胡须。苏轼反应快，顺口也借《论语》“小人樊须也”调侃。樊须谐音繁须，繁密的胡须。[1]

[1] 宋·邵博《邵氏闻见后录》卷三十。

秦观画像（台北“故宫博物院”藏本）。

宋人还记载说，秦观的儿子秦湛也是满脸胡子，而且鼻子特别高大，像波斯人种，[1] 让人怀疑他们家族是不是有西域胡人的血统。秦观生长在扬州附近的一座小城高邮，按理说算不得北方人，但却与真正的北方人贺铸性情相似。狂放不羁，又才华横溢，加上行为不怎么检点，挥霍成性，这些构成了他前半生最突出的人格特征。

这是肯定的，秦观并不是因为长了个大胡子，才如此狂放张扬，而是因为他才华横溢，雄辩滔滔。尤其元祐五年（1090）到京城任秘书省校勘之前，他目空一切，悲歌慷慨，轰饮酒垆，心高气盛。四十多岁以前的秦观是我们难以想象的。

他的朋友陈师道曾经领教过。据陈师道回忆说，熙宁、元丰年间（1077—1078），苏轼在徐州做知州，陈师道当时只是徐州的一介草民，偶尔拜见太守，只不过是个普通访客，没有人正眼看他。秦观来徐州的时候，那叫一个轰动，苏轼置办了丰盛的酒席，又请来乐工歌妓，像对待门生弟子一样，以大礼盛情款待。当时陈师道生病在家，听周围人纷纷议论说秦观的车马雍容华贵，路边行人纷纷站在一旁观看。在众多宾客面前，秦观雄辩滔滔，满座的人都洗耳恭听。当时的人都因此感到奇怪，也因此充满了怀疑，不太相信他有多么了不起的能耐。只

[1] 参见宋·庄绰《鸡肋编》卷上。

高邮文游台秦观雕像。张扬自负的个性有所表现，但须髯浓密的相貌特征没有抓住。

高邮文游台牌坊。

有苏轼赞不绝口，认为他是罕有的杰出人才。[1]直到很多年以后，宋神宗元丰八年（1085），陈师道客居东都，秦观跑来与故人相见，这时候的秦观面容平缓，谈吐收敛，完全变成了另一个人。

《宋史》说秦观这个人“强志盛气，好大而见奇。读兵家书，与己意合”。[2]这些话并不是元代史官凭空编造出来的，而是秦观自己当初在京城与陈师道袒露心声、忏悔早年狂放不羁时说的。当年的秦观，自认为功名可以靠争取而得到，天下没有什么难事，朋友之间甚至以封侯万里相许。最后他科举一次次失败，四方干谒也没有什么结果，一事无成，方才醒悟自己狂妄轻浮。于是他把自己的字改成了少游，以此记下自己人生的过失。

陈师道的这些记载，让我们觉得秦观非常像当年的李白。我们翻开他的诗集，立即被他的纵横才情所吸引。尤其七古和五古，写得汪洋恣肆，傲岸不群，确实有点大家风范，与他的曲子词完全两回事。贺铸也曾经写诗给他，称赞秦观“疑是前时李谪仙”，可惜为才所累。[3]他入京应试，在徐州与苏轼分手，写诗留别说：“我独不愿万户侯，惟愿一识苏徐州。”潜意识中很有点把自己当作谪仙人李白的意思，因为这话是李白说过的。李白《上韩荆州书》就这样说过：“生不愿封万户侯，但愿一识韩荆州。”

这种个性上的狂放张扬，成就了他的诗歌、文赋，他的文字汪洋恣肆，充满了想象张力。不过与他的曲子词创作没什么关系，至少没什么直接关系。除了情感表达比较狂野放肆之外，我们看

[1] 参见宋·陈师道《后山集》卷十一《秦少游字序》。
[2] 元·脱脱等《宋史》卷四百四十四《秦观传》。
[3] 参见宋·贺铸《庆湖遗老诗集拾遗·寄别秦观少游》。

不到什么内在的联系。当然，这种狂放张扬的人格，对他的仕途发展不利，但不是什么主要问题。宋代名臣里面，性格狂放张扬的人并不少见。秦观的麻烦是，早年他不仅个性狂放张扬，而且生活上还比较轻浮放浪，不拘小节，品行节操被人看不起。在这一点上，他犯了仕途的大忌。

与贺铸相比，他们看上去都是狂放之人，都沉沦于下僚，命运不济。都有一种铁汉柔肠，词写得极为缠绵。不同的是，贺铸还是狂放词人，写过真正的大丈夫词。秦观却只作狂放人，从来没有作过什么狂放词，只写过一些狂野的艳词，算不得狂放词人。说他任性可以，说他豪放不行。与晏几道相比，他们都是落拓者，都是厮混在女人堆里的公子哥。但晏几道的缠绵更痴情专注，是一位情种词人。秦观的缠绵似乎更浪情薄幸，更风流不羁，还常常拿家乡的方言土语描写艳遇情节，给人以调侃恶搞的感觉，算得上是一位轻薄的词人。

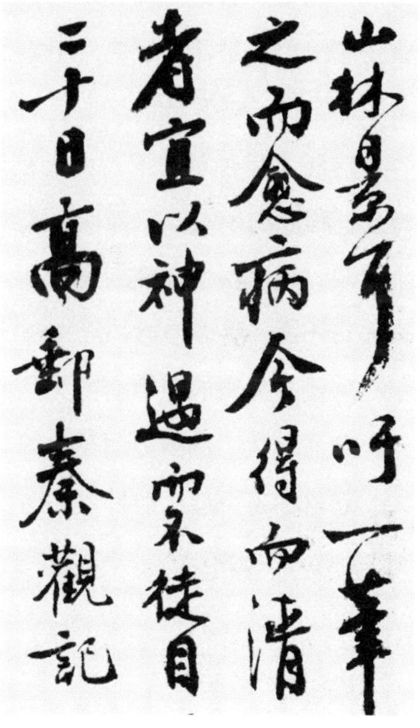

秦观手迹《摩诘辋川图跋》局部（台北“故宫博物院”藏本）。

北宋当时人经常拿他与黄庭坚并称，称他们为“秦七黄九”。这两人确实可以列为淫俗的一对。僧人惠洪曾经把秦观、王巩、黄庭坚、邹浩四位喜欢奇淫怪癖的朋友放在一起议论，说：“秦少游舌头无骨，王定国察见渊鱼。山谷口业犹在，道乡习气不除。”[1]不过从野史笔记的记载来看，两人还是略有不同。黄庭坚尽管写了大量的淫俗词，口孽深重，但并没有怎么沉湎于狎妓堕落，主要是口淫。秦观是既写乱七八糟的东西，又行为不太检点，所以名声一直不太好。在四学士中，他是最晚入馆阁为学士的，刚刚赴馆阁上任，就被朝臣接二连三弹劾，说他为人无行。也就是说，尽管他们俩都是风流词人，黄庭坚却不完全是品行不检点，大概属于像欧阳修那样，风流归风流，还算不得浪子。

宋人王灼说秦观“屡困京洛，故疏荡之风不除”。[2]陈振孙也说他“终以疏荡不检，见薄于世”。[3]这位狂放才子大概确实有不够检点的地方。赴京城应举时，有段时间整天放浪狭斜，与京城的妓女厮混。曾经写诗说：“平康何处是？十里带垂杨。”打听平康在哪里可不是什么好事，平康是青楼妓女聚集的红灯区。长辈亲戚孙觉读了嘲笑说：“这小子，贱相又发作了。”[4]

这还算是善意的挖苦。元祐五年（1090），秦观入京为太学博士。程颐的门人、右谏议大夫朱光庭上章说：“刚任命的太学博士秦观，素号浮薄之徒，恶行非止一二，岂能够为人之师？伏望罢去其任命，另外差遣。”[5]第二年，秦观由秘书省校勘升迁为正字，从没有品级的职事官变为从八品。推荐者是苏轼的朋友赵君锡。到任不久，侍御史贾易又弹劾秦观行为不检，赵君锡所荐非人。赵君锡不得已，只好上书谢罪，说：“臣荐秦观，是因为他有

[1] 宋·惠洪《石门文字禅》卷二十七《跋四君子帖》。
[2] 宋·王灼《碧鸡漫志》卷二。
[3] 宋·陈振孙《直斋书录解题》卷十七。
[4] 宋·胡仔《苕溪渔隐丛话》前集卷五十引《王直方诗话》。
[5] 宋·李焘《续资治通鉴长编》卷四百四十二。

文学才华。今始知此人薄于行。臣愿放弃所荐，罢免秦观的任命。臣妄荐之罪，不敢逃避。”[1]只有苏轼坚持自己的看法，认为秦观是人才。在给朋友的信中说：攻击秦观不过是一场胡闹，“皆群小忌妒他才气超拔也”。[2]

不管这里面有没有政敌偏见、党派之争，这些议论都告诉我们：秦观在私德上多少是有点问题的，是另一个柳永，是英宗、神宗、哲宗词坛上的柳三变。

秦观遭到主流社会的抨击，爱其词不爱其人，重蹈了当年柳永的覆辙。仔细打量他的一生，在风流沉沦、口孽深重、主流嫌弃、四处飘零、干谒无成、喜好俚俗等多个对比点上，都像是六十年前的柳永，与柳永有惊人的相似。柳永当年举进士很不顺利，考来考去总是落榜，直到快五十岁时才登第。青年和中青年阶段的三十年苦闷，“都付雨荷烟柳”，交给青楼妓女了。秦观也是，两度落第，灰心得几乎想放弃。第三次考进士时，已经是37岁的中年人。还幸亏苏轼写信劝说，他才耐下心来温习应试。用他自己的辛酸话来说，是“奔走道途常数千里，淹留场屋几二十年”。[3]

算他秦观幸运，遇到苏轼这样宽厚的恩师，不在乎他举止检点不检点，只看文章才华、谈吐气质。不像柳永那么倒霉，遇到保守古板的晏殊。秦观确实具备了成为一代大师的潜质，诗文书画词各方面的天分感觉都相当好。文章高古，有屈原、宋玉之才；书法精绝，有东晋二王风味。那一点轻浮当然是柳永、温庭筠的遗传，但那一份狂放，却来自李白，来自杜牧。苏轼之所以

[1] 宋·李焘《续资治通鉴长编》卷四百六十三。
[2] 宋·苏轼《东坡全集》卷八十三《答参寥书》。
[3] 宋·秦观《淮海集》卷三十二《登第后青词》。

那么喜欢他，对他的期许那么高，大概是在他身上看到了自己的影子。不是人品，而是才气。秦观在诗文上的汹涌才情，在谈吐识见上的敏捷高妙，在行为举止上的狂放不羁，让苏轼有种一见如故的感觉，所以总是忍不住要为他喝彩。这是他们师徒俩相像的地方。

秦观的一生是悲剧的一生。他早年太过狂妄，以至于人生目标定得太高，整天想着封侯万里。苏轼、苏辙、黄庭坚等朋友的过誉吹捧也害了他。所以他一直放浪轻佻有余，理智清醒不足。中年以后屡遭科举打击、官司迫害、朝臣弹劾、主流唾弃，最后不是封侯万里，而是流配万里。甚至还被朝廷除了名，成了没有官府编制的庶民，赋税服役与草民一样，叫做“课役从本色”。这样巨大的反差，使他痛彻体验到了什么叫做失败，什么叫做绝望。他甚至还匆匆给自己准备好了挽词，想象验尸官在查验他冰冷的尸体，想象他躺在长满了苔藓的墓穴里，坟前的树枝上挂着被雨淋湿的纸钱。空蒙寒雨零，惨淡阴风吹。荒山野岭之中，没有一个人前来浇奠祭吊。[1]真是要多悲惨有多悲惨。对于一个生长在江淮邵伯湖边的多情才子来说，命运确实太残酷了。

秦观大概属于自尊稳定性差的人格类型。他有强烈的自尊，狂放、自负、不可一世，但这不影响他有一颗敏感而脆弱的心灵。一旦受到外界的好评，说他国士无双，说他将来要封侯万里，他会极度自大，飘到天上；而受到外界的打压，如朝臣的弹劾，新党的迫害，朝廷的除名之后，他又会迅速跌入地狱，万劫不复。心理学家认为，高自尊稳定性差的人，更容易感受到消极情绪，

[1] 参见宋·秦观《淮海集》卷四十《自作挽词》。

进入一种不健康的心理状态。秦观的后半生就是如此。极端的狂放自尊和极端的脆弱自卑，就这么不幸地同时落在他身上。

与此同时，他大概还存在着一定程度的意志薄弱型人格的倾向。这种类型的人，大多意志薄弱，注意力不能长时间集中。容易在短时间内，突然从一种情绪变脸为另一种情绪。暗示性高，特别容易受外界各种不同刺激的影响。在他人的议论影响下，他们会表现出极度狂热，情感高涨，呈现出兴高采烈、洋洋自得的样子。自我感觉极佳，对自我才能估价过高，说起话来眉飞色舞，喜笑颜开，动作增多，表情丰富生动，思维极其敏捷跳跃。心理学术语称之为“思维奔逸”。对任何事都感兴趣，自负自信，盛气凌人，其乐观情绪具有很强的感染力，很容易引起周围人的共鸣。秦观在徐州拜访苏轼，受到苏轼的大礼招待，所表现出来的情绪高涨，完全符合上述特征。后来被朝廷召入馆阁校勘黄本，得意之下，竟然写诗炫耀说：“出门尘涨如黄雾，始觉身从天上归。”飘飘然的感觉溢于言表，为有识者所看不起。[1]

当情绪低落时他们又会迅速走向另一个极端，表现为极度消极，心情忧伤，愁眉不展，言语减少，动作变得迟钝，缺乏活力，不愿意与人交往。对自我才能又评价过低，对周围环境的困难估计过高。严重时抑郁悲观，长吁短叹，有明显的罪恶感，认为生不如死，自己愧不如人，甚至会出现自罪观念和自杀行为。这些表现，又与秦观晚年的状态相当吻合。

就是这样一个秦观，在他早年狂放自负的人生阶段，在他还沉溺在封侯万里的梦想之中的阶段，在他还没有考取进士登上仕途之前，在他还没有被朝野士大夫舆论前后夹击、攻讦责难的时

[1] 参见丁传靖《宋人轶事汇编》卷十三引《诗话总龟》。

候，在他的自信心还没有轰然倒塌的时候，坐船南下会稽，在那里写出了这首著名的《满庭芳》。

蓬莱阁在哪里

最初，学者们没有弄清楚“多少蓬莱旧事”所说的蓬莱是哪里。有人认为是指朝廷的三馆秘阁，因为秘阁的雅称叫蓬莱阁，元祐年间秦观曾经在京城的馆阁中供职。有的学者认为是指传说中的海上三仙山之一蓬莱山。现在学术界已经弄清楚了，这个蓬莱阁是指秦观在会稽客居时所住的一处官府建筑。

翻检宋人施宿、沈作宾的《嘉泰会稽志》，张淏的《宝庆会稽续志》，会稽府治西面有一座很小的山丘，名叫卧龙山，当时的府治建筑就坐落在山的东麓。卧龙山历史上曾经叫种山，传说越国大夫文种就埋葬在这里，故而得名。后来又因为读音传讹，民间又称之为重山。隋朝开皇年间，越国公杨素在山下筑城，一直延续到唐朝，几百年间，都在山边建造州宅。五代十国时期，吴越王钱倧将种山改名为卧龙山，在山下建造皇家花园，到处栽植花卉竹木，旦暮登临吟诗。花园中的亭台楼阁间都题满了诗句。由于州府就在它的旁边，当地人后来也称它府山，一直沿用至今。

北宋仁宗时期，会稽的府署搬迁到了卧龙山南面的山脚下。仁宗嘉祐五年（1060），刁约以兵部员外郎、集贤校理镇守会稽，曾经撰写过一篇《望海亭记》。刁约记载说：府衙踞卧龙山，为形胜之地。山南面有鉴湖，山北面连着江海。周连数里，盘屈于江湖上，状如卧龙。府宅是龙腹，府东门是龙口，西园是龙尾，望海亭是龙脊。

府山蓬莱阁地理位置Google卫星图。府山西侧有河流连通鉴湖，可供北上行舟。卫星图方位：北纬30°00′，东经120°34′。

刁约就是那位后来重修平山堂的扬州太守。他在越州做了两年太守之后，才前往扬州坐镇，大展身手。今天府山一带已经被辟为府山公园。公园内有越王台、越王殿、南宋古柏、蓬莱阁、清白泉、飞翼楼、风雨亭、文种墓、摩崖石刻、龙湫等景点十余处。府山很小，海拔只有74米，占地面积22公顷。但山上和山麓遍布名胜古迹。公园中最主要的建筑是越王台，据说最初是南宋嘉定十五年（1222）知州汪纲建造的。后来屡废屡建。从越王台向西拾级而上，登临府山主峰，上面有一座望海亭，可远眺越中风景。据说宋代全盛之时，府山曾经有亭台楼阁72处。

关于官府的府廨建筑，《会稽志》说，府桥北面有惠风亭，如今是公库的酒肆。正对着惠风亭北面的是东亭，如今叫作蓬莱馆。这里一直是官员宴请宾客的地方，所以会稽当地人也把它叫府东亭。军门西北是谯门，正对谯门的是仪门，仪门正对面是设厅，设厅的后面就是蓬莱阁。

府山文种大夫墓。

府山越王台中的清白泉。为范仲淹镇守会稽时所疏浚。

宋人张淏纂修的《宝庆会稽续志》记载说，蓬莱阁在设厅后的卧龙山之下。最早是吴越国王钱镠所建。北宋元祐三年（1088），章楶重新修建。南宋淳熙元年（1174），钱镠的八世孙钱端礼再次重修，还特意在楼阁横梁上书写“定乱安国功臣镇东镇海两军节度使检校太师侍中兼中书令食邑一万户实封六百户越王镠建”，以纪念自己的祖宗。嘉定十五年（1222），太守汪纲第三次修建。汪纲的修楼记说：“蓬莱阁，登临之胜甲于天下。自古以来，不知道几度损坏，几度重修。近年来楼阁尤其损坏严重，重修于嘉定十五年的十一月己巳朔十五日己未，修建者为郡守新安人汪纲。”[1]

蓬莱阁的名字，源于唐朝诗人元稹。据《新唐书》记载，元稹拜宰相后，因与裴度不和，被罢黜为同州刺史。两年后，改授越州刺史，兼御史大夫、浙东观察使。元稹来到会稽后，幕下聘请了一群才华横溢的诗人墨客，整天游览镜湖、秦望山等地，“放意娱游，不修边幅”。元稹前后坐镇越中长达八年之久。他初到会稽，曾经写过一首自夸好地方的小诗《以州宅夸于乐天》，寄给白居易。诗中有这样两句：“我是玉皇香案吏，谪居犹得住蓬莱。”

蓬莱阁自从建成后，便成了历任刺史、知州大人与幕僚们聚会宴饮、吟咏唱和、怀古观景的地方。每任知州只要稍通文墨，便会把这里作为主要的休憩娱乐场所。北宋的一位越州知州孔延之曾经编辑过一部《会稽掇英总集》，把历代文人墨客吟咏会稽的诗文汇总刻印，提供给士大夫官员闲来把玩观摩。

这部书里面，吟咏蓬莱阁的作品很多，宋代官员和诗人张伯玉、章岷、沈立、赵诚、沈绅、吴可仪、裴士杰、孙昌龄、顾临、

[1] 宋·张淏《宝庆会稽续志》卷一。

府山上的蓬莱阁，秦观曾多次登临吟咏。吴越王钱镠始建，图为近年重建的新阁。

江衍、姚勔、元绛、许安世、孙觉、钱公辅等人，都曾经歌唱过蓬莱阁胜迹。其中许多还是同时、同题的唱和。这些人里面，张伯玉是嘉祐八年（1063）到任的知州，章岷是治平二年（1065）到任的知州，沈立是熙宁三年（1070）到任的知州，元绛是熙宁六年（1073）到任的知州。孔延之本人，则是熙宁四年（1071）的越州知州。他们都是历次唱和雅集的主人。

孔延之的时代太早，记录不到他之后重建的蓬莱阁的盛况。孔延之是熙宁四年（1071）四月出知越州的，第二年十一月就被朝廷召回。孔延之走后，由谢景温接任，谢景温走后由张讽接任，张讽走后由赵抃接任。赵抃移知杭州后，接任的便是程师孟了。程师孟是熙宁十年（1077）十月到任的，元丰二年（1079）十二月离任。这些人，都是当时非常有名的文官宿儒，在任期间，肯定也少不了沿袭历任的传统，在蓬莱阁雅集唱和。

南宋时，蓬莱阁也一直是著名的越中文化胜地。状元王十朋客居会稽时，与同僚聚会于蓬莱阁上，览湖山之胜，赏明月于樽俎间，写下了洋洋洒洒的《蓬莱阁赋》。他模仿西晋左思的《三都赋》，又另外写成了《会稽风俗赋》和《民事堂赋》，把它们汇刻在一起，总称《会稽三赋》。《蓬莱阁赋》于是广为流传。

这些历史背景告诉我们：蓬莱阁是属于会稽官府的一座老旧建筑，原为吴越王所建。它附近的许多建筑设施都是吴越国当年留下来的前朝遗物。其次，这座蓬莱阁位于府山的山坡上，位置高敞，风景佳胜，是士大夫官员经常登临游赏的地方。历任知州来牧守此邦，都有在此登临、与同僚分题唱和的习惯。由于年深日久，又邻近江海，空气潮湿，建筑物剥蚀损坏严重，每隔几十年都要翻修维护，甚至重建。

秦观是元丰二年（1079）客游会稽的，他所住的蓬莱阁，当时还没有翻修，还是吴越时代留下来的老旧建筑，至少已经有了150年以上的历史。其时距离章粢重建，还有九年时间。一个没有任何功名的年轻布衣，借着亲戚关系，被德高望重的老太守安排在官府旁边的前朝旧建筑里下榻，既不算过分盛情，也不算过分冷淡，是很正常的士大夫交往接待。只不过比起徐州太守苏轼那样的隆重大礼，当然要差了很多。

蓬莱旧事指什么

秦观是江苏高邮人。高邮在北宋建制为军，行政上属于淮南东路管辖。高邮位于邵伯湖边，南面紧邻扬州，两地的直线距离只有40公里。古代交通尽管不很发达，但这点路程，无论坐船还是骑马，三两个时辰就可到达。所以秦观年轻时经常淹留扬州，把扬州当作自己呼朋引类的故乡。

他的父亲死得早，15岁那年，父亲就走了。失去依靠的秦观兄弟只能跟着祖父和叔父过日子。19岁时结婚成了家，之后便在乡里埋头读书，同时创作了大量的诗歌，江淮一带已经很有了点名气。他有一个了不起的长辈姻亲孙觉，这个人学问非常好，朋友多，人缘广。他是陈襄的学生，苏轼的好友，先后做过湖州、润州、苏州、福州、徐州等地的知州，在朝担任过谏议大夫、吏部侍郎、御史中丞。孙觉对秦观的影响非常大，但他不怎么写曲子词。秦观二十多岁的时候，学柳永写俚俗淫艳的小词，完全出于他自己的爱好。坊间流传着他的一些俚俗轻佻的艳情词，只不过很不上路子，也没有当代名流的捧场印可，一直得不到主流社会的认同。

这个时候的苏轼可了不得。他先在杭州做了三年的通判，陪伴着太守陈襄宴游唱和，在那里学会了写曲子词，正处在创作爆发的前夕。熙宁七年（1074）九月，他接到出知密州的任命。这是他第一次出任地方最高行政长官。就在他动身的同时，杭州新太守杨绘也接到朝廷任命，让他回京城担任翰苑之职。离别杭州前，二人乘船前往湖州，探访湖州太守李常。另外两个杭州老友陈舜俞和张先也一道前往，还有一个朋友刘述也赶到湖州。李常为东道主，相聚于霅溪西岸的碧澜堂，作六客之会。“苕溪六客”由此得名。苏轼到达密州后，仅仅几个月，不朽的爱情绝唱《江城子》（十年生死两茫茫）诞生了，令世人耳目一新的豪放曲《江城子》（老夫聊发少年狂），也诞生了。

秦观毕竟要年轻许多。元丰元年（1078），他刚刚30岁，终于收敛起虚无的兵家梦，埋头准备科举考试。大概在那年的四月，他北上京城，特意路过徐州，拜访仰慕已久的徐州太守苏轼。苏轼以弟子的大礼招待他，让他受宠若惊。这个时候，他们的兴趣重点都集中在古文和诗歌上，大概还不屑于谈论小词。秦观也没有什么拿得出手的曲子词，可以献宝。离开徐州后，秦观还路过南京，也就是今天的商丘，拜访了在那里做官的苏辙。苏轼、苏辙兄弟俩都给了秦观极高的评价，甚至说他日后当封侯万里，弄得秦观的自信心极度膨胀。在京城的时候，整天放纵狭邪，饮酒高歌，过快活日子。最后秋试下来，果然落第。

我们所关心的《满庭芳》故事，就发生在他落第后的第二年。

元丰二年（1079），苏轼徐州任满，调任湖州知州。正好秦观也有南下去会稽探望祖父、叔父的计划，和尚朋友参寥子（道潜）正好也想去杭州寺庙看看，打算在那里挂单。那年四月初，秦观与参寥子一起陪同苏轼南下。他们从高邮过扬州，渡过长江到达镇江，遇到刮大风，几个人在金山逗留了两天。之后沿运河前往无锡，游览了无锡的惠山，再前往苏州，过吴松江垂虹桥，坐船南下，最后到达太湖西岸的湖州。当时秦观下榻在州府西面的观音院，在湖州陪苏轼住了一段时间，遍游湖州的山水名胜，日子过得很潇洒。

然后他与参寥子告别了苏轼，坐船继续南下。参寥子的目的地是杭州，秦观的目的地是会稽。他的叔父秦定当时在那里做会稽尉，祖父也在那里。秦观打算与他们共住一段时间，同时也给自己一点机会，顺便干谒当地的名流。湖州与杭州之间，有河流水道相通，苎溪、余不溪都可以走。不久，秦观即顺利抵达会稽。郡守程师孟字公辟，是个又风雅又爱才的老人，加上来客又是自己下属的亲戚，便把秦观安排在设厅后面的蓬莱阁下榻。

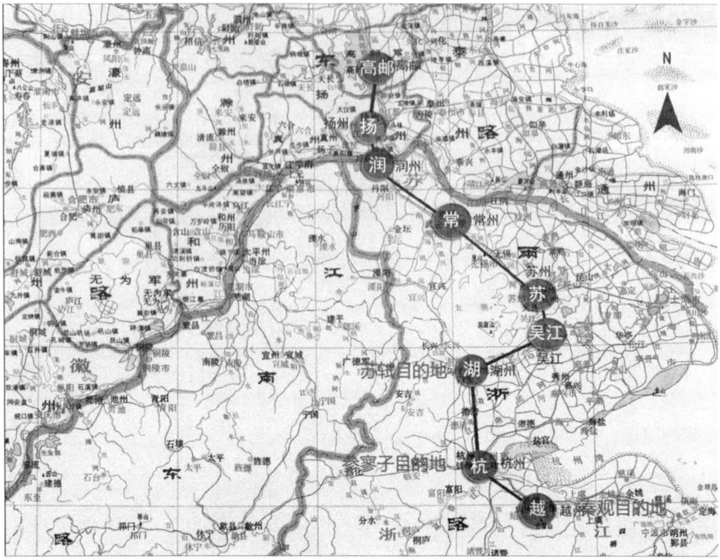

秦观元丰二年南下会稽省亲所走的线路。从高邮到会稽，全程约400—430公里。年底北归时，也应该走的是同样线路。原地图年代为政和元年（1111），选自谭其骧《中国历史地图集》。

秦观到达会稽，大概是在那年的四月底、五月初，天气已经入夏。一直到那年的年底，八个月的时间，秦观受到了程师孟的热情款待，不仅到处游览会稽的名胜古迹，而且介绍他认识了许多当地名流，他们宾主相从，经常在一起饮宴唱和，赋诗吟词，观赏歌舞。

可惜，这样舒心的日子一晃就过去了。那年十二月，程师孟知州任满，向朝廷提出希望退休，秦观代他写了《乞致仕表》。没有了关照他的父母官，秦观只能离开会稽。在程师孟离去之前，秦观先告辞北归，取道杭州、湖州。在那一年的除夕，辗转回到高邮家中。

秦观离开会稽的时候，给老太守程师孟写了封感谢信。这封信的题目是《谢程公辟启》。在这篇文章中，秦观回忆了大半年来在会稽的畅快生活，表达了无比感激的真实内心。他的信是用骈文体写的，我们把他的意思大致转述一下，他说：

> 我因为来探亲，得以游览勾践的故都，也因此得到追随您左右的机会。承蒙您给我机会题诗品藻，很惭愧没有机会报答您。我年轻时狂妄平庸，长大后又愚钝不通世故，常被别人认为骄狂。我知道自己的短处，不得不忍辱含羞，低头做人。想不到您竟然不嫌不弃，多方引荐称赞，安排我住在金台之馆，使我能够与各位幕僚宾客一起游山玩水。像当年兰亭聚会、莲社唱和一样，经常衔命题诗，焚香饮酒。还曾经登将军府邸，泛舟鉴湖。在画船上一边拥着越中的美女，一边喝着会稽的美酒，往来于十洲三岛之上，俯仰于千岩万壑之间。追随您左右的八个月里，先后写下了唱和诗歌百篇，成为我日后难以忘怀的记忆。[1]

在这封信中，他用了很大的篇幅描述追随程师孟左右，与众宾客一起诗酒雅集，到处唱和品题。秦观在高邮乡里长大，经常被人指为狂放轻浮，不受人尊重。有点像大词人周邦彦，也是不为州里所重。可是程师孟像苏轼一样，对他非常呵护关爱，很看重他的才华，这让秦观深受感动。

这封信是理解《满庭芳》词的重要的背景证据。叙述完这段经历，我们越发相信，他在告别会稽时写《满庭芳》词，里面提

[1] 参见宋·秦观《淮海集》卷二十八《谢程公辟启》。

到的“多少蓬莱旧事”，绝不是什么男女艳遇之事，而是他与文章太守和众宾客之间的风雅之事。

我们把秦观当时创作的那些诗歌找出来，寻找相关的语言痕迹，看能不能发现其他证据：

雄檐杰槛跨峥嵘，席上风云指顾生。
千里胜形归俎豆，七州和气入箫笙。
人游晚岸朱楼远，鸟度晴空碧嶂横。
今夜请看东越分，藩星应带少微明。

（《蓬莱阁》）

冠裳盖坐洒清风，轩外时闻韵箨龙。
人面春生红玉液，银盘烟覆紫驼峰。
天涵秋色山山共，树搅乡思叶叶重。
便欲买船江北去，为怀明德更从容。

（《会蓬莱阁》）

林声摵摵动秋风，共蹑丹梯上卧龙。
路隔西陵三两水，门临南镇一千峰。
湖吞碧落诗争发，塔涌青冥画几重。
非是登高能赋客，可怜猿鹤自相容。

（《次韵公辟会蓬莱阁》）

这几首诗，都是秦观在那年夏天、秋天登蓬莱阁所写的。第一首《蓬莱阁》诗，程师孟读后和韵也写了一首七律，最后说：“我是蓬莱东道主，倚栏先占日初明。”宾主相得的情景溢于言表。

第二首《会蓬莱阁》描写了蓬莱阁上的豪华宴席，宾客举杯痛饮，个个喝得满脸红光。第三首是另一次聚会，程师孟先写成诗，秦观和韵。除此之外，秦观还有两首告别程师孟的诗：

人物风流推镇东，夕郎持节作元戎。
尊前倦客刘师命，月下清歌盛小丛。
裘弊黑貂霜正急，书传黄犬岁将穷。
买舟江上辞公去，回首蓬莱梦寐中。

（《别程公辟给事》）

城连湖岸水为关，旦暮樵风自往还。
龟负宝林新佛地，龙蟠使宅老仙山。
平生仕宦今何得，终日登临独未闲。
岁满徘徊难遽别，就中潇洒异人间。

（《次韵公辟将受代书蓬莱阁》）

第一首《别程公辟给事》，是他离开会稽之前写的。诗中说自己做大文豪的宾客，如今倦游已久，要告别有知遇之恩的太守而去。刘师命是唐朝大诗人韩愈的宾客，盛小丛是唐朝时越中的名妓。都是借指，不是实说。程师孟读到这首诗后也写了次韵诗，诗中说："君家仲父早相从，晚接清谈有阿戎。"阿戎指别人的小儿子，魏晋时人称小表弟为阿戎。程师孟的意思是，你的叔父很早就与我交往，只是到现在才有机会认识你这样的晚辈，一起高谈阔论。读者注意到没有？他说自己买舟辞公而去，"回首蓬莱梦寐中"。这与《满庭芳》里的"多少蓬莱旧事，空回首、烟霭纷纷"什么关系？

第二首诗《次韵公辟将受代书蓬莱阁》提到的“终日登临独未闲”，也是蓬莱旧事的一例旁证。

作为告别词，《满庭芳》写到了“画角声断谯门”。这个景象符号，也出现在秦观与程师孟的唱和中，而不是与歌妓的唱和中。在蓬莱阁上听画角，是他难以忘怀的深刻记忆：

新秋过雨月如霜，缓足蓬莱彻上方。
翠木玲珑藏宝界，白烟浓淡锁华堂。
书名越艳谁兴发，角动单于自感伤。
山似卧龙天似水，却疑身在海中央。

（《次韵公辟州宅月夜偶成》之一）

一听胡笳动越吟，声潜地底气逾深。
千宫月色单于曲，万里天光魏阙心。
秉烛何人犹把盏，挑灯有女正穿针。
早寒时节黄昏后，更逐西风应远砧。

（《次韵公辟闻角有感》）

前一首说自己在秋天的一个夜晚，漫步登上蓬莱阁，看到有书名越艳的书籍，自己没有什么触动。越中是出过美女西施的地方。杜甫说“越女天下白，鉴湖五月凉”，李白说“吴娃与越艳，窈窕夸铅红”。但此时此地，秦观独自徘徊，并没有惹动什么男女情思，倒是远处传来的城头画角，让他非常感伤。后一首直接以听画角为题，说一听到城头的画角胡笳声，就动了诗情。那声音好像从地底下传来，“声潜地底气逾深”，化用了元稹的名句“鼓角惊从地底回”（《以州宅夸于乐天》）。这两首诗都是与程师孟唱和的七律。

程师孟是秦观的长辈，生于宋真宗大中祥符二年（1009），比秦观年长40岁。这个人做官是非分明，为政清简而严厉，很有威慑影响。《宋史》记载他先后出知过洪州、福州、广州、越州等地，所到之处都有治绩，敢于对豪强权贵痛加惩治，属下纲纪肃然。当地百姓为他建造生祠，纪念他的德政。就是这样一位老太守，同时又是一个非常喜欢吟诗清赏的文人。出知会稽时，他68岁。秦观来客会稽时，他已经是70岁的老人，早就打算致仕退隐，心态已经非常从容宽阔。在朋友的笔下，他更多地展示出士大夫风流儒雅的一面。他接到朝廷任命，出守越州时，大臣王珪写诗为他送行：

越州太守何潇洒，应为能吟住集仙。
雪急紫蒙催玉勒，日长青琐听熏弦。
一时冠盖倾离席，半醉珠玑落彩笺。
自恨君恩浑未报，五湖终负钓鱼船。[1]

王珪当时是集贤殿大学士，新进同中书门下平章事，那年的十月被神宗拜为宰相，地位相当高。而程师孟当时刚出使契丹归来。紫蒙，指他出使途中住过的使节馆。诗中“一时冠盖倾离席，半醉珠玑落彩笺”，既是他以往儒雅生活的真实概括，也预言了后来会稽任上的风雅状态。可以说，他也是一位文章太守。

越中艳遇

《满庭芳》词是一首离别词，这没有问题。它写于秦观离开

[1] 宋·王珪《华阳集》卷四《送程公辟给事出守会稽》。

会稽的时候（时间），或者写的是他离开会稽坐船返乡的时候（事件）。这也没有问题。再追问下去就不行了：它描写的是与所爱的歌妓分手的情景。这有问题。

这是一首男女离别的词吗？怎么想都不对：秦观在太守程师孟的盛情招待下，经历了这么一段让人难忘的美好时光，却在即将离去的时候，只顾与心爱的妓女依依惜别。这不符合士大夫人际交往的常情。秦观所写的那些充满感激、感恩之情的纪游怀古诗、赠答唱和诗，难道都是敷衍客气的虚情假意？他的祖父、叔父以及亲戚家人，会不会也来到渡口为他送行？他这样不管不顾，一味沉溺于男女缠绵之情，只管与妓女话别，像那个重情重义的秦观吗？

所以我们猜测，是不是我们理解错了。《满庭芳》其实是一首抒发知遇情怀的离别词，是秦观写给老太守程师孟的话别之词、感恩之词。他借男女之间的倾慕相爱、依依不舍，委婉表达了对知州大人的依恋和感激。

这是秦观早年最成功的创作，最富有艺术想象力的抒情歌唱。常见的男女离别场景，被他优雅地转换成了更深一层的含义，赋予了士大夫君子之间的知遇和友谊。

这样借用，很像是古希腊的艺术家们常常用女人的裸体来表达和平、丰收、尊严、自由的主题，间接得有点超出我们的想象。也让我们想起屈原美人香草的抒情传统。把自己比作美丽端庄的少女，等待爱慕自己的情人前来追求，这不算稀奇，很多诗人都这样写过。但是，用男女之间的缠绵爱情作为替代素材，来抒发文人士大夫之间的爱慕和感激，好像还很少见到。在这一点上，柳永尝试过，给当时的社会留下了深刻印象。他的《雨霖铃》和《引驾行》，都极有可能是士大夫朋友之间离别的抒情词。

秦观那首《别程公辟给事》的最后两句:“买舟江上辞公去,回首蓬莱梦寐中。”特别引起了我们的注意。

离开会稽的时候,秦观是租了客船,走的城外水路,所以叫“买舟江上”。“辞公去”,明明辞别的是程师孟,哪来的青楼妓女,哪来的盛小丛?他总不会昨天与歌妓辞别一场,今天再与东道主辞别一场吧。尤其下句“回首蓬莱梦寐中”,就是“多少蓬莱旧事,空回首、烟霭纷纷”的浓缩表达,应该作为互文来对读。回首蓬莱,诗和词两处都使用了;词中所说的“烟霭纷纷”,是形容溟蒙不清的梦境,就是诗所说的“梦寐中”的意思。把诗词两句互文合并在一起,原始的意思就完整了:离别的时候租了客船,来到江边渡口,与会稽主人程太守辞别,这时回首蓬莱阁上的往事,眺望城西府山上的蓬莱阁身影,想起这八个月来快意清游的日子,就像在梦中一样。如果《满庭芳》词曾经有过标题的话,毫无疑问,那一定就是《满庭芳·别程公辟给事》。

只有这样读《满庭芳》,我们才能解释苏轼为什么责备秦观。苏轼说的“柳词家法”,与写不写男女艳情没有关系。写了,未必就是柳词家法。没有写,也未必不是柳词家法。关键是用男女之情来比喻和形容士大夫之情,让人觉得有点腻味。苏轼大概觉得,好好的知遇感恩,干吗偏偏要用男女艳情来替代呢?容易让人误解不说,被感激的那一方也会觉得听着难受,浑身不爽。从身份上说,苏轼就是另一个程师孟,另一个极端欣赏他秦观、最后成为他恩师的人。所以苏轼要跟他计较:你这话,老夫不爱听!

我们可以回过来查证,秦观在会稽逗留的那八个月里面,究竟有没有发生过什么爱情故事,有没有过艳遇。

从目前我们所读到的文献资料看,没有。他尽管早年风流倜傥，不护细行，尽管当时还很年轻，荷尔蒙分泌旺盛，尽管在家乡有过一些风流不羁的传说，口碑不是很好，尽管在越中也有机会接触那些陪侍宴席的歌妓，但确实没有发生什么艳遇，没有在那里拈花惹草。他的诗集里面没有这类作品，他的词集里面，也没有这类作品。唯一沾点风流边的证据，只有那一句诗“月下清歌盛小丛”。

在他的作品集之外，学者们发现了他的两首散失的作品。有人认为这是他在会稽那段时间里有过艳遇的证据。第一首是《满江红·姝丽》，词是这样写的：

越艳风流，占天上、人间第一。须信道、绝尘标致，倾城颜色。翠绾垂螺双髻小，柳柔花媚娇无力。笑从来、到处只闻名，今相识。　　脸儿美，鞋儿窄。玉纤嫩，酥胸白。自觉愁肠搅乱，坐中狂客。金缕和杯曾有分，宝钗落枕知何日？谩从今、一点在心头，空成忆。

词描写他在酒席上见到一位越中美女，容貌无比的美丽，他一见之下便深深爱上了对方，心里有点乱。尽管他们在一起唱过曲喝过酒，但什么时候才有机会能与美人同眠共枕呢？宝钗落枕，用当年欧阳修狎洛阳歌妓，午睡遗失金钗的典故。如果这真是秦观的作品，那么他在越中的艳遇就有可能发生过。尽管这首词仅仅是描写自己的单相思，不是双方热恋。问题是，这首词来历非常可疑，靠不住。秦观的《淮海居士长短句》里面没有它。只有明人沈际飞的《草堂诗余续集》卷下里选录了这首词，说它是秦观的作品。

另外，明人陈耀文的《花草粹编》卷五载有秦观的另一首佚作《南歌子》：

> 夕露沾芳草，斜阳带远村。几声残角起谯门。撩乱栖鸦飞舞、闹黄昏。　　天共高城远，香馀绣被温。客程常是可销魂。乍向心头横著、个人人。

这首词里出现的许多语汇，都与《满庭芳》重叠：芳草、斜阳、远村、残角、谯门、栖鸦、黄昏、高城、销魂，几乎就是《满庭芳》词的另一个版本。问题同样是靠不住。《全宋词》没有收录它，不相信它是秦观的作品。清人丁绍仪的《听秋声馆词话》卷九认为它是无名氏所作。大概这个模仿者觉得《满庭芳》写得不够过瘾，不够明白，太含蓄了，所以借着原作的轮廓，重新描画渲染一遍。却不知道给他这么一画，意思全给弄岔了。

用两首来历可疑的作品，断定秦观在越中曾经有过艳遇，是无法让人接受的。我们不相信它真出于秦观之手。明人做学问、编书不靠谱，喜欢造假玩小聪明，这是学术界都知道的事实。明代以前的任何宋词书籍版本中，如果能够找到证据，那还有话可说。但要拿明人的文献来说事，我们不敢附和。

我们在他的词集中，找到了一首真正出于他本人的《虞美人》词。细读之下，发现它可能是《满庭芳》的姊妹篇，写于前后或同时。这首词也有一些语汇和意境与《满庭芳》重叠，不多但很自然，绝不是刻意的模仿重复。词是这样写的：

> 高城望断尘如雾，不见联骖处。夕阳村外小湾头，只有柳花无数、送归舟。　　琼枝玉树频相见，只恨离人远。欲将幽事寄青楼，争奈无情江水、不西流。（《虞美人》）

我们觉得，这首词与《满庭芳》一样，也不是别妓词，而是别友词。联骖，是与朋友一起出游，不是与妓女一起出游。下片提到了“青楼”，而且是“欲将”，想要、打算而已。让人联想起岳飞的“欲将心事付瑶琴，知音少、弦断有谁听？”（《小重山》）他想把离别时的无限情绪寄托在女子身上，可惜岁月无情，像江水一样东流而去，再也不能回到从前了。

另一种越剧体

会稽这个地方，西汉时叫山阴，属会稽郡。唐朝时叫越州，属于江南东道。北宋沿用越州旧称，属两浙路。南宋升为绍兴府，属两浙东路。远在春秋战国时期，这里是古越国的疆域。五代时，钱氏家族又在此建立了吴越国。所以古代诗人习惯将这一带称为越中，百姓叫越人，女子叫越女，戏剧叫越剧。

越剧是江浙地区广为流行的剧种。据说在它最鼎盛的时期，天下传唱，其地位仅次于京剧，是中国排名第二的国剧。学者说它最早的发源地在浙江的嵊州，进入上海后迅速走红。越剧长于抒情，以唱为主，声音优美动听，很有点东方歌剧的意思。越剧最典型的特点是，演员全部是女性。男越剧曾经也有过，但都不受欢迎，最后逐渐消失。唯有女性表演的越剧，婉转缠绵，韵味十足，成为人们津津乐道的艺术。

一群女人身穿缙绅之服，戴着士大夫的冠冕，女扮男装，在那里唱念做打，演绎世间百态，真让人感到新鲜。不熟悉中国文化的外国观众看了，常常惊掉下巴，大跌眼镜。觉得是不是易性癖，是不是有性别认同障碍。京剧的角色是脸谱化的，表演讲究程式化，道具也符号化了。越剧不仅如此，连演员本身也虚拟化了，符号化了，抽象化了。只管欣赏唱腔，是男是女不重要。

宋词，尤其是晚唐五代和北宋流行的“花间体”宋词，就有点像古典诗歌中的“越剧体”。男代女言，男扮女腔，士大夫文人借用女子的口吻抒情叙事，表达感情。这让我们醒悟到，秦观描写自己越州离别，也使用了这种“越剧体”。《满庭芳》看起来写的是男女送别，其实是在与士大夫朋友告别。外包装的形式是男女爱情，内容却是士大夫之间的感激与依依不舍。

让我们来细细品读这首送别奇葩。

◆ 山抹微云，天连衰草

一阕送别之歌，从远处的风景说起：看群山，黄昏的时候萦绕着几缕轻云；看天空，冬天的枯草一直延伸到天边，天际线模糊不清，好像天和地连成了一片。

历代学者很注意这两句的用字，觉得“抹”和“连”两个动词用得特别好，是精心刻凿出来的。抹，完全可以换成其他一般的表达，带、含、牵、惹、萦、挂、绕，甚至直接用个简单的“有”字，意思也在，不过就没有诗味了。本来如果不管平仄，这话完全应该顺着说：微云抹山，衰草连天。但听着顺耳，却不像词了，一唱三叹的韵味没有了。

北宋当时人对秦观的这两句词印象非常深刻。由于雕凿精美，耐人寻味，天下歌妓也特别喜欢传唱。秦观的女婿范温，有一次参加贵族名门的聚会。贵族家里养有成群的歌妓，都善于唱秦观的词。酒席间演出，唱词的歌妓看都不看范温，不把他当回事。范温小心谨慎，也不敢贸然多话。等到酒酣耳热，宾主和歌妓都非常放松快乐的时候，那位美貌的歌妓才问主人：“此郎何人耶？”这位客人是谁啊。范温不等主人回答，立即站起来抱拳说：“我就

秦观故里高邮的文游台。横匾“山抹微云”为《满庭芳》词首句，系描写绍兴城外景象。高邮地区无山。

是那位山抹微云的女婿。”满座的宾客听了，哄然大笑。[1]

这个记载说明三个事实：第一，秦观的词在当时广为流传，到处都有歌妓传唱，非常流行。第二，秦观在当时名气很大，几乎家喻户晓。范温是著名学者范祖禹的小儿子。范祖禹官做到翰林学士，但在民间，他的名气远不如秦观。所以范温不向别人炫耀自己是范祖禹的儿子，而是秦观的女婿。第三，秦观的这首《满庭芳》词，“山抹微云，天连衰草”两句，尤其为人津津乐道。苏轼称呼他是“山抹微云君”，歌妓唱他的“山抹微云词”，范温自称“山抹微云女婿”，都是因为它给人的印象太深了。

细心的读者要是查看浙江的地形图，或者打开Google卫星图从空中俯瞰，会发现会稽这个地方，南面和西面都是巍峨的群山。而北面和东面则是开阔的平畴旷野，是钱塘江冲积形成的低

[1] 宋·蔡絛《铁围山丛谈》卷四。

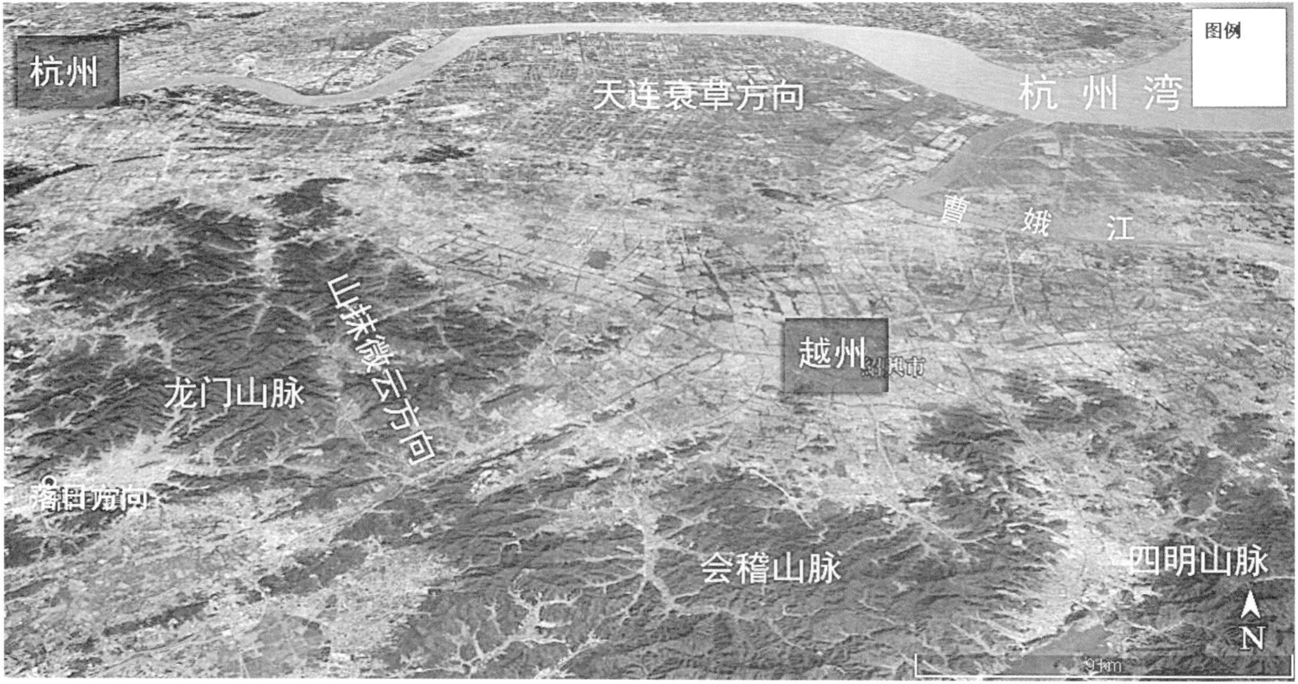

Google地球卫星图：会稽的地理位置坐南朝北，三面是山，北面是开阔的宁绍平原，面积4 800多平方公里。秦观词中“天连衰草”“寒鸦万点，流水绕孤村”的景象，只能是北望。故乡高邮在越州之北，北望有思乡的心理动机。卫星图方位：北纬30°00′，东经120°34′。

洼湿地，遍地河湖港岔。所以秦观这两句写景，“山抹微云”是向西面方向眺望，日落西山，晚霞一抹挂在山峰之间。西望构成时间上的表达：这场渡口离别，从下午延伸到傍晚。“天连衰草”是向北面眺望，秦观的家乡高邮在会稽的北面，所以他眺望连天的衰草，隐含着思念家乡的意味。北望构成空间上的表达：此行目的地在北面的家乡高邮。春天芳草萋萋，人容易思念家乡，家乡的亲人也容易思念远方的游子。但秦观离开会稽时是冬季，满眼都是枯黄的衰草。他来会稽的时候是初夏、仲夏季节，离开的时候已经是岁末隆冬。追想来时，对比眼下，更让人伤感。

◆ 画角声断谯门

写完视觉，听觉跟着来了。词人说自己举目四望的时候，听到会稽城头传来画角的声音。画角是一种古老的管乐器，声音高亢凄厉，传说形制起源于古羌人。古时候常常用它在城头报晨昏，

绍兴府山西麓的西城门。

绍兴府山西麓的小河人家。

类似后人的军号。清晨吹一遍报晓，黄昏吹一遍报平安。谯门，古代城门上建有眺望敌情的谯楼，上有守兵巡逻执勤，定时吹响画角，所以城门也叫谯门。如今，城头画角报平安的古老习俗早已经消失，但在上个世纪五十年代以前，许多地方的街坊里弄还保留着更夫制度，更夫打梆子敲更，巡视执勤，报五更平安。这些熟悉的声音，听多了自然会产生浓重的乡情。

◆ 暂停征棹，聊共引离尊

远景渲染过，然后写到叙事的主干部分：饯别，走之前大家吃顿饭话别。这种古老的习俗，至今没有消失。不同的只是地点，古人多在路边、渡口饯别，今人多在家中、酒楼饯别。这两句的意思是请船夫先不要急着开船，让他们在渡口喝完饯别酒。棹是船桨，征棹，就是远行人所坐船的船桨。停棹就是停船。引，是端起酒杯的意思。离尊，离别时喝酒的酒杯。

停船喝酒，这么简单的四个字，被他用多少装饰性的表达，说得那么摇曳曲折，就像越剧的唱腔，非要让人走走停停，停停想想，想想唱唱。这种感觉，当年苏东坡读秦观的词，也发现了，也皱了眉头。不过那是秦观的另一首作品《水龙吟》，就是因为说了“天还知道，和天也瘦”，被理学家程颐呵斥教训的那一首。苏轼问秦观最近有什么作品，秦观说有一首《水龙吟》，开头两句是这样的：“小楼连苑横空，下窥绣毂雕鞍骤。”苏轼说打住，停一下。你十三个字啰啰嗦嗦，只说得一个人骑马从楼前走过。装饰性的表达，太繁琐了。苏轼不知道，秦观故意在这绕人的啰嗦话里面，悄悄藏了他心上人楼苑的名字。[1]

◆ 多少蓬莱旧事，空回首、烟霭纷纷

要走了，请喝酒。喝多了，免不了回忆起相处的那些美好时光。可惜再美好的时光都已经过去了，徒然回首，一切都已经溟蒙不清，如在烟雾之中。这个“烟霭纷纷”不是眼前的山间暮霭，而是形容模糊的梦境。往事都如烟云，转眼之间烟消云散。这个意思，秦观在告别诗中也说过，叫做“买舟江上辞公去，回首蓬莱梦寐中”。回首往事，都已经如在梦中了。蓬莱阁上的那些美好往事，指他与程师孟宾主之间的诗酒唱和，不是与妓女狎昵的艳遇。

◆ 斜阳外，寒鸦万点，流水绕孤村

这三句收住眼前事，放笔写远景，是这首词最成功的描写。

[1] 参见宋·俞文豹《吹剑三录》。

有点像电影的镜头拉开。前代学者知道他确实写得好，但多少有点不服气，挑剔说这又不是他的原创。隋炀帝早就写过这样的句子："寒鸦千万点，流水绕孤村。"他秦观减掉一个字，抄袭成自己的作品，算不得本事。

其实秦观的本事恰恰就在这里：把诗歌中那么阔大苍凉的风景，引进到他缠绵伤感的离别中来，这就是大手笔。宋词沿袭《花间集》的审美传统，从来都是让故事发生在帘幕低垂的闺阁里，让女主角在精美柔软的锦屏绣被间出镜。所以香软无骨，小巧玲珑。秦观大胆撤换了背景，用开阔的大空间、大视野，反衬他们的送别。仿佛让一个婉约清丽的小美人，倚靠在斑驳古老的废墟上。或者让一叶孤零零的垂钓扁舟，系缆在烟波浩渺的湖面上。强烈的视觉反差，很像是现代摄影师的布景手段。没有这几句苍凉的大风景作铺垫衬托，《满庭芳》很可能仍然是他从前的娘娘腔和女儿调，不配天下人那么追捧。这是实话。

有一个细节值得玩味。秦观离开会稽是在那年的十二月。冬季日短夜长，太阳落下去得早。加上会稽城西面十多公里外，就是连绵的龙门山脉。所以秦观在渡口水边饯别，看斜阳寒鸦，时间不可能太晚。应当是下午四五点左右的光景。按照古人的计时习惯，大概是申时（15：00到17：00）前后。太晚夕阳落了山，天会很快黑下来。词人结尾说"高城望断，灯火已黄昏"，便是太阳落山后天已擦黑的景象。大概是古人所说的酉时（17：00到19：00）前后。古人每天吃两顿饭，上午进餐叫饔，又叫朝食，时间在辰时（7：00到9：00）；下午进餐叫飧，又叫晡食，时间在申时（15：00到17：00），所以申时也叫晡时。《淮南子·天文训》里说："日至于悲谷，是谓晡时。"太阳快落到了西南方的山谷里，那个时候就该吃晚饭了。从这些常识推断，秦观离开会稽

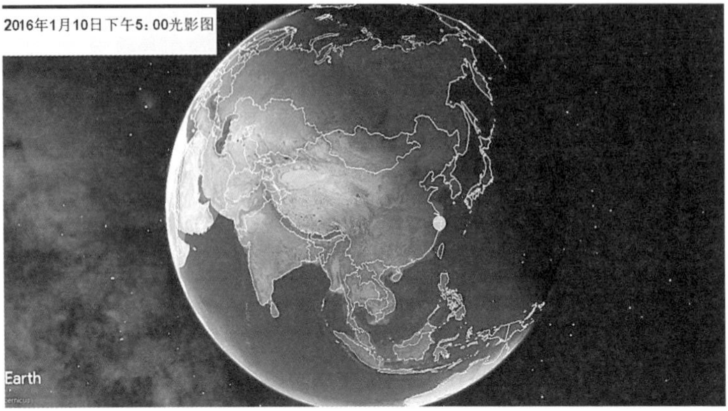

元丰二年为公元1079年。该年冬天秦观离开会稽北归。假设离别日为当年12月15日，则公历为1080年1月10日。2016年同月日地球日照卫星图显示，下午5：00前后绍兴城进入日落黄昏。其时间段为古人的申时。

时，应是下午申时在渡口边摆酒话别。这顿饭一直吃到天黑，城里城外灯火通明时分，他才登舟而去。

◆ 消魂，当此际，香囊暗解，罗带轻分

这几句的意思是，此时此刻，要离别分手了，不禁黯然消魂。“消魂”常常也写作“销魂”，原来是形容人伤心难过，魂断魄离，有点迷离恍惚的精神状态。后来意思变了，文学作品里面也用这个词来形容男女之间魂不守舍、快乐之极的状态，甚至特指做爱的感受。所以读者见到这个词，往往会想入非非。其实古人原来并不这么使用，不过是“路上行人欲断魂”的意思。秦观说他与知心朋友像恋人一样，难舍难分，彼此解下身上佩戴的香囊赠送给对方，作为永久的纪念。恋人在一起，是罗带结同心，如今分开，同心结就这么轻易地散开了，所以叫“罗带轻分”。暗解，是悄悄地解，怕别人看见笑话，所以悄悄地解赠。轻分，是轻易地分离，不是轻松、轻快的感觉。感慨命运如此轻易，就分开了双方。

拿男女相恋和分手，来比喻朋友之间的友谊和离别，虽是别出心裁，但确实有不妥之处。程师孟是秦观的长辈和恩主，秦观在他面前，只是儿侄晚辈，论理应该喊对方前辈、伯伯、知州大人。他们又是初交，关系比不得孙觉和苏轼。两人不是平等的朋友关系，用男女恋人来比喻，是有不够恰当的地方。程师孟如果计较的话，读到这首词，也会像苏轼一样感到不爽。苏轼的批评，不是没有一点道理。

◆ 谩赢得、青楼薄幸名存

这是秦观在行将离开会稽时，对郡守程师孟说的礼貌话。作为表面上的台词，那个要走的男人对送别的女人说：真对不起你了！相爱了一场，本来是真心付出，可是这一走，却让我像个骗取别人感情的爱情骗子，落得个青楼薄情郎的坏名声。谢谢你给我的爱，谢谢你给我的温柔。“谩”是徒然的意思。“赢得”，是落得、挣得的意思。“青楼”，是妓女的住处。“薄幸名”，薄情的名声。唐代诗人杜牧的《遣怀》诗这样写道：

> 落魄江湖载酒行，楚腰纤细掌中轻。
> 十年一觉扬州梦，赢得青楼薄幸名。

在扬州混了十年，恍如做梦，什么也没有落下，只落下了一个薄情男人的名声。

秦观借用恋人间的台词，向程师孟表达内心的感谢和抱歉，是礼貌语。意思是在会稽这段时间，与诸位士大夫朋友唱和往来，相处得非常愉快，彼此有了深厚的感情。您和诸位朋友的厚待和夸奖，让我在这里留下了不足挂齿的名声。可如今我赶在您卸任之前离去，想起来实在有点对不住您的盛情，对不住会稽的朋友们。

◆ 此去何时见也，襟袖上、空惹啼痕

这一去，什么时候才能再见面呢？就像邓丽君唱的那首歌："何日君再来？"想到这里，禁不住伤心流泪，用衣袖擦拭眼泪，擦了又擦，弄得衣袖泪痕斑斑。"啼痕"，眼泪的痕迹。"空惹"，徒然弄出的意思。词人不说自己哭哭啼啼弄湿了衣袖，却说衣袖惹弄出一片泪痕。

借着一片梨花带雨的哭哭啼啼，士大夫之间的挥泪告别，就这样完成了。

◆ 伤情处，高城望断，灯火已黄昏

伤心难过之际，卧龙山和城西的高墙已经隐没在暮色中，看不见了。不知不觉间已经到了酉时，远近的家家户户已经陆续掌灯，一片灯火。"伤情处"的"处"，不是指地点上的某处，而是指时间上的此时。岳飞《满江红》："怒发冲冠，凭栏处，潇潇雨歇。"凭栏处，也是凭栏之际的意思。不是凭栏的处所。望断，写动态的变化：原来是看得见的，看着看着，后来就看不见了，视线断了。这大概是写小船越走越远，词人慢慢看不见远处的高城了，会稽消失在视线之外。如果这时候词人还没有登舟，仍然在渡口亭驿中逗留，那么这个望断就是黄昏降临造成的结果。天色越来越暗，高城慢慢隐没在苍茫的暮色中。

这个高城，秦观在另一首《虞美人》词中也写到了："高城望断尘如雾，不见联骖处。"有学者认为，秦观是化用了唐代诗人欧阳詹《初发太原途中寄太原所思》诗："驱马觉渐远，回头长路尘。高城已不见，况复城中人。"是想念着城中人的意思。

府山北麓黄昏远眺。

绍兴府山北侧山脚下，黄昏时分眺望高城“灯火已黄昏”景象。山顶建筑物为飞翼楼，山下建筑物为绍兴饭店。

这好像有点说不通。一边解释说秦观在水边与所恋的女子依依惜别，一边又说他眺望城中，因为城中有他所眷恋的女子。难道他还牵挂着另一个“第三者”？显然不合情理。要么渡口旁根本没有什么依依惜别的女子，他所牵挂的对象在高城中。要么渡口旁虽然有送行女子，但他依依不舍的对象不是女子，而是高城中的老太守、老朋友、蓬莱阁，是那些难忘的快意日子。他所说的高城，应该与欧阳詹的诗没有关系。要有关系，也是与柳永的《引驾行》有关系：“忍回首、佳人渐远，想高城、隔烟树。”

用Google地球工具测量越州及周边地区海拔高度，我们发现，绍兴周边平原海拔都只有8到10米左右，是典型的低海拔水网地区。绍兴旧城内大部分地方海拔在15米左右，相对城外周边高出约5米，是一片轻微隆起的高地。尤其是府山附近山麓地带，海拔在18米到20多米，是当年的古城区。我们猜测，由于宋代府衙和官府机构都密集地建造在这里，当时人习惯上把城西这一带繁华城区称为高城，有时候高城也泛指会稽城，蓬莱阁就坐落在高城的山坡上。秦观来客越州，主要就住在这里。他告别会稽时，久久地眺望高城，眺望熟悉的蓬莱阁、府山，怀念那些曾经的美好日子，直到它们消失在苍茫的暮色里。

阅读小结 （一）《满庭芳》是一首写给越州知州程师孟的离别词，不是男女恋人之间的离别词。词人大胆采用了借喻的手法，委婉抒发了对主人程师孟的感激之情，和难舍难分的伤感。它与秦观的告别信《谢程公辟启》、告别诗《别程公辟给事》，是不同体裁的同一表达，诗文直接，曲子词间接而已。这些作品都是词人怀着门生弟子般的心情，对前辈知遇之恩的讲述。我们应该把《谢程公辟启》当作《满庭芳》的自注来读。只有这样，才能够理解为什么这首词天下传唱，盛极一时。才能够理解为什么苏轼会责备秦观模仿柳永。

（二）蓬莱阁位于会稽城西的府山上，是当地著名的风景名胜所在。由于地理位置紧靠府衙，宋代历任知州、知府都经常在此与幕僚宾客登临游览，宴集唱和。在宋人眼里，它是一处官方的文化场所和士大夫交际场所。秦观到会稽省亲，受到知州程师孟的热情接待，安排他下榻在蓬莱阁，日夕相从唱和，在这里留下了许多畅快美好的记忆。“多少蓬莱旧事”说的就是这段客居生活，与男女艳遇爱情没有关系。

（三）秦观年轻时性格狂放不羁，生活上不太检点，比较轻狂放纵，因此一直受到社会舆论的非议和士大夫阶层的排挤。但在会稽省亲的八个月中，他并没有青楼狎妓的行迹。知州程师孟能够宽宏大量地接纳他，欣赏他，礼遇他，让他受宠若惊。在这一点上，程师孟和苏轼一样，他们的宽容呵护，他们的奖拔提携，激发了秦观的自由天性和绝世才华，让他写出了这样美丽动人的作品。这段经历，是他一生中再也找不回来的“孤本”。

即使后来入京成为朝廷的馆阁秘书，与苏门其他学士、好友一起畅饮高歌，但政敌攻讦的阴影始终笼罩在心头，有着强烈的不安全感。不像在会稽那么无拘无束，那么受人尊重，畅快淋漓。

悠然心境的背后

张孝祥

念奴娇·过洞庭

洞庭青草，近中秋、更无一点风色。玉鉴琼田三万顷，著我扁舟一叶。素月分辉，明河共影，表里俱澄澈。悠然心会，妙处难与君说。

应念岭海经年，孤光自照，肝肺皆冰雪。短发萧骚襟袖冷，稳泛沧浪空阔。尽吸西江，细斟北斗，万象为宾客。扣舷独笑，不知今夕何夕。

南宋大儒魏了翁看到这首词的真迹后，叹息说："张孝祥有英姿奇气，漂泊在洞庭湖、湘江上的时候，实在不算是没有运气。这首洞庭词在他的诗词集里面最为杰出。当他吸长江、酌北斗，以万象为宾客的时候，哪里还在乎他曾经任职的中书省。"[1] 清代学者王闿运也推崇说：这首《念奴娇》词"飘飘有凌云之气，相比之下，甚至觉得苏东坡的《水调歌头》都有那么点人间的尘心"。[2]

许多宋词鉴赏词典都说，这首词通过描写广阔澄澈的湖光水色，表现了作者光明磊落、胸无点尘的高尚人格，抒发了豪爽坦荡的志士胸怀，表现出对宇宙奥秘和人生哲理的深深领悟，达到了一种超越时空的精神境界。全词将清奇壮美的景色与主体人格融为一体，宠辱皆忘，物我不分，充满了浪漫主义的色彩。

这样极力夸赞，当然没有错。这首词确实写得飘逸之极，旷达之极，高洁得无可比拟。但如果仅仅看到这些，还不算真正读

[1] 参见宋·魏了翁《鹤山集》卷六十《跋张于湖念奴娇词真迹》。
[2] 参见清·王闿运《湘绮楼词评》。

懂了张孝祥。我们可以前来追问：他这样极力渲染自己的人品高洁，是想通过这样的抒情写景来自证清廉吗？还是对现实太悲观失望，因此借着讴歌山水来表达内心的幻灭感？

如果是前者，那他究竟想展示给谁看？是不是朝廷上下对他有看法，不理解他，不认可他，他需要讲述，需要演绎这种完美境界，来给自己的屈原式人格定性，来为自己寻找精神支撑？如果是后者，那他对大自然的极力赞美，就是对社会现实的变相诅咒。他不是刚刚唱过北伐的壮歌吗，怎么突然间声腔就变了，写出那么洒落高远的词来，不沾一点点人间的尘埃烟火，干净得能够洞见肺腑肝胆呢？三十多岁的盛年，他怎么会突然变得如此灰暗消极，如此专注地仰望星空？

不管是前者，还是后者，都有心理原因，不可能全然忘记人间烦恼。张孝祥之前，苏轼这样歌唱过；张孝祥同时，朱敦儒这样歌唱过；张孝祥之后，姜夔也这样歌唱过。都有各种各样的心理因素，都有人生遭遇的烦恼，没有谁能够宠辱皆忘。超脱，始终是一种精神出走，是对人间的失望。我们想知道，张孝祥这样孤独地仰望星空，仿佛人世间没有谁配得上与他对话，究竟是一种什么心理？他到底怎么了？

对此我们怀有强烈的好奇。我们忍不住要猜测：这份悠然心境的背后，是不是还藏掖着什么，真的就那么悠然，没有一点黯然、凄然、愤然、怅然？

罢官归来的大帅

这首词是张孝祥第三次被罢官后，离开桂林坐船下湘江，路过洞庭湖，泊舟在金沙堆时写的。词描述了临近中秋时候的洞庭湖之水，和皎洁的星空明月。与他的偶像苏轼写《赤壁赋》一样，词人在水和月上大做文章，但表达了完全不同的心迹。

张孝祥是那种绝顶聪明的人。史书说他读书过目不忘，下笔顷刻数千言。也就是记忆力好，文思泉涌，才华横溢。要不是死得早，肯定是另一个苏东坡。他生得一个眼睛大，一个眼睛小。自己作像赞调侃说：他总是用细眼观天地，用粗眼看凡夫俗子。[1]他是绍兴二十四年（1154）那一榜的科举状元。殿试的时候，宋高宗看到他的卷子书法精美，议论卓绝，赞叹不已，特意拔擢为状元第一。杨万里、范成大也都是这一榜的进士。

按照宋代的科举潜规则，所有的同榜进士都是那届主考官大人的门生。尽管朝廷禁止过这种潜规则，但是不起作用。作为汤思退的门生，张孝祥最初与主和派的朝臣比较接近，被人看作是汤思退的党羽，仕途因此也比较顺利。他做到权中书舍人的时候，才27岁。

宋代的中书舍人，官品为正四品，被尊称为“阁老”，负责草拟皇帝的各类外制诏命，并且分工签押中书省吏部、户部、礼部、兵部、刑部、工部六部文件。遇到有问题的皇上批示，还有权封还词头，拒绝签发。南宋的中书舍人还负责为召试的吏人出选题、考试。张孝祥当时是以起居舍人兼任这个职务，还不是正职。权中书舍人，是代理中书舍人。中书省别称紫微、紫微垣、紫垣、紫微省，所以后人常称他紫微舍人。

叶梦得当年因为与蔡京走得近，做到这个位置的时候32岁，算是特别顺利的了。范成大做到这个位置的时候，已经46岁；陈与义做到这个位置的时候，已经47岁；吕本中做到这个位置的时

[1] 参见宋·张孝祥《于湖集》卷十五《自赞》。

候，已经53岁；大名鼎鼎的苏轼，做到这个位置的时候，也已经40岁。可见张孝祥实在是年轻。太顺风顺水，容易纵容轻狂和自负，同时也容易刺激别人眼红。这两点，张孝祥都有那么点沾边。

果然，就在他春风得意的时候，御史中丞汪澈参了他一本，激烈弹劾他是奸佞之徒。甚至拿唐朝的大奸臣卢杞来比他。汪澈当年与张孝祥同在秘书省任馆职，为人老成厚重，汤思退很不喜欢他。而张孝祥年少气锐，常常盛气凌人，得罪过他。所以当他被提拔为御史中丞后，第一件事便是上章弹劾张孝祥及其党羽。宋高宗批准了这道弹劾，于是张孝祥被罢官撤职，领了个提举江州太平兴国宫的虚衔，退居家乡。[1]

这次突然罢官，对状元郎张孝祥的打击相当大。在家闲居的那段时间，我们相信他是有所触动的，也有一定的反省和调整。年少轻狂、盛气凌人的一面，在这之后慢慢看不到了。与主和派汤思退那一阵营的关系，也开始慢慢疏远。这是他经受了第一次仕途打击后的变化。

后来在主战重臣张浚的推荐下，他受到孝宗皇帝的重用，迅速被提拔起来。孝宗皇帝登基的第二年，张孝祥被召赴临安，面见皇上，重新被任命为中书舍人，而且还兼直学士院，代替翰林学士起草重要的朝廷文件。之后张浚积极筹备北伐，又推荐他代替自己出任建康府留守，希望皇帝能够驻跸建康，坐镇前线以图中原。可惜没有多久北伐失败，主和势力重新抬头，张浚在朝廷上失势，被罢官降职，出判福州。张孝祥作为主战派的同党，也遭到弹劾罢官。

这一次罢官，《宋史》说是被某位宣谕使弹劾的。这个宣谕

[1] 参见元·脱脱等《宋史》卷三百八十九《张孝祥传》。

使不知道是谁，会不会还是那位汪澈。汪澈是在绍兴三十一年（1161）六月出任湖北京西宣谕使的，第二年便入参大政，拜参知政事，成了张孝祥的主要领导。老对头新上任，当然不会喜欢宿敌。不过这次罢官似乎对张孝祥的心理冲击不大。北伐失败，他作为主战派的骨干，暂时受到张浚的牵连而下台走人，合情合理，并不是个人行迹有什么问题。相反，因为张浚的青睐，让他一改以往汤思退党羽的政治形象，成为孝宗皇帝所急需的抗战帅才。

没有多久，乾道元年（1165），孝宗便起用他镇守静江府，也就是今天的桂林，同时还兼任广南西路经略安抚使。这是他第一次做安抚使，成为朝廷的股肱帅臣。这时候他只有34岁，是宋代最年轻的帅守之一。

比较一下年龄，就知道孝宗皇帝是多么信任他：辛弃疾第一次任帅臣时是38岁，范成大第一次任帅臣时是46岁，苏轼从翰林学士往下派任，到杭州任安抚使时，已经54岁。辛弃疾南归以后，用了15年的时间，才爬到安抚使的高位。范成大用了17年的时间，才做到安抚使。而张孝祥只用了10年时间，便从进士升到了安抚使。

宋代的安抚使又兼马步军都总管、兵马钤辖等，主管当路军政事务，战时有权便宜行事，类似于现代的各地军区司令，一般由各个重镇的知府、知州兼任，宋人俗称为帅臣、帅守。第一次当大帅镇守南方，感觉是无与伦比的。中状元当然让他感到狂喜，感到被鲜花簇拥和皇上激赏的骄傲，但真正当上朝廷的帅臣，主管地方军政，掌管一方生杀大权，那种极端的巅峰体验还是不一样。

可惜，这个巅峰体验仅仅持续了十一个月，一年都不满。乾道二年（1166）四月，他再次遭到弹劾。殿中侍御史王伯庠上章弹劾张孝祥，说他在桂林任上整天游宴玩赏，政务荒废。朝廷下诏罢去他广西安抚使兼静江府知府。六月上旬，张孝祥告别他的继任张维以及桂林同僚，越过严关，坐船北归。他沿湘江而下，过全州、永州、衡阳、潭州，途中遇到大风，耽搁了一段时间。最后在中秋前夕到达洞庭湖，泊舟金沙堆，写下了这首清气四逸的《念奴娇·过洞庭》。

我们注意到，张孝祥这次罢官北归，走的是湘江和长江水路。有三个驻舟点，都落在传统的佳节上，显得特别有深意。

七月初七那天，他到达衡阳境内。这一天是传统的七夕节。古人把七夕又称为魁星节、晒书节。北斗七星的第一颗星叫魁星，又称魁首。张孝祥当年大魁天下，高中状元。仰望北斗七星的时候，不可能没有想法。在衡阳湘江边的一座小寺庙里，他坐下来写了一首小诗：

七年暑中行，道路万里赊。
今夕已七夕，我犹在天涯。[1]

诗中流露出天涯漂泊的倦怠，渴望回到遥远的故乡。这种伤感，与《念奴娇》词的旋律完全不同。衡阳是传统文化中大雁南飞的终点，有回雁峰。张孝祥在北斗星和大雁的身上，都看到了自己的影子。读者请注意，在第一个驻舟点，他并没有流露超然世外的情怀。

[1] 宋·张孝祥《于湖集》卷四《丙戌七夕入衡阳境独游岸傍小寺》。

张孝祥罢官北归的线路图。在三个重要节日的时间点，分别抵达三个地方，而且都有作品咏唱记录，令人猜想是否是词人的刻意安排。原地图选自百度地图。

中秋前夕，张孝祥的客船抵达洞庭湖。他在那里写了若干篇诗、词、文、赋，发了许多感慨。关于这个驻舟点，我们后面会重点讲述。

然后他继续北上，又在重阳节的时候到达了黄州旁边的蕲州。在那里，他又写了一首《书怀》诗：

> 七夕在衡阳，九日在蕲州。
> 秋风浩如海，我行当扁舟。
> 破帽不堪落，菊花空满头。
> 醉眼忽瞠若，悠然过沧州。[1]

他为什么没有在黄州停泊，只是匆匆瞥了一眼传说中的赤

[1] 宋·张孝祥《于湖集》卷五《书怀》。

壁，我们后面给大家仔细分析。蕲州就是今天的蕲春，紧挨着黄州，不是什么特别著名的地方。张孝祥一生先后五次路过这个地方。这首小诗既没有诅咒、愤怒，也没有分辩的冲动，失望的浩叹，只有掩藏起来的心灰意懒，以及深深的叹息。这个“悠然”，我们在他的《念奴娇》中见过面，在他的《西江月》中也遇到过。另一首诗大概也写于同时，诗中说：

> 世事风经雨过，此身遇坎乘流。
> 折腰不为五斗，辙环或遍九洲。[1]

“世事风经雨过”，是他早就说过的旧话“世路如今已惯”的重复。在第三个驻舟点，他的心绪似乎又重新回到了人间。

仔细倾听，这些歌唱都与《念奴娇》的音色有所不同。时掩时露的复杂心情，若有若无的离骚忧愤，引起了我们的强烈好奇。

洞庭湖有多大

驻舟洞庭湖，面对浩渺的湖水和灿烂的星空，张孝祥体验到了一种难以言喻的感受，为此写下了不朽的名篇《念奴娇·过洞庭》。

关于这次路过洞庭湖，张孝祥《观月记》作了背景记载。他发议论说，中秋的月亮是最明亮的，中秋之月要在水边观赏才绝佳，水边观赏又以远离人烟独自观赏为胜，而且要在空旷幽绝的深夜最为适宜。又说：“如今我来游金沙堆，这四美都具备了。我

[1] 宋·张孝祥《于湖集》卷十《明年重过次韵六言》。

在中秋的前夕舟过洞庭湖，当此之时，天无纤云，月白如昼。金沙堆坐落在洞庭湖和青草湖之间，高出水面一二十米（十仞）。周围湖水环绕，离对岸最近的地方也有数百里之遥。我停船在沙洲旁，让小辈和仆人都留在船上，独自登上沙洲。沙砾颜色金黄，与月色媲美，湖水平静如玉盘。沙砾在月光下像金子一样闪烁，令人体寒目眩。传说中的阆风瑶台，广寒宫殿，虽然没有亲身去过，想来也就是如此吧。这时候，中秋之月、临水之观、独自清赏、远离人迹，四美都得到了。”[1]

这篇文章描述的现场感很强，是《念奴娇》词的导游图。把它当作《念奴娇》的词序来读，也没有什么不可以。根据宋人的地理著作记载，金沙堆在洞庭湖中，面积延袤数里。[2]是洞庭湖和青草湖之间的分割洲渚。它在水位上涨的时候被淹没，两湖连成一片，水位回落的时候则露出大片沙丘。由于这种季节性的变化，当时它上面还没有什么动物栖息，也没有多少植被生长。

张孝祥登上金沙堆，往北面眺望，是洞庭湖；往南面眺望，是青草湖，月光下水天一色。他站在沙滩上，看着想着，突然间有了一种飘然欲仙的感觉。

三万顷洞庭是多大的面积呢？一顷等于一百亩，换算成平方公里，是1 998平方公里。这当然是艺术语言，不能直接拿来当真。他的《金沙堆》诗又说“秋光净洗八百里”，这个八百里，也是大致的说法。当地人自古就有“八百里洞庭”之称。

其实张孝祥看到的洞庭湖和青草湖，面积远不止三万顷。唐宋时期，洞庭湖正处于它的最盛期，是中国第一大淡水湖。唐

[1] 参见宋·张孝祥《于湖集》卷十四《观月记》。
[2] 参见宋·祝穆《方舆胜览》卷二十九。

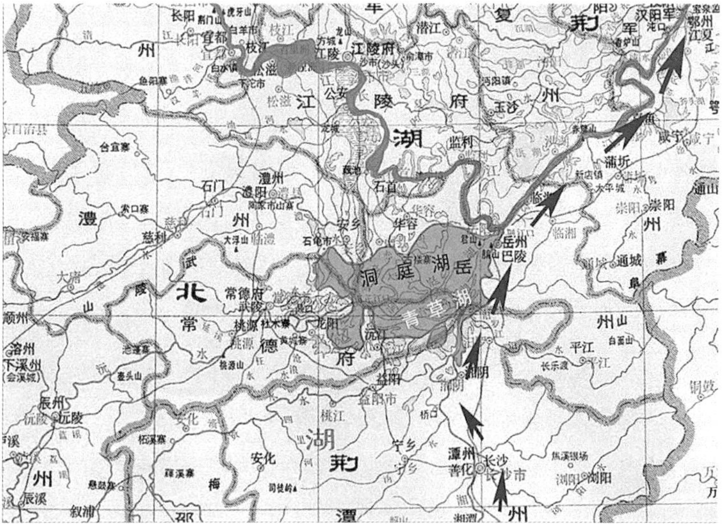

宋代洞庭湖的大致范围与地理位置示意图。青草湖在洞庭湖的南面，水涨时连成一片，水落时各成一湖。金沙堆位于两湖之间。洞庭湖上方蜿蜒而来的是长江的荆江段。原地图年代为宋嘉定元年（1208），选自谭其骧《中国历史地图集》。

人《元和郡县志》说，洞庭湖方圆二百六十里，青草湖（又名巴丘湖）方圆二百六十五里。仅这两大湖，就已经有两三千平方公里。加上周围的小湖泊群，面积当在六七千平方公里以上。宋人的《舆地广记》说，洞庭湖有资水、沅水、澧水、湘水共同注入，北面就是长江的荆江段，号称洞庭五渚。湖水圆广五百余里，日月若出没于其地。另一部宋人的地理著作《方舆胜览》也说：洞庭湖在巴陵县西。西吞赤沙，南连青草，横亘七八百里。日月若出没其中。

日月出没其中，意思是湖平面一直延伸到天际线以外。由于地球表面是弯弧状的球面，所以距离超过一定的范围，人们就会看不到远处的船帆、山峦和陆地。日月的升起和落下，都像是出自水中，又落回到水中。

秦汉以前洞庭湖很小。长江以北的古云梦大泽南连长江，北通汉水，方圆九百里。而长江南面的洞庭湖，还只是一个方圆二百里的小湖泊。四周是被湘水、资水、沅水、澧水四条河流纵横切割的沼泽平原。后来经过千百年的泥沙淤积，云梦大泽慢慢被泥沙淤积成为陆地。长江水转而向南，流入洞庭湖四周的低洼地，使得洞庭湖的面积越来越大。唐宋时期，荆江北面的古云梦泽已经消失，只剩下一些星罗棋布的小湖泊。荆江河段的水位进一步抬升，长江水从南面的九穴十三口注入洞庭周边洼地，造就了南连青草、西吞赤沙，横亘七八百里的大洞庭湖。

随着长江泥沙的继续淤积，南岸的大片淤洪区也出现了越来越多的洲滩，最后变成了旷野良田。人们开始在江边修建沿江堤坝，直通长江的九穴十三口先后被封死。长江无法向两岸分流，河床继续淤积抬高，倒灌的江水又让洞庭湖的面积变得更大。长江洪水的不断涌入，同时又携带来大量泥沙进入洞庭湖。

根据当代地理学家的实测，近几十年来，洞庭湖地区平均每年沉积的长江泥沙达到1.29亿吨，湖洲陆地以每年六万亩的速度迅速扩大。洞庭湖的水面面积不断萎缩，再次重复了古云梦泽的死亡之路。明朝时，洞庭湖的面积保持在6 000平方公里左右。到了1949年，洞庭湖面只剩下4 350平方公里。1983年萎缩为2 625平方公里。枯水期水面面积只有600多平方公里。大片大片的湖底长满了青草，古老的洞庭湖已经变成了季节性湖泊。从Google地球卫星图上看，洞庭湖现在已经瘦成了狭长的形状，只剩下一条蛟龙般的九曲湖面，像是长江的另一段加大版。近年来地方政府实行退耕还湖，湖泊面积略有恢复。官方公布的数据在2 800平方公里左右。

古代长江的水位随季节变化。入夏汛期，荆江段洪水来不及

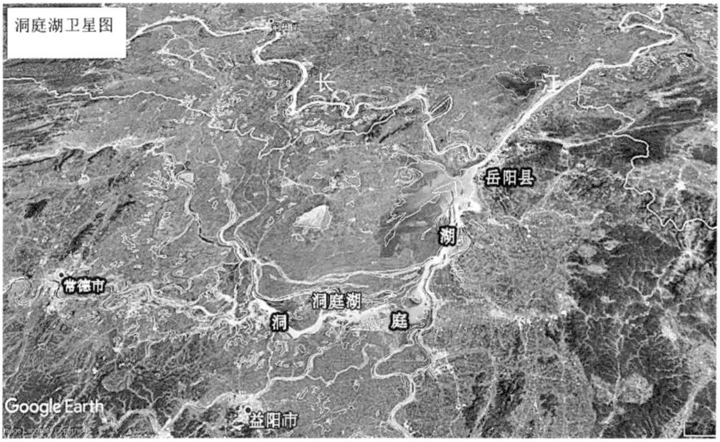

洞庭湖Google卫星图。可见湖面已经萎缩成河流状。影像拍摄日期为2016年12月31日。

下泄，倒灌入洞庭湖。北宋人记载说，荆江流出巴蜀，上游之水下泄，浊流汹涌，夏秋时节暴涨，逆泛入洞庭湖，清流为之改色，当地岳人称之为“翻流水”。洪水南至青草湖，有时候要三五天才能退去，民间俗称是“水神朝君山”。南宋人马子严《岳阳甲志》的记载更细致，说江流倒灌每年有两次。六七月间，荆江水位暴涨，涌入洞庭湖和青草湖，要十天左右才能退去，当地人称之为“西水”。这种“西水”极冷，民间都说是峨眉山积雪融化所致。到了九月间，洞庭湖还有一次江水倒灌的涨水过程，叫做“蓼花水”，时间只有三五天左右。

张孝祥是那年中秋前夕赶到洞庭湖的，正好处在两次涨大水的中间。假设那年的洪水期在7月中旬，那么等到洪水退去，已经到了7月底。如果张孝祥抵达洞庭湖是在8月10日前后，那么他离洪水退去，也只隔了十来天的时间。

张孝祥抵达洞庭湖的时候，洪水已经退去，水位在逐渐下降，金沙堆已经高出水面十仞。换算成今天的单位，大概十几米，不到20米的样子。这个高度不太好理解，不知道是指垂直高度，还是倾斜坡面的长度，还是大致的估计。洞庭湖涨水退水有这么大的落差，很难想象。不管怎么样，这时候湖面的面积可能还是比平常大很多，看上去浩渺无际，而且湖水已经清澈澄净。就在这个恰当的时候，词人来到洞庭湖，登上湖中沙丘岛金沙堆。

据他自己说，他本来应该在40天前到达洞庭湖的，途中因为起大风，湘江上的客船走不了，只能上岸等待天气变好。这样等待了一段时间，赶在中秋之前，来到洞庭湖。来早一个月，也许他就看不到金沙堆。看不到金沙堆，也就不会有《念奴娇》词了。来晚一个月，说不定赶上秋季的“蓼花水”，他也看不到金沙堆。

他来得巧，而且天气那么好，星空皎洁，风平浪静，水面平滑，仿佛就等着他大驾光临，就等着他放声歌唱。他看见沙洲上沙砾洁净，颜色金黄，没有什么人类打扰过的痕迹，那么一尘不染，就像天上的明月，心底不由涌出了无限欢喜。

人格表白是一种心理需要

张孝祥是不是有意等着中秋的时候，赶到洞庭湖上，是一个未解之谜。

按照心理学的分析，当一个人特别夸张和渲染宁静、超脱、完美、清澈的时候，可能确实拥有了这些美好的东西，但更可能是特别向往这种宁静、超脱、完美、清澈的人生境界，自己并没有真正得到。这些是他曾经拥有的精神财富，或者是他梦想拥有的最高境界，所以不断地讲述，向朋友讲述，给自己讲述，遇到挫折的时候更是再三讲述。平静从容的背后，常常充满了被掩盖起来的挫折和痛苦，常常有一些外人看不见的心理垃圾。

当初他在朝廷担任中书舍人的时候，汪澈抨击他轻躁纵横，挟数任术，年少气锐，无所忌惮。奏折中列举的罪名很多。纵观张孝祥一生，不是没有问题，但大节不亏，并没有什么奸佞行迹，更没有陷害过忠良，盘剥过百姓。相反，在平江、静江、潭州、荆州各地，他做过父母官的地方，都有非常好的口碑。他的死讯传出后，当地老百姓甚至全城罢市，纷纷关闭店门表示哀悼。学术界普遍认为，汪澈所列举的罪名绝大多数不是事实。

不过宋高宗为了平衡战、和两派，还是批准了汪澈的奏章。《建炎以来系年要录》说，宋高宗下诏将张孝祥放为外任，判郭世模的改判无效，左鄯押回原籍，江续之和韩元龙予以撤职。汤思退的门客党羽这才逐渐被清除出朝廷。

汪澈这个人并非奸佞小人，除了军事才能较差之外，在担任御史期间，敢于说话，敢于挺身进奏。他先后与陈俊卿一起弹劾左相汤思退，最后汤思退被罢相。又弹劾镇江大将刘实十大罪状，结果刘实被夺节予祠。他还与王十朋、陈俊卿一起弹劾殿帅杨存中久握兵权，内结阉寺，杨存中也被罢免。

张孝祥出于汤思退门下，是他的不幸。但也不值得过于计较。问题是自从他进入馆阁后，与主和派走得太近了点。汤思退拔擢奖掖过急，弄得朝臣有点看不过去。而且他当时实在年轻，缺乏从政经验。与同僚相处恃才傲物，不太把别人放在眼里。这与他的状元身份有关，才气太高，名头太大，容易看不起别人。除此之外，史书说张孝祥可能还有嗜酒好色、不修细行的问题。当这些白璧微瑕太露、太过明显的时候，政敌便抓到了把柄，捕风捉影大做文章，怨不得别人。

汤思退是秦桧党羽，高宗朝和孝宗朝两度为宰相。秦桧临死时，曾经召参知政事董德元和汤思退到他的卧室榻前，叮嘱后事，各赠黄金千两。两人都猜测这是秦桧在试探自己。董德元担心秦桧会见外起疑心，不敢辞拒，接受了；汤思退担心秦桧会以为盼望他早死，不敢接受，拒绝了。宋高宗听说后，认为汤思退不接受黄金，可见不是秦桧党羽。[1]不知道宋高宗是真糊涂，还是装糊涂。侍御史陈俊卿不糊涂，上书斥责他“挟巧作之心，济倾之术，观其所作所为，多效法秦桧，汤思退之所以有高官厚爵，皆秦桧父子之恩也”。[2]主战一派的张浚势力把汤思退看作死对头，必欲除去而后快。

绍兴二十四年（1154），高宗任命汤思退主持礼部科举考试，张孝祥、杨万里、范成大都是这一榜的进士。汤思退自然便成了他们的恩师，想拒绝都不行。其实汤思退最初锁厅内定的状元人选是秦桧的孙子秦埙。殿试时，宋高宗看到张孝祥的卷子书法精美，议论卓绝，赞叹不已，特意拔擢为状元第一，降秦埙为第三。张孝祥的恩师其实是宋高宗。乱世国危，急需栋梁之材。宋高宗和宋孝宗都特别重视三年一度的科举。据宋人野史记载，每届科举开考的前一天，高宗和孝宗皇帝都要亲自奉诏露天祈祷：“朝廷用人，别无他路，愿天生几个好人，来辅助国家。”等到考完，临轩放榜唱名，也要提前三天对天祈祷。[3]可见状元身上，寄托了整个朝廷多大的期望。

史料记载说，张孝祥刚刚登第，便上疏高宗，为岳飞大声鸣冤。说：“岳飞忠勇，天下共闻。一朝被人诽谤，旬日间即死亡。结果敌国庆幸，而将士解体，非国家之福也。”又激烈呼吁说：“如今朝廷以为他冤枉，天下以为他冤枉，只有陛下不知道他冤

[1] 参见近人丁传靖《宋人轶事汇编》卷十七引《坚瓠集》。
[2] 元·脱脱等《宋史》卷三百七十一《汤思退传》。
[3] 参见宋·张端义《贵耳集》卷下。

张孝祥《卢坦传语碑》手迹摹刻拓本。

枉。应当尽快恢复其爵位，优厚抚恤他的家人，表彰他的忠义，播告中外，使忠魂瞑目于九泉，公道昭然于天下。”[1]话说得非常直率。要知道，这一年张孝祥只有23岁，而且秦桧还没有死，党羽布满朝廷上下。

我们特别注意到，那时候的张孝祥并不属于主战派，也不是与秦桧不共戴天。他只是一腔真诚与正气。宋人野史笔记多处记载，张孝祥登状元第后，前去拜谢秦桧。秦桧告诉他：“皇上不仅喜欢你的状元策论，还特别欣赏你的诗歌和书法。可谓是诗书策三绝。”又问张孝祥诗歌学的哪一家，书法学的哪一家。张孝祥正色回答说：“本杜诗，法颜字。”诗从杜甫来，字从颜真卿来。秦桧嫉妒地笑道：“天下好事，都让你一人占完了。”[2]

宋孝宗登基后，召见张浚，商讨中兴恢复大计。张浚知道张孝祥在抚州、平江任上行事果敢，是可以大用的人才，遂推荐给孝宗。孝宗立即召见张孝祥，张孝祥在皇上面前，痛陈国家萎靡之弊。在选择战还是和的问题上，他站在汤思退和张浚两大对头中间，认为战守和议都有可取，应根据形势变化作出选择。他

[1] 清·陆世良《宣城张氏信谱传》，《四部丛刊》本《于湖居士文集》附。
[2] 宋·叶绍翁《四朝闻见录》卷二，周密《齐东野语》卷十三。

芜湖镜湖公园里的张孝祥雕像。

说："二相当同心勠力，以副陛下恢复之志。且靖康以来惟和战两言，遗无穷祸，朝廷应该先确立自治之策来应对。"[1]

年轻的张孝祥究竟是政治上的圆滑，还是超越了党派权力之争，以天下为重，我们不敢妄下结论。从南宋后来屡战屡败的残酷事实看，不一味主战，也不一味主和，未必不是上策。后来宋孝宗任命左右相，也是主战派、主和派搭配着执政。可惜，张孝祥的调和之论并没有让二相握手言和，反而弄得自己灰头土脸。据说汤思退得知自己的门生竟然被张浚收纳在门下，而且在为主战派说话，大为恼火。

看来身居汤思退门下，并不是张孝祥主动的选择；而身居张浚门下，更多的是他自己的投奔，他自己的主张，是一种心甘情

[1] 宋·张孝祥《于湖集》附《张安国传》《宣城张氏信谱传》。

愿的选择。张浚请孝宗皇帝驾幸建康，推荐张孝祥为建康行宫留守，接任自己的位置，无疑是把张孝祥视为恢复大业的得力干将，而且布局在最前沿的位置上。绍兴三十二年（1162），张孝祥在留守任上，写下了著名的《六州歌头》（长淮望断），身为江淮宣抚使的张浚，在酒席上读到这首词，不由得热泪盈眶，以至于起身罢席而去。

> 长淮望断，关塞莽然平。征尘暗，霜风劲，悄边声。黯销凝。追想当年事，殆天数，非人力，洙泗上，弦歌地，亦膻腥。隔水毡乡，落日牛羊下，区脱纵横。看名王宵猎，骑火一川明。笳鼓悲鸣，遣人惊。　念腰间箭，匣中剑，空埃蠹，竟何成。时易失，心徒壮，岁将零。渺神京。干羽方怀远，静烽燧，且休兵。冠盖使，纷驰骛，若为情。闻道中原遗老，常南望、羽葆霓旌。使行人到此，忠愤气填膺。有泪如倾。（《六州歌头》）

也许读者会追问：张孝祥有没有可能是在附和张浚，故作悲壮之辞呢？秦观早年为了得到苏轼的欣赏，就曾特意模仿过苏轼风格，在苏轼必经之路的庙宇墙壁上留下诗歌。刘过为了得到辛弃疾的欣赏，也曾经故意模仿辛弃疾作粗豪放旷语，以期得到辛弃疾的共鸣。以诗词为干谒工具，来谋求功名富贵，是许多江湖词人的常用伎俩。张孝祥会不会也是这样，为了谋求机遇，而慷慨悲歌呢？

我们觉得不是。张孝祥作为天才词人，尽管性格上有一定的问题，但是力主用兵恢复中原，是他考取进士以来一贯的信念。如果不是这样，他不会拿自己的状元功名来赌为岳飞鸣冤平反，也不会那么积极地向孝宗皇帝进言中兴方略。

事实上，早在孝宗皇帝登基之前，早在张浚推荐他、重用他之前，张孝祥就一直在为抗金北伐奔走呼喊，词风刚劲峭拔，充满英雄之气。绍兴三十一年（1161），虞允文在采石大破金兵，一举扭转南宋被动抵抗的局面，朝野为之震动。张孝祥听说后，与朋友赋《水调歌头》相互激励。他联想到了三国的周瑜，火烧赤壁大破曹操；联想到了东晋的谢安，淝水一战大破苻坚。最后，他渴望自己能够像当年的北伐英雄祖逖一样，率大军渡江北上，击楫而誓。

雪洗虏尘静，风约楚云留。何人为写悲壮，吹角古城楼。湖海平生豪气，关塞如今风景，剪烛看吴钩。剩喜然犀处，骇浪与天浮。　　忆当年，周与谢，富春秋。小乔初嫁，香囊未解，勋业故优游。赤壁矶头落照，肥水桥边衰草，渺渺唤人愁。我欲乘风去，击楫誓中流。（《水调歌头·和庞佑父》）

让人真正感到遗憾的，不是他与汤思退有什么师门瓜葛，也不是他生活挥霍奢靡，贪恋酒色不护细行，而是他太聪明了，太敏感了，很快就发现宋孝宗和满朝文武对于中兴恢复，不过是叶公好龙。说得起劲，想得痛快，落到操作层面便障碍重重，多方推诿，根本实施不了。张浚这样一个抗战大臣，其实也不过徒有虚名。才能低下不说，其他方面还有更多的问题。他当然没有公开这样恶评过自己的上司，但张浚确实不是栋梁之材，担当不起那样沉重浩繁的中兴大业。剥夺刘光世的兵权，起用狂妄自大的吕祉为都督府参谋军事，节制淮西军马，结果激起郦琼数万人兵变，投降金人，就是一个典型的例子。宋高宗曾经说他宁愿亡国，也不愿意再用这个人。朱熹也说过这个人能力不行。[1]

以张孝祥这样的天才，不会看不出其中蹊跷。荆州是南宋边防的重镇，朝廷后来把他派到那里，担任荆湖北路的安抚使，显然是重用他经略北方，布局中原。可是不到半年，他就上书要求提前致仕，希望退休回家。这还是那个“击楫誓中流”的张孝祥么？如果不是对时局有悲观的判断，如果不是对个人的仕途态度消极，绝不至于如此。所以很快，我们便失去了中兴时代的一位悲歌慷慨的英雄词人，而换得了一个逍遥于江湖上的隐逸词人。

除了身处战和两派之间的尴尬，我们特别想知道，为什么罢官之后，张孝祥要表白，说自己“肝肺皆冰雪”？潜意识中，他想说给谁听？

南宋人叶绍翁记载了一件事。说宋高宗有一次当面问张孝祥：“别人说你赃滥。”张孝祥拱笏再拜，回答皇上说：“臣实在不敢欺君。说臣滥，确实是有。但说臣赃，臣实在不敢奉诏。”高宗听了，笑笑也就算了，没有深究。叶绍翁记载说，当时人听了，都认为张孝祥说的是实话，绝没有欺君的地方。还说张孝祥这个人“天性倜傥，轻财好施，勇于好义。为政平易，民咸思之”。治理地方宽容而清简，垂袖而治，老百姓都很想念他。后来大儒真德秀曾经当面对叶绍翁说过这样的话：“于湖平生虽跌宕，至于大纲大节处，直是不放过。”[2]

什么叫做赃滥？贪赃受贿叫做赃，胡作非为叫做滥，枉法徇私也叫做滥，没有操守也叫做滥。宋代人语言中的赃滥，大抵

[1] 宋·朱熹《朱子语类》。
[2] 宋·叶绍翁《四朝闻见录》卷二。

南京老山森林公园里张孝祥墓旁的张孝祥雕像。

是指官员贪赃枉法。南宋吏部侍郎杜范在面见皇上的进奏札子里说："所谓官邪，惟赃滥为甚。士大夫而陷于赃滥，则其行义已亏。污秽无耻，不足以为士大夫。"又说："自今监司郡守弹奏属吏，而以赃滥闻者，必追究证验的实，而后奏上。台谏风闻罪及赃滥，亦合奏上。"[1]北宋包拯也曾经上奏折，说："此辈既犯赃滥，只可放令遂便，不可复以官爵。"[2]

张孝祥只承认滥，不承认赃。这个滥，不管是指个人的私德品行，还是指做官的规矩节操，总之是有可挑剔的地方。我们更倾向于前一种解释。真德秀说他平生跌宕，这个跌宕，《汉语大词典》的解释是放荡不拘。滥和跌宕两个描述，说明张孝祥可能性格上确实存在放浪不羁、任性而为。至于施政上是否存在随心所

[1] 宋·杜范《清献集》卷十《吏部侍郎已见第二札》。
[2] 宋·包拯《包孝肃奏议集》卷三《乞不用赃吏》。

南京老山森林公园里的张孝祥墓。原墓为张氏后人清嘉庆二十五年所立，残碑上有“宋故显谟阁直学士状元张公讳孝祥字于湖公之墓”字样。

欲、执法不严的问题，我们权且存疑。

这些问题，张孝祥自己完全可能清楚，但又觉得这是天性，不构成人格污点。所以才会纠结于世人的误解、朝廷的误判，所以才会这样极力渲染自己的冰雪情怀，表白自己澄澈的人格精神。他在意自己的人品，在意世人的口碑，在意别人的攻击，才会这样尽情歌唱，才会借着大自然讲述自己的心灵世界。

心理垃圾肯定是有的。他不是诗仙苏东坡，那么喜欢天外的清静，却又眷恋着人间的温暖。他从来没有想过飞升到琼楼玉宇中去，也从来没有说过“小舟从此逝，江海寄余生”那样的话。人间的烦恼纠缠着他，被人攻击的污名纠缠着他，大概从离开桂林，这一路都没有消停过。当他来到极其宁静的洞庭湖金沙堆，有那么一刻，一切烦恼突然消失。他忘记了自己状元的身份、大帅的身份、仕途失败者的身份，忘记了中书省、御史台，感到从未有过的快慰。仰望星空，把玩夜色，觉得苏轼的“侣鱼虾而友麋鹿”，太平凡，太没有气魄了，他要侣恒星而友明月，做昂首天外的大人先生。他要逍遥于天地之外，与造化为友，朝餐汤谷，夕饮西海。他要披发飞鬓，含奇芝，嚼甘华，吸浮雾，餐霄霞，与道周始。

绝世的灵感，刹那间出现了。

家族纠纷的烦恼

我们发现，张孝祥泊舟洞庭湖上的时候，先后写了好几首诗歌、曲子词、散文、骈赋，并非只有一首《念奴娇》。这些作品应该被看成是一个抒情整体，《念奴娇》只是其中之一，不是唯一。在这些作品中，他至少流露出三种不同的情怀：超凡绝尘的渴望、家庭亲情的渴望、诅咒奸佞误国的冲动。

在湘江的舟中，随着离汨罗江越来越近，他曾经写过一首《水调歌头·泛湘江》，怀念汨罗江畔的屈原：“制荷衣，纫兰佩，把琼芳。湘妃起舞一笑，抚瑟奏清商。唤起九歌忠愤，拂拭三闾文字，还与日争光。”把屈原看作是自己的千古知音。在他心目中，屈原就像司马迁说的，“虽与日月争光可也”。他在舟中看到的明月和太阳，让他想起屈原屈大夫。

很巧，洞庭湖的金沙堆上，有一座古庙，里面供奉的洞庭湖波神，竟然是被民间封为忠洁侯的屈原。这让张孝祥大为惊奇。他前去参观，写了首诗，在凭吊屈原的同时，抒发了自己勃郁不平的悲愤心情：

我识大夫公，自托腑肺亲。

独醒梗群昏，聚臭丑一薰。

沥血摧心肝，怀襄如不闻。[1]

这些强烈的忠臣情怀，都与《念奴娇》词里“悠然心会”的表情截然不同。

我们特别注意到，《念奴娇·过洞庭》还有一个姊妹篇。张孝祥当时还写了另一首《念奴娇》。这首词里面描写的地点金沙堆、重湖（洞庭湖和青草湖）、一叶扁舟、云水等，都与《念奴娇·过洞庭》里的自然地理吻合，应当是同时所作。但它所表达的，却是另一种情感。它的题目是“离思”，描写自己与家人的离别相思之情，笔触相当的缠绵酸楚，完全是人间凡人的悲凉之吟。

星沙初下，望重湖、远水长云漠漠。一叶扁舟，谁念我、今日天涯飘泊。平楚南来，大江东去，处处风波恶。吴中何地，满怀俱是离索。　长记送我行时，绿波亭上，泣透青罗薄。樯燕低飞人去后，依旧湘城帘幕。不尽山川，无穷烟浪，辜负秦楼约。渔歌声断，为君双泪倾落。（《念奴娇·离思》）

星沙指长沙，重湖即洞庭湖，洞庭湖、青草湖别称重湖。也是同样的一叶扁舟，水面上却是无穷的烟浪风波。天涯漂泊之感、风波险恶之叹、伤心落泪之悲，叠加在一起，为我们讲述了一个完全不同的张孝祥。这个张孝祥，是无法奉养多病的父母，无法陪伴妻子儿女的张孝祥；是远离家乡千万里在外地做官，被人告

[1]　宋·张孝祥《于湖集》卷三《金沙堆庙有曰忠洁侯者屈大夫也感之赋诗》。

了黑状，一肚子委屈的张孝祥；是夜晚想念着妻室床帏，对心上人充满歉意的张孝祥；是听着湖上的渔歌，不自觉流下眼泪的张孝祥。

这个张孝祥，也许刚刚才写过飘逸高远的《念奴娇·过洞庭》，也许还没有想到要另写一首《念奴娇·过洞庭》。但这确实就是洞庭湖上的那个张孝祥，是同一个人。他还有一首《罢归》诗，讲述对家人父母的思念："亲老难为住，恩深许放归。北行湘水阔，南望瘴烟微。兵卫收门戟，征尘上客衣。遥知六七月，喜气满庭闱。"[1] 也写于那个时候。

也就是说，张孝祥来到洞庭湖上的时候，内心交织着各种不同的复杂情感，一会儿大笑，一会儿流泪。既有超越世俗红尘的清高之想，也有纠缠官场是非的勃郁不平之气，还有亲情难忘、思念双亲和妻子儿女的常人之情。我们不能只读他的《念奴娇·过洞庭》，就断定说他飘然欲仙，满心的尘外之想，断定他高洁澄澈得对人间浊世不屑一顾。

罢官回乡的第二年，也就是乾道三年（1167），他再次被朝廷起用，出知潭州，权荆湖南路提点刑狱公事。这次不是让他做帅守，改成了知州兼司法大员。

但张孝祥经历了前面的三次大起大落，内心已经充满了对官场的厌倦，实在不想再跑这么远，赶这种场。他上书给朝廷拒辞任命，理由是父母年纪已届七十，身体不好，气血特别虚弱，近年来又多病。说自己去年赴广西任，一直不能侍奉双亲，相隔万里，每天为老人担忧。家中兄弟年幼，无法照顾双亲。自从去年回到家乡，老人才得到照顾奉养。如今新的任命又远隔洞庭湖、

[1] 宋·张孝祥《于湖集》卷八《罢归》。

青草湖，白发苍苍的老人难以跟随跋涉这么远的道路，所以进退惶惑，不知所措。[1]

这篇陈情表把奉养老父母说得无比重要，让我们感到惊奇。要知道，这一年张孝祥才36岁，正是人生大展宏图的壮年时期。难道他父亲张祁和母亲时氏真已经到了生活无法自理的地步？还是张孝祥自己有什么难言之隐，不方便去做官？他请求朝廷能不能变通一下，在芜湖附近给他一个江淮小郡，让他去任职。朝廷没有批准他的请求。他最后还是去了潭州上任。潭州，就是今天的长沙。他在那里任知州，兼代理荆湖南路提点刑狱。一年多后，又被改任为荆湖北路安抚使，坐镇荆州。上任刚半年，38岁的张孝祥再次上书朝廷，要求提前退休，回家乡侍奉父母。几个月后就死在了故乡。

三十多岁，这样一而再，再而三地要求提前致仕，这样对仕途升迁毫无兴趣，让我们怀疑是不是他健康出了问题。

查阅史书记载，他的父亲和伯父都曾经患有狂惑症，也就是精神错乱。张孝祥的伯父名张邵。建炎三年（1129）九月，他应朝廷征召愿为宋使，被朝廷任命为奉议郎、直龙图阁，借礼部尚书头衔，担任军前通问使，出使金国。到达金国后被扣留，囚禁幽燕十五年。那时候，张孝祥还没有出生。宋高宗频频遣使，每次使臣都被金人扣留。洪皓、朱弁也是在这前后被扣押的。最后朝廷不敢再派遣高级官员，只临时征召志愿者，提拔应召而来的下级官员甚至布衣，再借个朝廷高官身份出使。宋金交战最激烈的那段时间，南宋前后遣使30人，最后生还的只有张邵、洪皓、

[1] 参见宋·张孝祥《于湖集》卷十八《辞免知潭州奏状》。

朱弁。他们三人是绍兴十三年（1143）被释放回来的。据说他们刚走不远，金人就后悔了，派兵追杀到江边，发现他们已经登舟，才怏怏返回。

据宋人记载，从金国归来后，张邵曾经写信给秦桧，讲述被俘的宋钦宗曾经恳求韦太后带话："幸语丞相归我，处我一郡足矣。"意思是拜托告诉丞相，想办法迎他回南宋，给他做个州郡太守，就心满意足了。这么敏感的事情，怎么能轻易说出来呢？据说韦太后临走的时候，向钦宗发过毒誓，一定会传话给高宗，尽快迎他南归。回到南宋后，发现高宗根本没有这个打算，所以提都不敢提带话的事情。张邵从旁说破此事，惹得秦桧勃然大怒。张邵为此是后悔莫及，杜门绝交不敢外出，最后神智错乱。

在幻觉想象的驱使下，张邵一口咬定自己出使在外时，妻子李氏不是正常死亡，而是死于非命，是他兄弟张祁所害，说张祁强奸了他妻子导致怀孕，为了掩盖丑闻，又残忍地杀人灭口。结果张孝祥的父亲张祁被逮捕下大理寺狱，受到严刑拷打。[1]

张邵南归的那年，张孝祥12岁，已经到了懂事有记忆的年龄。父亲张祁在五年前，因为张邵被金人扣押，而被朝廷恩赐提拔，从右从政郎晋升为右宣教郎。宋高宗还亲自接见过他们几位被扣押使臣的亲属。没有想到，就在张孝祥考取状元的第二年，伯父张邵就精神病发作，状告兄弟奸杀亲嫂。

刚刚考中状元，心情还没有从狂喜的巅峰平复下来，就遇到了这样丑恶的家族纠纷，对年轻的张孝祥的打击可想而知。据《宋史》记载，张祁的下狱背景很复杂，其实是秦桧党羽的政治陷害。当时秦桧已经老病交加，想安排身后之事，尽快除掉朝廷上

[1] 参见宋·周密《齐东野语》卷十三。

的异己。于是指使党羽抓捕赵汾、张祁，指他们与胡寅勾结在一起。此外又搞了一个完整的迫害方案，想把所有的政敌对手五十多人一网打尽，全部予以解决。主战的核心人物张浚要流放到昌化军，李光流放到新州，胡寅判谋大逆罪。最后因为秦桧病得躺在床上，不能签署公文而作罢。[1]

张祁下大狱后没有多久，秦桧病死。张孝祥四处奔走，为父亲鸣冤平反。绍兴二十五年（1155）十一月，朝廷下诏恢复洪皓官职，无罪释放张祁。第二年，伯父张邵去世。张祁被朝廷起用，历官蒋州知州、淮南转运判官兼淮南西路提刑、直秘阁。

张祁这个人有点复杂。陆游记载说，张祁才气过人，但急于进取，想往上爬的愿望太强烈。儿子张孝祥在中书省任职的时候，张祁经常去拜见汤思退，自己推荐自己可以大用。汤思退调侃他说："太师、尚书令、中书令很适合你，其他位置何足挂齿。"这是在挖苦他：宋代这些官位都是用来赠送给大臣父亲的荣誉职衔，并不是实职。意思是告诉张祁，你不行，你儿子将来可以做到辅臣，你也就顺理成章可以得到这些赠官了。据说张祁听了，终身以为恨。[2]

有一个细节很重要，张祁后来尽管得以寿终，不过也因为遭受强烈刺激，像哥哥张邵一样，发了狂惑病。他们兄弟俩先后精神失常，不知道有没有家族遗传病史。张孝祥那么年轻的状元郎，那么神姿英发，仕途顺畅，正是人生裘马轻狂、充满野心和梦想的时候。三十刚出头，就那么悲观消极，实在太奇怪了。三十五六岁，就再三请求退休，健康上没有任何警报，精神上没

[1] 参见元·脱脱等《宋史》卷二十二《高宗本纪》十六、卷四百七十三《奸臣·秦桧传》；宋·李心传《建炎以来系年要录》卷一百六十九。

[2] 参见宋·陆游《老学庵笔记》卷一。

芜湖镜湖公园。镜湖旧称陶塘，最初为张孝祥废弃自家良田所辟。民国《芜湖县志》载："镜湖，在赭山南，即陶塘。宋张孝祥捐田百亩，汇而成湖。环种杨柳芙蕖，为邑中风景最佳处。"

有遭受任何打击，不至于如此。

宋人记载说，他寓居在芜湖，把自家的良田荒芜为湖沼湿地，遍种荷花杨柳，鹭鸥出没，烟雨变态，题自家匾额曰"归去来堂"。[1]风雅是风雅，只是不像长久过日子的做法。好友张栻说他袖手于湖之上，是在那里尽心孝顺父母。[2]恐怕不过是个借口，实情未必真是如此。

过洞庭湖写《念奴娇》的时候，他父亲下冤狱之事才过去十年，伯父之死也才过去九年。父亲发作狂惑病不能自理，大概也就是那几年里的事情。一切都还在眼前，所以他那么挂念父母家人，那么渴望回到故乡过平静的家庭生活。他自己的健康如何，我们不知道，会不会有精神病的家族遗传，我们也不敢妄加猜测，

[1] 参见宋·叶绍翁《四朝闻见录》卷二。

[2] 参见宋·张栻《于湖像赞》，《四部丛刊》本《于湖居士文集》附。

但他的健康状况一定出了问题。刚刚退休回家，不久就突然病死，太有预见性了。

史书有的说他是冬天的时候旧病复发而死的，有的说他是夏天在舟中中暑而死的。说法不一。如果是旧病，那是什么旧病？能够致命的多年旧病，一定不是什么小毛病。这样的病与他屡次请求提前退休，有没有关系？

家庭的变故，亲情的牵挂，健康的影响，与政治上的悲观情绪交织在一起，决定了张孝祥急流勇退的人生态度。所以他才那么渴望毫无烦恼的澄澈境界，他才那么渴望全身心沉浸在大自然中。

从赤壁下匆匆而过

张孝祥泊舟洞庭湖上的时候，心里始终横亘着一个人。这个人，就是苏轼。

客船离开洞庭湖后，张孝祥北上进入长江，沿江而下，过临湘、蒲圻、嘉鱼、鄂州、黄州，然后抵达蕲春。非常有意思的是，无论是路过真赤壁的蒲圻，还是路过假赤壁的黄州，他都没有舍舟登岸，凭吊怀古一番，也没有写诗记事。

这不符合常理。我们猜测，他是不是刻意避免与苏轼撞上，正面过招。黄州的赤壁因为苏轼而名扬天下，两篇《赤壁赋》、一首《念奴娇·赤壁怀古》，让赤壁永远属于了苏轼。苏轼横亘在眼前，他张孝祥还怎么落笔呢？登临而不怀古，怀古而不吟诗，吟诗而不撞上苏轼，是做不到的。所以他要避免与古人过招，让人笑话鲁班门前弄大斧。

苏轼是他的人生偶像，也是他梦想超越的竞争对手。宋人叶绍翁记载说：张孝祥特别仰慕苏东坡，每次写出诗歌散文，都会问门人一声:“跟苏东坡比怎么样?”门人总是恭维他“超过东坡”。虽然有点过分,毕竟算得上是天下奇男子。可惜他天资太高,却沉迷于诗酒之中。[1]

这个记载有据可查,不是虚构出来的。张孝祥曾经与门人谢尧仁议论自己的诗歌像不像苏轼,问谢尧仁说:“假如我再读书十年,将会如何?”谢尧仁恭维他说:“别人再读百年书,也未必梦见东坡。以先生如此来势可畏,怕不要十年,超越东坡有余矣。”[2]张孝祥听了非常受用。他自己就是这么想的:超越苏轼,成为宋代文坛上的第一流人物。门人汤衡后来为他的词集作序,也这样叹息说:“自从东坡去世后,能继其传统者,除了先生还有谁呢?”[3]

可以肯定地说,张孝祥系舟在洞庭湖金沙堆旁,对着星空放声歌唱的时候,心里是有个人的。史书记载说,那天晚上洞庭湖非常宁静。月照龙堆,金沙荡射,他在月光下得意命酒,唱自制词《念奴娇》,又呼唤小吏苍头奴前来共酌赏歌。之后又尽却童仆,独自到金沙堆上漫步。[4]

他在这个地方大概盘桓了好几天,先后写下了若干首诗歌、曲子词、散文、骈赋。除了《念奴娇·过洞庭》之外,还写下了《念奴娇·离思》《浣溪沙·洞庭》,七古体诗歌《金沙堆》,还创作了散文《观月记》、骈赋《金沙堆赋》、骚体赋《祭金沙堆庙》等。

这让我们怀疑,他是不是刻意在模仿东坡,复制东坡,甚至叫板东坡。苏轼当年流放黄州,在黄州赤壁下凭吊怀古,先后写下了辉煌灿烂的杰作《前赤壁赋》《后赤壁赋》《念奴娇·赤壁怀

[1] 参见宋·叶绍翁《四朝闻见录》卷二。
[2] 宋·谢尧仁《张于湖先生集序》。
[3] 宋·汤衡《张紫微雅词序》。
[4] 参见宋·张孝祥《于湖集》卷十四《观月记》,宋·叶绍翁《四朝闻见录》卷二。

古》，以及多篇散文小品。把一个不怎么受人关注的伪古迹、一个不怎么出名的江边小城，变成了天下尽人皆知甚至倾心向往的绝佳名胜。那个传说中的赝品古迹，也得到了一个“文赤壁”的美名。地因人而成名，人因词而不朽，张孝祥也想这样再造辉煌，也想模仿先贤，在人生最失败的时候，约会山水，拜访宇宙星辰，创作出无与伦比的顶级艺术品来。所以他抓住洞庭湖金沙堆这个点，反反复复地歌唱。

当然，我们也可以把它理解为一种自我救赎，向心目中的偶像学习，在逆境中歌唱，借助造化山水拯救自己的灵魂。应该说，他成功地达到了自己的目的。《念奴娇·过洞庭》流传开来后，当时人赞叹不已，说它横绝天下。这首词使他越过前辈朱敦儒、叶梦得那些人，站在了苏轼的身边。

苏轼在那篇伟大的杰作《赤壁赋》里面，讲述了自己在一个中秋之夜，也这样坐在小船上，仰望着星空，参悟着人生。当时他与朋友杨世昌喝着小酒，吟着诗，来到赤壁下。抬头望去，“月出于东山之上，徘徊于斗牛之间。白露横江，水光接天。纵一苇之所如，凌万顷之茫然”。

斗宿和牛宿都是北方的星宿，中秋的明月，与北斗星宿相映成辉，给诗人留下了永恒的感动。苏轼的那个“一苇”，被张孝祥借来，改成了“扁舟一叶”。苏轼的那个“万顷”，被张孝祥借来，放大成了“三万顷”。

后来苏轼被流放到蛮荒的岭南，写了《江月五首》组诗。其中的第四首说：

四更山吐月，皎皎为谁明？

幽人赴我约，坐待玉绳横。
野桥多断板，山寺有微行。
今夕定何夕，梦中游化城。[1]

这个“今夕何夕”，在黄州的另一首《念奴娇·中秋》里面，苏轼又写到了。这首词是这样的：

凭高眺远，见长空万里，云无留迹。桂魄飞来光射处，冷浸一天秋碧。玉宇琼楼，乘鸾来去，人在清凉国。江山如画，望中烟树历历。　　我醉拍手狂歌，举杯邀月，对影成三客。起舞徘徊风露下，今夕不知何夕。便欲乘风，翻然归去，何用骑鹏翼。水晶宫里，一声吹断横笛。

读了这首词，我们觉得张孝祥《念奴娇·过洞庭》的意境，与它实在太像了。举杯邀明月，灵感当是来自大诗人李白。但是到了张孝祥笔下，轻轻地转个身，变成了万象为宾客。那个“玉宇琼楼”，在另一首词里是“琼楼玉宇”，张孝祥都把它借来改造成了人间的“玉鉴琼田”。

当然，读者更不会忘记，苏轼在《水调歌头》里面，曾经举酒敬过星空，问过中秋的明月：“明月几时有，把酒问青天。不知天上宫阙，今夕是何年。”苏东坡是不知天上今夕何夕，张孝祥是不知人间今夕何夕。

[1]　宋·苏轼《东坡全集》卷二十三《江月五首》之四。

比较苏轼的赤壁歌唱与张孝祥的洞庭歌唱，是个很有意思的话题。很遗憾，在天时、地利、人和上，张孝祥都不如苏轼：论天才，张孝祥要比苏轼差一点，至少在曲子词和散文的想象力上，有一定差距。论遭遇，张孝祥仅仅是被罢官，还没有到流放偏远地区监管居住的地步，苏轼当年可是下了大牢，最后被流放，被惩罚监管居住。论时间，张孝祥仅仅是路过洞庭湖，几天的逗留而已，苏轼在黄州一住就是好几年，失去了人身自由。据专家考证说，苏轼在黄州的四年中，先后去过赤壁不下十次，每次都有文字记载可查。所以两个人的《念奴娇》看着差不多，艺术含金量却大不相同，心灵的挣扎和飞升也大不相同。

同样道理，我们今天读张孝祥的《念奴娇·过洞庭》，心里也要有一个苏东坡，拿他来当审美的参照系。张孝祥创作上模仿苏轼的风格、心境、语汇的地方很多。玉鉴琼田、扁舟一叶、扣舷独笑、今夕何夕等等语词，都能在苏轼的词和赋里找到相似的面孔。在内容上，这首词也像苏轼的《赤壁赋》《水调歌头》一样，谈论的都是水和月。只不过苏轼谈论的水和月是时间的象征，张孝祥谈论的水和月，是他高洁人格的象征。苏轼是要解决自己的心理问题，张孝祥是要解决别人的看法问题。他要对朝廷表白的是无罪，要对世人表白的是无愧，要对自己表白的是无欲求、无尘想、无挂碍。

当代学者也注意到了，张孝祥的这首词，与苏轼的《水调歌头》（明月几时有）许多地方相似。《水调歌头》表达了词人向往尘外，又眷恋人间温暖的矛盾徘徊心情。而张孝祥的《念奴娇》则把人间湖泊描写成天上宫阙一样的洁净澄澈，一样的空寂无人。他自己并不想飞升到天外。处身洞庭湖上，就仿佛身在浩瀚的天宇。苏轼害怕孤独，渴望人间的亲情。张孝祥却渴望孤独，渴望宁静，害怕被万丈红尘淹没。

在宋词的发展史上，南宋初年的词人们纷纷学习苏轼，把豪放和飘逸的风格放大成为词坛的主流。朱敦儒、叶梦得、向子諲、陈与义等，都是代表人物。张孝祥生活的时代，比他们要略晚一些。但又要比辛弃疾、陈亮那些中兴词人要早，属于中兴词人群里面的前辈人物，大致与陆游、范成大、杨万里差不多同时。他对苏轼的刻意模仿和放大，在当时的孝宗词坛上，具有特别重要的意义。

他是这样来创新升级东坡体的：并不特别在意语言的豪放不豪放，也并不在意表现多少自己的隐居生活，他只是一味在那里渲染和美化自然意境，夸张到一尘不染的极致，渲染到无以复加的尽头，告诉你他就沉浸在那个世界中。好像只有那个世界才配得上他，才是他的精神天国。

按照我们日常生活的经验，夸一个人好，夸一个地方美，是人之常情，没有什么奇怪。但是如果我们在几个人中极口夸赞一个，不遗余力，对左右其他人不置一词，视而不见，就会给人以选择性排斥其他的强烈印象，让人觉得他一定是看不起其他人，看不起其他地方，一定是话里有话。

我们猜测，张孝祥这样虚构和美化自己的精神天国，一定是厌恶和憎恨他所生活的这个现实世界。这种虚构美化和夸张有多强烈，他对现实的厌恶程度就有多强烈。我们把它理解为一种灵魂的出走。我们读到的，似乎是快乐宁静，其实不是。似乎是炫耀潇洒，其实也不是。这里面隐隐埋藏着失望和悲凉，埋藏着说不出的伤心和绝望。这才是真正屈原式的骚姿雅骨，这才是真正的怨而不怒。它与姜夔的白石词一样，是南宋骚体词的最高境界。南宋人对东坡体的尽情演绎，至此达到了登峰造极的境界。我们知道他在说什么，但最后却发现，他什么也没有说。

此心到处悠然

绍兴三十二年（1162），张孝祥从建康返回宣城，路经丹阳时写了一首《西江月》词：

> 问讯湖边春色，重来又是三年。东风吹我过湖船，杨柳丝丝拂面。　　世路如今已惯，此心到处悠然。寒光亭下水如天，飞起沙鸥一片。

古人常说的沙鸥，多指鹭鸶一类的水边涉禽。这种鸟是湖畔隐士的朋友，所以诗人词人都喜欢使用“盟鸥”这个词。与鸥鹭结盟，是隐居的优雅说法。“到处悠然”的到处，是所到之处。说自己经历了复杂的社会世道，如今已经从容淡定，习惯了，处变不惊，所以能够到哪里都心境悠然。

这首词就像是《念奴娇》的初稿，或者预演。尽管写于四年之前，但仍然与他罢官过洞庭湖时的心态非常吻合。几年前说过的话，现在仍然那么贴切，那么符合当下。张孝祥借着旧作的底子，重新谱写了一曲辉煌的湖水交响乐。“悠然”这个关键词，被他再次发挥利用，放大成《念奴娇》的主旋律。

◆ 洞庭青草，近中秋、更无一点风色

这两句说自己来到洞庭湖的金沙堆上，举目四望，北面的洞庭湖、南面的青草湖茫茫一片，在接近中秋的时候，天气格外晴朗，竟然没有一点微风。

没有风，这个细节很重要。在古今人们的文学记忆中，洞庭湖总是和秋风联系在一起的。屈原《九歌·湘夫人》里那美丽动人的句子："帝子降兮北渚，目眇眇兮愁予。袅袅兮秋风，洞庭波兮木叶下。"将秋风与洞庭永远定格在同一个画面里。但是张孝祥中秋泛舟湖上，偏偏遇到了一个没有秋风的洞庭湖。

这可能是他的虚构，也可能是写实，我们没有必要去坐实。关键是，没有风不会起浪，洞庭湖才会像镜子一样平滑。没有风，他的船才能宁静地停泊在岸边，让他可以全情投入地仰望星空；没有风，他才能够心如止水，心底不起一点波澜。有风就完全不同了，秋风起，波澜兴，要么你会思念家乡的莼羹鲈鱼烩，要么你会想起凌波微步的美人，惹动愁肠，为人间的各种矛盾纠纷而烦恼。没有风，张孝祥发现了，并为此大为开心。

◆ 玉鉴琼田三万顷，著我扁舟一叶

仰头看过天空后，词人又低头察看湖水。"玉鉴琼田三万顷，著我扁舟一叶。"玉鉴，玉做的镜子。琼田，玉田。古人的镜子多以铜铸成，经过打磨抛光，可以照人。湖水清澈透明，平滑如镜，月光下可以照见人影。著，附着、点缀的意思。陆游《题斋壁》诗："稽山千载翠依然，著我山前一钓船。"[1]这个著，也是点缀着。词人赞叹说，这湖水，简直是光滑美玉做成的镜子啊，简直是碧玉铺出来的田野。三万顷洞庭湖上，竟然只有我这一片小树叶般的客船。三万顷，极言天地之广阔，衬托人与舟之渺小，表达了词人对宇宙永恒的敬畏和对大自然的臣服。

这个意思，前人不是没有写过，但后人越写越入骨。明人张

[1] 宋·陆游《剑南诗稿》卷十七《题斋壁》。

岱后来借了去，发挥得更生动。他的《湖心亭看雪》描写大雪三天后的西湖，人鸟绝迹，入夜后他划着小船，独自往湖心亭看雪。当时天与云、与山、与水，上下一片皎洁的白色。“湖上影子，惟长堤一痕、湖心亭一点、与余舟一芥、舟中人两三粒而已。”像画出来的空灵水墨画一样。

◆ 素月分辉，明河共影，表里俱澄澈

在洞庭湖这面光滑透明的镜子里，词人看到了倒映出来的星空。“素月”是皎洁的明月，“明河”是明亮的银河。月亮把光辉分一半给了湖水，银河把身影倒映在湖中。天上水中都是如此清澈通透，清晰可鉴，没有一点隐藏，没有一点污垢。这哪里还是单纯的写景呢？写着写着，词人就把自己的襟怀情抱写出来了，就把自己的心里话写出来了，就把风景渲染变成了人格表白。

古往今来，读者如此喜欢这几句写景名句，是因为它表达了士大夫对自我人格和节操的歌颂，表达了与大自然天人合一的道德境界。张孝祥借洞庭湖上的星空之夜，表白了自己是一个怎样的人。想到天与人的这种精神共鸣，想到夜境与心境竟然如此相同，词人不免会心一笑。所以觉得“悠然心会，妙处难与君说”。其中的微妙之处，别人不懂，也没有兴趣，所以无法跟别人描述。悠然自得，也不足为外人道。这种联想的快乐，只属于他一个人。

◆ 应念岭海经年，孤光自照，肝肺皆冰雪

“岭海”，有的版本作“岭表”，指岭南地区。岭南在南宋时划分为广南东路和广南西路，一简称，就成了今天的广东、广西。张孝祥坐镇的静江府（桂林），就在广南西路的北部。那里沿灵渠往北不远，就是湖南地界，就可以在湘江边坐船而下，直到洞

庭。岭海经年，是说自己在静江府任经略安抚使的这一年。“应念”的“应”，不是应该、应当，而是连接词，意思相当于因而、于是。词人看着灿烂的星空，看着清澈的湖水，于是想起了自己在岭南任职这一年来的日子。经年，跨越一年，经历一年。孤光，指月亮，有时也指月光。苏轼《西江月》词:“中秋谁与共孤光，把盏凄然北望。”孤光也是代指月亮。张孝祥说想起自己在岭南的时候，一轮皓月下，也曾经这样独自仰望星空，让皎洁的月光洒在身上。那时候只觉得自己也像这湖水，清澈透明，非常的干净，没有任何污迹。“肝肺皆冰雪”，“肝肺”指心胸，指内心世界，冰雪形容洁净、没有污点。

词人沉醉在大自然的美景之中，悠然、飘然、怡然、翩然，简直不食人间烟火。可还是一不小心，表白了自己，暴露了他从来没有忘记内心所受到的伤害，从来没有忘记被人弹劾罢官的遭遇和委屈。他歌颂着星空和湖水，唱着唱着，还是联想到了自己。他想告诉这个误解他的社会，他是清白的，高洁的，他的心胸像冰雪一样洁白，一尘不染。

◆ 短发萧骚襟袖冷，稳泛沧浪空阔

“萧骚”，形容头发稀疏短少，好像秋天的草木。中秋前后的夜晚，湖上气温下降，感觉衣服穿少了，叫做襟袖冷。杜甫说:“白头搔更短，浑欲不胜簪。”有人间烦恼，才会挠头搔发，头发是越抓越短，越挠越稀。头发稀少，更觉得身体寒冷。这个冷，既是真实的皮肤生理感受，也是人生境遇萧条冷落、人情世故浇薄寒凉的心理感受。“稳泛沧浪空阔”，重新又回到前面的飘逸状态，说冷尽管冷，自己仍然平稳安详地泛舟在洞庭湖上，欣赏着星空，欣赏着湖水。

词人表白自己冰雪高洁之后，忽然觉得冷得厉害。头发稀疏脱落，大概是因为官场烦恼交织着家事烦恼。张孝祥那年刚35岁，正当壮年，不至于头发真脱落得那么厉害，更多的可能是一种心理感觉。也许他自己并没有察觉到，只是觉得衣服穿少了，夜晚冷气逼人。

清代词人陈维崧曾经描写过这种心理感受和生理感受："话到英雄失路，忽凉风索索。"（《好事近》）朋友之间聊天，聊到英雄不遇的话题时，突然觉得冷风飕飕而来。不是风起，而是心寒，是自己背脊上发凉冒冷气。所以我们读到这里，总觉得有两个看不见的转折词，给他藏了起来。应当读作：尽管短发萧骚襟袖冷，仍然稳泛沧浪空阔。

◈ 尽吸西江，细斟北斗，万象为宾客

星空颂旋律至此，词人想象出一场天地之间的盛大宴会。西江，是西来的长江。说自己邀请天地万象作为宾客，在这个静谧的夜晚举行盛大酒宴。尽情地豪饮长江水，用北斗作酒勺，慢斟细品。尽吸，可以解释成吸尽，也可以解释成尽情地吸饮。这个吸，让人联想到龙卷风吸水，叫做"吸海垂虹"。贺铸《六州歌头》词写他年轻时狂放纵酒，是"轰饮酒垆，春色浮寒瓮，吸海垂虹"。有的版本"吸"作"挹"，汲取的意思，用手捧着喝。两个动词都很生动。不过如果让我们挑选，我们还是宁愿用"吸"。从天上探下头来，迎着水流的方向，作青龙吸水状，多有想象力啊。

有潜台词吗？有，至少我们觉得应该有。他那么盛情地邀请天地间的万象为宾客，却不肯邀请人世间的宾客，奈同僚何，奈亲友何，奈父母、恩师、宾佐何？这场盛大的虚拟宴席，是不是

一种态度？

张孝祥当时一定久久地凝望着星空，逐个辨认这些星宿的位置。因为他放下了人间的一切，将天空中的群星当成了朋友宾客。

说完全放下，其实未必。“细斟北斗”的“北斗”，指北方的斗宿，也就是我们常说的七星北斗，它包括天枢、天璇、天玑、天权、玉衡、开阳、摇光七颗星星。天枢、天璇、天玑、天权组成北斗的勺身，古人称之为“魁”。玉衡、开阳、摇光组成北斗的斗柄，古人称之为“杓”。古人根据黄昏时斗柄所指的方向来判断季节：斗柄指东，天下皆春；斗柄指南，天下皆夏；斗柄指西，天下皆秋；斗柄指北，天下皆冬。

这里要特别注意，天枢星别名魁星，北斗的勺状四星也统称魁星。魁星在古代人眼中，是状元的化身。状元被称为“魁甲”，中了状元叫做“大魁天下”。十二年前，张孝祥大魁天下，成为绍兴二十四年（1154）那一榜的状元。这种荣誉身份的意识是终身的，走到哪里，都不会忘记。所以他对魁星肯定特别关注，也特别有感情。他说用北斗来细细斟酒，跟别人也说这话不一样。他说这话，隐含着一份自负和骄傲，因为他最有资格使用这个巨大的酒勺。

想象用天上的星斗来斟酒，也不是张孝祥的发明，那是《诗经》里的老话：“维南有箕，不可以簸扬。维北有斗，不可以挹酒浆。”[1]南面天上有箕，可是这个箕不是簸箕，不能簸扬东西。北面天上有斗，可是这个斗不是酒勺，看着像，却不能用来舀酒喝。屈原《九歌·东君》里面，也写到了这样的联想：“操余弧兮反沦降，援北斗兮酌桂浆。”拿天上的北斗来舀酒浆，上古的先民都想

[1] 《诗经·小雅·大东》。

到了这把酒勺子。张孝祥借了古人的意思，说要用这个斗慢慢地舀酒，细细地品尝。

◆ 扣舷独笑，不知今夕何夕

宴席最终降下了帷幕，宾客散去。天地间又只剩下了他一个人。或者你也可以理解为，从虚幻的想象中清醒过来，重新回到现实中。于是词人敲打着船舷，独自微笑。忘记了自己身在何处，忘记了今夜是什么日子，甚至，忘记了自己的身份，忘记了红尘中的一切烦恼。

84年前，苏轼泛舟游于赤壁之下，也是这样敲打着船舷，仰望着星空，动作一模一样。苏轼《赤壁赋》的原话是“扣舷而歌之”。张孝祥不自觉地模仿着心中的偶像，也敲打起船舷来，在那里独自微笑。“独笑”，有的版本作“独啸”，独自啸咏、啸歌的意思。半夜三更划然长啸，动静太大，总觉得有点吓人。这个举止，仍然是当年苏轼留下的模板。苏轼《后赤壁赋》里写到他“划然长啸，草木震动，山鸣谷应，风起水涌”。张孝祥不管怎么写，苏轼的幽灵总是一次次从赤壁那边，微笑着浮现出来。

由于太沉醉了，太专注了，一时间竟然忘记了今天是什么日子，忘记了自己身在何处。这当然是极力渲染自己的忘情，不一定真是如此。“不知今夕何夕”，是古典诗词中常用的表达，并不是张孝祥的发明。“今夕何夕”有两个古老的语源，一个来自《楚辞》，一个来自《诗经》。

楚辞《越人歌》里唱道：“今夕何夕兮，搴舟中流。今日何日兮，得与王子同舟。蒙羞被好兮，不訾垢耻。心几顽而不绝兮，得知王子。山有木兮木有枝，心悦君兮君不知。”诗人是个女子，叹息说今天是个什么日子啊，竟然与暗恋的心上人乘坐同一条小船！实在太幸福了。可惜他不知道自己的心思，连树木都有枝（知），可这个木头人却无知（枝），太痛苦了。今夕何夕，与今日何日交替着说，是互文表达，不一定真指时间是夜晚。

《诗经·唐风》里有一篇《绸缪》，写青年男女一见钟情："绸缪束薪，三星在天。今夕何夕，见此良人。子兮子兮，如此良人何？绸缪束刍，三星在隅。今夕何夕，见此邂逅。子兮子兮，如此邂逅何？绸缪束楚，三星在户。今夕何夕，见此粲者。子兮子兮，如此粲者何？"女子夜晚忙着捆扎柴草，突然遇到个这么可爱的人儿，一时间竟然手足无措，不知道该拿他怎么办才好。

在这样忘乎所以的歌唱中，词人安慰了自己的灵魂。

阅读小结

（一）《念奴娇·过洞庭》是宋词中最优秀的士大夫节操颂之一。它借描写洞庭湖的宁静氛围，水月光影的视觉效果和心理感受，以及仰望辽阔星空所触发的奇特想象，展现了自己肝胆如冰雪、心胸无挂碍的精神境界。这种人格颂的表达方法，远祖屈原，近法苏轼，创造了宋词中的骚体词一格。张孝祥与朱敦儒、陈与义等词人一起，用他们的歌唱，开辟了南宋词最初的清空世界。

（二）这首清气四溢的词，并不是词人处于人生最平静、最安宁、最从容时写出来的。恰恰相反，它是词人第三次遭到政敌弹劾，被罢去经略安抚使职务后，怀着一腔愤懑不平北归，客船路过洞庭湖时所写。词人心头交织着各种各样的复杂情绪。当他突然遭遇金沙堆上的美丽夜色，顿时有一种触电的感觉，身心如洗，一切放下，唱出了如此醉心的上苍颂歌。

（三）词人是不完美的。正因为不完美，才那么需要表白，需要自证完美，赞叹完美。由于才华天分极高，加上考取了状元，仕途一度过于顺利，年轻的张孝祥确实有盛气凌人之处，行迹也比较放纵不羁，因此屡屡遭到政敌的弹劾，经历了几度仕途挫折之后，才逐渐变得成熟大气，越来越稳重深沉。但同时也越来越消极谦退，对北伐抗金和主政一方完全失去了兴趣。《念奴娇·过洞庭》词正好处在这个变化过程之中。前面的那个张孝祥徘徊于汤门和张门之间，人格心理还不太稳定；后面的那个张孝祥，是老熟稳重的湖南提刑，是一心隐退挂念着双亲的大帅。这首词就是后面那个张孝祥的自画像。

（四）张孝祥平生崇拜苏轼。《念奴娇·过洞庭》词在语言、风格、意境等方面，都模仿和参照了苏轼的《赤壁赋》、《水调歌头》（明月几时有）等作品。甚至洞庭歌唱的事件本身，也是对苏轼赤壁歌唱事件的直接模仿。张孝祥过洞庭湖时，先后写有一组诗、词、骈赋、散文，刻意将洞庭湖歌唱变成当时文坛上的重要事件。这些作品，多角度、多层次地记录了词人当时的行迹和心态，反映了他忧国忧谗、怀乡思亲、远避尘嚣、与天地同在的各种情怀，超尘拔俗的澄澈情怀只是其中之一。

（五）张孝祥的父亲和伯父曾经因为患狂惑精神病，闹出一场家族官司纠纷。这件事对张孝祥心理伤害很大。他本人的健康状况也一直是一个谜。三十多岁的盛年，就不断上书要求提前退休，回家乡去奉养双亲。刚刚退休回家不久，就病死在家乡。这让我们感到好奇。健康状况往往会决定一个人的心态，心态会决定一个人的人生，也会决定他用什么样的嗓音歌唱。

漂泊的客船

姜夔

点绛唇 · 丁未冬过吴松作

燕雁无心，太湖西畔随云去。数峰清苦，商略黄昏雨。

第四桥边，拟共天随住。今何许？凭阑怀古，残柳参差舞。

客船在哪里

都说姜夔这首小词写得太好了，又空灵，又凄苦，又高远，又低回。写景如画，抒情欲言又止。“数峰清苦，商略黄昏雨”两句，尤其为历来学者所激赏。拟人化的表现手法，多生动啊。他竟然看见群山在那儿悄悄商量，怎么下黄昏那场雨，真是奇思妙想。

人们围着它读来读去，说来说去，所有的分析都倾注在审美意境上，所有的掌声都集中在拟人想象上。很少有谁想到现场还原，追问词人究竟身在何处；也很少有人从心理分析的角度，追问更深层的心理问题。阅读这样的词是一种挑战，看着简单，细究起来问题一大堆。

现场还原是件困难的事情。如果要把这首作品拍成电影，我们无法解决机位问题。也就是说，我们不知道他的写作现场在哪里。导演一定会追问：写这首词的时候，他在什么地方？是在太湖西畔的湖州，还是在太湖上的舟中？是在吴松江的垂虹桥下，还是在吴江的楼台上？是在范成大的石湖，还是在陆龟蒙的第四桥边？词中出现过四个地点：太湖西畔、数峰、第四桥、吴松。范成大的石湖尽管没有出现，作为他此行的目的地，也是可能的地点。你得告诉我，词人究竟站在哪里，我好架摄像机。

“凭阑怀古”的“凭阑”，是一个重要的阅读节点，也是一个绕不过去的阅读难关：姜夔曾经多次往来湖州、苏州之间，每次写诗写词，都说是乘坐小船去的，这种小船在他笔下，不过是一叶扁舟，不可能有栏杆亭轩之类的构造。以他的贫困条件，买舟（租船）只能买最低廉的渔家小木船，不可能是达官贵人的豪华楼船。所以他凭的这个“阑”，一定是陆地上亭台楼阁建筑的扶栏，是“平山阑槛倚晴空”的“阑”。“残柳参差舞”，也是陆地上的景象。能够看清楚柳条摇曳，按景别论，只能是近景和中景，不可能是远景。太湖水深非常浅，沿岸一带是不能行船的。换句话说，姜夔在湖中客船上远眺，基本上是看不清楚残柳参差舞的，除非他泊舟在吴松江边，或者登岸所见。那么我们要追问了，他究竟是在湖上写的词，还是在岸上写的词？如果是在岸上，是哪里的岸上？他的怀古抒情，到底想表达什么？

勘查地理现场，是我们寻找姜夔身影的起点。

词人题目说“过吴松作”，这个吴松不是地名，而是一条叫做吴松江的古老河流。古代太湖东岸曾经有三条河流：吴松江、娄江、东江，合称三江。吴松江又称松江、松陵江、南江，这条河流西面与太湖相通，自吴江的瓜泾口起，由西向东蜿蜒一百二十多公里，最后汇入黄浦江，进入大海。它曾经是一条非常宽阔的泄洪水道。吴江的垂虹桥就修建在这条河流与太湖的结合处。娄江就是古代的昆山塘，又称芙蓉塘。它从吴县鲇鱼口北流入运河，经过苏州城的娄门，向东流入昆山、太仓，由浏河口入海。全长

吴松江附近Google地球卫星图：由于河道淤积和改道，今天的垂虹桥位置，已经不在吴松江的河口。太湖与吴松江、石湖、垂虹桥的地理关系已经看不出来了。卫星图方位：北纬31°10′，东经120°39′。

七十多公里。东江自大姚分支过淀山湖东，流至明代嘉定县界汇入黄浦江，经嘉定江湾、青浦东北注入长江。随着这个地区人口越来越密集，豪民填占河道，加上泥沙淤积，海潮推顶，娄江和东江逐渐淤积消失。吴松江河道也越来越浅窄，自宋代以来，元代、明代都曾经大规模疏浚过。明代文献记载：历史上的吴松江曾经广袤二百五十多里，河面宽一百五十多丈。西接太湖，东通大海。前代屡浚屡塞，不能经久。自吴江长桥至夏驾浦河段，约一百二十余里，虽然河道还通流，但许多地方已经非常浅狭。[1]

太湖东岸的吴松江河口，就是著名的吴江，唐朝人笔下“枫落吴江冷”的那个吴江，历史上又叫松陵的地方。吴江原来是苏

[1] 参见明·姚文灏《浙西水利书》卷下《夏忠靖公治水始末》。

吴江城西的垂虹桥遗址保留下来的一小段垂虹桥。该桥始建于北宋庆历年间，宋末毁于兵乱。元代改建为联拱石桥，长500多米，72孔。后屡建屡废。20世纪60年代石桥大部分倒塌，部分桥体被人工拆除，周围水域也几乎全部消失。

吴江城西的垂虹桥遗址保留下来的一小段垂虹桥。

民国年间拍摄的垂虹桥旧影。当年垂虹桥大部分保存完好，还有使用功能。

州南部的一个县级市，市政府所在地是松陵镇。近年已经被划入苏州市范围，成了苏州市辖下的一个区。在宋代诗人的笔下，这个地方之所以让人难忘，是因为它的水乡景色非常美丽，有一座著名的长桥：垂虹桥。

由于太湖泥沙的淤积，湖岸后退，那里的河流池塘地貌变化非常大，今天我们已经看不出吴松江和垂虹桥、太湖的地理关系了。垂虹桥的遗址在今天吴江松陵镇的东边，毫无疑问，那里当年曾是水陆交通枢纽，南来北往的行人过吴江，入太湖，深入内陆腹地，垂虹桥所在的三江口水道是必经之处。

姜夔诗词作品中，多次提到这条河流。这些作品都是他往来湖州、苏州之间，经过这个地方所作的记录。我们把它们排列出来供读者参考：

三生定是陆天随，又向吴松作客归。已拚新年舟上过，倩人和雪洗征衣。(《除夜自石湖归苕溪》)

雁怯重云不肯啼，画船愁过石塘西，打头风浪恶禁持。(《丙辰岁不尽五日吴松作》)

绍熙辛亥除夕，予别石湖归吴兴。雪后夜过垂虹，尝赋诗云：笠泽茫茫雁影微，玉峰重叠护云衣。长桥寂寞春寒夜，只有诗人一舸归。后五年冬，复与俞商卿、张平甫、铦朴翁自封禺同载诣梁溪，道经吴松。(《庆宫春词序》)

松江烟浦，是千古三高，游衍佳处。须信石湖仙，似鸱夷、翩然引去。(《石湖仙·寿石湖居士》)

桥下松陵绿浪横，来迟不与白鸥盟。知君久对青山立，飞尽梨花好句成。(《平甫放三十六鸥于吴松余不

及与盟》)

燕雁无心，太湖西畔随云去。数峰清苦，商略黄昏雨。(《点绛唇·丁未冬过吴松作》)

从这些反复吟叹的描写中，我们不难归纳出：姜夔每次前往范成大的石湖，都要经过吴松江，然后北上去苏州。返回时也要由吴松江进入太湖，然后回到湖州。这个吴松江，仅仅指吴江城池附近的那一小段河流末端，这段水道紧靠太湖东岸，有北宋年间建造的垂虹桥，垂虹桥上还有垂虹亭。姜夔从来没有提到他去过东面更远的陆龟蒙家乡甫里。他那么崇拜陆龟蒙，如果曾经沿吴松江去过，一定会写诗吟咏。

参考古人绘制的地图，我们猜测，从太湖方向进入吴松江，要穿过横跨水上的垂虹桥。垂虹桥边的渡口也是往来客船驻舟登

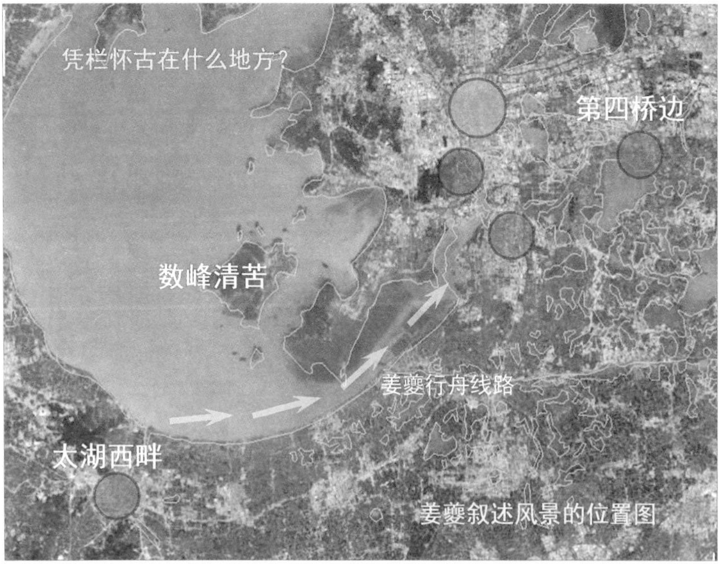

姜夔《点绛唇》词叙述风景位置示意图。

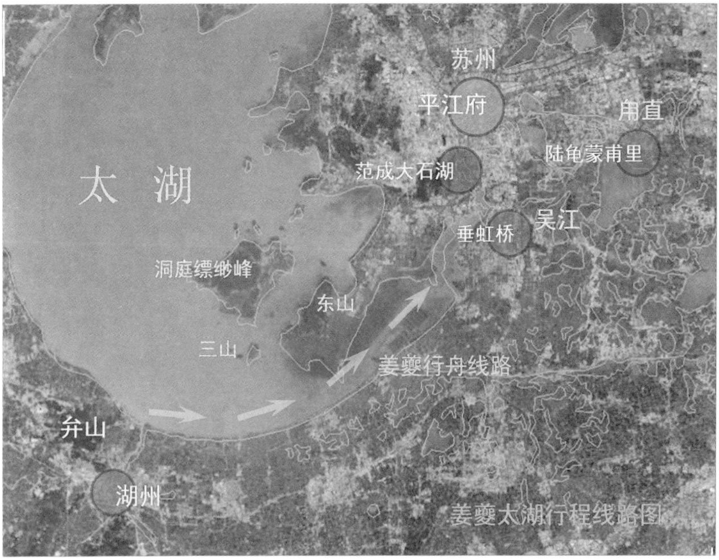

姜夔太湖行程线路图。从湖州出发，乘船经过垂虹桥到达范成大石湖。其间垂虹桥是一个重要的驻舟节点和心理节点。

岸的必经之处。进入吴松江后，前面有多处河流分岔，其中一条向北的岔河，是去范成大的石湖；而向东沿着吴松江继续往前行驶，不久便可抵达甫里，或者去更远的嘉定、江湾。姜夔多次路过这里，有时候会驻舟渡口，上岸歇脚，在附近逛街，买点东西捎带回去。他会不会就是在这里临时驻舟，信步登上垂虹亭，放眼眺望太湖的呢？

江湖夜雨十年灯

黄庭坚给朋友黄几复寄诗说：

我居北海君南海，寄雁传书谢不能。

桃李春风一杯酒，江湖夜雨十年灯。[1]

最后这句“江湖夜雨十年灯”写得真好，没有动词谓语，景与景对话，名词与名词衔接。我们把它借来形容姜夔的中年人生经历。

姜夔这首词的题目说作于“丁未冬”。丁未，是宋孝宗淳熙十四年，也就是公元1187年。按照学者考证，这一年姜夔33岁，刚刚从湖北迁家来浙中。此后他的生活轨迹，主要转移到了江浙地区。从他33岁，到他42岁，也就是庆元二年（1196），这十年间，他的飘泊奔走主要集中在湖州、杭州、苏州三个地方。这之后萧德藻移家池阳，离开了湖州。姜夔失去了依靠，只好搬迁到杭州去寄人篱下。这首《点绛唇》词的时间节点，正好落在这段江湖十年的起点上。可以说，姜夔用这样一首凄苦低回的小唱，拉开了他江湖人生的序幕。

淳熙十四年丁未（1187）的正月初一，姜夔坐船抵达金陵。上一年的冬天，他接到湖州萧德藻的约请，让他携带妻子搬家到湖州来居住。萧德藻当时调任湖州乌程县令。姜夔一介布衣，生活没有经济来源，搬家到湖州，相互可以有点照应。萧德藻当初在湖北做官的时候，认识了姜夔，非常欣赏他的才华，不仅与他结为忘年交，还把自己的侄女嫁给了姜夔。萧德藻视姜夔如女婿，姜夔奉萧德藻如岳丈，关系比较亲近。湖州是著名的水乡泽国，遍地鱼虾稻米，自古以来号称“水晶宫”，经济条件好，是南宋最富庶的地区之一。自然环境和气候条件也与他早年生活的湖北汉阳差不多。

来到湖州后没有多久，大约在那年的春三月前后，萧德藻介

[1] 宋·黄庭坚《山谷集》卷九《寄黄几复》。

绍他前往临安，拜访在那里的诗人杨万里。杨万里是萧德藻多年的定交诗友，当时在朝廷任枢密院检详文字、左司郎中、秘书少监，官阶为正七品，不算什么重要的高官。在朝廷任职的那段时间，经常与陆游、张镃、京镗、尤袤那些人唱和往来。杨万里的性格比较倔强，据说宋高宗并不怎么喜欢他，曾经说杨万里"直不中律"，意思是耿直是耿直，但不太上路子，犟头犟脑不知道变通。杨万里后来给自己写自赞，半调侃半叹息说："禹曰也有性气，舜云直不中律。自有二圣玉音，不用千秋史笔。"[1]意思是高宗皇帝说他"直不中律"，孝宗皇帝又说他"也有性气"。两位皇上金口玉言，都不用史官再来写我了。

姜夔把自己的诗卷呈送给杨万里请教，这是当时流行的干谒方式。大概是杨万里觉得自己帮不上忙，不能为姜夔解决衣食和职业，于是又介绍姜夔去拜访另一位高人：退居在苏州石湖的前参知政事范成大。当时杨万里写了一首介绍信式的诗，诗中说：

吾友彝陵萧太守，逢人说项不离口。
袖诗东来谒老夫，惭无高价索璠玙。
翻然欲买松江艇，径去苏州参石湖。[2]

在临安住了一段时间后，姜夔回到湖州。大约是在那年的夏天，姜夔前往苏州拜访了范成大。范成大也喜欢音律曲谱之学，家里养有歌妓乐工，见姜夔精通音律，能够自度曲，非常欣赏，曾经跟他谈论过琵琶四曲。也就在这一年的冬天，姜夔再一次前

[1] 宋·罗大经《鹤林玉露》甲编卷一。
[2] 宋·杨万里《诚斋集》卷二十三《送姜夔尧章谒石湖先生》。

范成大画像（道光本《吴郡名贤图传赞》）。

往苏州石湖，拜访范成大，并写下了这首《点绛唇》。

绍熙元年（1190），姜夔正式定居湖州。经过几年的四处干谒奔走，曳裾侯门，姜夔终于在湖州苕溪附近的白石洞天找到一处可以建造房子的地方，在那里建起了自己的房子。朋友前来祝贺，为他取字“白石”。于是他便以“白石道人”为自己的号。第二年（1191）冬天，姜夔再次前往苏州石湖，冒着大雪拜访范成大。这一年他37岁，写了《雪中访石湖》诗献给范成大。诗是这样的：

雪矸如玉城，偏师敢轻犯。
黄芦阵野鹜，我自将十万。
三战渠未降，北面石湖范。
先生霸越手，定自一笑粲。[1]

把自己的冒雪干谒，形容成率军前来叩关攻城。范成大读后哈哈一笑，回了一首《次韵尧章雪中见赠》：

玉龙阵长空，皋比忽先犯。

---

[1] 宋·姜夔《白石道人诗集》卷上《雪中访石湖》。

鳞甲塞天飞，战退三百万。
当时访戴舟，却访一寒范。
新诗如美人，蓬荜愧三粲。[1]

这一次干谒，之所以广为后人所知，是因为范成大用妓乐招待姜夔，姜夔在席上创作了著名的《暗香》《疏影》词。范成大读了极为高兴，留姜夔住了一个多月。直到大年除夕，才让他告辞回去。临别，范成大还把家里的歌女小红赠送给了姜夔。除夕那天，姜夔带着小红从石湖乘船回湖州。大雪中路过吴江的垂虹桥，写下了那首著名的《过垂虹》诗：

自琢新词韵最娇，小红低唱我吹箫。
曲终过尽松陵路，回首烟波十四桥。[2]

他写了十首绝句，描述自己当时的行迹和心迹。

在这几年里，他与另一位贵胄公子张鉴（平甫）也成了朋友。张鉴和他的族兄弟张镃，都是世家名门出身，是循王张俊的曾孙辈。张俊是宋高宗手下著名的抗金大将，与岳飞、韩世忠、刘光世并称南宋中兴四名将。后来主动缴纳兵权，鼓倡和议，与秦桧合谋陷害岳飞，为世人所不齿。张俊的蜕变，换来了个人的大富大贵。晚年罢枢密使，封清河郡王。死后又追封循王。到他曾孙这一辈，张氏家族仍然是临安的显贵豪门。张镃年轻时，凭着祖上的恩荫，过着极为奢靡富贵的生活。他的南湖园林非常豪华，

[1] 宋·范成大《石湖诗集》卷三十三《次韵尧章雪中见赠》。
[2] 宋·姜夔《白石道人诗集》卷下《过垂虹》。

豪华到我们难以想象的地步。[1]杨万里和张镃是特别要好的朋友，他一定会把姜夔引荐给这位有钱的朋友。

张鉴也是非常阔绰的富贵公子。他自己并不做什么官，但江浙各地都有他的宅第田庄。姜夔大概是在临安客居的时候，通过杨万里认识的张镃，再通过张镃认识的张鉴。绍熙四年（1193）九月，范成大去世。姜夔失去了他第一个干谒对象。之后他的干谒寄食，转移到了张鉴府上。

庆元二年（1196）冬天，姜夔与朋友张鉴、俞灏、葛天民从武康一起乘船，前往无锡张鉴家。路过吴松江，姜夔创作了《庆宫春》词。在无锡张府住了一个多月的时间，又在那年的十二月二十六日，乘船经吴松江回湖州。六年后，张鉴病故，姜夔第二次失去了干谒依靠的对象，内心十分痛苦。从此再也找不到知心的寄食谒主了。

这一段谒客的生活经历，看上去自由自在，其实非常辛酸。总结起来，我们发现有如下规律：

（一）姜夔把家安在湖州，主要依靠在乌程做官的姻亲萧德藻接济，同时以湖州为中心，四处寻找干谒机遇。南下客居临安，北上客居无锡，西走客居合肥，东来客居苏州，苏州范成大的石湖，是他那个十年中最主要的干谒就食地。范成大富贵、清闲、好客、知音律、擅诗词，家中又养有歌妓，又有园林之盛，种种条件，使他成为那段时间姜夔最重要的投靠施主。所以姜夔不惜折腰俯首，一次又一次前往石湖寻求帮助。

（二）太湖周边地区地势低洼，是著名的水乡泽国。乘船走水

[1] 参见宋·周密《武林旧事》卷十、周密《齐东野语》卷二十。

苏州石湖晨照。湖旁石壁原有宋孝宗亲笔御题“石湖”二字。景区内有范成大祠。范成大居石湖时，依地势高下修建有多处亭台楼阁，园林中遍种梅花，有农圃堂、北山堂、千岩观、天镜阁、寿乐堂等建筑。

路，是最方便快捷的交通手段。见于记载的每一次干谒出行，姜夔都是坐船。杨万里写诗叮嘱他“翻然欲买松江艇，径去苏州参石湖”，固然不必说。姜夔自己写的诗里面，《雪中六解》组诗之四：“曾泛扁舟访石湖，恍然坐我范宽图。”同题组诗之五：“旧人乘兴扁舟处，今日诗仙戴笠看。”《除夜自石湖归苕溪》组诗之三：“黄帽传呼睡不成，投篙细细激流冰。分明旧泊江南岸，舟尾春风飐客灯。”组诗之五：“已拚新年舟上过，倩人和雪洗征衣。”组诗之七：“长桥寂寞春寒夜，只有诗人一舸归。”[1]都可以证明，他每次前往石湖都是坐船，每次坐船都是走的太湖水路。

（三）冬季干谒比较多，不是年底，就是旧历新年前夕。雪中访石湖，成为一种固定的行为模式。也有部分春天去的记载。冬

[1] 宋·姜夔《白石道人诗集》卷下《雪中六解》组诗、《除夜自石湖归苕溪》组诗。

春这个时候青黄不接，贫寒家庭最容易陷入困境。从时间上判断，姜夔一方面并不肯频繁干谒达官贵人，能不去便不去。另一方面，也确实为衣食生计所迫，干谒的目的就是登门寻求接济，或者解决就食问题。让我们想起大诗人陶渊明当年所描写的情景：

饥来驱我去，不知竟何之。
行行至斯里，叩门拙言辞。
主人解余意，遗赠岂虚来。
谈谐终日夕，觞至辄倾杯。（《乞食》）

读了让人鼻酸。这是南宋时期江湖谒客最常见的生活状态。

从湖州到苏州、坐船走水路、干谒豪门朋友、寻求生活接济，把这几个点连接起来，就构成了《点绛唇·丁未冬过吴松作》完整的创作背景。也就是说，江湖十年来，他一次次重复着这种干谒模式，每一次的行迹叠加在一起，形成了他江湖人生的轨迹。这条轨迹，早在十年前的那次拜访，就已经基本定型了。

读者特别需要注意：丁未那年，姜夔才33岁，刚刚结婚成家不久，也刚刚迁徙到湖州不久，刚刚认识范成大不久，也刚刚在江湖上有点名气不久，尤其重要的一点，这种干谒豪门的生活方式，也刚刚开始不久。

面对现实，这颗年轻的心灵一定经受过强烈的矛盾冲击，一定经常纠结于两难选择之中，有过挣扎，有过徘徊，有过自责。他需要时间，来逐渐适应这种卑微无奈的生活方式；他需要理由，来支撑自己的江湖人生。——《点绛唇》小词，正好讲述了这种徘徊不去的矛盾心态。

孤独自恋的谒客

姜夔这个人自尊心很强，作为贫寒而又有才华的一介布衣，他既希望得到朝廷和达官贵人的欣赏和重用，又不愿意低三下四攀结权贵，让人看不起，所以一直很矛盾纠结。科举考试是他的软肋，屡试屡败。宋宁宗庆元三年（1197），他将自己潜心钻研写出来的《大乐议》和《琴瑟考古图》进献给朝廷，并且提出应重新整理雅乐。大臣京镗让太常寺的官员们审定校正，拿出处理意见。结果因为议论不投合，姜夔受到寺官们的排挤和嘲笑，倡议最终被搁置。[1]两年后，他又向朝廷进献了《圣宋铙歌》十二章，宁宗皇帝下诏开恩，同意他可以免去科举乡试，直接参加礼部考试。初试免了，可以直接参加复试。姜夔前去应礼部试，结果仍然落第，无缘官场。两度献歌献图，可见他用世之心还是有的。努力过，但没有做官的命。

姜夔这个人长得非常清瘦单薄，当时人说他“气貌若不胜衣”，[2]身体单薄到连衣服都撑不起来。不过瘦归瘦，为人却冰雪聪明。在曲子词的悟性上，姜夔比当时的许多词人都高出一截。他性情孤高内向，与周围的环境格格不入，一生鹤立鸡群，孤独得要命。他也是苏轼那样的孤鸿野鹤，但此仙非彼仙：苏仙是翩然天外，心存人间，朋友一大堆，所以词是温暖的，带着人间的体温。白石老仙正好相反。他只身寂寞地行走在人间，一颗凄苦的心始终孤悬天外，没有什么朋友，听不到任何笑声。似乎比周

[1] 参见宋·张仲文《白獭髓》“姜夔正乐”条。

[2] 宋·陈郁《藏一话腴》内编卷下。

邦彦还要孤独，孤独得天荒地老。我们读姜夔的词，总是觉得凄清到骨，冰清水冷，有一种说不出的凛冽寒意。

姜夔的高洁有口皆碑。尽管寄人篱下，却从来不主动谋求钱财，不谋求肥缺职位。他只是静静地以自己的才华换取别人的清赏，赢得社会的喝彩，从来不肯用计谋、用恭维来换取宰相名儒的推荐赏识，保持了一个布衣词人应有的尊严。这是他与刘过、戴复古那些江湖谒客最大的不同。他极其看重自己的清名，特别爱惜羽毛。他的不贪钱财，不治生产，不是常人所能做到的。张鉴看他考不取进士，生活无着落，曾经提出为他捐资买一个官爵。宋代除了科举取士、门荫补官、军功补授、吏人出职等渠道之外，法律允许有钱人以纳粟的方式向朝廷买官，称为“进纳出身人”，这类官员叫做“纳粟官”。宋人不大看得起这类官员，所以姜夔不愿意做这种官。后来张鉴又提出割让无锡的一片膏腴田庄赠送给他，他也谢绝了。

宋人记载说，他家无立锥之地，满屋子堆放的都是书卷图册，每一顿饭都有食客在座，跟他一起进餐。[1]自己本来就靠寄食为生，一介清客，却还喜欢结交其他诗人墨客，不惜分食给其他朋友。在这点上，他很像北宋的布衣词人陈师道，家人穷得面有菜色，仍然能够不管不顾，在那里潜心读书写诗。

姜夔另一个与众不同的地方是非常博雅。他不是只会写诗写词的士子，而是一个多才多艺的音乐艺术家、书法艺术家。他的书法像他的曲子词一样秀逸飘洒，骨子里有一种小心翼翼的恭谨，同时也有一种泉石在心的清高。他的手书真迹至今还有流传。他曾经续唐人孙过庭《书谱》，作《续书谱》，详细论述各种技法。

[1] 参见宋·陈郁《藏一话腴》内编卷下。

他的诗歌是从江西诗派的家法入手，最后走进晚唐的，陆龟蒙是他师法的偶像。

姜夔画像。不太符合清瘦凄苦的形象特征。

姜夔最大的特长在于精通音律，能够审读乐理，订正乐谱，并且自行创制新的词牌曲调。今存的各种宋人词集里面，唯独他的词集《白石道人歌曲》保留了十七首旁注工尺谱的词作，不仅在宋词史上极为珍贵，就是在中国音乐史上，也是极为珍贵的资料。后来的词人张枢也曾自度曲调一百阕，收录进他的词集《依声集》，也都旁缀有音谱，可惜全部都失传了。姜夔善于吹箫按谱，作曲子词先是率意为长短句，

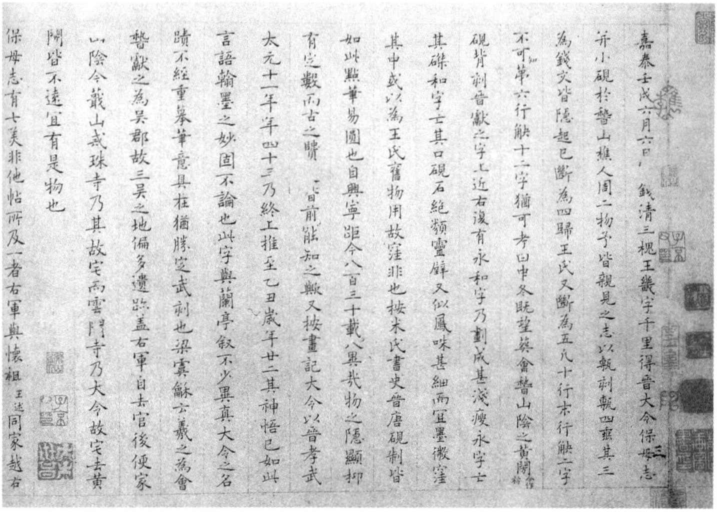
嘉泰壬戌六月六日，錢清王畿字千里得晉大令保母志
并小硯於嶜山樵人周二物予皆親見之志以甎刻甎四垂其三
為錢文皆隱起已斷為四歸王氏又斷為五凡十行末行缺二字
不可知第六行缺十二字猶可考曰中冬既望葬會稽山陰之黃閍
硯背刻晉獻之字七近右復有永和字乃劃成甚淺瘦永字亡
其礫和字亡其口硯石絕類靈璧又似鳳咮甚細而宜墨微窪
其中或以為王氏舊物用故窪非也按米氏書史晉唐硯制皆
如此點筆易圓也自興寧距今八百三十載八異哉物之隱顯抑
有定數而古之賢昔前能知之歟又按畫記大令以晉孝武
太元十一年年四十三乃終上推至乙丑歲年廿二其神悟已如此
言語翰墨之妙固不論也此字與蘭亭敘不少異真大令之名
蹟不經重摹筆意具在猶勝定武刻也梁虞龢云羲之為會
稽獻之為吳郡故三吳之地偏多遺跡蓋右軍自去官後便家
山陰今蕺山戒珠寺乃其故宅而雲門寺乃大令故宅去黃
閍皆不遠宜有是物也
保母志有七美非他帖所及一者右軍與懷祖王述同家越右

姜夔手迹《王献之保姆帖跋》。今藏北京故宫博物院。

然后协以音律。作为音乐家词人，他不仅像周邦彦一样特别注重音律的和谐，词藻的讲究，而且向前延伸，特别注重意境的渲染。学术界普遍认为他的创作有明显的唯美主义倾向。

姜夔曾经写过一篇自叙，概括自己一生的行止出处。他是这样叙述自己的：

> 我幼年丧父，所幸能够传承先人的家学。年轻时奔走四方，当世的名公巨儒，都曾经赏识过自己。翰林学士梁公，于我为同乡，爱拙诗之近于唐人，称赞我的长短句妙天下。枢密使郑侨喜爱我的文章，曾当场命我作文于座中，击节称赏不已。参知政事范成大，认为我的翰墨人品皆似晋宋之雅士。待制杨万里认为我于文无所不工，甚似唐人陆龟蒙，后来成为忘年之交。复州诗人萧德藻，当世称其为千岩先生，以为他自己四十年作诗，始得我为知友。待制朱熹既爱我的文章，又爱我精通礼乐。丞相京镗不仅仅称赏我所献给朝廷的礼乐之书，还欣赏我的骈俪之文。丞相谢深甫喜爱我的乐书，命其次子来谒见。稼轩辛弃疾深深服膺我的长短句。其他如副卿孙逢吉、胡纮、江陵杨冠卿、南州张公、金陵吴胜柔及吴猎、项安世、徐似道、曾丰、商飞卿、王炎、易祓等人，皆当世之俊士，不可悉数，他们或爱我的为人，或爱我的诗歌，或爱我的文章，或爱我的书法，或折节交往。至于东州之士，则楼钥、叶适是其中特别激赏者。嗟乎！四海之内知己者不算少，而没有谁能够帮助我摆脱贫困无聊之处境。过去曾经倚靠者，惟有张鉴兄，其人甚为贤明，十年相处，情浓于骨肉。而

> 我也竭诚尽力相待，忧乐与共。张鉴念我困于科举场屋，甚至打算斥资为我买官爵，我辞谢不愿。又想要割让无锡山川之膏腴地，来供养我的家人。可惜张鉴人已去世，令人惘惘然若有所失。人生百年能有多长，宾主相知像我和张鉴这样又能有几人？抚事感慨，不能为怀。张鉴去世后，其稚子还很幼小，登其门则必为他感到凄然，终日独坐，徘徊逡巡而归。总是想告别其家人，不再客其门下，想到张鉴临死前所言，怎忍开口说走。留而不去的话，主人已经不在，还能长久寄居下去吗？[1]

这篇自叙描述了词人无比丰富的内心世界。我们可以从中捕捉到许多重要信息。

第一是自负。他为自己的多才多艺感到骄傲，自我欣赏，评价不低。这是他借以支撑失败人生的重要精神支柱。他的诗歌、曲子词、音律、书法、文章等各个方面的成就，都得到了文坛宿儒和公卿宰执的高度肯定。甚至连他的人品清操，也特别受到这些上层名流的赞赏。这意味着，他既是一位江湖布衣，还是一位到处受欢迎的江湖名士。不是隐士，也不是谋士，而是纯粹的名士，与朱敦儒、戴复古、孙惟信等人大致属于同样的士子类型。

第二是狷洁。他不是一个贪图钱财和官爵富贵的江湖名士。他的四方游食，他的投靠在别人门下，是建立在相互欣赏的基础上，宾主首先是知心朋友，然后才是帮助者和受助者。这是他非常看重的一点。换句话说，他对寄主的选择很挑剔，有点像从前

[1] 宋·周密《齐东野语》卷十二《姜尧章自叙》。

的贺铸。他先后干谒交结过那么多宰相公卿名儒，未必没有人赠与他钱财，没有人邀请他寄食门下，或者安排在幕府中任职。但能不能平等相待，能不能尊重他作为知心朋友，是他去留的权衡重点。他选择了张鉴，一定有这方面的原因。所以后来失去张鉴，他才会有那么大的痛苦，好像天地间再也没有真正欣赏他的人了。这也反过来说明他其实很孤独，并没有那么多的上层知音。这与刘过、戴复古、孙惟信那些人的行为方式和心态截然不同。

第三是爱名。他像天下所有的名士一样，太看重自己的名声，内心深处渴望得到公卿名儒和社会大众的接纳认可。尽管自负，人生价值的终极判断却不是他自己，而是权力和社会。这是他的性格缺陷。对公卿名儒的品藻评价，他如此珍惜，侃侃道来如数家珍。甚至私下里还可能有过详细的记录。这种猜测看来很有可能。他在《除夜自石湖归苕溪》的诗序中记载说，此诗录寄杨万里君，杨万里回信说：所寄十首诗，有“裁云缝雾之妙思，敲金戛玉之奇声”。他的《暗香》词序记载说：“范成大得此两首词，把玩不已，使工妓隶习之，音节谐婉。”在《扬州慢》词序中，他也谈到：“千岩老人萧德藻以为有《黍离》之悲也。”反馈评价那么重要，喝彩鼓掌那么珍贵，都被他细细记录下来，整理成小序，刻入诗集词集里。可见养名一时，扬名万世，是他生活的重要目标，也是他中年阶段漫游天下，四处拜访宿儒前辈的驱动力所在。学者们已经怀疑，姜夔的那些行文优美的词序，都是他后来统一补缀添加上去的。没有作词和作序的时间差，社会各界的阅读评价就不好记载了。

第四是重情。张鉴死后，他为是去是留徘徊不定，陷入了朋友道义与自身难保相互冲突的尴尬处境。没有稳定的经济来源，没有正当的谋生手段，他拿什么去帮助别人的孤儿寡母？离开吧，他又不忍心就这样丢下朋友家人不顾。受人之恩却不能回报，痛苦可想而知。从这些细节上我们察觉出，姜夔不是那种冲着达官贵人的金钱富贵而来的人，他有真实的感情，有平等享受尊严的需要，也有回报别人的渴望。

这样一个多情、多才、多虑、多舛的江湖诗客，这样一个孤独、内向、自卑、清高、消瘦的贫寒布衣，当他前去干谒已经退了休的大名鼎鼎的副宰相，当他不得不走进豪华奢侈的石湖园林，面对那些美貌的乐工歌妓，当他受到盛情挽留，像门客一样陪侍在范成大身边，整天赔着笑脸，当他怀揣着干谒来的银两，急匆匆坐船返回湖州，一路上惦记着饥寒交迫的妻子儿女，这些时候，他内心一定有强烈的感受，是不是？这些感受燃烧着他，折磨着他，涌出胸膛，就变成了沿途的诗歌、曲子词。换句话说，他写下的这些行旅之词、行旅之诗，里面肯定抒发了这样一些关于干谒生涯的情绪。

如果是归来，吴松江江口是他离开石湖的第一处歇脚驻舟之处。这里空旷无人，野水连天。那些憋在心底的感受，到这里就再也忍不住了。如果是前去，吴松江江口是他干谒就食之行的心理关口。进入这个关口之前，他是自由自在的孤云野鹤，是烟波江上的高人。但过了垂虹桥，前往石湖，他就变成了别人门下的清客、食客、谒客、门客。在那里，他无法再仰头看天空中的大雁了，他必须仰头看别人的脸色。

我们强烈地感觉到，姜夔的内心深处有一种巨大的孤独。读他的词，我们到处都可以触摸到这份孤独的存在。正是这份孤独，让他看上去多少有点屈原背影的样子，在那里踽踽独行。听起来又那么凄苦，仿佛楚灵均的《离骚》。

他所干谒的名公巨儒尽管欣赏他，挽留他在门下客居，但他们既富且贵，社会地位高不可攀，与他不是同类人。再怎么样唱和交往，都做不到真正的推心置腹，做不到平等相待。而像他一样漂泊江湖的行吟词客，尽管满眼都是，来来往往，但大多数都充满了世俗的渴望，为了生存在奔波挣扎，与他的操守情趣也完全不同。史达祖、陈造、敖陶孙、冯去非、韩滮这些江湖词人，他都有来往，但都不是真正的知音。他39岁前后结识了最知心的临安贵族张鉴，却在十年后痛失这位朋友。之后的二十年，他沉浸在深深的凄苦之中。所以他的词到处弥漫着这种挥之不去的孤独凄苦的况味。这种况味，不是直接讲述自己生存处境的穷愁牢骚，也不是对功名富贵的焦虑与不平，更不是借着歌颂山水风月来平衡内心的失败感。完全不是。它是对人生的反复咀嚼，对自我内心的沉吟玩味，是坐在那里，静静地感受苍穹浩渺和生命短暂，是一种屈原式的自艾自怨，低回往复，给人以无限的落寞和伤感。

这不就是当年的晏殊么？是，也不是。他与晏殊看上去是一对仰望星空者，不过晏殊是享尽了富贵之后，生出无边的惆怅来，心里有一份微微慌乱的空虚感；姜夔是什么都没有，什么富贵都还没有经历，苍穹下孑然一身，只觉得浩大无边的孤独淹没了自己。他们咀嚼的是不同的人生，叩问的是不同的永恒，仰望的是不同的星空。让我们觉得被这个卑微的小人物拨动了灵魂深处的那根心弦，在苍凉无际的人生面前，有一种无比的茫然、失落、伤感。

那首描写正月观灯的《鹧鸪天》词，尤其让人印象深刻：

巷陌风光纵赏时，笼纱未出马先嘶。白头居士无呵殿，只有乘肩小女随。　花满市，月侵衣，少年情事老来悲。沙河塘上春寒浅，看了游人缓缓归。

在游人摩肩接踵的街头，他仍然如此孤独，如此寂寞，眼神空洞飘忽，周围的一切都像朦胧的梦境，与他无关，离他很远，没有与任何人的交流对话，周围的欢声笑语也不能激起他的任何感动。他的那些千古丽句，像“数峰清苦，商略黄昏雨”，像“淮南皓月冷千山，冥冥归去无人管”，像“二十四桥仍在，波心荡、冷月无声”，都是这样。如同中国画里的山水，水墨一样的淋漓，烟雨一样的朦胧，唤醒了我们内心深处沉睡的孤独意识，给人以天荒地老、无处寻觅的伤心，说不出来，却又一读之下永远难忘。这是真正的艺术。

除此之外，我们还有一种强烈的印象，姜夔不仅孤独，而且非常自恋。他是那种极度自爱、极度自尊又极度自恋的人，永远在那里自我欣赏。他的爱惜羽毛，他的低回怅叹，他的独来独往，他对故人的眷恋，都反映出这种独特的心理倾向。“长桥寂寞春寒夜，只有诗人一舸归。”（《除夜自石湖归苕溪》）“三生定是陆天随，又向吴松作客归。”（同上）“沙河塘上春寒浅，看了游人缓缓归。”（《鹧鸪天》）三个“归”，都是一个人的背影，一个人的江湖。写出了词人独自在那里顾影自怜，徘徊再三，多么惆怅的孤鸿野鹤啊。没有哪个形容语，能够比“顾影自怜”这个成语，更能说清楚他的人格特征了。

“过吴松”的四种读法

姜夔这首《点绛唇》词题目是“过吴松作”。很多读者不太留意这个“过”字。

在古汉语中，“过”这个动词，当与行走位置有关的时候，有四种不同的解释：渡过、前往、拜访、经过。按照宋人说话的习惯，我们既可以把它解释成路过吴松江，也可以把它解释成渡过吴松江、拜访吴松江、前往吴松江。在前面列出的姜夔诗词作品中，他使用过的词汇有：向吴松、经吴松、于吴松、过吴松。“向”是前往的意思，“经”是经过，“于”是在那里。几种意思，姜夔都用过。简单地把“过”解释成经过，不一定正确。究竟哪种解释符合姜夔本意，要根据现场勘查的结果来确认。

我们已经知道，当时姜夔刚刚从湖北迁来，客居在湖州不久，也刚刚通过朋友的引荐认识范成大，可能还没有认识张鉴。苏州那一带，他只有范成大这一个干谒对象。我们假设姜夔此行也是前去干谒寄食，出发地是湖州卞山下，目的地是范成大的石湖，吴松江是他必经之处。我们关心的是：在这三点一线上，词人姜夔当时究竟身在哪里。或者，他写这首词的时候，作品现场在什么地方。

◆ 渡过说

“过吴松”意思是渡过吴松江。苏轼《有美堂暴雨》诗：“天外黑风吹海立，浙东飞雨过江来。”还有一首《归宜兴留题竹西寺》这样写道：“剩觅蜀冈新井水，要携乡味过江东。”这些“过”，都是渡过。《世说新语·言语》：“过江诸人，每至美日，辄相邀新亭，藉卉饮宴。周侯中坐而叹曰：‘风景不殊，正自有山河之异！’皆相视流泪。”“过江”的“过”，也是渡过的意思。李清照《夏日绝句》诗“至今思项羽，不肯过江东”，显然也是渡过。姜夔的“过吴松”，既可能是他前往石湖的途中渡江北上，也可能是从石湖返回湖州的途中渡江南下。从他描写太湖沿途所见的顺序来看，应该是前往石湖的途中，路过垂虹桥，渡吴松江而上。吴松不是地名，而是一条河流。渡过江河，理解起来比较通顺。

宋代的吴江地区是一个典型的泽国，地势低洼，湖沼湿地的面积比今天大得多，到处都是纵横交错的河流水道，不坐船几乎无法出行。渡过吴松江之后，便是北往石湖的河流岔道。过了吴松江，船夫转向了，词人这时心里难受，千思百想，于是写了这首词。

按照这样的解释，词人应该是在舟过垂虹桥，渡过吴松江后写下的这首词。写作现场可能是在岸上，也可能是在江边的舟中。词上片描写的大雁、山峰、湖上云雨，是追忆来时沿途所见。下片则是抒发自己此时此刻渡过吴松江的感慨：想追随陆龟蒙那样的高士而去，过烟波上的隐居生活，可是得不到，只能凭栏怀古，神游一番而已，最后还是要回到干谒寄食的现实生活中来，去石湖依傍别人。真是无奈。

◈ 前往说

“过吴松”意思是前往吴松江。陆龟蒙《祭梁鸿墓序》有一段文字说:“梁伯鸾墓，在吴西门金昌亭下几一里。余过之，作文而吊，以酒为奠。”唐人口中的这个“过”，就是前往的意思。按照这种理解，姜夔写词的现场可能在太湖西岸的湖州，当时还没有出发，在渡口凭栏怀古发感慨；也可能已经登舟，正在太湖的湖面上行船。写词的时候，他还没有抵达吴松江。

《点绛唇》词最不好理解的地方，就是姜夔究竟在什么地方“凭栏怀古”。他不是一直都在舟中吗？怎么忽然又弄出个凭栏来呢？前面说过，这个栏杆只能出现在陆地上，是岸上亭台楼阁的扶栏。地点只可能在石湖、吴江、甫里、湖州其中的一处。

范成大的石湖园林非常豪华，依地势高下修建有许多亭台楼阁，遍种梅花。园中有农圃堂、北山堂、千岩观、天镜阁、寿乐堂等建筑，宋孝宗亲笔御题“石湖”二字赐赠。周必大跑去参观，大书墙壁云:“登临得要，甲于东南。”[1]羡慕之情溢于言表。姜夔是不会在这种地方凭栏怀古的，他的心里话，只能说给自己听，不宜在达官贵人的别墅中抒发。所以石湖可以排除。陆龟蒙的甫里离吴江城池只有二三十公里的距离，沿吴松江而上，船行个把时辰便可到达。姜夔是否去过那里，没有记载可查。他平生那么仰慕陆龟蒙，如果去过，一定会浓墨重彩写诗写词，记录自己的履痕和心情。《点绛唇》词说“第四桥边，拟共天随住”，意思是曾经打算在第四桥旁边，与古人陆龟蒙一起居住。是虚写的想法，并不是本人就在现场。所以甫里也可以排除。剩下的地点只有吴江和湖州。如果“过吴松”意思是前往吴松江的话，那么词人还没有抵达吴松江。这个凭栏所在，就只有湖州了。

有没有可能，湖州渡口就是他的写作现场呢?词人落笔于太湖西畔，写自己仰天见到天上飞过的大雁。这既可能是他散点叙述的开始，也可能是焦点叙述的“固定机位”。也就是说，词人创作这首词的时候，并没有离开太湖西岸。一切都是人在岸边凭栏远眺所见。

按照这样的理解，“数峰清苦，商略黄昏雨”是词人站在湖岸边，远眺东面的太湖，所见湖上雨意苍茫、迷蒙不清的景象。时间未必是黄昏，但山山含雨是肯定的。湖州距离太湖的洞庭缥缈峰直线距离大约三十公里，距离太湖三山的直线距离也有二十多公里。晴天远眺，山峰清晰可见。天阴欲雨的时候，就不好说了。如果看不见，那只能理解成是行舟在太湖上所见了。

太湖中的缥缈峰，当年陆龟蒙也曾经站在湖州，眺望观玩过。陆龟蒙写过二十首太湖风景组诗。其中第八首《缥缈峰》写道:

[1] 宋·周必大《文忠集》卷一百七十一《南归录》;周密《齐东野语》卷十。

湖州环清溪入湖口附近远眺太湖最高峰缥缈峰。这里应是姜夔当年登舟前往石湖的出发地。姜夔词中所说的“数峰清苦”的数峰，就是太湖中东北方向的缥缈诸峰。这个视线方向，与他此行的目的地苏州石湖，也是一致的。

“左右皆跳岑，孤峰挺然起。因思缥缈称，乃在虚无里。”“身为大块客，自号天随子。他日向华阳，敲云问名氏。”[1]

姜夔死后数十年，南宋词人周密也隐居到了湖州弁山白石洞天附近，自号弁阳老人。他的《乳燕飞》词序记载说：辛未年初夏，乘坐书船带客人游览苏湾。攀登山间高亭，尽情享受登览之趣。浮玉山、碧浪湖皆历历在目，就像我辈桌上的一件件东西。遥望太湖烟云缥缈，缥缈峰等山峰矗立于湖中，如同王维、李思训的山水画。黄昏时分松风怒号，暝色四起，令人浩然忘归。[2]

他们在湖州岸边眺望太湖缥缈峰，与当年姜夔所看到的完全一样。所以，认为姜夔登临凭栏的地点在太湖西畔的岸边，词中描写的景象都是出发前凭栏所见，也是非常合理的。而且他的视

[1] 唐·陆龟蒙《甫里集》卷二《缥缈峰》。
[2] 参见宋·周密《苹洲渔笛谱》之《乳燕飞》词序。

线方向，与他前往吴松江的方向是一致的。

◆ 拜访说

“过吴松”意思是拜访吴松。河流的名称借指吴江那个地方。拜访一条河流，听上去很奇怪，也很别扭，用来指代吴江地名，就比较通顺了。陆游《老学庵笔记》卷七说：“仲殊长老，东坡为作《安州老人食蜜歌》者，一日与数客过之。”苏轼《东坡志林》卷八记载：“己卯上元，予在儋耳，有老书生数人来过。曰：良月佳夜，先生能一出乎？予欣然从之。”这里的“过”，都是拜访的意思。

拜访，当然是亲自到那个地方去，但发生没发生不能确定，也就是没有时间维度。既可能是一种尚未发生的打算和计划，也可能是正在发生或已经发生的叙述。词人说自己去拜访吴松江，所以写下了这首词。他没有说拜访石湖，没有题为“过石湖作”，而说拜访吴松，当然有自尊的因素在里面。而梦想前去拜访陆龟蒙的故里，与古人相伴而居，他没有掩饰。

仔细读姜夔的这些诗词，我们发现一个规律：为他人而写，他可以在石湖吟诗作词，献给范成大；为自己而写，吐心里话，他只在吴江垂虹桥那里吟咏放歌。几乎每次都是如此。行舟到那里，没有别人，只有自己独自面对空阔的大自然，心里话才自然流出。拜访吴松，几乎是他中年那段岁月里每年的功课。正因为如此，他才特别怀念当年隐居在那里的陆龟蒙，才总是有沿江而上拜访陆龟蒙故乡甫里的冲动，才会总是在舟临两条水路的分叉口处踌躇低回，感到一阵阵痛苦。才会在栏杆前徘徊不去，作多情而又无用的神游怀古。

按照这种解释，他的写作现场应该在吴江，在两条河流的分岔处，也是现实和理想的分岔处。他完全可能采用散点透视的方法，一路写来。从太湖西岸登舟写起，到湖中见到凄苦的山峰，到舟船抵达太湖东岸，穿过垂虹桥，渡过吴松江，后面本来应该是前往石湖，登门拜访石湖别墅的主人。但词人把最后的真实行踪虚化处理掉了，戛然而止，替换成了想象中的隐居打算，替换成了更模糊的自我形象描写。两种截然不同的拜访，同时隐含在拜访吴松的标题里：现实计划是拜访范成大石湖，理想计划是拜访陆龟蒙甫里。都是拜访，真拜访不说，假拜访虚说，实际拜访在标题中说。

◆ 经过说

"过吴松"意思是经过吴松江。词人在船过这条河流的时候写下了这首词。从太湖入吴松江口，穿过垂虹桥，姜夔踌躇了。他知道面前的两条水路通向哪里：往北的小河弯弯曲曲，十几公里之外就是范成大隐居的石湖，那是他此行的目的地；继续沿着吴松江向东，二三十公里之外就是古镇甫里，那是他曾经梦想能够去隐居的地方，陆龟蒙的故乡。站在船头的词人踌躇了，迷茫了，一时感慨万端。

他多么想追随陆龟蒙而去，自由自在地隐居湖畔，采杞菊、读书吟诗啊。可是，那需要经济实力，需要买田、买舟、买山、买屋。他姜夔如今正投靠萧德藻而居，刚娶了妻子安了家，在湖州勉强度日，哪来的条件呢？除了萧德藻，范成大是他当时唯一可以依傍的知己。这种袖诗交往，半是友谊，半是谒求，半是雅聚，半是游食。这种江湖上常见的友情资助，不管它是轻松愉悦的，还是勉强难堪的，也不管他是前去就食，还是前去乞米，虽然多少能够暂时解决他生活上的窘困，但姜夔这样自尊心特别强的词人，一定是能不去就尽量不去。这不是他第一次拜访范成大，但也不是去过多次，感觉都麻木了。就在他不得已，必须一去再去的当口，舟过吴松江，他的心泛起了涟漪。

经过吴松江，是比较容易接受的解释。这个时候词人正在吴松江上，或者垂虹亭畔，石湖和甫里都在不远的前面，像等着他做选择题。词的上片写太湖西岸、大雁南飞、湖中山峰，都是追写来时途中的所见所想。此行的记录写到吴松江上戛然而止，下片不说最终去了哪儿，只是说很想去陆龟蒙的第四桥边。然后便虚化成省略号了。

从时间逻辑上看，这样的解释很合理。他凭栏怀古的具体地点，理所当然，应该就在垂虹桥上，或者岸边亭驿中。舟到垂虹桥附近，词人暂时系舟岸边，登上垂虹亭休息眺望，在那里凭栏怀古。而且，桥边不远处，就是惹人遐想的三高祠。

四年后的绍熙二年（1191），姜夔又一次从范成大的石湖返

姜夔驻舟垂虹桥附近河流走向位置示意图。

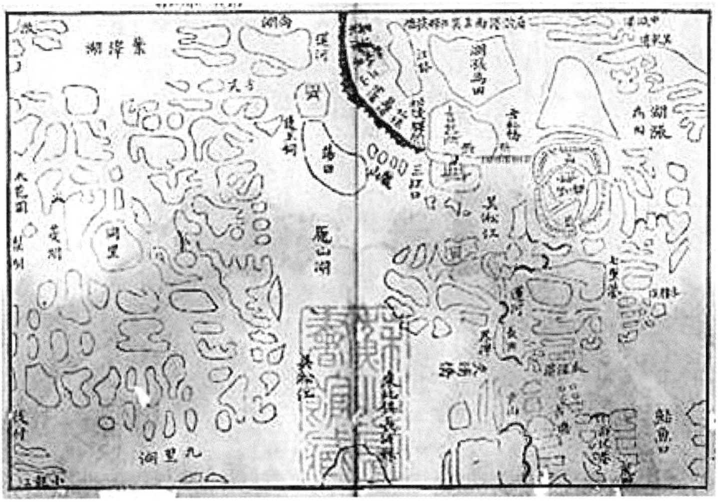

明沈启《吴江水考》所绘吴江水利全图，显示吴江与垂虹桥及三江口的地理位置。古人绘制地图习惯上南下北，与今天地图的习惯绘制方法不同。

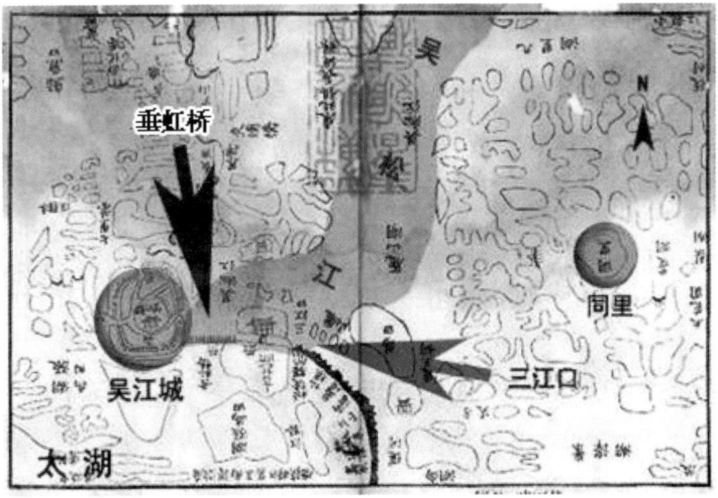

明沈启《吴江水考》所绘吴江水利全图，显示吴江与垂虹桥及三江口的地理位置。旋转成现代地图规范的北上南下、左西右东位置，可见要从太湖进入吴松江，必须先穿过垂虹桥，然后择水道北上石湖。

回湖州，小船经过吴江垂虹桥，他写下了一组诗词。《庆宫春》词小序记载说：

> 绍熙辛亥除夕，予别石湖归吴兴。雪后夜过垂虹，尝赋诗云：笠泽茫茫雁影微，玉峰重叠护云衣。长桥寂寞春寒夜，只有诗人一舸归。

那只孤独的大雁又出现了，云也出现了，缥缈峰也出现了，小船再次路过垂虹桥。这个“过”肯定是经过。这段描写，像是一个过吴松江的标准模板。我们不妨把它看成是四年前那次路过的相同记录，诗则是《点绛唇》词的复沓歌唱。只不过方向相反，诗写返程，词写来时。诗里的夜过垂虹，就是经过垂虹桥、穿过垂虹桥。半夜三更的时候，刚刚下过大雪，宽阔的水上空空荡荡，此时人在舟中，舟在江上。四年前的冬天，词人或许也是这样伫立舟中，然后再弃舟登岸，写下《点绛唇》。

综合上面的推理分析，我们倾向于认为，《点绛唇》的写作现场，应当在吴松江垂虹桥上的垂虹亭中。

崇拜陆龟蒙什么

当初在杭州拜见杨万里的时候，姜夔是袖诗前去的。杨万里读了很欣赏，说他各种文体无所不工，都写得很好，非常像晚唐的诗人陆龟蒙。

这是姜夔自己回忆的情节。杨万里给他写的推荐诗《送姜夔尧章谒石湖先生》，里面并没有提到陆龟蒙。姜夔自己的答复诗《次韵诚斋送仆往见石湖长句》，也没有提到陆龟蒙。他到石湖去拜访范成大，与范成大唱和讲论，度曲填词，也没有提到陆龟蒙。再后来他去无锡拜访老诗人尤袤，尤袤问他诗歌学哪一家，姜夔很自负地回答说："三薰三沐，虔诚地学黄庭坚，几年之后变得一语不敢妄下。最后才醒悟到学即是病，不如不学，黄庭坚的诗如今也束之高阁了。"[1]这时候，他也没有提到陆龟蒙。

但是，他自己多次把自己比作陆龟蒙，屡见于吟咏。淳熙十四年（1187）写这首《点绛唇·丁未冬过吴松作》，还只是说自己有这样一个隐居梦，想追随陆龟蒙（天随子）而去。四年后的绍熙二年（1191）冬天，他从石湖干谒归来，写了组诗《除夜自石湖归苕溪》十首，其中的第五首直接把自己想象成陆龟蒙再世：

三生定是陆天随，又向吴松作客归。
已拚新年舟上过，倩人和雪洗征衣。

他把这组诗寄给杨万里，杨万里读后，赞叹说组诗"有裁云缝雾之妙思，敲金戛玉之奇声"。[2]

我们推测，大概就是这次寄诗，杨万里在回信中给了他高度评价，并且说他确实很像晚唐诗人陆龟蒙。如果事实确实如此，那么把他与陆龟蒙联系在一起，变成江湖定论的，不是别人，恰恰是他姜夔自己。杨万里仅仅是就诗歌论诗歌，说姜夔的这些绝句空灵缥缈，精致工稳，在风格上像陆龟蒙，并没有说他为人像。姜夔自己不这么定义，他的"像"要广义得多，不仅是诗歌风格

[1] 宋·姜夔《白石道人诗集·自序》。
[2] 宋·姜夔《白石道人诗集》卷下《除夜自石湖归苕溪》十首自注。

像，而且是人生遭遇、自我形象、精神气质、高士操守、出处行止都像。每一个方面他都要模仿，都要像。人像重于诗像。

那么，他是怎么与陆龟蒙结缘的呢？

按照我们的生活常识，一个人刚迁居到某个陌生的地方，他首先会关心那里的风土人情，以尽快适应当地的环境生活。这是生存需要。然后，便会去关心和了解当地的山川名胜，了解当地的文化历史，出过哪些名人，有过哪些传说。姜夔当初在萧德藻的邀请下，从湖北携家迁居到湖州，可能就在那时候开始仰慕陆龟蒙。陆龟蒙是湖州地方的历史名人，萧德藻一定会跟他谈起。当地的地方文献和乡绅口中，也一定有许多关于陆龟蒙的传说。

唐代做过湖州刺史的名人不少，有令狐绹、颜真卿、杜牧、郑仁规等。宋代做过湖州知州的名人更多，像庞籍、滕宗谅、孙觉、李常、苏轼、晁补之、王安礼、刁约、李光、陈与义、汪藻、王十朋等人，都在这个地方做过父母官，时代也都比姜夔早。大名鼎鼎的苏轼是在北宋元丰二年（1179）的四月到任湖州的。上任没有多久，就被御史台抓捕进京，调查所谓的“乌台诗案”，最后流放到黄州监管居住。庞籍就是那位与范仲淹一起镇守陕西边境的帅臣，滕宗谅就是范仲淹为他写《岳阳楼记》的那位巴陵郡守滕子京，孙觉就是秦观的那位高邮亲戚，刁约就是为欧阳修翻建平山堂的那位扬州太守。这些人，我们在前面的篇章中都提到过。

这些历史名人，官高名大，天下仰慕，姜夔当然很敬重。但是跟他没有什么关系，他也没有什么兴趣。他穷小子一个，需要的不是追星，而是能够让他产生精神共鸣的古代知音。

陆龟蒙一生没有当过官，只不过曾经先后在湖州、苏州两个地方，做过刺史张抟的幕僚，也就是官府里办事跑腿的下级小吏。

姜夔在这位古人身上，找到了他非常熟悉的特征：贫穷、消瘦、多病、考不取进士，找到了他坚守的品质：清高、放达、孤独、自由、热爱山水。根据陆龟蒙自己写的《甫里先生传》，以及欧阳修《新唐书》本传的记载，陆龟蒙一生许多亮点，都是姜夔非常感兴趣的。我们来看看：

（一）陆龟蒙经常饿肚子没有饭吃，米仓里没有斗升蓄积。可是尽管贫穷，却从来不谈金钱，整天在田间劳作。有人嘲笑他，陆龟蒙回答说，连尧、舜、大禹那样的圣人，都整天劳动，满手的老茧。我一介布衣，不勤劳怎么养活妻子家人？[1]姜夔也是家无立锥之地，盎无隔夜之粮，是宋代最穷的词人之一。但是否亲自劳动，未见有记载。史书说他不治生产，大概是说他没有家庭主业，似乎也包括不劳动的意思在里面。以他瘦弱的体质，加上没有自己的田地，田间劳作似无可能。

（二）陆龟蒙为人清高放达，天性野逸，不喜欢与世俗之辈交往。哪怕对方已经到了门口、进了家门，也不肯出来相见。平常不参加别人的婚庆吊丧，逢年过节也不去亲戚姻党各家走动。伏腊丧祭，一概免去。曾经南游到江西的饶州，一连三天闭门不出，不干谒任何地方官员。刺史蔡京听说后，率下属官员前去登门拜访，陆龟蒙很不高兴，拂衣而去。姜夔也是非常清高的布衣，爱惜羽毛，不喜欢与世俗交往。但为了生计，不得不四处干谒，曳裾侯门，靠他人的接济过日子。

（三）陆龟蒙学问非常好，精通六经，尤其深入研究过《春秋》。写出的书稿自己不太爱惜。平生特别喜欢校对古书，校书的朱笔、黄笔没有一天离手。诗文俱佳，皆能自成一格。在这一点

[1] 参见宋·欧阳修《新唐书》卷一百九十六《陆龟蒙传》。

上，他们特别相像。姜夔多才多艺，书画、诗词、金石、音律无不精通。尤其诗歌和曲子词，为当时翘楚，受到上层士大夫的广泛推崇。他尽管贫穷，但家里的图书翰墨收藏，却汗牛充栋。唯一不像的地方，是他特别珍惜自己的作品，看得很重，没有陆龟蒙那么潇洒，那么无所谓。这是名士与隐士之间的差距。名士重名，隐士埋名。

（四）陆龟蒙特别爱清洁。自家的窗户、书桌、几席从来都是干干净净，没有丝毫尘埃。喜欢品茶，讲究高雅的生活情趣。姜夔也是这类讲究精致雅洁生活的高人。只要经济条件许可，焚香操琴、移宫犯羽、歌姬相伴、食客作陪，他也会偶尔尽力讲究。可惜生活窘迫，总是讲究不起来。

（五）陆龟蒙不添置车马，也从来不骑马出门。没有事情的时候总是坐小篷船，出没于江上烟波。船上放有书卷、茶炉、笔床、钓具，以及划船的船夫。见到任何让人有点不开心的事情，立即掉转船头返回。当时人称呼他“江湖散人”，他自己则把自己视为涪翁渔父、江上丈人之流。[1]姜夔一生漂泊，交通工具从来都是坐船。不同的是，陆龟蒙拥有自己的小船，所以能够把书卷钓具放在船上，想去哪就去哪，甚至以船为家。姜夔连这点都做不到，平常出行，需要租用渔家的客船，用古人的话说叫做“买舟”。

（六）陆龟蒙晚年名气越来越大，朝廷以高士召他出来做官，他不肯赴任。好友当了宰相，任命他为左拾遗。可惜诏书刚下，他人已去世。在这点上，姜夔与陆龟蒙之间没有相似点。也许姜夔向往的，正是这种可能发生的结果。科举无望，只有隐居。隐居隐得名气大了，朝廷最后不得不下诏，征召他出来做官。把我

[1] 参见唐·陆龟蒙《甫里集》卷十六《甫里先生传》。

陆龟蒙故里甪直镇的陆龟蒙墓，在古镇保圣寺后院内。

陆龟蒙故里甪直镇。

明嘉靖《吴江县志》中的吴松江地图，图中标有垂虹亭和三高祠，其下方为垂虹桥。姜夔舟过垂虹桥，驻舟垂虹亭下，附近就是三高祠。目力所及，词人不可能没有想法。垂虹亭旁三忠祠为明初所建，纪念伍子胥、张巡、岳飞。南宋时无此建筑。

求官变成官求我。对于江湖名士来说，这是他们人生最理想的境界，也是他们努力想要实现的终极目标。

姜夔在科举失败、生活没有着落的窘境下，“发现”了陆龟蒙。于是很想自己能够成为他那样的人，走他那样的路。最后以高士的美名，得到朝廷和社会的认可。与其说他发现了与自己特别相像的古人，不如说他需要受人尊敬，所以必须找到一个特别受人尊敬、同时又非常像自己的古人，以此来激励自己，支撑自己失败的人生。可惜姜夔一直到死，都只是一个名士，不是真正的隐士。他是身隐而心不隐，尽管倾心仰慕陆龟蒙，但与古人之间始终还有一段距离。

陆龟蒙后来隐居在吴松江边的甫里，今天叫做角直镇的地方。那地方离垂虹桥不远，也就几十里外。离范成大的石湖距离也差不多。他的好朋友李蔚、卢携入朝做了大官，想起他来，任命他

吴江的鲈乡亭与三高祠。照片拍摄于1938年。原建筑今已不存。

做朝廷的左拾遗，可惜诏书刚下他已经死了。吴江人怀念这位高人，特意在垂虹桥附近修建了一座三高祠，来纪念他。

三高祠坐落在垂虹桥南面的雪滩上，是县令赵伯虚在乾道三年（1167）建造的。祠中供奉着越国上将军鸱夷子皮范蠡、东晋大司马东曹掾江东步兵张翰、晚唐布衣诗人甫里先生陆龟蒙。这三个人都是隐居吴中的江湖高人，以不慕富贵，远避浊世而受到人们的景仰。三高祠修成后，范成大还专门为它写了篇《三高祠记》。

这是姜夔创作《点绛唇》词二十年前的事情。后来姜夔往来吴松江，舟过垂虹桥，一次次探访三高祠，对陆龟蒙越来越崇敬，还写诗发过感慨：

越国霸来头已白，洛京归后梦犹惊。
沉思只羡天随子，蓑笠寒江过一生。[1]

[1] 宋·姜夔《白石道人诗集》卷下《三高祠》。

意思是对前两位高人，自己是敬而远之。因为范蠡功成名就的时候，已经满头白发；张翰从洛阳归来，捡回一条性命，也吓得个半死。都不值得学习。惟独那位号天随子的陆龟蒙，他情有独钟。他觉得隐居要趁早，不必等到满头白发的晚年，也不必一定非要经过杀身之祸的惊吓，才幡然醒悟。所以想来想去，还是陆龟蒙值得自己羡慕：戴着斗笠，披着蓑衣，隐居江湖上，平平静静地过完一生。

商略江湖雨

冬天的太湖上，那几座山峰状貌清苦，好像在商量着什么，商量着黄昏那场雨该怎么下。

读到这样美丽的句子，我们并不惊叹词人的想象力，而是觉得他看山如看自己，揣度移情，不仅透露了自己内心凄苦的底色，同时还间接写出了自己俯首沉吟，对着湖光山色，在那里独自商略着自己的江湖人生。山，在商略黄昏雨。人，在商略江湖雨：这种江湖干谒的生存状态，难道是自己命中注定？未来的人生路该怎么走？他一定这样反复问过自己。

我们来逐字逐句品味词人的内心沉吟。

燕雁无心，太湖西畔随云去

燕雁，指遥远北方飞来的大雁。词人出门了，抬头仰望天空，眺望茫茫太湖，觉得天空中应该有一只北方的大雁飞过。其实冬天哪来的大雁，这只大雁不过是他姜夔自己罢了，是他地上的身影幻化在天空中，别人是看不见的，只有他看得见。无心也不是大雁无心，而是他自己无心。他没有说出来的潜台词是：我就像

太湖上飞过天空的大雁。拍摄地点为太湖边的湖州环清溪入湖口。

一只自由自在的大雁，从太湖西畔飞来。多轻松自在啊，没有什么心机，也不想什么心事，随心所欲，随云而去。

自己要从太湖西畔出发，去东岸的石湖化缘，解决衣食问题。但他说不出口，更没有办法写出来，所以虚构天上有大雁飞过。这话此地无银三百两，听了很辛酸：明明自己前去干谒求助，却非要说只是去走走玩玩，没有什么具体的目的，也不想要人家的东西。范成大是大诗人，而且懂音乐，是知音之人，去他家串串门、谈谈音律书画，有什么关系嘛。

“无心”这话，他不止一次说过。有时候形容自己，有时候又形容所见之物。他的《湖上寓居杂咏》第七首写道：

布衣何用揖王公？归向芦根濯软红。
自觉此心无一事，小鱼跳出绿萍中。[1]

[1] 宋·姜夔《白石道人诗集》卷下《湖上寓居杂咏》。

说自己没有一点机心，就像小鱼儿随便那么一跳。

拿这首诗来注释他的《点绛唇》，显得有点残酷，好像故意跟古人过不去：小鱼跳水，就是燕雁随云，两种形容一种意思，都是无心而为。但他这一次可不是“此心无一事”，这次“随云去”恰恰是有一事相求，是去干谒，去就食，去拜揖王公。他的干谒，让他的“布衣何用揖王公”变成了一句笑话，变成了布衣又去揖王公。

以大雁比喻自己，反复吟咏，变为自我的形象符号，这大概是他从李白和陆龟蒙那里学来的。唐代大诗人李白曾经描写过这种候鸟，说它们非常悲苦：“洞庭白波木叶稀，燕雁始入吴云飞。吴云寒，燕雁苦，风号沙宿潇湘浦，节士感秋泪如雨。”[1]燕雁苦，节士也跟着苦。姜夔就是那只燕雁，就是那位节士，所以内心也非常凄苦，看湖中群山，也都含悲带愁。“数峰清苦”的描写，不是没有来由。它应该是从“燕雁苦”的形象感受上，通过心理投射转移，生发出来的。

陆龟蒙也有一首咏大雁的诗：

南北路何长，中间万弋张。
不知烟雾里，几只到衡阳。”[2]

说大雁南飞的路上，不知道有多少猎网、弓箭在等待它们，最后能有几只幸运的大雁，飞到过冬的衡阳呢？另一首《孤雁》诗，直接把大雁比作他自己：

[1] 唐·李白《李太白文集》卷三《临江王节士歌》。
[2] 唐·陆龟蒙《甫里集》卷七《雁》。

我生天地间，独作南宾雁。
哀鸣慕前侣，不免饮啄晏。
虽蒙小雅咏，未脱鱼网患。
况是摽礼经，忧为弋者篡。[1]

还有一首《归雁》诗，也是以雁自喻：

北走南征象我曹，天涯迢递翼应劳。
似悲边雪音犹苦，初背岳云行未高。
月岛聚栖防暗缴，风滩斜起避惊涛。[2]

这些描述和感慨，后来都改头换面，出现在了姜夔的笔下：

孤鸿度关山，风霜催翅翎。影低白云暮，哀嗷那忍听。(《以长歌意无极好为老夫听为韵奉别沔鄂亲友》)

雁怯重云不肯啼，画船愁过石塘西。打头风浪恶禁持。(《浣溪沙·丙辰岁不尽五日吴松作》)

万里晴沙夕照西，此心唯有断云知。年年数尽秋风字，想见江南摇落时。(《雁图》)

燕雁无心，太湖西畔随云去。数峰清苦，商略黄昏雨。(《点绛唇·丁未冬过吴松作》)

无论是燕雁苦，还是燕雁哀，是燕雁怯，还是燕雁孤，都是

[1] 唐·陆龟蒙《甫里集》卷三《孤雁》。
[2] 唐·陆龟蒙《甫里集》卷十《归雁》。

太湖南岸湖州环清溪入湖口附近所见西山缥缈峰，时阴时雨，似阴似雨。

哀伤的负面情绪：提心吊胆、孤苦伶仃、辛勤奔波、风吹雨淋，所以看到湖上的青山，是清苦的表情。这是真话。而说燕雁无心，则是他维护自尊的谎言。这么孤独凄苦的大雁，哪能无心呢？要是真无心，沿途哪来那么多的恐惧和联想。是不是？

◆ 数峰清苦，商略黄昏雨

这两句是千古丽句，想象力和画面感都无与伦比，绝顶的凄美，绝顶的清空。有一种寂寞荒凉在里面。

读者不难想象出，这应该是下午所见。湖州到吴江的距离约五十多公里，以通常的行船速度，需要一整天时间。如果词人是上午吃完饭（飧时）从湖州登舟出发的，下晚吃饭时间（晡时）到达，午后他的船已经到了太湖中接近东山的地方。只有午后时分，天气变化，他才能推想黄昏的天气情景。午后太湖上雨意沉沉，阴云密布。按照“太湖西畔随云去”的描写，那些云是飞动

太湖南岸湖州环清溪入湖口附近远眺太湖。午后雨云低垂，隐约可见太湖诸山。

的，飘走的。出发的时候，还没有要下雨的意思，船到湖中，雨意越来越浓。冬季江南地区的风雨大多来自西北方向，夏季则大多来自东南方向。不管雨云是由西向东，还是由东向西，反正天要下雨了。词人估计大概黄昏时候雨会落下来。还有一个多时辰，才能赶到吴江垂虹桥。

行船水上，船夫和客人最注意风向和天气。因为它不仅影响行船速度，还直接影响人身安全。姜夔当年坐船经过洞庭湖，遭遇狂风大浪，差点小命都搭上。他的《昔游诗》描写说：

大风忽怒起，我舟如叶轻。
或升千丈坡，或落千丈坑。
回望九马山，政与大浪争。
如飞鹅车炮，乱打睢阳城。

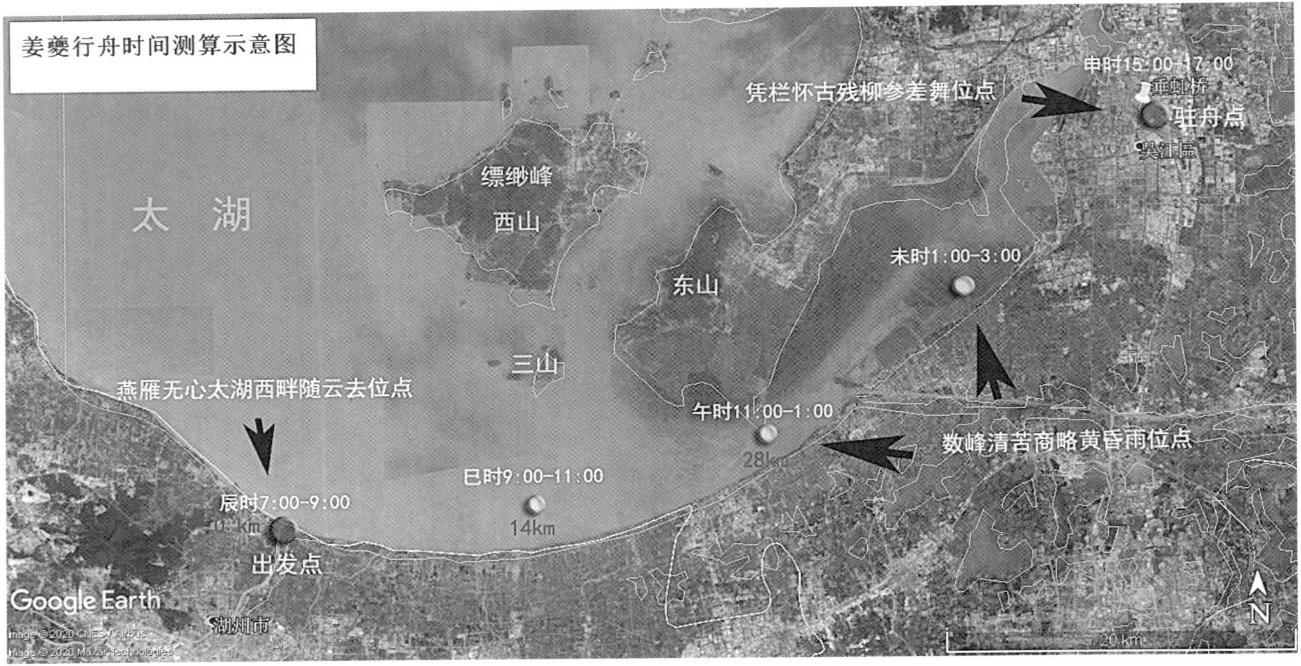

姜夔行舟时间测算示意图。不同的时间舟楫所处的位点，可能是姜夔《点绛唇》词的叙述视点和心理视点。随着目的地的接近，词人心理从潇洒变为忧伤，从忧伤变为自责。

又如白狮子，山下跳狰狞。

须臾入别浦，万死得一生。

始知茵席湿，尽覆杯中羹。[1]

实在是惊心动魄。坐船就怕风大浪高，风雨交作，他有过真实体验。

说太湖中的那些山峰无比清苦，在商量着傍晚怎么下雨，显然也是词人的移情投射。这个“清苦”，当然不是生活上的清贫、苦楚，但是清冷的感觉、凄苦的况味，是相通的。佛家说你心里想着什么，眼睛里就看见什么。心里有佛，所见无非是佛。心里有是非诱惑，所见才会看到肮脏丑恶。现代心理学也能从科学的角度证实这种现象。姜夔自尊心强，加上年轻，那时才三十多岁，还不太习惯这种干谒求助。所以无论怎么强装潇洒，心里的不安和羞耻感仍然无法抹去。于是潜意识中，把自己的凄苦情绪投射到山峰上去了。

◆ 第四桥边，拟共天随住

“拟”是打算，“共”是与，“天随”是天随子的简称，陆龟蒙的号。“第四桥边”，是宾语前置。这句话的意思是：曾经打算在第四桥旁隐居下来，与古代高人陆龟蒙作伴。姜夔崇拜陆龟蒙，这我们知道。但他干嘛要特别提到陆龟蒙故居的第四桥？直接说甫里不更简单明了？这个第四桥，仅仅是一个地名，还是有什么其他意思？

读者是否知道，陆龟蒙是个特别喜欢喝茶的人，嗜茶如命。

[1] 宋·姜夔《白石道人诗集》卷上《昔游诗》。

他曾经在顾渚山下，买下一处茶园。每年春天将收上来的茶叶区分等第，自己评判茶品高下。还模仿古人写过《茶经》。有好茶还必须要有好水。巧合的是，吴松江的水清澈甘甜，甫里那一带就有上等的烹茶之水。范成大久居吴中，很熟悉当地情况，曾经记载说："松江水在水品中排名第六，世传第四桥下水，就是说的吴松江的水。第四桥今名甘泉桥，喜欢好水的茶客往往划小舟前去汲取。"[1]

姜夔想在第四桥边隐居，是不是也打水的主意？没有说出来的潜台词会不会是：清贫尽管清贫，雅洁之癖还是要的，喝茶还是要喝顶级的好茶。守着最好的甘泉，过清贫散淡的日子，是他今生的梦了。这种猜测很有可能。

◈ 今何许？凭阑怀古，残柳参差舞

多么想陪伴古人陆龟蒙隐居在第四桥边，这是姜夔的隐居梦。然后他自己问自己说："如今怎么样了呢？"这么问，他问的是什么？问的是陆龟蒙如今安在，还是问自己如今怎么样了？他是在为古人叹息，还是在为自己叹息？

这个自问，不是问古人如今在哪里，不是问陆龟蒙的故居如今怎么样，也不是问第四桥是不是还存在，而是问他自己的这个隐居梦、共住梦，如今究竟怎么样了。他问自己：你曾经怀抱着这样的梦想，如今呢，如今落到了什么地步？东奔西走，往来漂泊，只不过暂时站在楼台前凭栏怀古一番，徒然空想而已。真如陶渊明说的："既自以心为形役，奚惆怅而独悲。"[2]被你自己的肉

---

[1] 宋·范成大《吴郡志》卷二十九。

[2] 东晋·陶渊明《归去来兮辞》。

体绑架着东奔西走，你还抱怨个什么？伤心个什么呢？

“残柳参差舞”，是全词最空灵的一笔，实在是语尽而意不尽，意尽而情不尽。你可以把它看成垂虹亭栏杆前真有这么一棵柳树，光秃秃的枝条在冬天的寒风中，高高低低地摆动不停；你也可以把它看成是词人姜夔的化身，瘦弱孤独的身影，在寒风中弯腰折臂，奔走乞怜，苟延残喘，看着都难受。你还可以把两种解释叠加在一起，看成是无意识的自我比喻，就像开篇写到的那只大雁。大雁、山峰、残柳，都是眼前实有的景物，也都是潜意识的自我比喻。艺术需要模糊，需要诗无达诂；自尊心同样需要遮掩，需要遁词，需要让人似懂非懂。令人难堪的复杂情怀，给他焦距这么一虚，便幻化成了很美的空灵意境。密集的雨点打在窗户上，隔着斑驳的玻璃，窗外便是莫奈的印象派绘画了。

其实，“今何许”是自问，“凭阑怀古，残柳参差舞”是自答。含蓄的自答，似答非答，以自己眼下的状态和外形描述，姜夔向古今读者提交了他的尴尬答卷。

读者是不是记得，我们在讨论欧阳修平山堂上的那棵柳树的时候，曾经追问过为什么种柳，不种松竹，不种梅花。同样，我们现在也可以追问一声，姜夔为什么只看见栏杆外的残柳，没看见其他乔木、灌木？

南渡词人张元幹年轻的时候曾经追随过徐俯学习诗法。徐俯是黄庭坚的外甥，在当时的诗坛上地位很高。他称赞张元幹年轻俊逸，尽管身材不高，但是“诗如云态度，人似柳风流”，[1]像柳树一样风流。这是一种什么样的气质，什么样的性格，我们有点说不清楚。姜夔会不会也觉得自己有点柳树的气质呢？或者也像

[1] 宋·胡仔《苕溪渔隐丛话》卷三十六引《诗说隽永》。

柳树一样容易衰老，树形佝偻弯曲，没有一点栋梁之材的品质？否则，他怎么看不见别的树，单单盯着这棵衰残的柳树出神呢？冬天的柳树衰朽如老人，乱发颓然，在风中凌乱起舞。看了只有伤感，哪有什么美感可言。

◇◇

阅读小结

（一）《点绛唇》是姜夔从湖州坐船前往苏州石湖，拜访范成大所作。它的写作现场有多种可能：可能在太湖西岸的湖州渡口，也可能在太湖行舟的途中，或者在吴松江口垂虹桥畔的亭驿。我们倾向于认为应该在垂虹桥的垂虹亭下。这里距离吴江三高祠很近，姜夔曾经多次在此驻舟徘徊。通过描写沿途的所见所感，词人表达了对吴中高士陆龟蒙的倾慕和敬仰，希望自己能够追随古人，在太湖边上隐居，过自由自在的逍遥生活。

（二）买船走太湖，经过吴松江的垂虹桥去石湖，是姜夔多次干谒往来的熟悉线路。在吴松江垂虹桥附近，他先后写下过许多诗歌和曲子词，这些作品记录了他一次次的心路历程。那里地处苏州城外，野水茫茫，沼泽密布，人烟稀少。从石湖归来，他可以在这里尽情抒发孤独悲凉的心理感受；更重要的是，垂虹桥附近的吴松江，是干谒之路和隐居之路的岔路口。每次前往石湖路过，他心底都会泛起涟漪：一条水路他不得不走，而且来年还得走；另一条水路，他只能远远地看一眼，虚虚地说一说。这是他人生的痛苦之源。

（三）词人对自己的江湖人生感到不满，却又充满了无奈。利用干谒达官贵人解决生计问题，是他不得已的选择，姜夔为此感到纠结和痛苦。《点绛唇》词写于他十年江湖生涯的起始点，这个时候，词人还没有放弃高贵的人生梦想，还没有向贫穷和绝望投降，还没有习惯卑微地奔走于权贵豪门。词中有意无意地写到无心的大雁、清苦的山峰、衰败的杨柳，其实都是一种间接的自我比喻，或者是引为同类的联想。问题在于：无心的大雁和清苦的山峰相互矛盾，无心的大雁与衰败的杨柳也无法统一。它们的形象矛盾，暴露了词人自尊自爱的心理，也折射了词人内心的迷茫和挣扎。

（四）与古人陆龟蒙的结缘，并不是别人主动形容给他的，而是他自己"寻找"的结果。他需要有一个适合自己的人生偶像，需要来自历史和传统的精神支撑。他渴望能够像陆龟蒙一样过隐居生活，不去干谒别人，不去谋求富贵，成为"千古三高"的异代知音。这是名士对隐士的艳羡，也是名士对隐士的致敬，更是名士对隐士的主动皈依。可惜，姜夔一直到死，都没有实现自己的这份心愿，都没有来到甫里的第四桥边隐居下来，都没有离陆龟蒙更近一点。

后记

这本书是我与兆鹏兄合作的第一部书。

我们之间的合作与友谊，可以追溯到同在圭璋师门下读研究生的时候。但上个世纪90年代，我离开大学去了深圳，转而从事媒体研究和文学创作，宋词研究束之高阁。兆鹏兄却心无旁骛，潜心词学研究，学问突飞猛进。等到我们再次相聚，重新坐在一起商榷宋词时，彼此之间的差距已经不能同日而语，知识结构也有了很大的不同。不过，我们迅速找到了学术的共鸣点，重新走到了一起。2011年我们在深圳相聚，谈论宋词研究未来的各种可能。受我发散性思维的影响，他开始对历史地理产生浓厚的兴趣，第二年便上马了国家社会科学基金重大招标项目《唐宋文学编年系地信息平台建设》。

在此之前，他的研究方法聚焦在统计学定量分析上。我的兴趣集中在历史地理方面。关于岭南的地理文化，以及古典文学的历史地理，我先后写过两本书：《呼吸蛮烟瘴雨》《做派》。2008年完成了博士论文修订再版后，我用了几年时间潜心撰写《宋词通史》。书稿初成，兆鹏兄为我撰写了洋洋洒洒的序言。

《宋词通史》是我探索各种新研究方法的一次尝试。由于偏重史实叙述，全书基本没有涉及作品分析，读者感觉多少有些遗憾。书稿出版后，我开始转向作品的地理考察。我把学术界刚刚兴起的统计地理学研究方法，延伸到现场勘查和图像地理学的领域，选择了十余首经典宋词作品，进行了一些新的尝试和探索。在不同的场合，还曾利用这种方法讲授宋词，受到听众的欢迎。2014年夏天，常国武师邀请兆鹏和我两家人一起上庐山小聚。我们在山上住了几天，聆听国武师滔滔宏论，相互交流学术研究的最新信息。下山前，我把宋词现场勘查的研究情况告诉了兆鹏兄，兆鹏兄听后很感兴趣，愿意参与其中，与我一起做这项研究。最后我们商定合作署名，共同完成这本书，书名定为《重返宋词现场》。

在随后的几年里，我继续进行宋词个案的深度研究和方法拓展，兆鹏兄则对该书的初稿进行重新考订，在此基础上形成了若干篇独立论文，加上我原稿序言的总论，我们陆续以联名合署的方式发表在学术刊物上。2019年深秋，我们对初稿重新进行了修改润色，交付东方出版中心出版。由于新冠肺炎疫情爆发，出版计划延后。我们利用疫情缓解的间隙，再次联袂考察了赣州、庆州等地，进一步丰富了书稿的现场证据和图片资料。

追想三十年前，我们就读南京师范大学，在圭璋师门下攻读博士学位，常国武先生对我们寄予厚望，称我们是“唐门二鹏”，希望我们能够携手共进，发扬光大唐门的学术成就和影响。这话国武师说过不止一次，不仅对我们说，也在不同的场合对别人说。十多年后庐山相聚，仍然以此相期许。兆鹏兄为学界翘楚，当之无愧；我离开学术界多年，有愧先生厚爱。转眼之间，国武师也已追随唐师而去。曾经扶持过、赏识过我们的前辈都已经走远了。

令人欣慰的是，有这样一本携手合作、共同署名的书，庶几可以告慰先师于地下，也是唐门同窗手足相互激励、相互援手、相互成就的最好见证。

感谢学界朋友为我们提供现场照片和相关资料。书中苏州的部分照片，系苏州大学王家伦先生拍摄。赤壁的现场照片，系黄冈赤壁公园管理处提供，冯扬先生拍摄。其他未署名照片，均为周晓梅女士拍摄。

在协助现场调查和技术支持方面，我们特别感谢庆阳的刘文戈先生、马啸先生、罗志才先生，台湾的简锦松先生，三门峡的郭红欣先生，南京的卞朝宁先生，赣州的吴中胜先生，吉安的李桂平先生、龚奎林先生，黄冈的方星移女士，黄石的尚平先生，武汉的孙玉女士、周彦成同学、陈思晗同学等。他们都先后为本书付出过心血和智慧。感铭在心，特此鸣谢。

书中谬误之处，敬请读者批评指正。

肖　鹏

2020年10月于扬州